DARK FAÏZ

DARK FAÏZ

SANDRA KISS

Le code de la propriété intellectuelle interdit les copies ou reproductions destinées à une utilisation collective. Toute représentation ou reproduction intégrale ou partielle faite par quelque procédé que ce soit, sans le consentement de l'auteur ou de ses ayant cause, est illicite et constitue une contrefaçon, aux termes des articles L.335-2 et suivant du Code de la propriété intellectuelle.

Ce livre est une fiction. Toute référence à des événements historiques, des personnages ou des lieux réels serait utilisée de façon fictive. Les autres noms, personnages, lieux et événements sont issus de l'imagination de l'auteure, et toute ressemblance avec des personnages vivants ou ayant existé serait totalement fortuite.

Sandra Leclerc - France- Tous droits réservés - Copyright © 2022

Dépôt légal : Janvier 2022

ISBN : 9782956963608

Prix : 16,99 euros

À mon mari, Stine, pour m'avoir offert cette vie fabuleuse.

Pour mes enfants, Lloyd-Octave et Eden, mon amour pour vous est inconditionnel.

1

Le signal sonore, pour nous rappeler d'attacher notre ceinture de sécurité, me tira de mes pensées. La voix de Kimberose avec son titre « I'am Sorry » dans mes oreilles ne réussit pas à couvrir l'annonce du commandant de bord qui nous annonçait l'atterrissage de notre Airbus dans les prochaines minutes. C'est là que j'aperçus, à travers mon hublot, ces maisons à perte de vue. Les buildings modernes s'étiraient tout en hauteur : je découvris un monde totalement différent de celui que je connaissais. Nous avions traversé le Dôme sans que je m'en aperçoive, une fine paroi presque invisible qui recouvrait l'état de la Californie depuis bientôt plusieurs décennies. Je jetai un coup d'œil à ma voisine de siège, belle femme, la quarantaine, à la chevelure rousse qui m'adressa alors un sourire.

— C'est les Downtown, m'expliqua-t-elle, le quartier d'affaires de L.A.

— Ça y est, j'y suis.

J'avais murmuré ces mots sans même m'en rendre compte. En me retournant de nouveau vers ma fenêtre, je réalisai en effet que j'avais quitté ma banlieue sud de Paris pour Los Angeles. Cette ville des États-Unis, où il était si difficile d'obtenir l'autorisation d'y séjourner depuis maintenant de nombreuses années. Une part de moi s'impatientait, à l'idée de rencontrer ma famille d'accueil. *Mince ! Les cours commencent dès lundi. J'aurai à peine le temps de me familiariser avec elle ce week-end avant ma rentrée.* En effet, j'arrivais avec une semaine de retard en ce milieu du mois d'août, à cause de petits problèmes administratifs avec mon contrat d'étude universitaire. Le programme Voltaire entre étudiants et universités était une chance pour moi de partir vivre à l'étranger, d'autant plus, dans un des États les plus mystérieux au monde. Mon besoin d'éloignement était plus fort que tout. Je croyais en ce nouveau départ. À ce moment, je pensai à tous les gens que j'aimais et que je laissai derrière moi. Un pincement au cœur me fit me demander si ce programme de trois ans n'était pas une erreur. J'espérai vraiment réussir à m'habituer et à m'intégrer dans ce nouveau pays, dans cette nouvelle ville.

— Si vous devez prendre un transport depuis l'aéroport, je vous conseille un shuttle ou un Uber. Les taxis vous coûteront beaucoup plus cher, m'informa gentiment ma voisine.

— Merci, mais normalement quelqu'un devrait venir me chercher.

Je me demandai alors si toute la famille Mattew viendrait m'accueillir à l'aéroport. Au moment où le train arrière toucha le sol, je fermai les yeux, l'atterrissage était toujours un moment où je ne pouvais m'empêcher d'être angoissée.

Mes deux valises sur mon chariot, je me dirigeai en direction de la sortie. C'est là que j'aperçus la foule qui attendait dans le hall des arrivées, panneaux à la main. Je cherchai sur l'un d'eux mon prénom, mais sans succès. Au bout d'un moment, je me fis presque à l'idée d'aller me renseigner sur les shuttles lorsque j'entendis une voix m'interpeller.

— Zoé ?

En me retournant, je découvris Madame Mattew, celle-ci eut un petit geste de recul en me voyant. J'avais l'habitude de ce genre de réaction dû à la rare couleur de mes yeux reflétant un vert intense smaragdin. Jusqu'à présent, je ne l'avais vue qu'une seule fois, sur l'un des échanges photo faits par e-mail où Madame Mattew me présentait sa famille, quelques mois plus tôt. Cette femme, à l'allure classe et distinguée, dégageait quelque chose d'humble.

— Bonjour Madame Mattew, balbutiai-je sur le coup.

Elle laissa échapper un petit rire chaleureux.

— Appelle-moi Lily. C'est mon prénom. As-tu fait bon voyage ?

— Très bien, il s'est passé plutôt vite.

— Parfait. Alors allons-y. Ma voiture est garée sur le parking. Je vais t'aider avec tes bagages.

Dans sa Mustang bleu clair de collection, Lily essayait de me mettre à l'aise le plus possible. Elle me parlait de la ville et de ses treize millions d'habitants, des habitudes des Californiens avec leur code culturel… mais rien sur sa famille, alors je décidai de lui poser quelques questions sur celle-ci :

— Avez-vous déjà participé à ce genre de programme universitaire auparavant ?

— Non Zoé, me confia-t-elle avec un large sourire, tu sais L.A vit quasiment en autarcie, ça rend les choses compliquées.

Tout en conduisant, elle me jeta un rapide coup d'œil. Il y eut soudain dans sa voix une pointe de tristesse.

— Tu es la première ! se ressaisit-elle immédiatement. Ne t'inquiète pas, nous sommes heureux de t'accueillir durant cette année scolaire. Je pense que toi et Victoria, vous vous entendrez très bien.

Victoria était la fille de Lily, elle avait seize ans. Nous avions peu d'écart d'âge toutes les deux. Je savais que les Mattew avaient aussi un fils, mais contrairement au reste de la famille, je ne l'avais jamais vu sur les photos échangées.

— Je n'ai pas eu le plaisir de voir Faïz sur les photos de famille. Habite-t-il toujours avec vous ? éludai-je.

Le sourire de Lily s'évanouit, elle devint d'un coup très sérieuse. Ses cheveux noir corbeau étaient longs et fins, elle avait aussi une peau très claire et parfaite, telle une poupée en porcelaine. Ses yeux noirs, si expressifs, lui prenaient une grande partie du visage.

— Oui, il habite avec nous… la plupart du temps. Il a un Loft dans les Downtown de L.A.

Il y eut un petit moment de silence puis elle reprit :

— Mon fils est de nature très discrète, Zoé, et peu bavard malheureusement. J'espère que tu pourras tisser un lien avec lui, dans le futur.

Le ton de sa voix ne laissa guère de chance que cela puisse arriver, elle ajouta :

— Je t'avoue que ce programme d'échange entre universités et étudiants nous a d'abord fait hésiter. Nous avons accepté de faire partie des familles d'accueil en pensant que ça serait une bonne façon pour nous de nous faire mieux accepter au sein de la communauté de l'université de Baylor et ainsi nous ouvrir à d'autres horizons.

Je regardai à travers la vitre de la Mustang. Cette ville me sembla vraiment immense. Les cocotiers longeaient les routes et les réseaux d'autoroutes se croisaient de partout. Au loin, les collines donnaient l'impression de nous encercler. Le Dôme, lui, se voyait à peine et se fondait dans ce décor. Les tours de mon quartier "les roses" allaient me manquer. Je me revis avec Prescillia et Aurore, mes deux amies d'école, mais aussi mes voisines, en train d'écouter du hip-hop et du R'NB en bas de chez nous. Musique à fond et enchaînements de pas qui se transformaient la plupart du temps en fou rire assuré. La musique, la danse, les études, oui, c'était mon quotidien à Paris.

Plongée dans mes souvenirs depuis un moment, le panneau où était écrit ELORA, me fit réaliser que j'étais arrivée dans le quartier des Mattew. Il me fallut alors faire un grand effort pour ne pas laisser échapper un cri de surprise. Les villas étaient magnifiques, énormes et irréelles. Je savais que Lily exerçait la fonction d'avocate et Monsieur Mattew celle d'architecte. À voir ces grosses demeures, ils devaient appartenir à la classe aisée de Los Angeles.

— Le quartier est magnifique, articulai-je, estomaquée.

— Nous ne sommes pas loin de Calabasas.

Elle esquissa de nouveau un grand sourire puis continua :

— Tu apprécieras beaucoup la vue d'ici, entre mer et montagne.

La voiture s'arrêta devant un portail avec de grands barreaux de fer, garni de rosiers et d'autres fleurs autour. J'aperçus au travers de celui-ci, une belle fontaine couleur ivoire et derrière, une villa sur un étage à l'architecture très moderne. Lily se gara à l'intérieur de la cour, juste devant l'entrée de la villa.

— Laisse tes bagages dans le coffre Zoé, monsieur John viendra les récupérer.

Je m'exécutai et sortis de la voiture. *Un majordome, rien que ça !* Postée devant la porte d'entrée vitrée, celle-ci me renvoyait une image peu flatteuse, après douze heures de vol. Mes cheveux en bazar, de couleur noire, épais et frisés étaient contenus uniquement avec une pince prête à exploser. Mon teint d'ordinaire hâlé était beaucoup plus pâle que d'habitude. La fatigue et le décalage horaire avaient eu raison de moi. Même mes yeux verts avaient perdu de leur couleur. Lily se tenait à mes côtés, c'est là que je constatai sa silhouette grande et mince, elle se déplaçait sur ses talons aiguilles avec aisance.

Elle ouvrit la porte d'entrée. La première chose que je vis fut un grand escalier qui se trouvait sur le côté avec une rambarde en verre. Les murs étaient recouverts de lambris. Lily m'emmena dans l'immense séjour très éclairé au luxe éblouissant et tout en marbre avec, pour fond, une grande baie vitrée. Je remarquai que les lumières et les fenêtres étaient complètement automatisées avec une technologie de pointe.

À l'extérieur, j'aperçus, ébahie, la piscine à débordement qui parcourait la terrasse aménagée avec du carrelage découpé en mosaïque. *Ce n'est pas possible, je suis encore endormie.* L'écran de télévision paraissait sortir du plafond. Lily remarqua ma stupéfaction et me laissa un petit moment pour observer et découvrir le lieu.

— Victoria ! cria Lily. Victoria, descends ! Nous sommes dans le séjour.

Vu la taille de cette villa, je me demandais, dubitative, comment sa fille pourrait l'entendre. Pourtant, quelques secondes plus tard, des pas rapides se précipitèrent dans les escaliers. Victoria apparut, seize ans, mais déjà très grande elle aussi, tout comme sa mère. Ses cheveux longs et fins lui tombaient jusqu'aux épaules. Elle s'avança vers moi avec un sourire qui irradiait la pièce.

— Bonjour Zoé, je suis très heureuse de te voir en vrai, dit-elle en anglais. Désolée, mais je ne parle pas du tout le français, s'excusa-t-elle en me saluant d'un geste de la main.

— Ce sera l'occasion d'apprendre ma chérie, fit remarquer Lily à sa fille sur le ton de la plaisanterie.

— Zoé, tu viens ? Je vais te faire visiter, me proposa Victoria tout en jetant un coup d'œil complice à sa mère.

— Je vous appellerai pour le dîner. Zoé, tu es chez toi, n'hésite pas à demander si tu as besoin de quoi que ce soit.

À l'étage, un grand couloir donnait accès sur huit immenses chambres avec leur salle de bain attenante. Elles possédaient toutes une baie vitrée, certaines avec vue sur l'océan et d'autres sur Los Angeles où le crépuscule se reflétait déjà sur la ville. La décoration, d'un style classe et épurée, rendait les pièces spacieuses avec toujours un système de technologie que l'on retrouvait partout. Les murs étaient recouverts de plâtre vénitien.

Victoria finit la visite en me montrant ma chambre. La vue était incroyable avec ce soleil couchant, j'eus l'impression d'être au bord d'une falaise avec l'océan à perte de vue. Le lit immense attira mon attention, tellement celui-ci me semblait gigantesque. Les draps et les coussins étaient assortis aux couleurs crème de la pièce. Mon dressing, fermé d'une porte recouverte de cuir, paraissait beaucoup trop grand pour ce que j'avais emporté. Je remarquai, surprise, que mes affaires étaient déjà là, posées à côté de celui-ci. Victoria s'assit sur mon lit tandis que j'en profitai pour ouvrir mes valises.

— Ça va aller pour ta rentrée, lundi ? me demanda-t-elle.

— Une part de moi a un peu peur, c'est la première fois que je suis aussi loin de chez moi, lui avouai-je.

— Ne t'en fais pas, nous sommes là. Nous sommes désormais ta nouvelle famille et Faïz...

Elle s'arrêta net de parler, comme si elle en avait déjà trop dit. *C'est quoi à la fin le problème avec ce gosse de riche, c'est un camé que l'on doit cacher ?* Victoria soupira puis reprit d'une voix basse :

— Faïz aussi est très apprécié dans notre quartier, mais aussi à l'université. Il sera là pour toi si tu as besoin.

Cet aveu me fit du bien, heureuse d'apprendre que le fils Mattew était tout à fait normal. Mon regard s'attarda sur Victoria qui, avec son allure simple et pas aussi coquette que sa mère, paraissait cacher une nature bien réservée.

— Quelles sont tes origines ? me demanda-t-elle tout en me dévisageant.

— Je suis cubaine, tu connais un peu ?

— Non, malheureusement. Tu fais très latine et je remarque que tu aimes les bijoux, déduisit-elle en désignant mon poignet de son doigt.

16

Je touchai aussitôt mes bracelets en souriant, constatant que Victoria était observatrice. Quant à elle, elle ne portait rien de tout ça. Ni boucles d'oreilles, ni collier. Assise sur mon lit, elle dégageait une personnalité simple et sans artifice, loin de la jeunesse dorée de Los Angeles. Chose à peine croyable lorsqu'on habite dans une villa comme celle-ci au luxe ostentatoire.

La porte d'entrée claqua violemment, ce qui nous fit sursauter toutes les deux. C'est alors que nous entendîmes des éclats de voix venant d'en bas.

— Tu ne peux pas arriver et décider de foutre la pagaille où tu veux et quand tu veux ! explosait de colère un homme à la voix grave.

— Mon père, soupira Victoria en levant les yeux au ciel.

Une seconde voix, tout aussi irritée et agacée, celle d'un jeune homme plus précisément, nous parvint jusqu'ici :

— Tu aurais voulu que ça se termine comment ? Hein ? Contrairement à toi, je ne peux pas rester là et croiser les bras sans rien faire !

Lily intervint en s'interposant dans cette discussion animée, je n'entendis pas ses propos, mais les deux hommes se calmèrent aussitôt.

— Ne t'inquiète pas, c'est souvent comme ça entre mon père et mon frère. Ils se chamaillent tout le temps et tombent rarement d'accord sur quelque chose, essaya-t-elle de me rassurer.

— Comme dans toutes les familles, je suppose, déclarai-je en finissant de plier un tee-shirt.

Un rictus au coin de sa bouche se dessina, elle parut amusée de ma réponse et je me demandais bien pourquoi. À ce moment, mon téléphone dans la poche de mon jean sonna. Mon père ! Je grimaçai. En effet, j'avais complètement oublié de lui envoyer un message après avoir atterri pour lui signaler que tout s'était bien passé.

— Tu peux appeler depuis chez nous, ça te coûtera moins cher je pense, me proposa Victoria.

— Oui, tu as sans doute raison.

Alors que j'allais décrocher, Lily nous héla d'en bas pour venir dîner.

— Je l'appellerai plus tard, décrétai-je.

Je me tournai vers la baie vitrée, le soleil avait disparu, ne laissant qu'un ciel orange et rouge se reflétant ainsi sur cet océan. Un spectacle magnifique à la vue de ces vagues luisantes.

Victoria sortit en premier de ma chambre en adoptant une démarche nonchalante. En logeant le corridor, mon regard s'attarda devant une porte entrouverte. Je ne pus m'empêcher de jeter un bref coup d'œil furtif dans l'encart de celle-ci, c'est alors que j'aperçus un bout de la pièce. Apparemment, il y avait quelqu'un à l'intérieur, pourtant je n'avais entendu personne monter à l'étage.

Mes yeux s'attardèrent dans l'entrebâillement de la porte, je l'entrevis de quelques millimètres et distinguai un décor plutôt masculin. J'en déduisis qu'il s'agissait de la chambre de Faïz. Des blousons sur un portant, un bureau sur lequel était posé un polo blanc. En insistant un peu plus, je réalisai que le vêtement était taché par ce qui ressemblait à des traces de sang. À ce moment, une ombre rapide passa derrière la porte et la claqua violemment à mon visage. Déconcertée par cette réaction, je fulminai. *Quel petit con !* Sans le connaître, je le détestai déjà.

Dans le séjour, un air de jazz remplissait la pièce et une bonne odeur de cuisine me rappela à quel point j'avais faim. Ils étaient trois à table et parlaient à voix basse. À mon arrivée, Victoria et Lily se turent. Monsieur Mattew se leva en m'apercevant. C'était un homme grand, musclé, avec des cheveux couleur châtain. Il s'avança vers moi, tout sourire. Malgré une autorité naturelle, il me parut immédiatement très sympathique.

— Hé Zoé ! Heureux de te rencontrer. As-tu trouvé tes marques ?

Il me fit une bise amicale. Son sourire illuminait son visage.

— Oui, tout se passe très bien, Monsieur Mattew. Vous avez une très belle demeure.

— Appelle-moi Charles, s'il te plaît. Je te rappelle que nous allons passer au moins une année scolaire tous ensemble. Allez, viens t'asseoir.

Il se racla la gorge avant d'ajouter :

— Mon fils s'est-il présenté à toi ?

Placée en face de Charles, qui avait posé ses coudes sur la table et joint ses deux mains sous son menton, j'optai pour un ton le plus détaché possible sans montrer mon énervement vis-à-vis de ce dernier. Lily me servit de la salade dans mon assiette.

— Pas encore Charles, je suis arrivée il y a peu de temps.

Le repas se déroula dans une bonne ambiance. Les Mattew me parlèrent de leur métier. Lily déplorait que son mari travaille trop, regrettant qu'il ne puisse pas passer plus de temps en famille. Victoria, elle, m'expliqua quelques bases différentes des nôtres, en France, sur le plan scolaire. La cuisine préparée par Lily était délicieuse. Je ressentis de la fatigue à la fin du dîner.

— Bon Zoé, nous allons te laisser défaire tes bagages et appeler ta famille. N'hésite pas à prendre le téléphone sur la table près de l'entrée, m'indiqua Victoria.

— Merci à vous tous, et merci Lily, notamment pour ce bon repas, insistai-je.

Je décidai de rassembler toutes les assiettes pour aider à ranger la vaisselle.

— Non, laisse. Madame Arlette se chargera de tout.

Lily me les enleva des mains. À ce que j'avais pu comprendre, madame Arlette s'occupait de la maison des Mattew avec monsieur John.

À l'étage, Victoria disparut dans sa chambre après m'avoir souhaité une bonne nuit. Neuf heures de décalage horaire entre Los Angeles et Paris, je préférai laisser un message à mon père afin de ne pas le réveiller. Au moment de me diriger dans ma chambre, j'entendis une voix douce m'interpeller derrière mon dos :

— Bonsoir.

En me retournant, je découvris Faïz Mattew. Il se tenait devant moi, les mains dans les poches. Comme tous les membres de sa famille, il était grand. Ses épais cheveux noirs, légèrement en bataille, lui donnaient un air bien mystérieux. Je fus étonnée de le voir vêtu d'un simple bas de survêtement blanc et d'un tee-shirt de la même couleur. Il s'approcha de moi. Arrivé à ma hauteur, je ne pus détourner mes yeux des siens, mon cœur se mit à battre à toute vitesse. Je n'avais jamais vu un regard aussi profond et pénétrant que le sien, si électrique, qui me coupa le souffle. Son physique idéal et son visage aux traits parfaits accentuèrent cette beauté hypnotique, presque irréelle.

— Bonsoir, répondis-je dans un murmure à peine audible.

Il sourit, laissant apparaître une dentition parfaite. Déstabilisée, je repris le peu de contrôle qu'il me restait en essayant de prendre une voix la moins nerveuse possible.

— Zoé, me présentai-je.

— Faïz. On sera dans la même université lundi. Si tu as besoin que je t'aide avec ton planning ou autre, n'hésite pas à me demander.

Il inclina sa tête comme pour mieux m'observer, je ne compris toujours pas ce qui était en train de m'arriver.

— Euh... Ok. Je te remercie, balbutiai-je avec difficulté.

Je lui adressai un signe de tête tout en faisant un effort pour essayer de trouver deux mots à lui dire en plus, mais impossible. Bon sang, je m'énervai moi-même. Faïz fronça les sourcils dans un instant de doute puis tourna les talons pour regagner les escaliers. *Zoé, ressaisis-toi !* J'étais en général peu impressionnable, mais la sensation que j'ai ressentie à cet instant me mettait hors de moi. Je devais absolument garder le contrôle pour cette année scolaire à venir. Arrivée dans ma chambre, je sortis ma trousse de toilette de mes affaires et un pyjama. Ma salle de bain privative et moderne me plut à l'instant où j'y mis les pieds. Une fois dans mon lit, je ne pus m'empêcher de repenser au visage de Faïz durant un long moment, celui-ci m'obsédait puis je fus finalement happée par un lourd sommeil.

La journée de ce dimanche commença par un bon rangement de mes valises. Lily m'avait demandé au cours du dîner d'hier, si je souhaitais l'accompagner, elle et sa fille, à l'église ce matin. C'était poliment que j'avais décliné l'invitation sans expliquer que ma foi était ébranlée depuis un long moment déjà. Ensuite, je me mis à ranger mes fournitures, cours, paperasses, plannings... afin que tout soit prêt pour le lendemain.

Je jetai un rapide coup d'œil à mon réveil posé sur la commode et constatai qu'il était déjà tard. Sous ma douche, je me revis devant Faïz, minable, incapable d'entamer la moindre conversation. En sortant, j'enfilai un short et un large débardeur noir avec le portrait de Notorious B.I.G dessiné dessus, puis je chaussai mes espadrilles montantes. Devant le miroir, je tirai mes longs cheveux frisés en arrière avec ma pince, ce qui fit ressortir mes yeux verts. J'eus l'impression de me retrouver un peu. À cet instant, j'entendis la porte d'entrée se refermer, j'en conclus que Lily et Victoria venaient de rentrer de l'église.

En bas, je trouvai Victoria sur la terrasse, près de la piscine avec sa mère. Je ne vis ni Charles ni Faïz. Une part de moi était déçue, ce qui m'agaça. *Je ne vais tout de même pas m'attacher au premier gars que je croise à Los Angeles !* Madame Arlette nous avait préparé un brunch copieux, qu'elle avait installé sur la grande table extérieure.

— Bonjour Zoé. As-tu passé une bonne nuit ? Tu es toute mignonne.

Lily, sous ses grosses lunettes de soleil, arborait un sourire que je qualifiai de magique tellement il transmettait une bonne humeur tout autour d'elle.

— Oui, j'étais épuisée à vrai dire, lui répondis-je tout en m'asseyant.

— J'adore ton short ! enchaîna aussitôt Victoria.

— Merci, j'espère en trouver d'autres ici.

Nous conversâmes sur le temps et le soleil de la Californie autour de ce brunch. Tout avait l'air simple auprès d'eux. Lily proposa ensuite de partir faire une balade dès que son mari rentrerait à la villa.

— Où sont-ils partis ? demandai-je sur un ton réservé, en parlant de Charles et de Faïz.

Victoria m'indiqua que son père était encore au boulot et ne connaissait pas vraiment les week-ends.

— Oui, d'ailleurs c'est dommage ! soupira Lily.

— Et Faïz ?

— Mon frère doit sûrement être avec Rachelle en ce moment.

Je lui adressai un regard interrogateur.

— Sa petite amie, lâcha Victoria d'une voix maussade.

— Ah.

Je fis mine de ne pas me sentir affectée par cet aveu, mais au fond de moi, mon sang ne fit qu'un tour. Après tout, je m'attendais à quoi ?

Après ce déjeuner copieux, je retournai dans ma chambre et en profitai pour appeler mon père, il devait être mort d'inquiétude. Ce dernier répondit dès la première sonnerie.

— Zoé ! Je n'ai pas dormi de la nuit, râla-t-il aussitôt, comment vas-tu ? Comment est ta famille d'accueil avec toi ?

— Papa je vais bien, le rassurai-je, tu sais, avec le décalage horaire, j'ai préféré attendre pour t'appeler. Si tu savais, je suis dans une villa magnifique. Elora à l'air d'être un quartier calme et hors du temps. La famille Mattew est juste formidable.

Pendant que je parlais à mon père près de la baie vitrée, Victoria s'invita dans ma chambre. Je lui fis un signe de tête pour qu'elle s'installe. Elle prit le cadre que j'avais posé ce matin à côté de mon lit. Une photo ancienne de ma mère et de moi, ensemble.

— Papa, il est préférable de communiquer par mails. Je te rappelle dans la semaine. Embrasses mamie Dunia pour moi. Je pense fort à vous.

Je finis par raccrocher. Victoria n'avait rien dû comprendre à notre conversation en espagnol.

— C'est ta mère ? me demanda-t-elle en brandissant le cadre.

Je hochai la tête. Victoria scruta la photo et me demanda, hésitante :

— Il t'arrive de lui parler parfois ?

Je fus surprise par la question de Victoria. J'hésitai un instant avant de lui répondre.

— Seulement dans mon sommeil. Je la retrouve dans mes rêves et c'est comme si elle n'était jamais partie. Je peux presque la toucher tellement elle me paraît réelle, c'est si étrange quand j'y pense.

Mon cœur se serra et Victoria n'insista pas. J'appréciai sa discrétion sur le sujet, son regard compréhensif suffit.

Nous décidâmes de partir nous promener sur les hauteurs de Los Angeles dès l'arrivée de Charles à la villa en début d'après-midi. Nous délaissâmes la Mustang de Lily pour l'Escalade noire de la famille. À travers la vitre teintée, j'admirai le paysage avec sa côte pacifique faite d'une longue étendue de plages et de falaises. L'Escalade monta sur les collines au nord de la ville, ne laissant apparaître que les toitures basses des habitations en dessous de nous.

Arrivés au Griffith Park, à presque trois cents mètres d'altitude, à l'ouest du boulevard Loz Feliz, nous nous garâmes sur le parking de l'observatoire. Celui-ci dominait la ville avec une vue spectaculaire à trois cent soixante degrés qui me coupa le souffle. Je respirai un grand coup réalisant que tout était bien réel. Au loin, j'aperçus sur le versant sud, l'écriteau « Hollywood » en lettres capitales. J'attrapai mon smartphone pour immortaliser cet instant en photo.

— Ça te plaît ? me demanda Lily en se rapprochant de moi.

— Oui, ce style architectural n'est pas commun, il me fait penser à un mélange entre plusieurs cultures, répondis-je, songeuse.

— Tu as le sens de l'observation, s'étonna Lily, en effet, c'est un mélange de deux styles, Art déco et égyptien. Le rendu est unique.

Tandis que Charles et Victoria se promenaient un peu plus loin, Lily en profita pour m'adresser quelques mots :

— Zoé, je veux que tu saches que si tu as besoin de te confier sur quoi que ce soit, nous sommes là pour toi. Tu fais partie de notre famille. Il y aura forcément beaucoup de hauts et j'espère… très peu de bas, hésita-t-elle sur la fin de sa phrase.

— Merci Lily. Vous m'avez tellement bien accueillie. Je sais la chance que j'ai.

Elle posa une main derrière mon dos et me sourit tendrement.

— Partir à des milliers de kilomètres loin de chez moi a été le seul moyen d'espérer avancer dans ma vie depuis la mort de ma mère, ajoutai-je.

— Je m'en doute. Elle doit beaucoup te manquer.

— Oui et c'est seulement trois années plus tard et sur les hauteurs de L.A que je m'en rends vraiment compte, avouai-je, peinée.

Lily me serra dans ses bras, ce qui me réconforta, bien plus que n'importe quelles paroles. Nous continuâmes ensuite la visite durant quelques heures auprès de Charles et de Victoria. Le musée astrologique dans le ventre de l'observatoire me surprit par son approche pédagogique sur la terre. Le crépuscule tombait petit à petit sur la ville en cette fin d'après-midi, le ciel se mit alors à changer de couleur, donnant un nouveau spectacle éblouissant. En descendant vers le parking, une statue en bronze représentant un homme regardant l'horizon attira mon attention. En dessous, y était mentionnée « L'ombre noire ».

— De qui s'agit-il ? demandai-je aux trois membres de la famille.

Ils continuèrent de marcher en direction du 4X4 sans s'arrêter, je perçus alors un certain malaise les envahir.

— Black Shadow, me confia Charles après quelques secondes de silence, c'est le gardien de cette ville, d'après ses habitants.

— Comme un super héros ? persistai-je.

— On peut dire ça. Qui a faim ? Je propose que l'on récupère des pizzas ce soir ! s'écria Lily, visiblement pressée de changer de sujet.

De retour à Elora, je pris place à côté de Lily, autour de la table du séjour. Après seulement quelques minutes, la porte d'entrée s'ouvrit et Faïz apparut. Ce dernier, habillé d'un jean et d'un tee-shirt blanc à col V paraissait plus détendu qu'hier soir. Son regard intense se porta sur moi. Je lui adressai un sourire timide et poli.

— Bonsoir, nous salua-t-il.

Il partit embrasser le front de sa mère. Lily, elle, le couvrit d'un regard maternel. Il s'adressa ensuite à moi, sans se donner la peine de me regarder.

— Demain, c'est moi qui t'emmènerai en cours. Il faudra d'abord déposer Victoria à son lycée.

Il se dirigea vers la terrasse en n'attendant aucune réponse de ma part, c'est alors que Lily me fit comprendre d'un petit signe de tête discret, de le suivre à l'extérieur.

— Va donc le rejoindre, me murmura-t-elle, vous devez faire connaissance tous les deux !

J'obtempérai. À l'extérieur, tandis que je m'approchai de lui, mes mains devinrent moites. La nuit était tombée, laissant une atmosphère fraîche dans l'air, je refermai doucement la baie vitrée derrière moi.

— Comment est l'université de Baylor ? commençai-je la conversation.

Assis sur la banquette face à la piscine, Faïz demeurait imperturbable. Contrairement à lui, je préférai rester debout.

— Bien… il y a tout ce qu'il faut. Tu as pris quelle filière ?

Il m'octroya un léger coup d'œil.

— Journalisme et toi ?

— Commerce international.

Il enleva son tee-shirt, laissant apparaître un torse bien plus musclé que je le pensais et se redressa. Au moment où il déboutonna son jean, je me retournai par réflexe, observant ce que faisaient les Mattew dans le séjour. Lily et sa fille conversaient paisiblement ensemble. Charles, lui, avait tout simplement disparu, sûrement dans son bureau, à l'étage. En me retournant de nouveau, je découvris Faïz en short de bain.

— Tu viens te baigner ? s'amusa-t-il à me demander, bien qu'il connaisse déjà ma réponse.

Je me raclai la gorge.

— Non pas ce soir, lui répondis-je en m'empourprant, mal à l'aise devant sa nudité.

En passant devant moi, nos regards se croisèrent et son sourire s'évanouit. Je décidai de tourner les talons afin de rentrer à l'intérieur de la villa. À travers le reflet de la vitre, je perçus une expression indescriptible sur son visage, comme s'il me laissait finalement partir à contrecœur.

Au cours du repas, Charles réapparut. Quant à Faïz, il nous avait rejoints après s'être changé. C'était la première fois en vingt-quatre heures que tous les membres de cette famille étaient réunis, bien que Faïz se tenait un peu en retrait, très attentif devant les informations, à la télévision. On apprit qu'un membre d'un gang avait été arrêté par la police pour séquestration et actes de barbarie sur plusieurs personnes d'une autre communauté ethnique. Interrogé, le chef de la police parlait d'une opération coup de poing. Il remercia à la fin de son interview, face aux nombreux journalistes, l'aide utile de "Black Shadow". Je remarquai, à ce moment, l'œillade mauvaise de Charles à son fils.

— Je dois y aller, lâcha Faïz sur un ton désabusé.

— Chéri ? s'inquiéta sa mère.

— Je dois récupérer deux trois choses dans ma chambre, je repasse demain, se radoucit celui-ci en s'adressant à elle.

Après avoir souhaité une bonne soirée à Victoria, Lily et Charles, je décidai d'aller prendre une bonne douche. À l'étage, en passant devant la chambre de Faïz et sans savoir pourquoi, je décidai de frapper à sa porte. Une part de moi avait envie de le voir une dernière fois. Sans réponse, je me permis de rentrer sans autorisation. Son odeur enivrante déteignait dans toute la pièce. J'effleurai d'une main hésitante un de ses blousons posés sur le présentoir. Tout était soigneusement rangé, pourtant mon regard se posa sur une grande chemise en carton mal refermée, celle-ci laissait apparaître quelques feuilles. L'envie d'y jeter un coup d'œil était plus forte que tout.

Le cœur battant, je balayai la pièce du regard et entrepris de consulter ces documents à portée de main. Il s'agissait de rapports de police, accompagnés de photos. Chacune d'elle était datée et son lieu noté. Sur plusieurs d'entre elles, on y voyait des groupes d'hommes différents, quant au résumé d'enquête, il se trouvait tout à la fin du dossier. Un visage attira mon attention. Impossible, le type qui venait d'être arrêté se trouvait sur une des photographies, aucun doute, il s'agissait bien du même homme. Que faisait le fils Mattew avec de tels documents en sa possession ?

— Sors d'ici tout de suite ! s'exclama une voix furibonde derrière moi.

Le ton grave et autoritaire de Faïz me figea sur place. Je me retournai lentement avec un regard plein d'interrogations.

— J'ai frappé, il n'y avait personne et..., essayai-je de me défendre en vain.

Il restait droit, le regard si noir qu'il me faisait peur.

— Sors ! aboya-t-il.

Je me précipitai en dehors de la pièce. En franchissant le seuil de la porte, je me retournai pour lui faire face.

— Faïz…

Il claqua la porte sèchement sans que je puisse lui demander quoi que ce soit.

Allongée dans mon lit, énervée, je fis le tour de mes questions, essayant de comprendre les informations que j'avais pu voir dans sa chambre. *Qui es-tu Faïz ?* Son visage, son sourire, son regard si difficile à soutenir… je pouvais décrire mon sentiment à son égard telle une psychose troublante. La famille Matthew détenait des secrets, je le sentais. À force de me retourner dans ce lit, je réussis finalement à trouver mon sommeil, le seul moment où je pouvais de nouveau revoir et échanger avec ma mère.

FAÏZ

Il tenait la tête entre les mains, faisant les cent pas dans son loft qui dominait les Downtown. Faïz avait l'impression de perdre le contrôle. *Elle aurait pu tout découvrir, et ceci en seulement vingt-quatre heures*, pensa-t-il. Il faudra être plus prudent à l'avenir. Elle paraissait si différente des autres comme le Callis l'avait décrit. Cette fois, son charme ainsi que ses atouts ne suffiraient pas à tenir cette jeune femme loin de tous ses secrets. L'envie d'enfoncer le mur avec son poing le démangeait, mais il savait que celui-ci n'y résisterait pas. Il dut se retenir, choisissant d'aller mettre un coup d'eau froide sur son visage afin de se calmer. En s'essuyant avec une serviette, il affronta son reflet dans le miroir, la mâchoire serrée, il se détestait.

Dans son lit, le regard de Zoé remplit son esprit. La colère laissa place petit à petit à un sentiment bizarre qu'il ne connaissait pas. Un léger sourire se dessina sur son visage en la revoyant habillée de ce débardeur avec ce célèbre rappeur dessiné dessus. À ce moment, il pensa à Rachelle, l'impression de la trahir le submergea. En couple depuis plus de trois ans, il s'était attaché à elle. Pourtant, Zoé lui faisait ressentir autre chose. Demain, il lui faudrait donner le change sans rien laisser paraître. Son téléphone vibra, il lut le message en vitesse « informations à transmettre ». C'était le code que l'inspecteur Karl Barthey lui envoyait lorsqu'il avait besoin de lui. Il le verrait demain après les cours. Lorsqu'il ferma les yeux, un regard incisif, vert-émeraude s'invita dans son sommeil.

<u>2</u>

Tout juste réveillée, j'ouvris en grand mes rideaux. Je ne pourrai jamais m'habituer à ce spectacle, pensai-je, en admirant la vue sur cet océan qui donnait l'impression de se lever avec le soleil. Après une bonne douche, je m'habillai en vitesse avec un pantalon de treillis militaire, des bottines ouvertes et un débardeur. J'enfilai à mon poignet mes gros bracelets et décidai de détacher mes longs cheveux frisés pour changer. Je mis un foulard en guise de bandeau autour de ma tête pour contenir un peu ma grosse chevelure. C'est alors que deux petits coups cognèrent à la porte.

— Salut Zoé, me lança Victoria.

Elle me regardait avec une certaine admiration. Je lui adressai un sourire pour l'inviter à entrer dans ma chambre. Peut-être que ça lui plairait que l'on fasse du shopping toutes les deux, il faudrait que l'on s'organise ça un week-end.

Ça sentait bon le café et le pain chaud dans le séjour. Lily se leva de table et vint vers nous pour nous saluer.

— Ça va les filles ? Ah Zoé, à cette heure-ci il est préférable de manger à l'intérieur, car il fait un peu frais dehors. D'ailleurs je te conseille de mettre une petite veste ce matin quand vous partirez en cours. Ça se réchauffera dans la matinée.

Nous nous assîmes autour du petit déjeuner et commençâmes à papoter toutes les trois. Soudain, j'entendis la porte d'entrée s'ouvrir et Faïz apparut dans la pièce, sa beauté utopique m'ensorcela. J'aurais voulu rester insensible à son charme, mais cela m'était impossible. Visiblement de bonne humeur, sa colère de la veille semblait avoir disparu. Il me salua avec courtoisie. Tout en s'asseyant avec nous, il attrapa une tartine de beurre de cacahuète.

— Victoria, ça va aller ton exposé de chimie cette semaine ? On peut le réviser ce soir si tu veux ? lui proposa-t-il.

Il scruta sa sœur d'un regard protecteur, celle-ci lui répondit avec un hochement de la tête enjoué. Faïz se releva de sa chaise sans ajouter un mot et sortit de la pièce.

J'enfilai mon perfecto en cuir noir avant de monter dans l'Escalade où Faïz nous attendait. Victoria partit directement s'asseoir à l'arrière, me laissant la place passager. Elle sortit ses bouquins et commença à réviser. Sur le trajet, la radio enchaîna les tubes, je mourrais d'envie de lui poser un millier de questions, mais avec Victoria à l'arrière, c'était totalement impossible. Son parfum remplissait l'habitacle, je le humai discrètement. Plus l'on se rapprochait de l'université, plus mon angoisse grandissait. Tout le monde se connaissait déjà depuis une semaine. Devant mon appréhension, je soupirai profondément.

— Tu verras sûrement des groupes déjà formés, mais ça ne doit pas te décourager. Sois avenante et va vers les autres. Tout ira bien, me rassura Faïz.

Je restai hébétée, il savait exactement à quoi je pensais. Alors que la voiture s'arrêtait à un feu rouge, je m'autorisai un coup d'œil rapide en sa direction.

— Merci, murmurai-je.

Après plusieurs dizaines de minutes de trajet silencieux, nous arrivâmes devant le lycée de Victoria.

— Bonne journée, nous lança cette dernière tout en descendant du 4X4.

— À ce soir, lui répondis-je en lui adressant un signe de main.

Faïz repartit aussitôt.

— Dans un quart d'heure nous serons arrivés, déclara-t-il.

Je constatai qu'il nous avait presque fallu vingt minutes pour arriver à Baylor School, le lycée de Victoria, depuis Elora. Au bout de quelques instants, n'y tenant plus, je décidai de lui parler :

— Tu sais pour hier soir, je tenais à m'excuser.

— Tu rentres souvent dans la chambre des gens comme ça ? demanda-t-il d'un ton farouche.

— Non ! me renfrognai-je, vexée. À vrai dire je voulais juste te voir et je te le répète, j'ai frappé avant !

— Pourquoi ? grommela-t-il.

— Pourquoi quoi ?

— Voulais-tu me voir ?

Je déglutis ne sachant pas quoi lui répondre, mon pouls s'accéléra. Je ne connaissais moi-même pas la réponse.

— Te dire bonne nuit, répliquai-je timidement.

Bon sang Zoé, tu n'aurais pas pu trouver mieux ! Honteuse, j'aurais voulu disparaître au fond de mon siège.

— Ne refais plus jamais ça ! m'avertit-il.

Au fond de moi, j'essayai de me convaincre avec conviction que ça serait l'unique fois. Nous finissons le trajet dans le silence, Faïz disparut dans ses pensées, l'humeur de nouveau sombre.

Baylor university était écrit en gros sur le bâtiment devant nous. Son style néoroman rendait la bâtisse imposante. L'architecture soignée à l'allure bucolique, embellie par d'innombrables statues, dominée par un campus gigantesque. Quelques mètres plus loin, j'aperçus une église, je trouvai ça étrange que les deux édifices se mélangent dans cet environnement si différent. Devant l'entrée de l'université, Faïz retrouva l'usage de la parole :

— Envoie un message s'il y a le moindre souci, surtout tu n'hésites pas, d'accord ?

— Sinon, je peux aussi courir. Je n'ai pas encore changé mon forfait pour ici, je comptais résoudre ce problème dans la semaine, grimaçai-je.

— Très bien, alors il te faudra courir vite.

Avant de se retourner, il m'adressa un clin d'œil, il n'en fallut pas plus pour que je me retrouve sur un petit nuage. Je n'avais qu'une hâte, c'était de le retrouver après les cours.

À l'intérieur de l'amphithéâtre, le cours de science sociale n'avait pas encore commencé. Debout, près de l'entrée, j'étais rassurée de passer complètement inaperçue. Ça grouillait de partout avec des éclats de voix de toute part. Un véritable bordel artistique ! Je ne m'installai ni trop près ni trop loin de l'estrade. Au moment de sortir mes affaires sur la table, je laissai malencontreusement tomber mon classeur par terre. En me baissant pour le ramasser, j'aperçus de longs ongles rouges magnifiques me le redonner.

— Tu es nouvelle toi ?

Des yeux pétillants et amusés m'interrogèrent.

— Oui, dis-je, si heureuse de me présenter à quelqu'un.

— Je suis Asarys Anderson, je viens de New York.

— Zoé Reyes…

— Excuse-moi, tu portes des lentilles de contact, non ? s'empressa de m'interrompre cette dernière.

La question devait lui brûler les lèvres.

— Non, c'est ma vraie couleur, lui affirmai-je, habituée à cette réflexion.

— Incroyable, souffla-t-elle abasourdie. Tu viens d'où sinon ?

— Paris, en France.

— Paris ! s'écria-t-elle avec un grand sourire.

— Oui, tu connais ? Je suis là avec un programme d'échange universitaire.

Asarys, au physique de rêve et aux origines afro-Américaines, arborait des yeux noisette, clairs, qui rendaient son regard bien particulier. Son rouge à lèvres foncé semblait être son seul maquillage sur son teint mat parfait et sans défaut. Debout devant moi, elle paraissait grande, sa silhouette en courbe, tel un sablier, revêtait un style vestimentaire chic et sobre à la fois. D'un geste de main, elle héla une autre fille se trouvant à l'autre bout de l'amphithéâtre afin que celle-ci nous rejoigne.

— Zoé, je te présente Alexia.

Asarys se tourna vers son amie en ajoutant :

— Elle vient de Paris et non ce ne sont pas des lentilles de contact, lui révéla-t-elle prenant ainsi de l'avance sur des possibles questions récurrentes.

Je ne pus m'empêcher de sourire.

— Super, une Française ! s'exclama la jeune femme, apparemment heureuse de cette nouvelle.

— Tu peux m'appeler Lexy, ajouta-t-elle, moi je suis de Bordeaux. Es-tu venue aussi avec un programme ? me demanda-t-elle.

— C'est ça, affirmai-je.

Asarys regarda son amie tout en souriant :

— Comme toi, Lexy. Vous avez des points communs toutes les deux.

Lexy avait une silhouette aux courbes légèrement rondes et une taille moyenne. Ses grands yeux noirs soulignés par un léger trait d'eye-liner mettaient en valeur son teint clair. Ses cheveux mi-longs, méchés caramel lui retombaient sur les épaules. Son look glamour, simple, lui donnait un sexe-appeal fou.

— Je vais chercher mes affaires et venir m'installer à côté de toi, Zoé, entre Frenchy ! déclara-t-elle en français.

Tout en s'éloignant, elle tira la langue à Asarys. Celle-ci lui renvoya un faux regard rageur en reprenant sa place devant moi, ce qui me fit sourire.

Le professeur de sciences sociales fit son entrée. Pendant le cours, Lexy me briefa sur cette année. Elle me parla des cours préalables, des deux semestres pour le premier cycle, mais aussi de l'atmosphère générale en cours lors des séminaires… Je l'écoutai tout en prenant des notes sur notre cours de la matinée. Après trois heures passées dans cet amphithéâtre, la sonnerie retentit. Immédiatement les livres se fermèrent et les éclats de voix reprirent de plus belle. Asarys se leva et nous rejoignit de suite afin de continuer son interrogation à mon égard. Nous

nous dirigeâmes toutes les trois vers la sortie tout en conversant.

— Tu es dans quel quartier de L.A ? me demanda-t-elle.

— Elora.

Toutes deux se regardèrent en même temps et s'exclamèrent :

— Oh, mon Dieu, tu es sérieuse ?

— C'est un des quartiers les plus prisés ! renchérit Lexy toute excitée.

— Je ne réalise pas encore non plus la localisation de l'endroit où je vis, leur avouai je.

— Lexy, là où tu es, ce n'est pas mal non plus, enchaîna Asarys.

— Oui c'est sympa aussi. C'est dans les Downtown, la résidence Piero. Bon, ce n'est pas Elora, attention !

— C'est une résidence immense avec tous les services qu'il faut. Tu n'as plus aucune raison de sortir à part pour te rendre en cours, s'amusa Asarys.

Avant de franchir la porte, elle ajouta :

— Et tu n'as pas la contrainte de la famille d'accueil, tes parents t'ont acheté ton appartement le temps de tes études.

Leur sourire se figea d'un coup à la vue de Faïz qui m'attendait à l'extérieur. Ces filles, si détendues et pipelettes devinrent muettes devant ce brun, au regard intense. Je rougis aussitôt, surprise qu'il soit là.

— Tout s'est bien passé ? s'empressa-t-il de me demander en me fixant de ses yeux perçants.

Le souffle coupé, je m'obligeai à respirer profondément. Mes nouvelles copines, quant à elles, s'éloignèrent légèrement pour nous laisser un peu d'intimité.

— Oui, la matinée s'est bien déroulée, lui confiai-je.

Il lança un regard interrogateur en direction de mes amies.

— Ce sont Asarys et Alexia. Nous sommes dans les mêmes cours, lui expliquai-je sans attendre.

Au loin, les filles lui firent un signe de tête timide et courtois.

— Je t'attends après tes cours pour rentrer, me dit Faïz.

— Euh… à ce propos, les deux heures de cours à la fin de la journée ne sont pas assurées aujourd'hui. Asarys et Lexy m'ont donc proposé de me faire faire un petit tour de L.A avant de me ramener à Elora.

Faïz parut se renfrogner, il se passa une main dans ses cheveux comme pour réfléchir, pris de court, il me demanda :

— Tu es sûre que ça va aller ? Je peux prendre du temps pour te montrer la ville en fin de semaine si tu y tiens vraiment ?

J'étais déchirée à l'idée de lui dire non, mais au plus profond de moi, il était clair que c'était par politesse qu'il me le proposait.

— Faïz, je dois m'intégrer ici, tu m'y as encouragée ce matin dans la voiture. Je pense que c'est l'occasion, lui fis-je remarquer.

Les traits de son visage se radoucirent. *Qu'est-ce qu'il est beau*, pensai-je à cet instant. Il hocha la tête, compréhensif, et s'éloigna, continuant son chemin dans le couloir de l'université. Les filles me sautèrent dessus.

— Ce mec est un canon Zoé ! C'est ton chéri ? m'interrogea Lexy hagard.

— Non, c'est Faïz, le fils de ma famille d'accueil.

Mon murmure piqua leur curiosité.

— Tu as l'air de l'avoir complètement dans la peau, insinua Asarys.

Nous reprîmes notre marche en direction du réfectoire.

— Je ne le connais que depuis deux jours et la plupart du temps il me sort par les yeux, déclarai-je d'un ton revêche.

— Tu as rougi dès que tu l'as vu Zoé, insista Lexy, pas convaincue par mes paroles, avant de poursuivre :

— Moi à ta place, je le coincerais dans un coin de la maison et je lui ferais sa fête ! éclata-t-elle de rire

Asarys leva les yeux au ciel puis vint enfin à mon secours.

— Tu es malade Lexy, en plus Zoé a peut-être déjà quelqu'un ?

À ce moment, mes deux amies me fixèrent avec insistance. *Merci Asarys, c'est carrément pire maintenant.* Je n'avais aucune envie de leur dire que ma seule aventure remontait à ma sixième, au collège et de plus, que celle-ci avait duré une semaine et deux jours, vraiment rien d'extraordinaire.

— C'est lui qui a quelqu'un ! tranchai-je sur un ton sec afin d'avoir la paix.

Dépitées par ma réponse, elles firent mine d'en avoir fini avec Faïz.

Nous prîmes place toutes les trois au réfectoire du campus et commençâmes notre repas tout en discutant vivement. Au bout de quelques instants, un groupe d'une dizaine de filles fit son entrée dans les lieux et vint

41

s'installer non loin de notre table. Surprise par leur style So'chic d'une autre époque, je détaillai leurs longues jupes à fleurs ou encore leurs pantalons rappelant la période hippie. Certaines étaient coiffées d'une longue tresse, d'autres encore portaient un headband. Leurs bijoux comme accessoires accentuaient encore plus le genre. Je bloquai un moment sur ces jeunes femmes hors du temps.

— Bon sang, mais c'est qui ? demandai-je tout bas, interloquée, à mes deux acolytes.

Asarys soupira apparemment agacée par ce petit groupe d'individus.

— Même moi je ne comprends pas, grogna-t-elle.

— On dirait des mormones sorties d'une série de télévision, insistai-je.

— Moi je les appelle les scouts, ajouta Lexy, amusée.

À ce moment-là, celle qui avait l'air d'être la chef de groupe se tourna vers nous et nous fixa d'un regard dédaigneux avec ses yeux bleu acier. Son serre-tête renversait sa chevelure blonde et lisse en arrière. Habillée d'une robe large, informe, à dentelle de couleur pastel, celle-ci ne la mettait pas du tout en valeur.

— Merde Lexy, tu n'aurais pas pu parler moins fort, murmura Asarys folle de rage.

— Oh la vache, Barbie arrive vers nous ! s'écria Lexy surexcitée.

Elle essaya d'étouffer un fou rire nerveux dans ses mains. Toujours sous le choc de ce personnage baroque, il m'était impossible de la quitter des yeux. La jeune femme s'avançait vers nous d'un pas à la fois assuré et gracieux. Sous ses airs de hippie délurée, son visage de poupée affichait une certaine beauté. Arrivée à notre hauteur, elle nous toisa de haut toutes les trois en silence. Je me penchai alors vers mes deux amies.

— Lexy ? Asarys ? Vous pensez qu'elle va nous chanter une comédie musicale ? chuchotai-je tout bas.

— La ferme, bande d'idiotes ! pestiféra la jeune femme devant nous.

Nous restâmes bouche bée et décontenancées par ses propos. L'atmosphère dans le réfectoire était devenue glaciale.

— Mais c'est qu'elle est vulgaire la scout par-dessus le marché, renchérit Lexy une fois la surprise passée.

Je n'aurais jamais pensé un jour me faire remettre à ma place par ce genre de personnage. Secouant ma tête pour reprendre mes esprits, je ne parvins à me contenir davantage et éclatai de rire tout en protestant :

— Excuse-moi, mais on ne se connaît pas et tu te permets de venir à notre table nous insulter. Es-tu sûre que ça tourne rond là-haut ?

— Vous êtes nouvelle et vous vous permettez d'émettre votre jugement comme bon vous semble sur des personnes dont vous ne connaissez rien ! rugit-elle d'une voix menaçante.

Cette furie est aussi mauvaise qu'une pom pom girl ma parole. En pointant son doigt menaçant en notre direction, elle ajouta :

— Si j'étais vous, je resterais tranquillement à ma place. On peut vous rendre l'année impossible. Ce sera un véritable cauchemar pour vous !

Ses yeux bleus étaient aussi glacials que sa voix. Nous étions le spectacle du réfectoire, personne n'osait broncher devant le groupe de ces jeunes femmes autoritaires. Et dire

43

que je voulais une rentrée discrète, il fallait se l'avouer, c'était foutu.

— Quand tu auras fini de réviser ta pièce au destin tragique, pourras-tu nous laisser finir notre repas ? finit par lâcher Asarys dans le plus grand dédain et loin d'être impressionnée par ses menaces.

Notre adversaire rouge de colère plissa ses yeux. Elle tourna finalement ses talons et repartit aussi gracieusement qu'elle était venue. Nul doute, nous savions que nous venions de déclencher une guerre.

— Franchement les filles, j'aurais encore préféré la comédie musicale, avouai-je sur un ton agacé, en piquant avec ma fourchette un peu de légumes dans mon assiette.

— C'est pire qu'un gang ce groupe ! renchérit Lexy. Qui nous dit qu'elles n'ont pas de M16 planqué dans leur jupon ? Sous ses apparences de Barbie à la ferme, c'est en réalité Chucky la poupée barjot, ouais !

Malgré la situation ubuesque, celle-ci arriva quand même à nous faire rire.

Notre cours de littérature venait de se terminer. En ce milieu d'après-midi, nous étions toutes les trois réunies sur le parking du campus, près de la Bentley rouge de Asarys. Je balayai le parking des yeux.

— Tu cherches quoi Zoé ? me demanda Asarys.

— Faïz est sans doute déjà parti, je ne vois pas sa voiture, répondis-je.

Au moment où nous allions monter dans le cabriolet, une BMW X6 noir s'arrêta devant nous et une voix masculine nous interpella :

— Hé, les filles, vous faites quoi ?

Deux jeunes hommes étaient assis à l'avant du véhicule, le conducteur fit gronder le moteur de son crossover.

— Baudoin, Lucas ! s'écria Asarys, apparemment heureuse de les voir.

Elle se retourna vers moi pour commencer les présentations.

— Les gars, je vous présente Zoé. Elle est arrivée aujourd'hui, elle est de Paris.

— Bonjour Esmeralda, me charia gentiment le conducteur, moi c'est Baudoin.

Je jetai un regard au second, qui me fit un signe de la main pour me saluer.

— Et toi c'est Lucas, devinai-je.

— Oui, Madame.

— Nous allons sur Venice Beach faire du skate, vous venez ? nous proposa Baudoin.

Lexy se tourna vers nous en joignant ses mains pour nous supplier d'accepter. J'avais bien remarqué que cette dernière mangeait littéralement Lucas des yeux. Asarys m'interrogea du regard et j'acceptai sans broncher.

— On vous rejoint là-bas, leur lança Asarys.

La BMW partit en trombe, Lexy elle, sautillait sur place en claquant des mains. Asarys leva les yeux aux ciels.

— Il serait temps que tu conclues Lexy, depuis le temps que vous vous tournez autour tous les deux !

— Depuis combien de temps ? demandai-je à Asarys.

— Une semaine, m'avoua-t-elle.

— Une semaine seulement ? Mais c'est une blague ? m'écriai-je.

Je montai à l'arrière de la Bentley, tandis qu'Asarys ricanait, contente d'elle. Lorsqu'elle démarra, la voix de Taylor Swift se mit à envahir les haut-parleurs de la voiture. Nous partîmes en chantant à pleins poumons, les cheveux au vent en direction de la plage.

Wilshire boulevard n'en finissait pas. Après avoir avalé bon nombre de kilomètres, et patienté dans les bouchons, Asarys coupa finalement le contact sur le parking de Venice. On entendait déjà de la musique qui nous parvenait au loin depuis la plage.

— Ce sont des groupes qui s'installent ici et qui jouent toute la journée, m'expliqua Lexy, il y en a pas mal, surtout le week-end.

— Un vrai musée à ciel ouvert, ajouta Asarys tout en descendant de la voiture.

Elle chercha aussitôt des yeux la voiture de Baudoin.

— Ils sont là-bas ! s'exclama Asarys en agitant ses bras pour leur faire signe.

L'allée de Venice Beach offrait un spectacle permanent où se côtoyaient peintres, musiciens, et bien d'autres communautés. Je croisai de toute part, des gens plus ou moins atypiques à la culture diverse. Le culte du corps et de la beauté semblait prendre une place importante sur cette promenade. Lexy marchait devant nous avec Lucas, elle rigolait bêtement dès que celui-ci ouvrait la bouche. Baudoin, skate à la main, engagea la conversion avec moi :

— Alors Zoé, cette première journée s'est bien passée ?

À mes côtés, je réalisai à quel point il était grand avec des épaules carrées et une carrure imposante. Ses cheveux en brosse, coupés courts, lui donnaient une allure presque militaire.

— Oui, je suis heureuse d'avoir rencontré les filles, j'appréhendais beaucoup cette première journée, lui confiai-je.

— Tu dors sur le campus comme Asarys ?

— Non, intervint cette dernière, Zoé suit le même programme que Lexy. Par contre, elle est dans une famille d'accueil.

Un groupe de danseurs nous encerclèrent, l'un d'eux avait une enceinte portable dans la main qui envoyait du hip-hop au beat rythmé.

— Plus la nuit approche, plus l'ambiance est au rendez-vous, me cria Baudoin dans les oreilles pour se faire entendre au milieu de tout ce bruit.

Après quelques minutes de spectacle, les danseurs s'éloignèrent dans une ambiance bon enfant. Je repris alors la conversation en m'adressant à Asarys:

— Je ne savais pas que tu résidais sur le campus.

— Je vis dans la sororité des Alpha Mu, je viens de finir ma période de rush.

Elle fouilla dans son sac et nous montra fièrement son tee-shirt marron, la signature de sa sororité y était marquée en lettre jaune.

— Tu nous feras rentrer dans tes soirées VIP, lui lançai-je avec petit coup de coude complice.

— J'y compte bien ! affirma-t-elle en me répondant avec un large sourire.

Asarys s'adressa ensuite à Baudoin.

— Zoé cherche un petit boulot sur le campus. Toi qui

es capitaine de l'équipe de foot de Baylor, tu pourrais peut-être faire jouer tes relations ?

Baudoin réfléchit un instant avant d'ajouter :

— Je sais qu'à la cafétéria ils recherchent quelqu'un pour aider David au service. J'irai me renseigner demain, promit-il.

Nous nous arrêtâmes devant un stand de peinture à l'huile. Le peintre était concentré sur le travail d'une de ses toiles. J'admirai ses travaux aux paysages magnifiques qui semblaient si réels. Une de ses œuvres attira mon attention. On y voyait les toits de Los Angeles baignés dans un coucher de soleil. Au premier plan, sur une des toitures était représentée une silhouette que l'on voyait de dos, son immense ombre recouvrait la ville. Ce tableau troublant avait quelque chose de mélancolique.

— C'est Black Shadow, me murmura Asarys.

— Une légende de cette ville, me précisa Baudoin.

— J'en ai entendu parler hier aux informations, vous pensez qu'il existe vraiment ? les questionnai-je.

— Personne ne peut l'affirmer, c'est une légende urbaine, l'homme qui doit nous sauver de la fin du monde, répondit Asarys.

— Tu veux dire, comme un héros des temps modernes ? insistai-je.

Le vieil homme à l'allure mystique tenant le stand s'arrêta de peindre et se tourna vers nous.

— Le feu de l'enfer ne peut l'atteindre, c'est dans les ténèbres qu'il nous est possible de le rencontrer.

À cet instant je me demandais si le vieil homme parlait de l'ombre noire ou au mal auquel avait fait référence Asarys un peu plus tôt.

Nous finîmes notre promenade sur une aire de skate où il y avait foule. Lucas et Baudoin se précipitèrent dessus. C'est alors que Lexy se rapprocha de moi :

— À Venice, le skating est une religion. Ce n'est pas pour rien que ce lieu a la réputation d'être la capitale mondiale de roller skating, m'expliqua-t-elle.

— Nous sommes entre Marina Del Rey et Santa Monica, renchérit Asarys tout en me montrant la grande roue au loin.

En effet, comme dans un mirage, derrière la brume des vagues, j'aperçus un parc d'attractions, celui-ci donnait l'impression de flotter sur l'eau. Le soleil descendait, je jetai un coup d'œil rapide à ma montre. Il commençait à se faire tard. J'empruntai le portable d'Asarys pour appeler Lily afin de l'alerter que je partais de la plage.

— Les filles, je vais rester un peu avec Baudoin et Lucas, nous informa Lexy.

— Pas de souci, on s'appelle ce soir, insista Asarys pour la prévenir qu'elle voudrait tout savoir sur la fin de la soirée de son amie.

— C'est là que tu habites ?

Asarys écarquillait ses yeux, visiblement éblouie devant cette grande villa, comme moi la première fois.

— Ne t'inquiète pas, je te ferai faire le tour des lieux, lui promis-je.

— Et il faudra ensuite me faire sortir de là de force.

Nous éclatâmes de rire.

— J'ai passé une super journée, merci Asarys.

— On se voit demain.

En descendant de la voiture, je vis Faïz sortir de la villa et venir à ma rencontre.

— Tu as intérêt à te bouger Zoé pour conquérir cet homme ou c'est moi qui m'en occuperai ! me menaça Asarys.

De loin, elle salua Faïz avec sa main et repartit aussitôt. J'essayai de deviner son humeur tout en m'approchant de lui, mais ce soir, il semblait impénétrable.

— Je pensais que tu rentrerais plus tôt, se tempéra-t-il.

— Je n'ai pas vu le temps passer avec Lexy et Asarys.

Je ne voulus pas mentionner le nom de Baudoin et de son ami, pressentant que ce n'était pas le moment. Il retira la veste qu'il portait et la posa sur mes épaules. Je ne m'étais pas rendu compte que j'avais laissé mon perfecto dans la Bentley d'Asarys, trop distraite dès que je l'avais aperçu. Touchée par cette attention de sa part, je voulus lui sauter au cou, mais je me retins. Sa veste en daim sentait bon son parfum qui m'enivrait. Je la serrai tout contre moi pour que son odeur s'incruste par tous les pores de ma peau.

— Merci, murmurai-je.

Postée devant lui, je le fixai avec insistance. Pris de court, une frustration inexplicable traversa son regard.

— Nous devrions rentrer, prononça-t-il doucement.

Une fois mes esprits en ordre, je me remis à respirer, complètement troublée par mes pensées irrationnelles. Nous rentrâmes à la villa.

Pendant le dîner, je rassurai Lily comme je le pouvais. Je la soupçonnai de s'être inquiétée pour moi toute la journée. Lorsque j'avais exprimé ma rencontre avec Lexy et Asarys, elle avait émis un petit soupir de soulagement. Du coin de l'œil, j'observai Faïz en catimini, quelque chose paraissait le tracasser. J'aurais tant aimé le voir sourire, ne serait-ce qu'une seule fois pendant le repas, mais ça n'arriva pas. Madame Arlette débarrassa la table qui s'était vidée de tout son monde. Charles était parti dans son bureau, Victoria, elle, avait déjà filé dans sa chambre, pendant que moi, je finissais de visionner les informations, à la télévision, dans le séjour, curieuse de savoir si l'on allait de nouveau parler de ce mystérieux héros, le fameux Black Shadow. Soudain, les murmures suppliants de Lily devant la porte d'entrée, essayant de convaincre Faïz de ne pas se rendre à son rendez-vous, attirèrent mon attention.

— Pas ce soir, s'il te plaît chéri, il n'y a pas qu'à toi qu'il peut demander ça.

— Les autres sont trop loin et tu sais que la situation devient urgente !

— Quand est-ce que tout ça finira, Seigneur ?

L'émotion dans la voix de Lily me submergea.

— Ça n'a même pas encore commencé. Je dois y aller. Ne rends pas les choses plus compliquées, insista-t-il.

À tâtons, je me rapprochai de la porte d'entrée. Faïz prit sa mère dans ses bras et la serra affectueusement. Quel secret pouvait bien ronger cette famille ? Sous cette atmosphère chaleureuse quelle renvoyait, je ressentais en chacun d'eux, une teinte de tristesse, d'inquiétude et une part d'obscurité. Quand Lily revint au salon, elle camoufla ses yeux humides derrière un large sourire, mais les traits de son visage empreints de chagrin la trahirent.

— Lily, vous allez bien ? quémandai-je immédiatement, inquiète.

— Ce n'est rien, essaya-t-elle de se convaincre elle-même.

— J'aimerais tellement pouvoir vous aider si… on m'expliquait ce qui se passe.

Elle se rapprocha de moi, je sentis qu'elle voulait me parler, mais après quelques secondes d'hésitation et une bagarre intérieure, elle se ressaisit :

— Zoé, tu voulais me dire quelque chose après le dîner ? De quoi s'agissait-il ?

Ce changement soudain de situation me désarma.

— Euh... Je vais prendre un petit boulot sur le campus.

— Pourquoi ? répondit-elle en fronçant les sourcils, ça va faire trop avec tes cours. Laisse-nous t'aider financièrement, nous en avons les moyens.

— C'est gentil, mais je suis de nature très indépendante, j'ai besoin de voler de mes propres ailes.

Lily afficha un air agréablement étonné puis hocha la tête en ajoutant :

— Je comprends, mais si jamais tu vois que c'est trop dur de cumuler les deux, tu arrêtes immédiatement. On est là pour toi quoiqu'il arrive.

— D'accord, la rassurai-je, par contre, je risque de ne plus avoir les mêmes horaires avec mon job. Je prendrai le bus pour les trajets quand ça sera nécessaire.

— Non, objecta Lily, tu prendras ma voiture, tu as ton permis ?

— Oui, seulement depuis cet été, mais je vous assure que je n'en ai pas besoin.

— Je préfère que tu la prennes, insista Lily, prendre les transports le soir ce n'est pas recommandé ici, je préfère te savoir en sécurité.

— Très bien. Merci.

Sans me poser de question, je la pris dans mes bras. J'avais une envie telle de la réconforter, de quoi ? Je l'ignorais.

Je me préparai à aller me coucher, fatiguée de ma première journée à Baylor. C'est alors que je vis une boîte posée sur ma commode près de mon lit. Je découvris à l'intérieure de celle-ci, un smartphone Samsung flambant neuf. Un petit mot avait été soigneusement posé à côté :

Maintenant tu pourras appeler ! Faïz

Mon cœur se serra, touché par ce geste. Je pourrais enfin prendre des nouvelles de mon entourage. En sortant mon ancien portable de mes affaires, j'entrepris de transférer tous les numéros dans le nouveau. Au moment où j'ouvris mon fichier de contact dans celui-ci, le numéro de Faïz apparut. Il l'avait déjà enregistré à l'intérieur. Je m'autorisai un bref instant à espérer ce que mon inconscient désirait le plus avant que ma raison se charge d'étouffer mes sentiments.

La semaine de ma rentrée passa à toute vitesse. L'occupation principale des étudiants à Baylor en ce vendredi était de préparer le week-end à venir. Les adresses des soirées s'échangeaient à coups de textos sur les portables ou sur les réseaux sociaux. Baudoin avait réussi à m'avoir le job à la cafétéria du campus. Je partageais la caisse et le service avec David, un autre étudiant qui m'avait formée ces derniers jours, à ce poste. De nature timide au premier abord, le courant passait parfaitement entre nous. Une complicité s'était même installée au fil des jours. Brun avec une barbe de quelques jours, David avait des gestes et un parler souvent maladroit qui le rendaient attachant. Sa grande passion était l'informatique, il pouvait parler pendant des heures de programmes ou de logiciels auxquels je ne comprenais rien.

Ce garçon, un peu différent des autres, essuyait pas mal de moqueries en public, ce qui me mettait hors de moi à chaque fois. Comment pouvait-on rabaisser une personne qui ne rentrait pas dans les critères de cette jeunesse dorée ? Dès que je le pouvais, je volais à son secours en prenant sa place derrière la caisse lors d'une commande. En quelques jours, nous étions devenus des amis inséparables même si David avait une année d'avance, il faisait désormais partie de notre petit groupe. Lily m'avait proposé d'inviter mes copines pendant le week-end ou le soir après les cours si j'en avais envie, elles étaient les bienvenues à Elora.

Lexy et Lucas devinrent inséparables, malgré un rapprochement entre eux qui sautait aux yeux de tous. Ils ne rendaient rien d'officiel sur leur relation pour l'instant. Je passais beaucoup de temps avec Victoria, j'aimais son naturel, son caractère. On pouvait rester des heures toutes les deux dans la chambre de l'une ou de l'autre à converser sur tout. Asarys avait une soirée samedi soir avec sa sororité, elle insistait pour que je sois présente à cet événement, je n'eus pas d'autre choix que d'accepter.

Profitant de cette belle journée, nous prenions notre pause du midi, dehors, sur le Campus. Baudoin parlait football avec David pendant qu'Asarys échangeait avec une amie de New York par Face-Time. Je n'avais pas revu Faïz depuis ce lundi soir. Lorsque j'avais demandé de ses nouvelles auprès de Victoria, elle m'apprit qu'il avait beaucoup de travail, mais qu'il essaierait de passer à la villa au cours du week-end. Je ne l'avais pas aperçu non plus dans les couloirs de l'université, il faut dire que l'établissement était immense et nos horaires différents. Pourtant, il envahissait toujours mes pensées.

— Ce regard, il veut tout dire, me taquina Lexy.

Je ne l'avais pas entendue venir vers moi.

— De quoi parles-tu ? me défendis-je. Je pense à la soirée de demain.

J'espérais que ma diversion soit efficace, malheureusement mes nouvelles copines commençaient à me connaître. En effet, mes émotions devenaient de plus en plus dures à cacher.

— Tu es sur la défensive à chaque fois que l'on parle de lui, Zoé, renchérit Asarys qui venait de raccrocher au téléphone avec son amie.

— Tu n'as jamais eu envie d'ouvrir les armoires de sa chambre, respirer ses chemises ou même d'aller fouiller dans ses sous-vêtements ? continua Lexy avec son esprit tordu.

Je soupirai profondément en sentant la conversation dévier de sa route. Heureusement Lexy changea précipitamment de sujet :

— Hé, avant de venir vous rejoindre, j'ai croisé Barbie et son gang, ricana-t-elle. Je peux vous assurer que si leurs yeux étaient des balles, je serais déjà morte à l'heure qu'il est. On aurait dit qu'elles voulaient me faire la peau.

— Lexy, tu passes ton temps à les provoquer avec ton sourire sournois, c'est normal et je tiens à te préciser qu'elles sont en supériorité numérique. Il ne faut pas que tu l'oublies, lui répondit Asarys.

— Ces filles, ce sont de véritables pestes, Asarys a raison, nous ne devons pas rentrer dans leur jeu, même si j'avoue qu'elles me sortent par les yeux, ajoutai-je.

— Elles passent leur temps à nous toiser de haut.

Surtout Barbie, c'est la pire, je ne la supporte pas, pestiféra Asarys.

La sonnerie se mit à retentir, nous indiquant que l'heure était venue de retourner en cours. David partit le premier de son côté, je le verrais tout à l'heure à la cafétéria. Dans les couloirs de l'université, Faïz restait toujours introuvable, je ne parvins pas cacher ma déception.

Le cours de commerce passa lentement. Notre professeur, Mr Kalansky, récitait son discours de façon monotone ce qui rendait ces dernières heures soporifiques. Autour de moi, j'en voyais plus d'un piquer du nez, je me forçai à rester concentrée. Pas mal d'évaluations nous attendaient la semaine prochaine, je devrai absolument réviser le plus possible ce week-end. Il est vrai que mon travail à la cafétéria n'arrangeait pas les choses, mais il était essentiel pour moi.

J'avais survécu à cette première semaine et encore mieux, je l'avais appréciée. Avec les filles, nous nous dépêchâmes de sortir sur le campus, elles m'accompagnaient à la cafétéria. Après quelques pas à l'air libre, je m'arrêtai brusquement, au loin je reconnus Faïz qui venait à notre rencontre. Asarys me lâcha inopinément le bras.

— Ton mec est là ! s'écria Lexy.

Je lui jetai un rapide coup d'œil assassin. Elles se mirent à marcher quelques mètres derrière moi, me laissant un semblant d'intimité. Mes deux acolytes ne semblaient pas vouloir rater une miette de notre conversation.

— Ça va ? me demanda Faïz, une fois arrivé à ma hauteur.

— Je vais bien, je ne t'ai pas vu de la semaine.

Gêné, il préféra regarder un instant ailleurs afin de ne pas croiser mon regard.

— J'avais pas mal de choses à régler, finit-il par lâcher. Tu avais besoin de moi ?

— Non, mais…

J'allais terminer ma phrase quand j'entendis une voix féminine héler Faïz au loin. Je regardai en sa direction pour voir de qui il pouvait bien s'agir. Sur le coup, je crus à une farce, n'arrivant pas à croire ce que je voyais. Horreur, la peste que l'on surnommait Barbie et bien d'autres noms, arrivait vers nous. Tout se passa très vite, en quelques secondes. Je vis celle-ci se jeter au cou de Faïz, visiblement heureuse de le voir et lui adressa ensuite un léger baiser sur les lèvres.

— Bébé, je te cherchais, lui susurra-t-elle doucement à l'oreille, le visage rayonnant de bonheur.

Je regardai Faïz puis Barbie, Barbie puis Faïz. Seigneur non… c'était Rachelle, quel cauchemar ! Derrière moi, j'entendis des chuchotis pleins d'effroi monter crescendo. Mes amies suivaient ce mauvais spectacle comme si elles étaient devant un feuilleton de télévision. Il ne leur manquait plus que des pop-corn.

— Rachelle, tu connais Zoé ? demanda Faïz apparemment embarrassé par la situation. Elle habite chez mes parents depuis presque une semaine.

Cette dernière parut surprise par les paroles de son cher et tendre, visiblement non informée de cette nouvelle.

— Nous nous connaissons d'une certaine manière. Elle et ses copines m'ont surnommée " Double Face " dans toute l'université, siffla-t-elle les yeux plissés de haine.

La garce ! je m'empourprai honteuse.

— Non... c'est… la première approche n'a pas été… tu

57

as mal compris, essayai-je de me défendre.

— Je pense qu'il serait mieux que vous fassiez connaissance toutes les deux, nous conseilla Faïz qui me fixait sévèrement comme s'il découvrait une autre facette de moi.

Puis il regarda de nouveau Rachelle et plus rien ne semblait exister pour lui. J'étais au bord de la crise cardiaque, écœurée par ce qui me semblait être une grosse blague. Il se retourna finalement vers moi, je le fixai complètement perdue. À cet instant, il éprouva un certain malaise vis-à-vis de moi. Rachelle sentant son bien-aimé lui échapper, le prit par la main et le tira légèrement vers elle.

— Bébé, allons-y. Rappelle-toi que nous devons passer la soirée ensemble, rien que tous les deux.

Elle m'asséna un regard empreint de victoire qui fut l'ultime coup poing pour me mettre K.O.

— Zoé, à plus tard, conclut Faïz à voix basse.

Encore sous le choc, je ne répondis pas. La discussion s'en tint là. Ils s'éloignèrent tous les deux, ensemble, main dans la main. Soudain, les deux visages de mes amies surgirent devant moi, me rappelant à la réalité.

— Bordel de merde, mais c'est quoi ce délire ?! s'écria Lexy.

— Dites-moi que c'est une mauvaise blague, les filles. Vous avez vu ce que j'ai vu ? déclarai-je encore hébétée.

— Finalement, après réflexion, je te conseille de ne jamais fouiller dans ses tiroirs ni même dans son armoire Zoé, répliqua Lexy en secouant la tête avant d'ajouter :

— Dieu sait ce que tu pourrais y trouver de choquant à l'intérieur.

— Pourquoi fallait-il que ça soit elle ? N'importe qui,

mais pas elle. Je suis maudite, grognai-je désespérée.

Asarys et Lexy me prirent chacune par le bras et nous reprîmes notre marche en direction de la cafétéria.

— Merci les filles pour votre réconfort, dis-je, sur un ton morose.

— Si nous te tenons, c'est surtout pour t'empêcher de courir sous la première voiture que tu pourrais croiser, m'expliqua Asarys.

— Oh, là, là, t'en fais une de ces têtes toi.

David me regardait d'un œil inquiet.

— Ce n'est pas le moment Dav, Zoé vient de se faire tamponner, donne-lui un bon remontant, continua Lexy toujours dans la plus grande exagération.

— Lexy, au lieu de raconter des conneries, allons nous asseoir et laissons Zoé prendre tranquillement son service, soupira Asarys agacée.

— Ça va aller ? me demanda-t-elle, anxieuse.

Asarys avait toujours les bons mots au bon moment. Je lui fis un signe de tête en guise de réponse. Mes deux amies partirent s'asseoir dans un coin de la cafétéria, tandis que David tapotait du bout des doigts le comptoir, attendant une réponse à une question qu'il n'avait même pas encore posée. Devant mon mutisme, il croisa ses bras, ce qui m'indiquait qu'il commençait à s'impatienter. Je me décidai alors à me confier à lui.

— C'est Faïz, dis-je dans un murmure

— Je savais que tu en pinçais pour ce mec, riposta-t-il en levant les bras au ciel, alors dis-moi ce qui se passe avec lui !

— Il est en couple depuis un certain moment avec une dénommée Rachelle et je viens de découvrir que cette

Rachelle est en réalité Barbie.

— Oh non, non, non, je ne vais pas avaler ça ! Allez arrête de te foutre de moi. C'est quoi le véritable problème ?

Je le fixai, découragée, il comprit alors que je ne plaisantais pas.

— Tu veux dire que l'apollon le plus canon de Baylor s'envoie... ça ?! grimaça-t-il avec une réelle répulsion.

— Attention, je savais qu'il avait quelqu'un, mais voir la réalité en face a été une vraie gifle. Tu aurais dû la voir, si fière d'elle et heureuse de pouvoir m'humilier.

David repartit en vitesse derrière sa caisse. Les commandes affluaient, la terre ne s'était pas arrêtée de tourner. En observant David, je remarquai qu'il s'était changé et au passage, recoiffé.

— Toi, tu as un rendez-vous ? dis-je d'une voix pleine de sous-entendus.

Je ne comptai pas le laisser se défiler aussi facilement.

— Je me suis confiée à toi, à ton tour Dav ! ajoutai-je impatiente.

— OK, c'est Morgan. Personne n'est au courant pour nous deux. Merci de garder l'information secrète pour toi, chuchota-t-il tout en continuant son service.

— Tu peux me faire confiance.

Avec mes doigts, je fis mine de verrouiller ma bouche avec une clef. Il me remercia d'un petit clin d'œil. Asarys et Lexy vinrent au comptoir pour nous dire au revoir, il était l'heure pour elles de rentrer chez elles.

— On se voit demain à la fête. Je compte sur vous, ajouta Asarys tout en nous montrant tous les trois du doigt.

Elle s'éloigna ensuite vers la sortie en me répétant d'être courageuse et de ne pas me laisser aller.

— Attends-moi ! lui cria Lexy en lui courant derrière. C'est trop dangereux pour toi dehors.

Elle se dépêcha de la rattraper.

— Dangereux ? Non ! Black Shadow veille sur cette ville, rétorqua Asarys sûre d'elle.

Les voilà qui disparurent au loin, seuls leurs éclats de rire parvinrent jusqu'à nous. Je constatai à ce moment que la cafétéria s'était pratiquement vidée. Je profitai de l'instant pour échanger quelques mots avec David.

— Tu y crois, toi, à l'ombre noire ?

— Bien sûr, tout le monde y croit ici à L.A. C'est plus qu'une légende Zoé, rétorqua-t-il sans faillir.

— Mais c'est quoi ? C'est qui ?

— Ça remonterait à plusieurs décennies. Alors que Los Angeles enregistrait son plus gros taux de banditisme, quelqu'un décida de prendre les choses en main pour enrayer l'escalade de la violence. Nous ne savons pas s'il agit tout seul ou s'ils sont plusieurs, mais en quelques années, la ville devint une des plus sûres des États-Unis. La prison d'État de Pélican Bay dans le comté de Del Norte fut construite afin d'accueillir les plus gros criminels de Californie. Cette prison est réputée comme la plus sûre du monde et inviolable. L'ombre noire est à l'origine de la plupart de ces arrestations. La police continue à faire appel à elle pour toutes les grosses affaires. Pourquoi l'appelle-t-on Black Shadow ? Tout simplement parce que tu peux marcher dans la rue et apercevoir soudain une grande ombre se déplacer à côté de toi, alors tu regardes tout autour ou tu lèves la tête en constatant finalement qu'il n'y a personne. L'ombre a tout simplement disparu. Il veille sur chacun de nous. Toi qui veux devenir journaliste, peut-être qu'un jour tu auras le privilège de lui consacrer un article. En tout cas je te le souhaite.

Je restai pendue à ses lèvres, fascinée par son histoire. La population de Los Angeles croyait dur comme fer à ce personnage et y vouait un culte. Pourtant, personne ne désirait en savoir plus. Les habitants avaient un héros et rien d'autre ne leur importait.

— Bonsoir.

Un jeune homme au teint mat et aux yeux clairs se présenta au comptoir. Son charisme naturel au physique élégant ne passait pas inaperçu.

— David est là ? demanda-t-il poliment.

Je regardai autour de moi sans l'apercevoir, il devait sûrement se trouver dans la réserve.

— Je vais le chercher, répondis-je au jeune homme, vous êtes ?

— Morgan.

La surprise passée, je lui adressai un grand sourire, heureuse de faire sa connaissance. Je me rendis à l'arrière de la cafétéria, trouvant David en train de ranger des briques de lait.

— Morgan est là, lui indiquai-je gaiement.

— Mince, il est en avance, je n'ai pas encore fini.

— Laisse ça, je vais m'en occuper. File à ton rendez-vous, lui ordonnai-je.

— Merci Zoé.

Il me serra dans ses bras et partit rejoindre son ami.

La journée se termina. Après le calcul de la caisse et avoir pris soin de fermer la cafétéria, je sortis à l'air libre et respirai un grand coup. La nuit était tombée sans que je m'en aperçoive, je m'engouffrai sur le parking peu éclairé du campus afin de récupérer la Mustang de Lily. J'avais hâte de rentrer et de retrouver les Mattew ainsi que ma chambre. Le lieu était désert en ce vendredi soir, Baylor vidé de toute sa population arborait un tout autre visage. L'obscurité recouvrait chaque recoin d'un silence mystérieux.

J'entendais mes pas qui résonnaient sur le béton quand soudain l'écho sourd d'autres pas m'interpella. Je me retournai aussitôt, mais ne vis personne. La nébulosité était ma seule compagnie, la peur s'empara de moi et un signal d'alarme se mit instinctivement en marche dans tout mon corps.

Ne cède pas à la paranoïa, Zoé, ce n'est rien.

J'accélérai le rythme de ma marche jusqu'à courir pour les derniers mètres qui me séparaient de ma voiture. Une fois à l'intérieur de celle-ci, je verrouillai immédiatement les portières. Mon pouls battait à mille à l'heure, je n'arrivai pas à reprendre mon souffle. Lorsque je mis le contact, la Mustang refusa de démarrer, je n'insistai pas plus de peur de noyer le moteur. La panique me prit aux tripes, je sentis une présence, là, tout près de moi. Des pas s'approchaient, mais je ne voyais rien dans le noir. J'attrapai mon téléphone dans mon sac, essayant de faire fonctionner mon cerveau paralysé par la peur. Asarys demeurait la plus proche d'ici. Je composai difficilement son numéro, mais après plusieurs sonneries, celle-ci ne répondit pas. J'éliminai Lexy qui se trouvait trop loin, David lui était déjà parti. Je me pinçai l'arête du nez pour cogiter. Faïz ! Sans réfléchir plus longtemps, je décidai de l'appeler.

—Zoé ?

Il répondit tout de suite d'une voix grave. J'éclatai en sanglots.

— La voiture ne démarre pas, il y a quelqu'un qui me suit, je ne sais pas ce qui se passe. Je…

— Ne bouge pas, m'ordonna-t-il, inquiet par le son de ma voix, j'arrive.

Il raccrocha aussitôt sans que je puisse ajouter quoi que ce soit.

Dix-huit minutes plus tard, qui me parurent des heures, des grincements de pneus retentirent dans l'allée de l'université. Une McLaren noire se gara à côté de moi. Faïz sortit de la voiture à toute vitesse, en le voyant, une bouffée d'émotion s'empara de moi. Lorsqu'il ouvrit la portière, il vint s'asseoir sur le siège passager, je me jetai alors dans ses bras, tellement soulagée. C'était la première fois que je me retrouvais contre lui, la solidité de son torse me surprit. Une fois mon calme revenu, Faïz m'écarta de lui et me prit par les épaules en m'observant attentivement.

— Quelqu'un t'a fait du mal ? m'interrogea-t-il tout en essayant de contenir sa rage.

Ses yeux noirs encre me firent deviner à quel point il pourrait être dangereux s'il arrivait malheur à quelqu'un de son entourage. Je me mis à lui raconter ce qui venait de se passer, ce que j'avais ressenti. Il me caressa la joue, ce geste me réconforta et me brûla la chair à la fois. Faïz appela ensuite sa mère pour la prévenir de mon retard en omettant de lui parler de l'incident qui venait de se produire, ça ne servait à rien d'inquiéter Lily plus que nécessaire. Puis ce dernier partit arpenter le parking, à la recherche certainement d'un rôdeur, mais ne vit personne. Il jeta ensuite un coup d'œil sur mon véhicule en réussissant à le faire démarrer sans trop de problèmes.

— Je te ramène avec ma voiture ! trancha-t-il.

Je m'installai à bord de son bolide à l'intérieur sophistiqué et au luxe absolu. L'odeur de Faïz flottait à l'intérieur. Quand il vint s'installer au volant, j'éprouvai un sentiment de sécurité et de réconfort, tout mon mal-être disparut instantanément.

— Désolée pour ta soirée avec Rachelle, mentis-je.

Je me doutais bien qu'il ne croyait pas un seul mot de mes excuses. Il démarra à toute vitesse en direction d'Elora.

— Le principal c'est qu'il ne te soit rien arrivé.

— Tu vas rester à la villa ? demandai-je inquiète.

— Pas ce soir, j'ai pas mal de choses à régler.

Mon cœur se serra à l'idée qu'il parte de nouveau la retrouver. Je tournai mon visage vers la vitre et contemplai le paysage qui défilait à ma fenêtre. Je voulais éviter de croiser son regard, n'ayant plus la force de faire semblant ce soir. Mes batteries étaient totalement vides.

— Elle est rentrée chez elle, m'avoua Faïz sans que je ne lui demande rien.

Je le soupçonnai de vouloir apaiser mes pensées afin que je puisse passer une soirée plus sereine.

— Tant mieux, murmurai-je sans m'embarrasser de politesse vis-à-vis de cette nouvelle.

Je sentis son regard me peser dans le dos. Il soupira comme s'il voulait ajouter quelque chose, mais se ravisa.

Nous arrivâmes à Elora, silencieux l'un et l'autre. Faïz me raccompagna jusqu'à la porte d'entrée afin d'être sûr que je sois bien à l'abri d'un quelconque danger.

— Tu repars tout de suite ? m'empressai-je de lui demander.

— Ne t'inquiète pas pour moi, ça va aller. Je dois

récupérer la Mustang. Essaye de te reposer Zoé, après toutes ces émotions tu dois être épuisée.

Je m'approchai de lui et lui glissai un doux baiser sur sa joue. Ce dernier ne me repoussa pas. Il resta posté droit devant moi, déstabilisé par mon geste, puis il tourna les talons, fuyant cet instant qui semblait s'être arrêté. J'étais en train de tomber amoureuse d'un homme bien mystérieux, aux pensées impénétrables et qui plus est, déjà en couple.

FAÏZ

Le jeune homme arriva en haut de l'immeuble, sur West Fifth Street, dominant ainsi la Cité des Anges. La nuit donnait à la ville une beauté bien différente de celle de la journée. Immobile, les mains dans ses poches et son visage en parti dissimulé sous sa capuche noire qui ne permettait à personne de pouvoir lire dans son regard. Au plus profond de lui, Faïz se dit qu'il aurait aimé ne jamais la rencontrer. Lui, qui s'était toujours préservé de ses sentiments en gardant un contrôle strict sur chacune de ses émotions, était aujourd'hui livré à lui-même sur ce qu'il éprouvait envers cette jeune femme. Son visage, son sourire et ses yeux verts l'obsédaient. Il avait eu peur ce soir pour elle, obligé d'éconduire une Rachelle plus que déçue pour partir à la rescousse de Zoé. Il se demanda alors ce qui avait bien pu se passer sur le campus. Faïz serra ses poings, essayant de se convaincre que ce n'était qu'une coïncidence. Impossible que le voyageur soit déjà sur ses traces alors qu'elle venait tout juste d'arriver dans cette ville. Si c'était le cas, alors Zoé était en danger. Il reconnut les pas de l'inspecteur Barthey derrière lui qui se rapprochait, constatant que celui-ci était accompagné de deux autres personnes. Faïz ne prit pas la peine de se retourner.

— Vous avez du nouveau ? quémanda-t-il auprès de l'inspecteur.

— Le moment que nous craignions est arrivé, il est revenu ! lâcha Barthey d'une voix nerveuse.

Faïz resta silencieux et soupira profondément. L'inquiétante prophétie dont le Callis parlait était en train de se réaliser. Il se retourna lentement pour faire face à l'inspecteur. Celui-ci arborait un visage aux traits fatigués, ses cheveux blancs avaient une lumière particulière presque translucide. De corpulence moyenne, sa silhouette n'en était pas moins athlétique. Son physique demeurait bien équilibré pour sa taille. À ses côtés était posté un homme plus petit, asiatique, aux cheveux longs. À l'arrière, il aperçut une femme de grande taille, à la chevelure acajou, très mince. Sa peau pâle faisait ressortir ses lèvres d'un rouge sang. Leurs tenues sportives indiquaient qu'ils étaient des personnes de terrain.

— Je te présente Zorrick.

Le petit homme fit un signe de tête.

— Et voici Bélize.

La femme s'avança d'un pas.

— Je n'ai besoin de personne pour m'aider et encore moins de la part du commun des mortels ! persifla Faïz.

— Le F.B.I est sur les dents, nous n'avons pas le choix ! Zorrick et Bélize auront un rapport à rendre sur la situation auprès du gouvernement dans quelques mois, répliqua l'inspecteur.

— Vous les mettez en danger, aboya Faïz hors de lui, ils peuvent être des champions du monde de karaté ou d'art martiaux, ça ne suffira pas. C'est le mal en personne qui est aux portes de la ville. Partout où il passera, il n'y aura que le chaos et la désolation pour témoigner de son infâme cruauté.

— Ton grand-père n'est pas parvenu à le battre tout seul, riposta Barthey en élevant la voix, veux-tu vraiment que ça se termine de la même façon ? Il a perdu la femme qu'il aimait par orgueil, refusant l'aide qu'on lui proposait. C'est ça que tu veux reproduire ?

Faïz ne voulait sacrifier personne sachant pertinemment que son interlocuteur avait raison. Il aurait besoin de mains, d'yeux, de soldats. Cette fois-ci, sa force exceptionnelle ne suffirait pas. Il devait être à la hauteur de l'héritage laissé par son grand-père et protéger la Cité des Anges au prix de sa vie. Il se rendit donc à l'évidence, ce soir, l'incident avec Zoé ne fut pas une simultanéité. Le voyageur allait vouloir lui prendre tout ce qui comptait pour lui, ne lui laissant pas le choix, que de s'éloigner d'elle, mais aussi de sa famille.

— Réunissez le maximum de Léviathans. On aura besoin d'eux pour contenir la ville contre le mal et éviter un coup d'État, conclut Faïz.

Sans ajouter un mot, il se dirigea vers les escaliers de l'immeuble. L'inspecteur n'eut pas le temps d'ajouter quoi que ce soit, celui-ci s'était déjà évaporé dans l'obscurité. Le maître de l'horreur, surnommé le Maestro, avait décidé de revenir parmi les simples mortels, mais aussi parmi ces hommes, les Léviathans comme Faïz, considérés ici-bas comme des demi-dieux.

3

À l'aurore de cette nouvelle journée, mes bouquins prenaient une grande place, éparpillés sur mon lit. J'essayai de me concentrer au maximum sur mes révisions, mais des flashs de la veille me revinrent sans cesse en mémoire. Je passai mes mains dans mes grosses boucles noires bien emmêlées en essayant de faire le vide dans ma tête. Ma fin de soirée s'était déroulée en grande partie dans ma chambre avec Victoria qui m'avait rejointe peu de temps après. J'en avais profité pour appeler mon père, mais aussi mes copines par visioconférence, en m'obligeant à prendre une mine enjouée afin de tromper les apparences. Sortant de mes pensées, je me souvins soudain que j'avais promis à Victoria de partir faire du shopping avec elle aujourd'hui. L'initiative venait de cette dernière et j'étais heureuse de pouvoir partager ce moment avec celle-ci, au caractère si timide. Je me replongeai dans mes bouquins, attendant que les Mattew se réveillent.

Sous l'avalanche d'eau chaude de ma douche, je me revis avec Faïz, hier soir, devant la porte d'entrée. Pendant un court moment, je l'avoue, j'avais perdu pied devant son regard magnétique avant de trouver le courage de l'embrasser. Mes lèvres l'avaient effleuré, ce contact charnel presque électrique face à cet interdit me déstabilisait. Il ne m'avait pas repoussée.

Il ne t'a pas non plus encouragée, soit dit en passant.

Comment devrais-je me comporter avec lui la prochaine fois que je le verrais ? Je fermai les yeux et décidai de profiter de ces dernières minutes sans vouloir y penser, laissant l'eau abolir mes appréhensions.

— Tu veux conduire Zoé ? me demanda Victoria prête à me lancer les clefs, devant l'Escalade.

— À ta place, je n'y penserais même pas si tu tiens à revenir entière. Je te laisse ce monstre, fis-je d'une moue désapprobatrice.

À peine étions-nous parties en direction de Rodeo Drive que je me remémorai le petit-déjeuner en compagnie des Mattew, déçue par l'absence de Faïz. J'avais remarqué le visage fermé de Charles, empreint de sévérité et au regard absent, tandis que Lily affichait un sourire forcé sur son visage aux traits crispés. Cette tension palpable me fit deviner qu'il y avait certainement eu un problème quelques heures auparavant. Plus les jours passaient, plus l'atmosphère devenait pesante sans aucune explication. Sur la route, je décidai de profiter de ce moment avec Victoria pour aller à la pêche aux infos et lui soutirer le plus de renseignements possible, espérant que celle-ci serait plus bavarde que le reste de sa famille.

— Ton père et ta mère avaient l'air différents ce matin, il y a eu un problème ? m'aventurai-je d'une voix la plus neutre possible.

Victoria fut surprise par ma question inopinée et prit soudain une expression que je ne lui connaissais pas, elle réfléchit un instant, mal à l'aise. Hésitante, elle finit par ajouter :

— Nous sommes une famille un peu compliquée Zoé, tu aurais pu tomber mieux. Tu as une belle vie, même si tu penses le contraire. Tu ne t'en rends pas compte encore.

Son petit rire nerveux me fit penser qu'elle en savait plus que ce qu'elle voulait me faire croire. Elle devint de nouveau sérieuse, apparemment rongée par les secrets.

— Si je devais te donner un conseil, ce serait de te sortir Faïz de la tête, crois-moi, il ne pourra que te briser le cœur.

Victoria voulait sincèrement me préserver, je ne pris donc pas mal son conseil. *Mince ! Mon béguin pour son frère doit se voir comme le nez au milieu de la figure.* Me prenant ainsi de court, je feignis l'indifférence.

— Merci pour cet avertissement, j'en prends note, mais rassure-toi, je ne compte pas m'amouracher avec qui que ce soit pour le moment.

Victoria ne parut pas croire un piètre mot de ce que je disais et ajouta :

— Il a eu énormément de conquêtes. Partout où il passe, les femmes cherchent à attirer son intention. Il a un charme naturel, captivant et il en a beaucoup profité, c'est peu de le dire. Puis il a rencontré Rachelle au bon moment, riche héritière du groupe chocolatier « Connor ». Cette fille l'a changé, elle a canalisé ses colères et apaisé son esprit tourmenté. Je me demande encore ce que serait devenu mon frère si elle n'avait pas été là. Elle est spéciale, je l'avoue, même insupportable, mais je remercie le ciel de l'avoir mise sur sa route.

Mon esprit se vida d'un coup, j'avais reçu une énorme claque en plein visage. Je compris mieux le lien spécial qui

73

les unissait tous les deux et réalisai maintenant que Faïz n'était donc pas fait pour moi. Les sentiments qu'il éprouvait pour Rachelle ne pouvaient qu'être sincères.

— Ne sois pas triste, me réconforta gentiment Victoria.

Cette dernière me regardait avec une sincère compassion face à mon désarroi flagrant.

Nous finîmes par arriver sur Rodeo Drive, laissant le 4X4 à un voiturier au coin d'un parking. Je découvris une rangée parfaite de boutiques aux enseignes les plus prestigieuses de la planète. Les devantures des magasins redoublaient d'imagination pour afficher des vitrines au design surprenant au cœur de Beverly Hills. De nombreuses voitures de luxe ainsi que des limousines aux vitres teintées, défilaient sur cette avenue de taille modeste. Je me plaisais à imaginer de grandes stars assises à l'arrière de celles-ci. À un feu rouge, deux Lamborghinis, l'une à côté de l'autre, firent rugir leur moteur, se préparant à une course, tout ça dans l'indifférence la plus totale des passants autour de nous.

Les gens rentraient et sortaient des magasins, les bras chargés de sac de marques de luxe telles que Dior, Chanel, Cartier et bien d'autres. Une petite ruelle en montée, adjacente à Rodéo Drive, était recouverte de pavés. Celle-ci me fit penser à un petit Paris avec, à l'intérieur, un choix de petites boutiques destinées à une certaine élite de la population ainsi que des restaurants haut de gamme. L'architecture européenne rajoutait un charme à ce lieu. Victoria s'engouffra dans les Deux Rodéo, elle semblait connaître cette rue emblématique par cœur.

— Nous allons faire chauffer la carte, Zoé, s'exclama celle-ci tout excitée, je compte sur toi pour me relooker.

— TU vas faire chauffer TA carte, articulai-je, car moi ce n'est pas trop mon lieu de rendez-vous pour le shopping. Ce n'est pas tous les jours que je me rends dans la rue considérée comme la plus chère du monde.

— Allez, rentre dans le jeu, ne sois pas cinglante comme ça.

Elle m'attrapa par le bras et m'attira dans l'une de ces boutiques hors de prix.

J'avais laissé Victoria dans une cabine avec un million de tenues à essayer que j'avais pris soin de lui choisir, la convaincre n'avait pas été une mince affaire, mais je lui avais demandé de me faire confiance. Pendant ce temps, j'en profitai pour faire un tour de la boutique et constatai, dépitée, que le prix d'un simple t-shirt commençait à trois cents dollars. En passant à côté de moi, une jeune vendeuse aux longs cheveux gris et au maquillage marqué me regarda de haut en bas, avec un air des plus hautains. *Ouais chérie, pas de marque, mais du style*, pensai-je, exaspérée par son attitude dédaigneuse.

— Trouvez-vous votre bonheur ?

Une voie masculine et chantante me fit me retourner. Un homme d'une vingtaine d'années se tenait devant moi. À ma grande surprise, je constatai qu'il ne s'agissait pas d'un vendeur. Il portait un pantalon avec une chemise noire qui faisait ressortir ses yeux bleu clair. Ses cheveux foncés lui retombaient légèrement dans le cou. On aurait dit qu'il sortait tout droit d'un podium de défilé de mode. Je balayai rapidement le magasin des yeux pour constater finalement qu'il s'adressait bien à moi.

— Je ne cherche rien, lui répondis-je, étonnée par sa question.

— Vous n'êtes pas d'ici ? Vous parlez avec un léger accent, continua le jeune homme un peu trop insistant à mon goût.

— Je suis française.

Son sourire surabondamment chaleureux me décida à faire demi-tour. Lui tournant désormais le dos, je repartis vers la cabine d'essayage, priant pour qu'il ne me suive pas. Au même moment, une Victoria transformée fit son apparition, un petit cri de stupéfaction sorti de ma bouche. Un pantalon taille haute à rayures à la coupe un peu large avec son débardeur assorti lui allaient à merveille.

— Oh mon Dieu, tu es magnifique, regarde-moi ça ! m'exclamais-je ébahie.

Apparemment très fière d'elle, elle commença à parader dans le petit salon, ce qui déclencha en moi un sincère éclat de rire. J'aimai cette Victoria décontractée et sûre d'elle.

— Bon je pars essayer le reste, mais je te préviens d'ores et déjà que je prends ce premier ensemble, rétorqua-t-elle.

Elle se dépêcha de retourner en cabine, heureuse de trouver son bonheur. De mon côté, je n'osai pas imaginer le prix de ce tailleur. J'espérai au fond de moi qu'elle ne prenne pas tout le reste de ma sélection, de peur qu'elle se retrouve ruinée en une demi-journée seulement.

— En fait, je t'ai entendue parler à quelqu'un à l'instant, c'était qui ? me demanda Victoria depuis le fond de sa cabine.

Je me mis aussitôt à chercher du regard l'homme aux yeux bleus dans le magasin, mais celui-ci avait disparu.

— Je ne sais pas du tout Vic, il avait juste besoin d'une information.

Heureusement, elle n'insista pas et sortit avec une autre tenue tout aussi clinquante, tout aussi hors de prix.

La fin de l'après-midi approchait. Nous avions pratiquement fait le tour de toutes les boutiques et Victoria semblait satisfaite par ses achats. Ce moment à toutes les deux nous avait un peu plus rapprochées. Nous repartîmes en direction d'Elora, le coffre chargé de sacs. Cependant, j'en voulais à Victoria de m'avoir acheté une robe dans une de ces boutiques. Mes yeux s'étaient un peu trop attardés dessus et je l'avais admirée malgré moi.

— Merci pour la tenue, mais c'est trop pour moi, lui confiai-je avec un certain malaise, je t'ai accompagnée, car ça me fait plaisir de passer du temps avec toi, ça me suffit amplement.

— Je sais bien Zoé, je tenais vraiment à te l'offrir. Tu es la sœur que j'aurais aimé avoir. J'ai enfin quelqu'un à qui je peux me confier, je n'ai jamais connu ça auparavant. Avec toi, je me sens tellement différente.

— Moi aussi je t'apprécie énormément, toi et ta famille d'ailleurs. Te voir heureuse me suffit. Tu as quelques amies au Lycée ?

— Pas vraiment, dit-elle en haussant les épaules, les garçons ne s'intéressent pas aux demoiselles insignifiantes telles que moi. Les filles, elles, préfèrent m'éviter, car je ne rentre pas vraiment dans les standards de beauté comme tu as pu le remarquer. Je suis loin d'être populaire.

— Elles sont stupides je t'assure, le lycée peut être une période difficile. Quand tu rentreras à l'université, les choses changeront, tu verras. Ce soir il y a une fête à la sororité d'Asarys. Veux-tu venir ?

Un éclair de surprise intéressé traversa le regard de Victoria.

— Quoi ? Tu es sérieuse, tu m'emmènerais avec toi ? s'exclama-t-elle avec une joie non dissimulée.

— Oui, mais regarde la route s'il te plaît, dis-je, d'une voix paniquée en feignant la crise cardiaque. Tout d'abord il faut que ta mère soit d'accord.

À peine arrivée à la villa, Victoria se précipita à l'intérieur à la recherche de sa mère. Celle-ci était sur la terrasse et se préparait à rentrer lorsqu'elle nous entendit arriver. En effet le temps se couvrait et le vent se levait, l'orage n'était pas loin.

— Vous avez dévalisé tout Rodéo Drive les filles ? insinua Lily amusée en voyant tous les sacs posés à même le sol.

— Impossible d'arrêter votre fille. Victoria est complètement possédée lorsqu'elle rentre dans un magasin.

— Pourtant ce n'est pas dans ses habitudes, confia Lily exaspérée par le comportement de sa fille, à vrai dire, je dois la traîner de force pour faire du shopping et pire encore, pour qu'elle se décide à mettre les pieds dans une cabine d'essayage.

Tandis que Victoria déballait ses affaires afin de les redécouvrir et les montrer à sa mère, Lily, elle, semblait ravie par ce regain de coquetterie chez sa fille. Elle s'enquit de regarder chaque vêtement rapporté, heureuse de partager un nouveau moment avec elle.

— Maman ? commença Victoria sur un ton hasardeux et des plus sérieux.

Le sourire de Lily s'évanouit.

— Zoé m'a proposé de l'accompagner à la soirée de sororité de son amie, Asarys. J'ai très envie d'y aller. Tu accepterais ? S'il te plaît dis oui, supplia Victoria.

Lily se retourna vers moi d'un air étonné. Gênée, j'essayai de me justifier.

— Euh… J'ai juste pensé que ça ferait plaisir à Victoria de sortir ce soir, c'est l'occasion de finir cette journée ensemble.

— C'est très gentil à toi Zoé. Je suis heureuse de voir ma fille plus sociable au contraire. Je te fais entièrement confiance, mais ne rentrez pas plus tard que minuit, nous prévint-elle.

Lily avait retrouvé son sourire radieux, apparemment enthousiaste de constater que sa fille soit une adolescente comme les autres. Je réprimai un soupir de soulagement. Victoria me tira par le bras pour m'emmener à l'étage, pressée de se préparer avec moi.

La soirée battait son plein tandis que dehors l'orage grondait. L'intérieur de la grande demeure des Alphas Mu était bondé. Cette soirée mixte marquait le début de cette année d'université et la fin du Rush de la sororité. La musique faisait vibrer les murs tellement elle était forte, accompagnée de rires et de cris des étudiants de Baylor. On y voyait des gens danser, tandis que d'autres discutaient en groupe. L'alcool semblait couler à flots. J'essayai en vain de trouver les filles, Victoria sur mes talons. Je me rappelai les directives précises de Lily et comptai bien ne pas faillir à mes responsabilités.

— Zoé !

En me retournant en direction de l'accueil, Lexy me sauta au cou, heureuse de me voir, Lucas à ses côtés.

— Où est Asarys ? lui criai-je dans l'oreille pour qu'elle m'entende.

Elle me montra la direction de la cuisine. C'est alors que je fis les présentations de Lexy et Lucas à Victoria. J'étais enchantée de voir la fille Mattew acceptée au sein de mon groupe d'amis et décidai de les laisser quelques minutes faire connaissance. J'en profitai pour retrouver David que je venais tout juste de repérer et décidai de passer un peu de temps avec lui, sa compagnie m'avait manquée.

— Tu es venu seul ? Où est Morgan ? lui demandai-je au détour de notre conversation.

— Il est à une soirée dans une autre confrérie, m'assura-t-il. Qui est la jeune fille qui t'accompagne ?

— La sœur de Faïz, Victoria. Je vais te la présenter, c'est une chic fille. Tu t'entendras bien avec elle.

Nous continuâmes de bavasser tous les deux quand je reconnus soudain le titre de M.I.A « Bad girl » qui me tira de ma franche rigolade avec David. Les souvenirs de France me revinrent aussitôt en mémoire avec nostalgie. Je connaissais cette chanson par cœur. Je pris David par la main et l'entraînai en vitesse au milieu de la pièce qui s'était improvisée en piste de danse. C'est alors que nous commençâmes à danser, je ne parvins pas à m'arrêter de bouger sur le rythme envoûtant de ce son. Autour de moi, les gens s'écartèrent en me scrutant, je n'y prêtai pas attention. Mon besoin d'évacuer les tensions de cette semaine, de faire le vide, d'oublier un moment son prénom, était plus fort que tout. Pendant ces quelques minutes, j'étais de retour en France, sur le parking en bas des immeubles de chez moi. Je n'entendis pas les cris d'encouragements de la foule, mon esprit était ailleurs, à des milliers de kilomètres. À la fin de la chanson, un autre artiste prit le relais. Je revins au moment présent, réalisant que j'étais seule à danser au milieu du cercle formé par les gens autour de moi. Je quittai précipitamment l'endroit et aperçus à ce moment Asarys qui levait les mains au ciel toute excitée par la prestation que je venais de donner. Durant quelques minutes, j'avais été l'attraction de la soirée. Je m'éclipsai le plus vite possible, tête baissée afin de me faire oublier.

— Tu danses comme une diva, Zoé, s'écria David en se précipitant vers moi

— Je ne voulais pas attirer autant l'attention, lui avouai-je, embarrassée.

Je cherchai Victoria des yeux dans toute la pièce, je fus soulagée de la voir aux côtés de mes deux acolytes, en pleine discussion avec Asarys et Lexy. Mon regard continua de balayer le lieu, c'est alors que je m'étranglai de surprise. L'inconnu aux yeux bleu clair que j'avais croisé plus tôt dans la journée, dans le magasin, était là, adossé à un mur, un gobelet à la main. Je secouai ma tête pour vérifier si ce que je voyais était vrai, si je ne rêvais pas.

— Zoé, que se passe-t-il ? On dirait que tu as vu un fantôme, s'inquiéta David.

J'essayai de dissimuler ma mine stupéfaite et repris mes esprits.

— Je reviens, déclarai-je en m'éloignant de mon ami.

Prenant un pas assuré, je m'avançai vers l'inconnu, résolue à obtenir le fin mot de cette histoire, car je n'étais pas du genre à croire aux coïncidences. Je vis apparaître sur les lèvres de celui-ci, un sourire qui fendait son visage au moment où j'arrivai à sa hauteur. Je pris soin de l'observer plus attentivement en remarquant un faciès parfaitement symétrique, ses cheveux coiffés de manière désordonnée le rendaient encore plus attrayant.

— Bonjour, me salua-t-il d'une façon un peu trop familière.

— Qui êtes-vous ? quémandai-je d'une voix déplaisante en croisant mes bras.

— J'ai plutôt l'habitude qu'une femme s'adresse à moi de manière plus chaleureuse.

Il regarda alors les demoiselles qui le fixaient de part et d'autre de la pièce. Chacune d'elles essayait d'attirer son attention avec de grands sourires accompagnés de battements de cils. Je ne pus retenir un soupir d'agacement. Son charme séduisant aurait mis n'importe quelle femme en état d'hypnose. Je levai les yeux au ciel devant son excès de confiance.

— Pourquoi me suivez-vous ? insistai-je le regard inquisiteur.

— Tu ne crois pas au pur hasard ?

— Je crois aux pervers ainsi qu'aux serial killers, bouillonnai-je intérieurement.

Son sourire charmeur se transforma en un éclat de rire.

— Je m'appelle Ray, Ray Jonhson, enchanté.

Victoria réapparut à ce moment-là, ses yeux pétillaient de joie. Face à ce jeune homme, son visage irradiait de bonheur.

— Salut Ray, lui lança-t-elle tout en l'étreignant.

— Ça va Victoria ? Tu es tout en beauté, lui répondit-il admiratif.

— Merci.

Elle se tourna vers moi, je la fixai, incrédule, puis elle ajouta :

— Zoé, voici Ray, le meilleur ami de Faïz. Ils se connaissent depuis l'enfance et il fait partie de la famille, m'expliqua-t-elle.

La honte me submergea, je me sentis d'un coup tellement stupide. Je supposai que ce jeune homme devait sûrement garder un œil sur la petite sœur de Faïz. En effet, celui-ci était de nature tellement protectrice envers elle. Ray dut me prendre à cet instant précis pour une folle hystérique et complètement paranoïaque.

— Je suis désolée Ray… je pensais… vous savez… dans le magasin, bafouillai-je lamentablement.

Victoria vint à mon secours, devinant la complexité de la situation :

— Ray, arrête d'embêter Zoé. Tu aurais pu te présenter dès le début !

Je la remerciai du regard pour son intervention.

— On commençait tout juste à s'amuser, tous les deux, se justifia-t-il, amusé, avec un brin d'insolence.

Désireuse de fuir ce moment inconfortable et embarrassant, je fis un petit signe de main à ces deux-là pour prendre congé. Je décidai de rejoindre Asarys et Lexy qui s'étaient réfugiées dans un coin de la maison, ne perdant pas une miette de la scène qui venait de se dérouler entre moi et Ray.

— Tu t'es abonnée sur un site de rencontres sponsorisé par playboy ou quoi ? se moqua Lexy en me voyant revenir avec une mine abattue.

— J'aurais préféré, soupirai-je penaude.

— Il est juste trop craquant, enchaîna Asarys, présente-le-moi, Zoé !

— C'est le meilleur ami de Faïz. Victoria se chargera de faire les présentations si tu veux bien. Je n'ai ni le courage ni l'envie de lui adresser de nouveau la parole, maugréai-je.

— En parlant de Faïz, tu l'as revu depuis l'autre soir ? me demanda Lexy.

Je leur avais raconté, le soir même, l'incident de la veille sur le parking du campus jusqu'au moment où je l'avais embrassé sur le bas de la porte de chez lui.

— Non.

Ma courte réponse résonna, pleine de déception. Asarys me caressa le bras pour me réconforter :

— Le baiser a dû le troubler plus que tu le croies, laisse-lui le temps d'assimiler tout ça.

À peine sa phrase finie, on sentit brutalement nos pieds vibrer pendant plusieurs secondes et puis plus rien. La secousse nous paralysa tous, tellement la déflagration avait été forte. La musique s'arrêta net. Soudain, tous les portables se mirent à sonner, des messages, des appels, mais aussi des notifications des réseaux sociaux arrivèrent en masse sur nos téléphones. Je m'empressai pour consulter le mien et constatai qu'il s'était éteint, ma batterie s'était déchargée.

— Qu'est-ce qui se passe ? m'empressai-je de demander à Lexy qui faisait défiler l'écran de son portable à toute vitesse.

— Cinq attentats viennent de se produire dans L.A, tout le monde doit rentrer chez soi, déclara-t-elle d'une voix paniquée.

Ses paroles résonnèrent dans ma tête. Autour de nous, je vis la maison se vider rapidement. Tout le monde exécutait l'ordre donné de se mettre à l'abri. Je n'entendis plus rien, mon cerveau essayait de filtrer les informations qu'il recevait, tout défilait au ralenti. *Victoria*. En pensant à elle, ce fut le déclic, le son me parvint de nouveau et mes questions laissèrent place à l'affolement.

— Victoria ! criai-je paniquée. Victoria !

Je me mis aussitôt à sa recherche, poussant la foule qui venait à contre sens et qui se dirigeait vers la sortie. Heureusement, je la retrouvai assez vite, complètement paniquée, dans les bras de Ray, près de l'escalier. En me voyant, il me prit par la main et nous sortîmes, pressés, tous les trois loin de cette cohue.

— Je vous ramène, trancha Ray qui nous emmenait vers sa voiture.

— Et l'Escalade ? m'écriai-je.

— Je la ramènerai, aboya-t-il tout en continuant d'avancer.

Son téléphone se mit à sonner.

— Oui ? décrocha Ray d'un ton nerveux. Elles sont avec moi. Non... non... d'accord. Je passe par l'autre chemin... Mince !

Après avoir raccroché, la mâchoire serrée et l'air grave, Ray nous fit monter dans sa BMW, garée non loin de la maison des Alpha Mu.

— Les routes en direction d'Elora sont toutes bloquées et interdites d'accès par les barrages de police, indiqua ce dernier en s'installant à mes côtés.

— Mes parents ? s'enquit Victoria à l'arrière de la grosse cylindrée.

— Apparemment, il n'y a pas eu d'attentat près de chez vous. Le milieu de l'avenue de Wilshire, Broadway et le palais de justice ont été la cible des attaques des terroristes.

Ray sortit du campus en trombe.

— Où nous emmènes-tu ? insistai-je.

— Je viens de raccrocher avec Faïz, je vous emmène

dans son Loft.

— Où est-il ? Il va bien ? demanda Victoria dans le désarroi le plus total.

Il jeta un regard rapide dans son rétroviseur afin de la réconforter.

— Oui, il t'appellera dès qu'il le pourra, ne t'en fais pas pour lui.

Nous traversâmes la ville sous une pluie battante et à une vitesse excessive.

Le Loft de Faïz était épuré. De grands tableaux de style réaliste et abstrait, décoraient les murs habillés de blanc. La cuisine ouverte au milieu de la salle à manger la rendait accessible de tout côté. De plus, l'extérieur semblait s'inviter à l'intérieur du loft grâce à la vue panoramique à travers la grande baie vitrée. La décoration industrielle donnait un rendu qui allait tout à fait à la personnalité du personnage. Le plancher, de couleur sombre et brute, renvoyait l'image d'un lieu atypique, plein de charme. Les pierres apparentes ainsi que les poutres en bois optimisaient la profondeur de cet incroyable volume. Je pensai à Rachelle malgré moi avec un petit pincement de jalousie. Je l'enviai de connaître les moindres recoins de cet endroit. Ray, incrédule, avait la tête posée sur son avant-bras contre la vitre. Nous nous trouvions au dernier étage de l'immeuble qui avait pour vue tout Los Angeles.

J'eus l'impression d'être comme suspendue au-dessus de cette ville à la vue chaotique, ce soir-là. À l'extérieur, les sirènes des camions de pompier et de police résonnaient de partout. La circulation était complètement bouchée sur plusieurs dizaines de kilomètres et les éclairs déchiraient un ciel noir d'encre. Victoria venait de s'endormir dans l'immense canapé du séjour, vraisemblablement épuisée par toutes ces émotions.

Ma montre m'indiqua qu'il était deux heures du matin et Faïz n'avait toujours pas rappelé. Je m'arrachai à la contemplation de la vue pour m'adresser à Ray.

— Merci, lui murmurai-je, sincère.

J'avais l'impression que cet homme si agaçant au premier abord aurait pu donner sa vie pour nous ce soir. Il me fixa comme s'il essayait de déchiffrer quelque chose d'impossible en moi.

— La famille Mattew c'est ma famille, me confia-t-il d'une voix morose tout en regardant de nouveau à l'extérieur.

— Faïz est-il toujours comme ça ? Je veux dire… dans une retenue perpétuelle avec les autres ?

Un petit sourire lui échappa sans qu'il ne puisse le retenir, il soupira un grand coup avant de répondre.

— Oui, il te faudra toujours deviner ce qu'il pense, car il ne te dira rien. Il a un contrôle absolu sur tout ce qui l'entoure, mais sa vie n'est pas facile, ce qui se comprend alors.

Ses traits se crispèrent, je compris que les secrets qui entouraient Faïz ainsi que sa famille avaient repris le dessus. Ray semblait les connaître et j'eus l'impression d'être mise à l'écart, une fois de plus.

— Où as-tu appris à danser ? changea brusquement ce dernier de sujet.

— Avec mes amis. Dans le quartier populaire d'où je viens, la musique prend une place très importante. Ça nous permet de nous évader d'un quotidien souvent difficile. Les études nous donnent une chance de réussir dans la vie et de nous en sortir.

— Et l'anglais ? Tu as appris à le parler à l'école ?

— Non, avec Hitchcock !

Je souris à ce moment, en repensant tendrement à mon paternel.

— Mon père, continuai-je, est un grand fan d'Alfred Hitchcock. J'avoue que c'est le maître du suspense dans son domaine, ceci étant que chaque film que nous regardions ensemble devait obligatoirement être visionné dans sa version originale. Mon père mettait un point d'honneur à ce que ceci soit respecté pour chacun de ses films.

— Fenêtre sur cours ? La main au collet ou vertigo ? Lequel est ton préféré ?

Je fus surprise que Ray connaisse quelques œuvres de ce célèbre réalisateur qui n'était pas du tout de notre époque et dont les premiers films avaient été réalisés en noir et blanc. Je commençai à bien l'apprécier au fil de notre conversation.

— La mort aux trousses et les oiseaux sont mes préférés, avouai-je, mais ils sont tous époustouflants.

— Et ton père, que fait-il dans la vie ? enchaîna Ray.

— Il est militaire de carrière, très souvent en déplacement, d'où son sens de la discipline et sa passion pour les sports de combat. Toute petite, dès l'âge de quatre ans, il m'a appris les premiers rudiments à connaître de self-control et bien d'autre technique depuis, mais je n'aime pas la violence et préfère de loin la danse et la musique à son grand désespoir.

Je m'étonnai de me confier aussi facilement à quelqu'un dont je ne connaissais rien, sûrement à cause de la situation actuelle que nous vivions. Ray réduit d'un pas la distance entre nous, il me remit une mèche qui s'était échappée derrière mon oreille. Ce geste sembla naturel pour lui, il n'avait aucune arrière-pensée.

— Ton travail à la cafétéria, ça fait partie de ta porte de sortie ?

Je restai stupéfaite de constater qu'il en connaissait bien plus sur moi que je l'aurais pensé. Je me demandai alors qui l'en avait informé. Je reculai d'un pas, afin de mettre un peu de distance entre nous et d'éviter de l'induire en erreur sur cette situation. Il secoua sa tête avec un sourire espiègle, j'en conclus qu'il n'avait pas l'habitude de se faire éconduire.

— Excuse-moi Zoé, je ne voulais pas te mettre dans l'embarras. Je sais très bien que je ne peux pas t'approcher. Ça m'embêterait de me brouiller avec certaines personnes, se justifia-t-il d'une voix pleine de sous-entendus.

J'étais sur le point de lui demander des explications, mais je me retins en comprenant à son attitude que le sujet était clos. Ray préféra une fois encore changer de conversation et nous restâmes ainsi un long moment, à nous raconter nos bouts de vies respectives. C'est comme ça qu'il vint à me parler au détour de notre discussion de son enfance difficile, de foyers en famille d'accueil et de son amitié avec Faïz. Tous deux s'étaient rencontrés à l'âge de huit ans, lorsque la classe du fils Mattew correspondait avec une autre classe d'un établissement issu d'un quartier défavorisé de Los Angeles. Ils échangèrent ensemble durant toute une année scolaire et après bon nombre de lettres écrites et envoyées, les deux classes des deux écoles avaient décidé d'organiser une journée de rencontre. Faïz et Ray devinrent alors inséparables et leur amitié fraternelle durait depuis tout ce temps. J'écoutai Ray, suspendue à ses lèvres, me narrant des anecdotes toutes plus drôles les unes que les autres, jusqu'au petit matin. Lily et Charles l'avaient quasiment adopté et le considéraient comme leur fils, celui-ci avait d'ailleurs vécu chez les Mattew jusqu'à très récemment.

L'agitation en bas retombait doucement, la ville leva son veto et nous pûmes de nouveau circuler où bon nous semblait. Ray entreprit de nous reconduire à Elora. L'information de ces attentats avait déjà dû faire le tour du monde. J'espérai pouvoir trouver les bons mots, quand nous serions rentrées, pour rassurer mon père et ma grand-mère et priai déjà pour qu'il ne m'ordonne pas de prendre le premier avion pour rentrer à Paris. Durant cette première semaine, j'avais l'impression d'avoir vécu plus de choses que le reste de ma vie avec un éventail de sentiments différents. N'arrivant plus à lutter contre le sommeil, je m'endormis sur la route qui nous ramenait à la maison.

Lily nous attendait à l'extérieur, devant la porte de la villa, en faisant les cent pas. Lorsqu'elle aperçut la voiture de Ray qui rentrait dans la cour, elle s'empressa d'accourir vers nous. Victoria sortit la première du véhicule, Lily se jeta sur sa fille et la serra contre elle. Nous pûmes lire sur son visage l'immense soulagement qu'elle éprouvait, puis elle nous ouvrit ses bras en grand, à Ray et à moi, pour nous embrasser avec une attention chaleureuse, le regard rempli d'émotion.

À la suite de ce tragique événement, plusieurs semaines passèrent et nous reprîmes le cours de nos vies. Une atmosphère pesante s'était engouffrée dans toute la ville, surtout qu'aucun malfaiteur n'avait été pour l'heure, retrouvé. Le Dôme lui-même avait légèrement changé de couleur, devenant plus opaque, nous pouvions désormais distinguer les courbes de ce voile se dessiner un peu plus nettement au-dessus de nos têtes.

Le mois d'octobre touchait déjà à sa fin et depuis presque un mois, la ville se préparait à l'une des plus importantes traditions de l'année, Halloween. Les maisons exhibaient fièrement des décorations, toutes plus effrayantes les unes que les autres. L'université n'était pas en reste et jouait le jeu afin de célébrer cet événement. Seule l'église Saint Patrick avait été épargnée.

Malgré de nombreux outils du dispositif antiterrorisme toujours en place dans l'état de la Californie, les festivités n'avaient pas été annulées, la mission sur la sécurité ayant été confiée à l'armée. Dans tous les lieux publics et dans les rues de Los Angeles, des militaires sévèrement armés avaient été déployés pour faire face à d'autres éventuelles menaces qui pouvaient survenir à tout moment.

Le bal costumé de l'université de Baylor aurait bien lieu à la fin de la semaine. La coutume voulait que les hommes de dernière année invitent les jeunes filles de première pour une danse lors de cette soirée. Les couples seraient formés à l'avance par un tirage au sort ce qui rendait l'expérience soi-disant plus excitante. Pour ma part, elle en devenait terrifiante, le hasard de la situation m'agaçait au plus haut point, mais je me pliai aux règles mises en place depuis des décennies au sein de l'établissement sans râler. À ce que j'avais compris, on devait venir au bal déguisé avec la tenue que l'on voulait. L'effervescence des derniers jours était à son comble.

Je passais beaucoup de temps avec Asarys et Lexy, mais aussi David et Victoria. En effet, la timidité de cette dernière laissait place au fil des semaines à plus d'assurance. Désormais, elle mettait du cœur à se préparer chaque matin avant de partir en cours, la coquetterie devenait un plaisir qu'elle découvrait jour après jour. Dès que je n'avais pas le nez dans les révisions, je lui apprenais des chorégraphies de hip-hop, de salsa et d'autres danses, dans ma chambre. Même les filles s'y étaient mises, Lexy souhaitait perdre quelques kilos qui la complexaient tandis qu'Asarys, voulait juste se tenir en forme et garder une jolie silhouette. Danser sur du Beyoncé ou du Bruno Mars était une solution des plus radicales pour ressentir des courbatures le lendemain de cette séance de sport rythmé. Avec ces trois-là, j'avais encore du boulot avant qu'ils puissent enchaîner une chorégraphie parfaite sans se plaindre toutes les deux minutes.

Quant à Faïz, il m'évitait toujours autant, depuis le dernier soir où je l'avais embrassé sur la joue. Je ne l'avais pas revu, ni à la villa, ni même dans les couloirs de l'université. Je cachais mon mal-être à Victoria, ne voulant pas que son comportement change envers moi. Heureusement, le temps qui passait me donnait l'impression que j'arrivais de mieux en mieux à supporter cette distance qu'il avait mise entre nous deux. Je m'habituais à son absence, pourtant il fallait bien avouer qu'il était souvent le seul présent dans mes pensées. Je ne désirais que lui, il était le seul à avoir réveillé des sentiments que je ne connaissais pas. L'oublier m'était impossible. Pour ce qui était de Ray, je le soupçonnais de faire en sorte de me croiser au maximum sur le campus, pas pour moi, mais pour les yeux d'Asarys. Je voyais l'espoir dans son regard à chaque fois qu'il lui adressait quelques mots, suivi d'une grande déception quand elle s'éloignait de lui. Mon amie ne remarquait rien, même si j'insistai pour lui ouvrir les yeux. Sa beauté renversante lui faisait sans doute un peu peur et les prétendantes qui se bousculaient à sa porte, n'arrangeaient en rien les choses.

Il n'y avait pas grand monde en cette fin d'après-midi à la cafétéria, j'en profitai pour peaufiner ma candidature que je devrais expédier sous peu aux maisons de presses de Los Angeles afin d'effectuer un stage dans le cadre de ma spécialisation de journaliste. Le bal de vendredi soir se préparait ardemment, il ne restait que quatre jours pour que la salle du lycée soit définitivement prête.

— Un cappuccino, s'il vous plaît madame !

Plongée dans ma paperasse, je n'avais pas entendu Lexy et Asarys arriver devant le comptoir, bien que ces deux-là ne passaient jamais inaperçues. Je servis Lexy et m'adressai ensuite à Asarys :

— Et toi ? De quoi as-tu envie ? Un café, comme d'habitude ? demandai-je sur un ton morose.

— Oh, là, là, ce n'est pas la forme, toi, aujourd'hui, remarqua Asarys.

— Je pense que quelqu'un lui manque, lui chuchota Lexy.

— Ah ! fit Asarys sèchement, avec une moue agacée

— Tu peux m'expliquer le fond de ta remarque ? répliquai-je vexée.

Asarys observa le monde autour d'elle, à part quelques personnes installées loin de nous, l'endroit était désert.

— Tu attends quoi Zoé ? Que les choses arrivent toutes seules ? persista-t-elle.

— Tu veux en venir où ? Je ne me plains jamais !

J'avais levé le ton sans le vouloir.

— Tu ne te plains pas, mais ton humeur nous pèse ! Oui Faïz est en couple, oui il t'évite et ça ne changera pas. Ce n'est pas à nous de payer tout ça !

— Pourquoi me blesses-tu comme ça ? Je ne mérite pas ça.

Je refoulai avec violence les larmes qui me montaient aux yeux.

— Laisse-la Asarys, qu'est-ce qui te prend ? intervint Lexy, interloquée.

Elle s'interposa dans ce vif échange pour éviter que le ton monte davantage. Asarys me regarda sévèrement, droit dans les yeux puis ajouta :

— Je suis ton amie, ne remets jamais ça en question. Tu l'aimes, c'est lui que tu veux, alors maintenant tu vas te bouger et tu vas te battre pour lui. On n'a jamais rien sans rien. Ce n'est pas en se morfondant dans un coin qu'on arrive à quelque chose Zoé !

— Eh bah… tout ça dans un si petit corps, s'adressa Lexy étonnée par le comportement de son amie.

Incapable de répondre quoi que ce soit, je restai clouée sur place, totalement tétanisée, sous le choc de ses mots.

— David, ça te dérange si je pars plus tôt ? essayai-je de crier pour qu'il m'entende depuis la réserve. Je ne me sens pas bien.

— Oui oui, vas-y, je t'appelle ce soir ma belle.

— Zoé, attends ! tenta de se rattraper Asarys.

— Non, la ferme, je ne veux plus rien entendre de toi, dis-je d'une voix furibonde.

Je partis furieuse, laissant mes deux amies au comptoir de la cafétéria.

Arrivée dans ma voiture, je ne démarrai pas tout de suite. Je repensai aux phrases cinglantes d'Asarys. Comment pouvait-elle juger ma situation aussi méchamment ? Je cognai ma tête contre mon siège plusieurs fois de suite, folle de rage. Soudain, quelqu'un frappa à ma fenêtre, c'était Ray. *Non ce n'est pas le moment !* Je poussai un soupir malgré moi, avant d'ouvrir ma vitre à contrecœur.

— Tout va bien ? me demanda-t-il d'une voie anxieuse.

— Oui c'est bon, répondis-je d'une voix un peu trop aigrie.

Il pencha sa tête sur le côté, le regard sarcastique. Je le vis faire le tour de la voiture, ouvrir la portière et s'installer à côté de moi.

— Vas-y je t'écoute.

Devant son insistance, le seul moyen pour qu'il me laisse tranquille était de lui raconter le minimum sur ma situation.

— Rien de grave, je me suis juste disputée un peu avec Asarys. Elle a été franche et ça m'a vexée.

— Et dans le fond, elle avait raison ou elle avait tort ?

Je levai les mains au ciel en me renfrognant.

— Raison, maugréai-je, mais je n'étais pas prête à entendre la vérité.

— Les amies, ça sert à ça, tu sais. Elle veut te tirer vers le haut et non que tu restes en bas.

— Ça t'est déjà arrivé de te dispute avec… Faïz ? lui demandai-je.

Ce dernier se mit à réfléchir un bref instant, puis me dévisagea d'une façon sceptique.

— La dispute, c'est à propos de lui n'est-ce pas ?

95

devina-t-il en secouant la tête, signe qu'il désapprouvait tout ça.

— Oui, avouai-je, penaude.

— Il y a quelque chose entre vous ? murmura-t-il inquiet.

— Non, rien. Ce sont juste des sentiments à sens unique.

— Je connais ça.

L'intensité dans sa voix trahit sa déception. J'eus de la peine pour lui à ce moment-là. Je savais qu'Asarys était la cause de ce regard froid et vide, j'espérai qu'elle prenne vite une décision à ce sujet. Il me tira de mes pensées en ajoutant :

— Il est chez lui, dans son loft... seul. Si tu pars maintenant, tu peux peut-être éviter les embouteillages et arriver avant qu'il parte.

Mon cœur s'accéléra aussitôt. Finalement, Asarys avait sûrement raison, je devais me battre pour lui, tout lui dire. Ray sortit de la voiture, tâchant d'adopter la mine la moins sombre possible.

— Fais attention à toi, me lança-t-il avant de refermer la portière. Tu sais Zoé, tu devrais te sortir Faïz de la tête, tu risques de beaucoup y perdre.

Pourquoi tout le monde me disait la même chose ?

La discussion s'en tint là. Il s'éloigna d'une démarche aussi élégante que d'habitude. Je démarrai le moteur, déterminée à me confronter à Faïz.

Garée en bas de son immeuble, j'aperçus sa McLaren noire stationnée non loin de moi. J'entrepris de sortir de la voiture quand Faïz apparut à ce moment-là. Mon cœur fit un bond dans ma poitrine, c'était la première fois que je le voyais depuis un mois et demi et mes sentiments pour lui étaient intacts. Je remarquai, intriguée, deux autres personnes sur ses talons, une femme à la chevelure acajou vif et un homme plus petit. Faïz, à l'allure pressée, monta dans sa voiture tandis que le duo, lui, monta dans un véhicule garé juste derrière lui. Sans réfléchir, dans un instant d'impulsivité, je décidai de le suivre, espérant qu'il ne roule pas trop vite. Je n'avais aucune expérience dans la filature, mais je ne voulais pas manquer une occasion de pouvoir lui parler. La voiture de Faïz prit la direction du Sud Est, vers Long Beach.

Les deux voitures roulèrent ainsi un bon moment, sur la I-710. Environ quarante-cinq minutes plus tard, la nuit commença à tomber. Soudain, les véhicules tournèrent sur la gauche, à la sortie du port de Harbor, nous étions dans la baie de San Pedro. Lorsque je sentis la destination approcher, je fermai mes feux pour éviter d'être repérée et restai la plus discrète possible. C'est alors que les deux véhicules s'arrêtèrent au milieu de l'immense port de Los Angeles. Celui-ci était divisé en plusieurs délimitations. J'avais suivi Faïz dans un des terminaux dédiés aux conteneurs de marchandises.

Je descendis de la Mustang sans faire un bruit, m'approchant au maximum du petit groupe, cachée derrière un des gros caissons pour écouter leur discussion. Ils étaient tout proches de moi. *Bon sang, Zoé, tu n'as rien à faire ici, tu ferais mieux de partir au plus vite.* Non ! Impossible de faire marche arrière, je voulais savoir ce qui se passait une bonne fois pour toutes.

— C'est ici qu'on les a retrouvés ! confia le petit homme en s'adressant à Faïz.

— Combien étaient-ils ? s'empressa-t-il de lui demander.

— Une quinzaine, aucun survivant, répondit sèchement la femme.

Aucun survivant ? Mais de quoi peuvent-ils bien parler ? Ma cheville me chatouilla à ce moment-là. Lorsque je posai mes yeux sur celle-ci, un gros rat était en train d'essayer de l'agripper. Un sursaut de terreur me fit me cogner contre le conteneur qui résonna dans un bruit sourd. Le silence devint alors total. *Merde, merde, merde.*

J'attendis quelques instants avant d'oser observer à nouveau les trois individus. À ma grande surprise, ils n'étaient plus là. Ils avaient disparu sans bruit, comme évaporés. J'avais certainement dû les faire fuir. Je m'avançai sur le quai, à l'endroit où ils se tenaient, il y avait encore quelques minutes. L'emplacement était éclairé par une faible lumière émise par un réverbère. L'endroit, à cette heure-ci parût complètement glauque.

Subitement, sur le côté de mon champ de vision, je vis une ombre arriver à pleine vitesse sur moi, j'eus juste le temps de réaliser que c'était la femme aux cheveux rouges. J'esquivai alors ses coups bas, qui se mirent à m'attaquer en gardant ma garde devant mon visage. Avec mon coude, je bloquai sa jambe, déplaçant ainsi mon adversaire et créant l'opportunité de lui asséner un coup de pied en hauteur, frappant sa nuque, je fis ainsi un tour sur moi-même et l'allongeai à terre. Tout se passa en quelques secondes.

— Non ! rugit Faïz, tout en accourant vers nous.

Il se mit devant moi, faisant barrage contre l'autre homme qui se préparait à me foncer dessus à son tour, celui-ci arrêta son action instantanément.

— Mais c'est quoi votre problème sérieux ? Des combats clandestins ? hurlai-je pleine de colère et essoufflée.

Faïz me toisa de son regard noir, il paraissait hors de lui. Ses paupières se plissèrent, d'un coup ma fureur laissa place à l'inquiétude. Je me rappelai que je n'avais rien à faire ici et me demandai soudain comment j'allais pouvoir expliquer ma présence sur les lieux. La femme se releva, folle de rage, Faïz lui jeta un coup d'œil méprisant.

— Zorrick, ramenez la voiture de mademoiselle Reyes à Elora, quémanda Faïz au petit homme.

— Oui, s'exécuta celui-ci sans un mot de plus.

Puis il se tourna de nouveau vers moi et ajouta d'un ton des plus agacés qui ne prévoyait rien de bon :

— Je te ramène, monte dans la bagnole ! m'ordonna-t-il sur un ton empli de fureur.

La femme aux cheveux rouges partit silencieusement devant nous en direction de sa berline. J'évaluai la situation catastrophique dans ma tête le plus rapidement possible. Faïz, quant à lui, bouillonnait. Une fois dans la McLaren, je me fis la plus petite possible, priant pour disparaître. Les pneus crissèrent au démarrage, la voiture partit à toute vitesse et me cloua le dos au siège. Après quelques minutes de route, mon téléphone vibra. Asarys me laissait pour la seconde fois un message écrit beaucoup trop long pour que je puisse le lire maintenant.

— Que faisais-tu ici ? me demanda Faïz, la voix pleine d'animosité.

— J'étais venue pour te voir au loft, mais quand je suis arrivée, je t'ai vu sortir de ton immeuble et je t'ai suivi, lui avouai-je embarrassée.

— Tu ne te rends pas compte que tu aurais pu te mettre

en danger ?! aboya-t-il.

— Pourquoi ? Qu'est-ce que tu faisais sur ces quais ? insistai-je, perdue.

— Rien qui te concerne, fulmina-t-il, arrête de me suivre, arrête de m'attendre, arrête de…

Ses mots restèrent en suspens, il n'arriva pas à finir sa phrase. Faïz avait dit ces paroles avec une telle colère... En temps normal, je me serais tue sans ajouter un mot, mais mon échange avec Asarys me revint en mémoire.

— Non !

Faïz, surpris par ma réaction, me jeta un coup d'œil rapide puis il serra sa mâchoire, l'air frustré. Il n'avait sûrement pas imaginé que je puisse lui tenir tête et lui faire perdre ainsi le contrôle qu'il exerçait d'habitude autour de lui. Nous nous défiâmes du regard.

Il s'arrêta en haut des collines, sur les hauteurs de Los Angeles, nous n'étions pas loin du Griffith. Faïz sortit de la McLaren et s'assit sur le capot de celle-ci. Il contempla la vue afin de se calmer. Au bout de plusieurs secondes, je sortis à mon tour, bien décidée à avoir une véritable discussion avec lui.

— Faïz, parle-moi, murmurai-je toute proche de lui, suppliante.

Il se tourna vers moi et plongea ses yeux dans les miens. Il parut si vulnérable d'un seul coup... J'arrêtai de penser et même de respirer, préférant contempler ses traits si parfaits.

— Je ne peux pas te donner ce que tu veux, Zoé. Reste loin de moi.

Son ton s'était radouci, une expression torturée se lisait sur son visage, il était presque possible d'entendre mon cœur battre à toute allure tellement ses mots me blessèrent.

Je secouai ma tête légèrement et me rapprochai encore de lui, il ne prit pas ses distances et me laissa faire.

— Tu ne sais pas ce que je veux, car même moi je l'ignore, tout ce que je sais, c'est que je recherche toujours ta présence, lui confiai-je.

Il me dévisagea, désarçonné. Je sentis cette électricité entre nous et me demandai s'il la ressentait lui aussi, puis il détourna le regard.

— Je ne partage pas ces sentiments pour toi, tu perds ton temps.

— Dis-le-moi en me regardant dans les yeux, le défiai-je en fronçant les sourcils.

Un pas me séparait de lui et je le franchis, il se dégagea alors comme si je l'avais brûlé et se tint la tête entre ses mains, il semblait rongé par un combat intérieur.

— Je ne m'aime pas déjà moi-même, comment veux-tu que j'arrive à aimer une femme ? déclara-t-il.

Pourquoi avait-il une opinion aussi dure envers lui-même ? Je rassemblai mes esprits.

— Victoria et Lily ne sont-elles pas les femmes de ta vie ? Alors oui tu es capable d'aimer !

Un silence absolu s'installa. Faïz ouvrit la bouche puis la referma, ne sachant pas quoi répondre.

— Tu sais ce que je voulais dire Zoé, ma famille est bien sûr à part.

— Non, objectai-je, sûre de moi.

— Assez, je te ramène, trancha-t-il déplaisant

Le sujet était clos. En une seconde, il s'était déjà installé dans l'habitacle et avait démarré sa voiture en la faisant rugir pour m'obliger à me dépêcher de le rejoindre. Sur le chemin du retour, nous étions silencieux quand soudain, son téléphone sonna. Il ne prit pas la peine de répondre. Au fond de moi, je savais qu'il s'agissait de Rachelle, Faïz voulait m'épargner ce moment.

Nous arrivâmes à la villa, plus vite que je l'aurais souhaité.

— Tu restes ? lui demandai-je, pleine d'espoir.

Il secoua la tête pour seule réponse. J'approchai mes lèvres et les posai un peu trop longtemps sur sa joue. Faïz ferma les yeux.

— Tu ne me l'as pas dit dans les yeux, murmurai-je en faisant référence à notre conversation de tout à l'heure.

Il ne répondit pas et préféra regarder droit devant lui pour éviter mon regard.

Sur le bas de la porte, je me retournai une dernière fois en sa direction, je ne vis que l'arrière de la McLaren disparaître dans la nuit.

FAÏZ

Zorrick et Bélize étaient assis dans le séjour, quand Karl Barthey fit son entrée dans le loft de Faïz. L'air grave sur son visage annonçait de mauvaises nouvelles. Faïz, adossé à la baie vitrée, regarda l'inspecteur s'avancer au milieu de la pièce et venir se positionner juste à côté de lui. Celui-ci observa un moment Los Angeles plongée dans la nuit en ce début de soirée, éclairée par les lumières de la ville.

— Avez-vous retrouvé la trace du Maestro ?

L'inspecteur avait posé cette question tout en tournant sa tête vers le jeune homme dont les prunelles s'étaient assombries soudainement. Il voulait observer chaque expression de son visage, évaluant ainsi le degré du danger, mais celui-ci regardait dans le vide d'un air impénétrable.

— Il reste introuvable, affirma Faïz d'une voix calme, bien trop calme.

— Alors pourquoi m'avez-vous demandé de venir ce soir ? Nous étions censés nous voir à la fin de la semaine.

— La piste que l'on suivait nous a emmenés sur les quais de San Pedro.

Faïz fit une pause, ce qu'il redoutait le plus l'horrifiait au fond de lui. Barthey allait-il comprendre ce qu'il s'apprêtait à lui révéler ? Il finit par le regarder dans les yeux et reprit :

103

— La porte s'est ouverte sur notre monde. Gally, son chien noir, a réussi à s'échapper du monde des ténèbres. Les corps de civils retrouvés dans le port ne laissent aucun doute. Le Maestro cherche un corps humain pour s'incarner en lui afin d'accomplir ce qu'il avait commencé. L.A est en danger.

— Ce jour est donc finalement arrivé, blêmit l'inspecteur.

Son estomac se noua. Une bouffée de terreur lui serra la gorge.

— Le Callis fait part du dernier combat entre le bien et le mal, la prophétie…

Faïz continuait de parler, mais Barthey n'entendait plus rien, la légende la plus effrayante de tous les temps était revenue pour finir ce qu'elle avait débuté, il y avait déjà bien longtemps de ça. Le Maestro, ce voyageur malfaisant, allait dorénavant éteindre toutes les âmes de chaque être humain sur Terre. Le mal menaçait la cité des Anges, le berceau des ténèbres.

4

Ce soir-là, seules Lily, sa fille et moi fûmes présentes autour de la table pour dîner. Victoria nous raconta sa journée au sein de notre université. Celle-ci préparait avec d'autres membres de sa session, le tirage au sort qui aurait lieu demain pour définir les couples au bal d'Halloween de vendredi soir. Baylor préférait employer des lycéens pour cette tâche afin d'éviter toute manœuvre suspecte. Lily me prévint que Charles risquait de rentrer tard, ce dernier ayant été retenu à une réunion de dernière minute à son travail.

Nous profitâmes de ce moment entre filles pour parler de tout, de mes dernières semaines au lycée, du travail de Lily, loin d'être évident. J'appris, au cours de notre conversation, qu'elle avait rencontré son mari lorsqu'elle était encore en stage dans un cabinet d'avocat. Charles et son père avaient eu de gros différends à propos de parts concernant la multinationale pharmaceutique créée par le paternel lui-même. C'est après cette énième dispute que le dialogue fut rompu définitivement entre le père et son fils unique.

Ce fût la première fois depuis mon arrivée chez les Mattew qu'on me confiait enfin quelque chose sur cette famille, ce qui me fit encore plus apprécier ce moment que l'on partageait ensemble.

Je terminai cette soirée seule dans ma chambre. Je venais de raccrocher à l'instant avec mon père, celui-ci m'avait appris qu'il repartait dès mercredi pour une mission de plusieurs mois en centre Afrique. Puis vint le moment où je me décidai à échanger par message avec Asarys. Elle s'excusa : elle s'en voulait énormément de notre dispute de tout à l'heure. Je fis aussi mon mea culpa, lui racontant la fin de ma soirée avec Faïz dans les hauteurs de Los Angeles, en prenant soin de ne pas évoquer ma petite excursion sur le port.

Impatiente, elle m'interrogea aussitôt, mais je lui promis de tout lui raconter de vive voix dans les moindres détails, lors de notre pause de demain. Je commençai à me préparer pour aller me coucher quand j'entendis faiblement une porte claquer, et ceci à plusieurs reprises. Je pensai immédiatement à un courant d'air et finis par me décider à aller vérifier afin de faire cesser ce son redondant. Je marchai à tâtons dans le grand couloir, et déduisis que ce claquement venait du bureau de Monsieur Mattew.

— Charles ? appelai-je doucement derrière la porte.

Sans réponse, je l'ouvris en grand et remarquai qu'aucune fenêtre n'était ouverte dans la pièce. Je ne compris rien, l'endroit était plongé dans l'obscurité, éclairé tout juste par quelques rayons de lune. Je m'avançai à l'intérieur et allumai la petite lumière posée sur le bureau. Mon regard balaya le lieu, je ressentis une atmosphère lourde au milieu de ce silence religieux. Mes yeux se posèrent subitement sur le premier tiroir du bureau, j'hésitai un moment, luttant pour ne pas céder à la curiosité qui m'envahissait, mais une force en moi prit le dessus.

Je ne sais pas pourquoi, mais je sens que je vais le regretter.

Je l'ouvris d'un coup sec et rapide, des papiers administratifs, des dessins de plans, des contrats, rien d'intéressant n'en ressortit.

Bien sûr, tu pensais que tu allais y trouver quoi, idiote ? Une oreille découpée dans une boîte ?

Je décidai d'ouvrir le dernier tiroir du bas afin d'en finir une fois pour toutes avec ma paranoïa sur cette famille. C'est alors que mes yeux furent attirés par des photos minutieusement rangées. Dessus, on y voyait trois garçons au regard vidé de toute expression, ils paraissaient fantomatiques. En retournant un de ces clichés, il y était inscrit au dos « Harry Mattew, Sayer's Children orphelinat 1946. » Un frisson glacial me parcourut le corps, l'horreur dans le plus simple appareil. Sous le tas de ces photographies, je trouvai un dossier, celui-ci avait comme désignation « Faïz ».

Les mains tremblantes, je l'ouvris. À l'intérieur se trouvaient des dizaines de coupures de journaux, tous parlaient de la même personne : Black Shadow. Mon cerveau commença à faire la connexion entre tous les événements de ces derniers mois. Mon souffle se coupa, ma tête, elle, se mit à tourner. *Ce n'est pas possible, ce n'est pas réel.* La vérité m'éclata brutalement au visage, Faïz était donc l'ombre noire.

Tout me revint en mémoire, les sorties nocturnes, ses parents toujours inquiets, ses secrets dont personne ne voulait parler et cette phrase de Victoria qui prenait désormais tout son sens « nous sommes une famille un peu compliquée ». *Un peu ? Tu parles !*

Alors, que cherchait Faïz sur ces quais, ce soir ? Les corps retrouvés ? Tout se bouscula dans mon crâne. Je soupirai un bon coup et mon pouls ralentit doucement. Je me concentrai sur le silence qui m'entourait, c'est là que je l'entendis. Le bruit d'une respiration régulière se dégageait au coin de la pièce. Paniquée, je tournai ma tête dans la direction d'où venait le souffle. Mes yeux s'habituèrent petit à petit à l'obscurité. Une silhouette présente dans le recoin, non loin de moi, m'observait depuis le début. Un cri de peur sortit de ma bouche, je me reculai précipitamment. C'est alors que Charles sortit du noir, il était pâle avec un regard vitreux sans expression.

— Tu en as mis du temps Zoé, soupira-t-il, soulagé. Je savais que tu découvrirais un jour ou l'autre le secret qui ronge cette famille. Ce n'était qu'une question de temps.

Je fus paralysée de peur, aucun son ne sortit de ma bouche. Je restai clouée sur place. Mes jambes refusèrent d'obéir aux ordres donnés par mon cerveau. J'aurais voulu courir, m'enfuir de cette pièce, de cette maison. Lily apparut affolée dans l'encart de la porte : mon cri avait sûrement dû l'effrayer. Elle fut surprise de nous trouver, moi et son époux, dans cette même pièce. Elle interrogea aussitôt Charles d'un regard inquiet.

— Zoé a tout découvert… pour Faïz, lui expliqua-t-il.

— Non, Charles, je t'en supplie. Laisse-la en dehors de tout ça ! s'écria-t-elle en se plaçant devant moi comme pour me protéger.

— C'est notre seule chance Lily, tout dépend d'elle, tu le sais très bien, insista Charles.

Il se tourna de nouveau vers moi, le regard déchiré par le choix qu'il devait prendre.

— Tu crois en quoi, Zoé ? Au bien et au mal ? Aux mythes et légendes ?

— Euh... je ne sais pas, je ne comprends pas, bafouillai-je.

— Je vais te raconter la légende du voyageur. La plupart des gens l'a oubliée au fil des siècles, jusqu'à oublier le prénom du concerné. Assieds-toi, tu veux bien.

Je secouai ma tête, préférant rester debout pour écouter la suite.

— Personne ne peut dire à quelle époque il est né, il y a plusieurs siècles de ça. Un homme, paysan de profession et d'origine du sud des États-Unis, recueillit un soir d'orage un chiot de couleur noire. Cet homme avait une âme plus noire que n'importe quel être humain sur cette terre. Il aimait le mal, tuant pour le plaisir, femmes, hommes et enfants. De nature cannibale, il se nourrissait de ses victimes, invoquant des rituels sataniques. Il n'y avait pas pire mal que lui. Il fut arrêté et pendu sur la place publique pour ses nombreux crimes et actes immondes. Au moment de son jugement dans l'au-delà, devant l'éternel lui-même, le verdict fut sans surprise : l'enfer serait son seul refuge. Malheureusement, aux portes de celle-ci, Lucifer lui-même refusa cette âme trop abominable au sein de son propre royaume, les ténèbres en avaient bien trop peur. Son chien, Gally, tout aussi malfaisant que lui, fut gardé au royaume des enfers pour l'affaiblir dans ses intentions démoniaques. Le paysan fut renvoyé sur Terre comme chasseur des voyageurs solitaires, désormais, il se nourrit des âmes d'explorateurs qui parcourent le monde, des capitaines naviguant sur leurs navires à la recherche de

Nouveaux Mondes et qui disparaissent en mer. On ne manque pas non plus d'histoires sur de nombreux randonneurs qu'on ne revit jamais. Tout ça, c'est l'œuvre de ce chasseur diabolique.

Charles marqua une pause, je jetai un regard à Lily, elle était adossée au mur avec une telle tristesse dans ses yeux...

— Comment se finit l'histoire ? demandai-je à mi-voix.

— Il faut que tu comprennes Zoé que dans le combat du mal, il y a aussi le bien. Des êtres célestes furent envoyés sur Terre afin de rétablir un équilibre, ici-bas. Ces femmes sont appelées des Fées et les hommes des Sylphes. Autrement dit, des elfes qui ont pour mission de protéger la nature de ce monde. Les fées, elles, vivent parmi nous et se fondent dans la population. Leur mission est de prévenir un danger imminent par un signe, ce qui déclenche au fond de nous l'intuition qu'il y a un danger menaçant. Ceci éloigna le chasseur pendant un temps, malheureusement il trouva une brèche dans ces êtres célestes et s'y engouffra. Les fées perdirent les unes après les autres leur halo de prophétesses divines, la plupart furent déchues, devenant insensibles au sort des humains, laissant les ténèbres les ronger de l'intérieur. Elles devinrent alors les prophétesses de la mort en annonçant le malheur avec des cris d'une sauvagerie sans nom. Elles régnèrent sur Terre aux côtés du chasseur avec comme nom celui de Banshee.

J'essayai d'assimiler toutes ces informations, m'efforçant de comprendre cette légende qui me terrifiait littéralement. Malgré tout ça, j'eus peine à y croire. Un mythe reste un mythe, l'irrationnel n'a pas sa place. Je m'aventurai quand même à poser des questions qui me brûlaient les lèvres :

— Et Faïz ? Quel est son rôle ? Pourquoi Black Shadow ?

— Il y a déjà longtemps que les services secrets de chaque nation essaient de trouver une solution pour évincer ce mal qui menace notre planète. Ils ont caché au monde entier l'existence de ce chasseur venu détruire notre Terre pour y créer son propre royaume au milieu du chaos. L'idée de créer des êtres puissants, aux facultés au-dessus de la normale pour pouvoir un jour vaincre cette force maléfique, germa petit à petit dans leur esprit.

— Faïz, dis-je dans un murmure à peine audible, en comprenant ce qu'il était.

— Dans le plus grand des secrets, des expériences sur les êtres humains commencèrent un peu partout à se réaliser. Les dirigeants des pays du monde entier fermèrent les yeux sur des pratiques atroces. Ils ont joué à Dieu, détournant la génétique pour créer des monstres à leur tour, NOUS ! Tu as déjà sûrement entendu parler des expériences nazies ou de celles de la C.I.A, impliquées dans les années cinquante, avec des procédés incluant bon nombre de médicaments, dont du LSD. Ce n'est pas sans rappeler le projet O.M.R d'Israël dont l'État voulait créer un vaccin contre toute menace bactériologique. Ce ne sont ici que quelques exemples mis au jour aujourd'hui, mais qui ne sont que le haut de l'iceberg.

Je m'assis finalement, un vertige me prit soudain au corps. Il reprit son souffle avant de continuer :

— Dans un orphelinat de Washington, treize enfants de tout âge ont été sélectionnés au cours de l'année 1946 dont mon père, Harry, qui n'avait que six ans à cette époque, pour servir de cobaye à des fins expérimentales. Durant quatre mois, les chercheurs, mais aussi des chimistes, ont testé sur ces gamins, différents composants biologiques pour en faire des êtres parfaits. Immunisés contre toutes les altérations génétiques susceptibles de provoquer dans le temps de futurs problèmes de santé, contagieux ou non. À la fin du programme, cinq d'entre eux sont décédés suite à de graves complications de santé. Le scandale sur ce qui se passait au sein de cet orphelinat a finalement éclaté plusieurs mois plus tard et a été révélé au grand public. Les autorités n'ont eu d'autres choix que de fermer cet établissement. Tout ce qui fut à l'origine de ce macabre projet, de près comme de loin, fut jugé. Certains ont été condamnés à des peines de prison plus ou moins importantes, d'autres, se sont suicidés ou se sont réfugiés dans la drogue et l'alcool ne pouvant faire face à l'atrocité qu'ils avaient fait subir à leurs congénères, qui n'étaient que des enfants. Pour les préjudices subis, le gouvernement américain s'engagea à reverser plus de six millions de dollars afin d'aider dans leur vie future, ces enfants rescapés de cet enfer. À sa majorité, mon père toucha donc l'intégralité de sa fortune. Dans son malheur, les expériences lui réussirent. Petit à petit, on remarqua que ses forces se décuplaient, il pouvait casser un mur de béton sans effort. Ses gestes étaient rapides, sa technique de combat infaillible. Un groupe de huit soldats aux dons incroyables devenait l'avenir d'un peuple, les Léviathans. Mon père grandit ainsi, se préparant à répondre à l'engagement pour lequel il avait été conditionné et au mal qu'il devrait affronter un jour ou l'autre, sans connaître son nom. Il essaya malgré tout de construire une vie la plus ordinaire possible. Il épousa ma mère, Gladys, et bâtit à la sueur de son front et avec l'aide financière qu'il avait touchée, une des plus grandes industries pharmaceutiques au monde aujourd'hui. Chercher des antidotes, des remèdes, a toujours été son principal objectif. Je suis né quelques années plus tard. Dans mes premières années de vie, mon père se rendit compte que j'avais hérité de ses gènes, ayant le même potentiel physique ainsi que le même don que lui. Il décida de mettre sa force à lui au service des citoyens, faire le bien et aider les services de police dans leurs enquêtes. Mon père combattit le voyageur durant cinq années, le Maestro, pour ne pas citer son véritable nom. Il était tout proche d'y arriver quand il perdit sa femme, ma mère. Je n'avais que cinq ans. Elle s'était sacrifiée, pour sauver ce en quoi elle croyait : la vie. Mon père renvoya ce démon hors de notre monde, mais celui-ci promit de revenir encore plus fort dans les prochaines décennies. Je grandis avec des idées bien différentes des siennes, détestant ce que j'étais. J'ai donc pris mes distances avec cette destinée que je refusais. Au fil des années, nos rapports se sont détériorés. Mon père, refusant de comprendre mes choix, décida de me déshériter de tous les biens qui devaient me revenir, ainsi que de la fonction de président de Trac-World. C'est dans ce passage de ma sombre vie que j'ai rencontré Lily, elle a sauvé ce qui restait encore d'humain en moi. On a eu Faïz et puis Victoria. Faïz fut à son tour victime de notre code génétique, qui se transmet apparemment sur la descendance de sexe masculin. Victoria, elle, fut épargnée. Mon père et Faïz étaient inséparables, ils aimaient passer du temps ensemble. Depuis sa naissance, un lien invisible les reliait. De mon côté j'essayais d'installer des limites entre ces deux-là, mais Faïz ressemblait tellement à mon

113

père et je ne pouvais rien faire contre ça. Le même esprit, le devoir d'accomplir la justice. Sauf que contrairement à mon paternel, mon fils détient en lui une grosse part d'ombre, instable. Il est impulsif, ce qui n'est pas compatible avec l'esprit de base des Léviathans. Avant de mourir, mon père donna à Faïz l'héritage de sa vie, l'année prochaine, mon fils sera donc à la tête de Trac-World et milliardaire, mais aussi l'héritier empoisonné d'une bataille qu'il devra mener contre le Maestro. J'ai espéré de toute mon âme que ce combat n'ait lieu que dans plusieurs siècles, lorsque nous ne serions plus là pour le voir. Mais depuis la fin de l'été, des phénomènes qui ne s'expliquent pas comme des personnes victimes de combustions spontanées, les attentats où les Banshees sont de plus en plus nombreuses à se manifester, nous indiquent que le mal est de retour parmi nous. Le Maestro est parti récupérer son chien noir en enfer, il est désormais plus puissant que jamais. La prophétie parle de cette dernière guerre entre le bien et le mal. Elle est relatée dans le Callis, un livre Saint, universel, donné par les êtres célestes il y a seulement dix-huit ans. Faïz te le montrera, ce livre est à l'abri, dans un endroit non loin d'ici.

— Que dit le Callis sur la façon de nous y prendre pour détruire le Maestro ?

— Nous devons trouver le tombeau où repose le voyageur, les indices sont bien minces. Déchiffrer ces écrits anciens est assez compliqué, ce qui n'arrange pas les choses. Une seule personne est habilitée à le faire, une prophétesse désignée par celui-ci. Pour nous autres, c'est un livre presque vide. Cependant, il fait référence à deux chiens, Gurt et Meriden qui ont pour rôle de protéger cette devineresse.

— Nous avons une idée d'où chercher le tombeau ? continuai-je d'insister.

— Non, pas vraiment, soupira Charles l'air si vulnérable.

Lily sortit de son mutisme, elle s'avança vers moi, posa une main sur ma tête. Sa voix était empreinte d'une telle émotion.

— La prophétie nous dit qu'une jeune femme aux cheveux aussi noirs que la nuit et aux yeux rares et exceptionnels montrera le chemin du sanctuaire des ténèbres. Elle sera la clef, la nouvelle émeraude.

— Mais qui est cette femme ? demandai-je le souffle court, redoutant la réponse.

Lily jeta un regard angoissé à son époux avant de me répondre :

— Nous n'avons pas tout de suite compris Zoé, d'ailleurs, nous ne t'avons pas cherchée, c'est toi qui es venue à nous. Ce premier jour à l'aéroport, ton regard... et quand je vois tous les efforts de Faïz à essayer de te tenir le plus loin possible de lui, ça ne peut être qu'évident. Il l'a su à la première seconde où il t'a vue.

Une bouffée de terreur me submergea en entendant ces mots.

— Pourquoi agit-il comme il le fait ? De quoi a-t-il peur ?

— Il ne veut que te protéger, t'épargner tout ça, intervint Charles, comme mon père aurait dû le faire avec ma mère.

— Qu'est-il vraiment arrivé à votre mère ?

Charles hésita à me répondre, il interrogea Lily du regard. Après quelques secondes de silence, il reprit :

— Elle trouva la pierre qui refermait le pouvoir de

détruire le Maestro. Cette émeraude d'une rare beauté avait été donnée aux mortels par le créateur de l'univers lui-même. Il est dit qu'elle refermait toutes les louanges de chacune des religions de ce monde. La prière est l'arme la plus redoutable contre les esprits démoniaques et ceci depuis la nuit des temps. Cette pierre précieuse devait être mise à l'intérieur du tombeau du voyageur afin de l'éradiquer complètement, seulement celui-ci trouva ma mère, avant qu'elle n'eût le temps de le faire. Pour éviter que l'émeraude tombe entre ses mains, elle décida de se sacrifier en se jetant avec dans une des chutes d'eau de McWay à Big Sur. Cet acte affaiblit le Maestro et on n'entendit plus parler de lui. Pour éviter de répéter les mêmes erreurs, la prophétie raconte que la pierre, cette émeraude, a cette fois-ci été matérialisée en une personne humaine, une femme, toi.

Assise et complètement bouleversée par le récit que je venais d'entendre, j'eus l'impression de découvrir la famille Mattew une seconde fois. Je comprenais beaucoup de choses à présent, dont le comportement distant et froid de Faïz à mon égard. Lily, qui se tenait toujours à mes côtés, se pencha vers moi :

— Zoé, les prophéties n'ont pas toujours les fins annoncées et peuvent être interprétées de différentes façons. C'est pourquoi Charles et moi ne voulions pas te mettre au courant.

— Oui, te protéger est notre seule préoccupation quoiqu'il nous en coûte, souhaita me rassurer Charles.

— J'ai besoin de temps pour assimiler toutes ces informations, balbutiai-je encore sous le choc.

— Tu as raison, il est tard, tu dois aller te reposer maintenant. Si tu as des questions, nous y répondrons, me contempla Lily d'une moue inquiète.

Elle essayait d'étouffer son angoisse sous un sourire bienveillant. Charles me fit une accolade chaleureuse et me demanda de ne pas m'inquiéter. Je quittai la pièce pour me précipiter dans ma chambre, mon cœur s'accéléra de nouveau. Je m'assis sur mon lit et fermai les yeux. J'avais l'impression de débarquer dans la réalité, pourquoi les prenais-je au sérieux ? Je ne savais pas.

C'est alors qu'une vérité s'imposa à moi, je la reçus comme une gifle en plein visage, tout était déjà écrit depuis ma naissance tout comme les choix que j'avais dû faire dans ma courte existence. Mon arrivée aux côtés de cette famille n'était donc pas un hasard. Serais-je prête à donner ma vie pour en sauver d'autres ? La réponse fut évidente pour moi. Je tâchai de me ressaisir en inspirant profondément. Je n'arrivai toujours pas à croire à tout ça. Qu'est-ce qui se serait passé si j'étais restée à Paris ? Malgré tous les événements de cette soirée, je m'écroulai de fatigue et partis dans un sommeil agité où je m'empressai de tout raconter à ma mère.

— Enfin, tu as fini par arriver ! C'est quoi cette mine affreuse ce matin ? grimaça Lexy lorsque je m'installai à ses côtés en cours de géopolitique.

Dans la salle, je cherchai Asarys des yeux. Lorsque je la trouvai, je lui adressai un grand sourire pour lui faire comprendre qu'entre nous, tout allait bien.

— Oui, le réveil a été plus compliqué que d'habitude, dis-je en faignant la rigolade.

— Des bêtises faites cette nuit ? réagit aussitôt Lexy avec une étincelle de curiosité dans les yeux.

— Mais non, soupirai-je, levant les yeux agacés, par

contre, il y a eu une conversation intéressante avec Faïz.

— Reyes ! Terranova ! Nous interpella Madame James sur un ton peu commode, vous avez peut-être quelque chose à nous faire partager ?

Je piquai un fard, en secouant la tête, penaude. Lexy et moi nous plongeâmes alors dans ce cours plutôt intéressant. Les trois heures passèrent vite à mon grand étonnement. Quand la sonnerie retentit, tout le monde se précipita à l'extérieur des salles, accourant vers le tableau d'exposition des couples formés situé dans le hall pour le bal de vendredi. Sur le chemin, Asarys m'attrapa par le bras et nous nous dirigeâmes toutes les trois dans cette même direction.

— Ça va ? me demanda-t-elle timidement

— Oui.

Enfin non, apparemment je suis créée à partir d'une pierre et je dois contribuer à sauver le monde !

— Tout va bien, repris-je, pour hier c'est moi qui ai été trop susceptible. Tu avais raison, la vie est trop courte pour s'apitoyer sur son sort, je le comprends encore mieux aujourd'hui.

Nous arrivâmes au milieu d'un rassemblement qui s'attroupait et se bousculait devant de grandes listes, affichant des listes de noms.

— Alors ? me chuchota-t-elle, toute excitée, faisant allusion à Faïz.

— Bah…

— Zoé ! nous interrompit Lexy inopinément.

Asarys disparut au milieu de la foule, nous laissant loin derrière, impatiente de découvrir son cavalier de vendredi.

— J'ai croisé Victoria ce matin, continua mon amie, elle finissait d'afficher les couples dans le hall avec d'autres lycéens. Tu lui en dois une à présent, d'après ce qu'elle m'a dit.

— Mais de quoi elle parle ? répondis-je en fronçant les sourcils.

Soudain, j'entendis Asarys crier de joie tout en se jetant à mon coup.

— Tu es avec Faïz, s'écria-t-elle en m'étranglant.

— Mais ça devait être des tirages au sort, comment… ?

Sous le choc de la nouvelle, je n'arrivai pas à réaliser l'importance de cette opportunité.

— Victoria a dû donner un coup de pouce au destin, d'où sa phrase de ce matin, me souffla Lexy.

Un sentiment de joie se mélangea avec un sentiment de peur. Des millions de questions, bien qu'insignifiantes, vinrent se bousculer dans ma tête : ma tenue ? Le slow ? Quel comportement adopter ? Rachelle ?

— Et vous les filles ? m'empressai-je de leur demander, impatiente.

— Le mien se nomme Calvin, oh j'espère qu'il danse comme un Dieu, supplia Lexy, les mains jointes.

— Calmez-vous mademoiselle, dit Lucas qui apparut derrière nous à ce moment.

— Mais non, ne t'inquiète pas bébé, je le planterai aussi vite que possible, ce Calvin, pour te rejoindre, essaya de se rattraper Lexy.

Cette dernière entoura tendrement Lucas de ses bras. Asarys revint vers moi après avoir vérifié de nouveau pour elle, je constatai son air gêné, je jurerais qu'elle rougissait.

— C'est quoi qui te met dans cet état ? insistai-je.

— Je suis avec Ray, murmura-t-elle.

— Le destin fait bien les choses aussi pour toi, lui lançai-je avec un clin d'œil.

119

Elle haussa les épaules comme signe de réponse. Son ton trahissait le malaise des sentiments qu'elle ressentait pour lui. Baudoin et David nous rejoignirent peu de temps après. Nous décidâmes d'aller manger à l'extérieur, sur le campus, pour profiter du soleil.

— Je vais juste me laver les mains, vous m'accompagnez ? s'adressa Asarys à Lexy et moi.

— Je n'ai jamais compris la manie qu'ont les filles de s'accompagner aux toilettes, déclara Baudoin amusé.

— C'est vrai, renchérit Lucas, sérieusement c'est quoi ce délire ? Vous avez besoin d'aide pour vous déshabiller ou quoi ?

Les trois compères rigolèrent de plus belle, contents de leurs réflexions.

— Nous vous laissons vous remettre de votre petite blague, on vous rejoint dehors, leur assura Asarys.

Il n'y avait personne dans les lieux. Lexy rentra dans une des cabines. Adossée contre un des murs remplis de messages et de tags des étudiantes de cet établissement, j'en profitai pour me confier sur la soirée d'hier en ce qui concernait Faïz à Asarys et assez fort pour que Lexy m'entende de l'autre côté de la porte. Quand elle en sortit, nous restâmes dans les toilettes quelques minutes jusqu'à ce que j'eusse terminé mon récit.

— Au moins tu as été claire avec lui Zoé, me réconforta Asarys.

— Mais avait-il l'air réceptif ? Je veux dire, as-tu senti s'il ressentait la même chose pour toi ? m'interrogea Lexy.

— En fait, c'est la première fois que j'ai senti qu'il aurait pu se passer quelque chose, admis-je, le regard perdu dans mes rêveries, le sourire aux lèvres.

— Bon on y va ? s'impatienta Asarys.

— Attends, je fais juste un petit tour aux toilettes, lui indiquai-je.

Une fois à l'intérieur, j'entendis ces deux-là se chamailler de nouveau.

— Arrête, merde, tu es dingue ! s'exclama Asarys.

— Laisse-moi, c'est pour donner un coup de pouce à Zoé, détends-toi.

— Elle va nous tuer, c'est complètement débile.

Lexy gloussait d'une situation que je ne tarderais pas à découvrir. Quand je sortis pour me laver les mains, je vis cette dernière avec un gros feutre noir à la main. Mon regard se porta aussitôt sur le mur derrière elle. Au milieu des divers messages de personnes qui avaient laissé une trace de leur passage dans ces lieux, j'aperçus celui de Lexy « **Faïz je t'aime, Z** ». Mon sang ne fit qu'un tour.

— Non mais j'hallucine ? Efface tout de suite ce bordel ! Nous ne sommes pas au CP, fulminai-je.

— Tu vas rentrer dans l'histoire Zoé, comme Juliette avec son Roméo, se moqua-t-elle, décidée à n'en faire qu'à sa tête.

— Tu es une fille très dangereuse, répliqua Asarys, allez tu effaces ça !

J'arrachai le feutre noir des mains de Lexy, de peur qu'elle continue dans son délire, quant à Asarys, elle s'apprêtait à effacer le message du mur, lorsque j'entendis la porte d'entrée des toilettes s'ouvrir. Je me retournai et aperçus Rachelle avec sa bande de pestes qui n'étaient que quatre à ce moment précis. Son visage rouge écarlate de colère ne laissait rien présager de bon. J'étais postée là, à côté de ce fichu message, avec ce crayon dans les mains. *Eh merde !* À côté de moi, mes amies étouffèrent une crise de rire devant cette situation ubuesque, mais aussi par provocation vis-à-vis de l'autre furie en face de nous. Rachelle s'avança alors vers moi en remettant une mèche blonde derrière son oreille, elle s'arrêta à ma hauteur, bien trop près de mon visage.

— Non Rachelle, ce n'est pas ce que tu crois, soupirai-je, lassée de ce cirque.

— Tu ressembles à une pauvre groupie prête à tout pour se faire remarquer, m'attaqua-t-elle pleine de méchanceté dans la voix.

— C'est pitoyable, pestiféra une de ses vipères sur ses talons.

— Vous, je ne vous ai pas sonnées ! lançai-je agacée au petit groupe de harpies derrière elle.

— Tu veux Faïz depuis le premier jour. Tu baves devant lui comme une gamine qui a vu une glace. Tu es si pathétique Zoé, continua Rachelle d'un ton toujours plus agressif.

— Oh, mais c'est qu'elle sort les griffes Barbie, intervint ironiquement Lexy.

— Cette bourgeoise des quartiers chics essaye de nous faire peur, elle est où la caméra cachée ? renchérit Asarays.

Rachelle, hors d'elle, passa par toutes les couleurs possibles. Brutalement et sans m'y attendre, je sentis alors une gifle s'écraser sur ma joue. Abasourdie, je mis quelques secondes à réaliser ce qui venait de se passer. Tout s'enchaîna très vite, Asarys et Lexy se jetèrent sur la bande qui accompagnait Rachelle, quant à moi, je ne répondis plus de rien et ne comptai pas tendre mon autre joue à cette vipère.

— Je n'accepterai pas ce genre de comportement au

sein de mon établissement, siffla avec autorité Mme Aniston, la directrice de cette université.

Toutes les trois, debout dans son bureau, têtes baissées et honteuses de notre comportement, ne disions pas un mot même pour notre défense. Rachelle et ses pestes attendaient leur tour dans le couloir, derrière la porte.

— Je pourrais vous faire expulser plusieurs jours et vous interdire en plus l'entrée du bal de vendredi, continua de s'époumoner la directrice. Par conséquent, je vous mets à toutes les trois un avertissement, mais faites attention, car la prochaine fois, c'est l'expulsion définitive de l'université de Baylor.

Son doigt dirigé en notre direction nous faisait comprendre que désormais nous étions sous haute surveillance. Nous sortîmes du bureau en la remerciant toujours les yeux tournés vers le sol. À l'extérieur, nous croisâmes nos rivales. L'œil au beurre noir de Rachelle résultait d'un dérapage que je n'avais pas réussi à contrôler suite à sa gifle à mon encontre. En passant devant elles, nous nous toisâmes les unes et les autres. Asarys et Lexy ne s'en tirèrent pas mal avec quelques griffures superficielles et une chevelure qui méritait d'être recoiffée. Nous marchâmes silencieuses dans le couloir en direction de notre cours, le ventre vide. Soudain, sous la pression qui retombait, nous éclatâmes de rire en nous regardant.

— Je crois qu'Asarys est pire que moi, me lança Lexy.

Après plusieurs minutes d'un fou rire nerveux, nous reprîmes enfin notre sérieux.

— N'empêche que tout ça, c'est de ta faute Lexy, lâcha Asarys avec un regard en coin pour notre amie.

— Oui, regarde où nous ont menées tes bêtises ! C'est vraiment plus fort que toi, confirmai-je.

Lexy leva ses bras au ciel.

— Non, mais attendez, je ne savais pas que Barbie allait sortir de nulle part. Il faut vraiment l'enfermer cette dingue, se défendit-elle.

Après avoir pris une longue respiration devant la porte, nous rentrâmes dans la salle où notre cours avait déjà commencé depuis un moment, essayant de faire comme si de rien n'était, gardant la tête haute en prenant soin d'éviter les regards insistants sur l'état de nos tenues d'après-guerre.

La fatigue se faisait sentir dans mes jambes en cette fin de journée éprouvante à la cafétéria. Debout depuis presque deux heures, il était impossible de trouver un temps de pause devant les nombreuses commandes qui affluaient, quant à David, il été aussi speed que moi, attendant impatiemment que le rythme se calme pour enfin connaître toute l'histoire de notre altercation avec Rachelle. Toute l'université était déjà au courant de cet accrochage. Les filles étaient assises dans un coin de la cafétéria et révisaient tranquillement. Asarys m'avait proposé de sortir ce soir, mais j'avais dû refuser pour cause de retard dans mes révisions. De plus, je comptai en profiter aussi pour me reposer. Au fond de moi, je redoutai le moment où je rentrerais à Elora, en effet, revoir Charles, Lily et Victoria, c'était me replonger dans la réalité et l'horreur qui sommeillaient dans l'obscurité.

— Un café s'il vous plaît.

Cette voix qui ne m'était pas inconnue me tira de mes songes, je n'osai pas lever les yeux afin d'éviter l'affrontement de son regard, préférant m'activer à préparer sa commande.

— Regarde-moi Zoé, me demanda Faïz à mi-voix.

Je levai les yeux, hésitante, mon cœur s'emballa immédiatement. Ses mains dans les poches, l'air abrupt, il me gratifia d'un regard sombre presque menaçant. J'en conclus que la nouvelle lui était aussi parvenue.

— Je te l'apporte, réussis-je à articuler calmement en me retournant aussitôt vers la machine à expresso.

— Je t'attends à ma table… nous avons à parler tous les deux, trancha-t-il de mauvaise humeur.

Je me doutai à l'intonation de sa voix que la conversation ne serait pas facile. Il tourna les talons et s'éloigna à une table, tous les regards dans la cafétéria s'étaient tournés vers nous. Mal à l'aise, je m'adressai à mon ami :

— David, je…

— Vas-y ma belle, ne t'inquiète pas, je prends le relais, m'encouragea celui-ci avec un clin d'œil.

Je m'assis à la table de Faïz sans avoir l'audace de le regarder en face. Mes yeux préféraient chercher un peu de réconfort auprès des filles qui se trouvaient plus loin, de l'autre côté où nous étions installés. Lexy tout en me regardant mimait une corde autour de son cou m'indiquant ainsi son peu de soutien. Je finis par attacher mes cheveux en chignon pour occuper mes mains, attendant nerveusement que Faïz commence la discussion. Il me fixait intensément comme pour évaluer la situation ce qui me fit légèrement rosir.

— J'aime quand tes cheveux sont relevés ainsi, se radoucit-il.

Je clignai des paupières, incrédule, et restai bouche bée devant ce premier compliment qu'il m'adressa si naturellement.

— Merci, murmurai-je sur mes gardes.

Après ces quelques mots, je me détendis peu à peu, ce qui me permit d'ajouter :

— Apparemment, je suis ta cavalière pour la soirée d'Halloween.

J'essayai de déchiffrer sa réaction suite à cette révélation. Gêné, il se racla la gorge avant d'incliner sa tête et de rétorquer froidement :

— J'ai vu ça, mais je pense que ça tombe plutôt mal au vu des événements de tout à l'heure Zoé. Non ? Tu as visiblement mis une droite dans le visage de ma petite amie !

— Je n'y crois pas, me renfrognai-je, ta dingue de copine m'a littéralement sauté dessus, c'est elle qui m'a giflée en premier ! Elle a cru que…

Je m'arrêtai net, ne voulant pas rentrer dans les détails, à quoi bon tout expliquer de toute façon ? Faïz avait déjà sa propre version des faits. Je luttai contre la rage qui me montait à la gorge devant une telle injustice. La fatigue, les révélations sur la légende du voyageur, tout se mélangeait à la fois. De plus, la froideur de Faïz à mon égard rajouta un peu plus d'eau dans ce verre déjà bien plein. Je me levai d'un coup sec, ce qui le surprit au vu de l'expression de son visage et décidai de sortir avec le besoin de prendre l'air.

Arrivée à l'extérieur, je gonflai mes poumons en soupirant profondément. La nuit commençait déjà à tomber. Les bras croisés, je ne l'entendis pas approcher, seule l'odeur de son parfum m'indiquait qu'il se trouvait juste derrière moi.

— Écoute Zoé, atténua Faïz pour se rattraper, vendredi, je partagerai une danse avec toi, mais il n'y aura pas plus.

En général je ne participe jamais à ce genre d'événement. Beaucoup d'autres garçons seront heureux de passer cette soirée avec toi.

J'étais abasourdie, comment pouvait-il me dire ça, alors qu'il savait ce que j'éprouvais pour lui ? Toujours derrière moi, je ne pris pas la peine de me retourner.

— Moi aussi, ce n'est pas le genre d'événement que j'apprécie, mais pour une fois, j'étais heureuse de pouvoir me changer les idées, après tout ce que j'ai appris hier soir, la prophétie dont parle le Callis et tout le reste. Ça fait beaucoup pour moi, lui avouai-je.

Je me décidai enfin à l'affronter dans les yeux, il sembla soudain si fragile et vulnérable.

— Tu es au courant ?

Sa voix se brisa.

— Oui, depuis hier soir, j'ai tout découvert.

Sa mâchoire se serra brusquement. Je sus qu'il ne dirait plus un mot. Son regard balaya le parking au loin, à la recherche de sa voiture.

— Où vas-tu ? insistai-je en le voyant partir.

— Je rentre à Elora, je dois voir mes parents.

— Faïz, attends, je viens avec toi.

— Je t'attends dans la voiture, grommela-t-il sans enthousiasme.

Il me restait trente minutes avant la fin de mon service, j'espérai que ça ne dérangerait pas David de me laisser partir un peu plus tôt.

Sur le chemin de la villa, Faïz était silencieux, comme à son habitude, sûrement plongé dans ses pensées les plus sombres. J'aurais voulu le faire sourire ne serait-ce qu'une fois, une seule fois aujourd'hui. J'avais l'impression de tout faire pour saboter cette relation, mes cartouches chance étaient vides. À l'écoute d'une chanson d'Ed Sheeraan qui passait à ce moment sur les ondes radio, un sentiment de tristesse m'enveloppa. C'est alors que je me dis qu'il y avait pire dans la vie, afin de me rassurer.

Pire comment ? Si ça se trouve, dans quelques mois, je devrais me jeter d'en haut d'une falaise pour sauver le monde.

À cette pensée, la morosité me submergea de nouveau. Mon long soupir obligea Faïz à m'interroger sur mon état.

— Comment te sens-tu ?

— J'ai l'impression de manquer de temps tout à coup. Je découvre en moi, une rage de vivre dont je ne soupçonnais pas l'existence. Je veux continuer à avoir des rêves… un futur. C'est dingue, me confiai-je à lui à cœur ouvert.

— Je comprends, mais tu sais, tu peux encore partir de L.A. Je pense que ça serait la meilleure décision à prendre. Tu dois tourner la page. Ne te braque pas Zoé, je veux juste te savoir à l'abri quand les choses se gâteront.

Aucune réponse ne me vint, je hochai juste la tête pour clore ce sujet, sentant une grande colère grandir en moi. J'étais désormais bien trop impliquée dans le secret et dans mes sentiments pour rentrer chez moi. Je regardai par ma vitre le paysage défiler. Le ciel avait une merveilleuse teinte rouge et or avec ce soleil couchant. Ce joli spectacle m'aida à m'apaiser.

Nous entrâmes dans le séjour tous les deux, côte à côte. Lily était en train d'installer un nouveau tableau de maître au mur tandis que madame Arlette s'affairait à préparer le dîner.

— Monsieur Mattew, interpella cette dernière en direction de Faïz, mangerez-vous ici ce soir ?

— Non, ne me comptez pas.

— Très bien monsieur.

Lily s'avança vers son fils pour l'embrasser, apparemment heureuse de le voir.

— Venez donc vous installer sur la terrasse, proposa-t-elle, il fait un peu frais, je vous conseille de vous couvrir.

À l'extérieur, la nuit était tombée. Je pris place en face de Lily, sur cette grande banquette ovale, tout en résine tressée. Depuis le début de mon séjour dans la villa des Mattew, j'aimais venir m'installer ici lorsque j'avais envie de faire le vide dans ma tête. En effet, en journée, les sièges de couleur turquoise allaient parfaitement avec l'horizon d'un ciel souvent bleu clair, se reflétant sur un océan sombre et intense. Le regard profond de Faïz posé sur moi pesait lourd, mais je faisais comme si je ne le voyais pas. Il décida de rester debout, les mains dans les poches, près de la baie vitrée. Lily l'interrogea du regard.

— Le Dôme devient de plus en plus opaque chaque jour, fit remarquer Faïz, impuissant, à sa mère.

— Ça se rapproche et nous ne sommes pas encore prêts, murmura Lily, les mains jointes sur ses genoux.

— Que traduit la couleur du Dôme ? demandai-je angoissée.

— Le Dôme, commença Lily, est là pour protéger la civilisation de Los Angeles contre toute intrusion nuisible pour ses habitants. Malheureusement, le mal est déjà là. La couleur indique juste…

Lily détourna le regard pour regarder le ciel, prenant soin de sélectionner chaque mot comme s'ils avaient une importance cruciale à ce moment précis. Après quelques secondes, elle reprit :

— La couleur du Dôme indique le degré du danger dans lequel se trouve la population de L.A. Heureusement, les habitants n'ont pas connaissance de cette information, pour cause, il y aurait de gros risques d'émeutes si ça venait à se savoir. Nous devons gagner du temps.

— Mais nous n'en avons pas ! s'écria Faïz d'une voix furibonde, Zoé doit partir et retourner à Paris.

Lily s'adressa de nouveau à moi de sa voix douce :

— Nous pouvons te faire quitter L.A dès demain si c'est ce que tu veux.

— Non ! m'exclamai-je sans réfléchir. Non, non, arrêtez de penser à ma place, arrêtez de vouloir absolument me protéger. Oui, une part de moi a peur, je vous ai écoutés, mais jamais je ne vous laisserai. J'ai un rôle à jouer dans cette histoire, la mort ne m'effraie pas, mais en revanche, ce qui pourrait vous arriver à chacun d'entre vous me terrifie. Vous êtes ma famille dorénavant.

Lily, les yeux humides, s'empressa de venir auprès de moi et me serra dans ses bras. Son étreinte me rassura et me donna la sensation d'être invincible. Lorsqu'elle se détacha de moi, elle leva les yeux vers son fils.

— Faïz, promets-moi de prendre soin d'elle, le supplia-t-elle.

Celui-ci, les yeux fermés, secoua sa tête en signe de désapprobation, en sentant les choses lui échapper. Il fit alors demi-tour en se dirigeant à l'intérieur de la villa sans ajouter un mot de plus, quant à Lily, elle me tenait toujours dans ses bras. Cette dernière n'essaya pas de le retenir.

FAÏZ

Arrivé devant le manoir, il poussa la lourde porte de cette vieille demeure, construite presque sous terre il y a plus de deux siècles. Ce manoir, baptisé « la Septième Terre » était l'endroit où Faïz se rendait lorsqu'il cherchait des réponses à ses questions. Connu autrefois dans le monde entier, ce lieu extravagant avec des moulures en or somptueuses au plafond ressemblant à un petit château. Les escaliers en pierre à l'entrée donnaient un caractère ancien, le tout mélangé à une décoration raffinée. Faïz se rendit dans la première pièce qui se trouvait à l'autre bout de l'entrée, appelée la salle blanche. Il se repassa en mémoire sa conversation sur la terrasse avec sa mère et Zoé, tout se dessinait nettement dans son esprit. Le cœur serré, il devait se préparer au pire désormais, même s'il ne voulait pas y penser.

— Ça faisait longtemps l'ami, s'exclama une voix enjouée et grave qui brisa ce silence paisible, ce qui eut le don d'irriter le jeune homme qui venait d'arriver.

Par plaisir de provocation, son interlocuteur continua :

— Tic-tac, tic-tac.

— La ferme Julio, s'agaça Faïz

Un homme d'apparence plus âgé que ce dernier, de grande taille, chauve dont les yeux étaient cachés derrière de petites lunettes rondes aux verres opaques, était assis dans un fauteuil d'époque, un verre de whisky dans la main. Julio avait l'air d'avoir attendu ce moment, où Faïz reviendrait au manoir. Il prit place dans un siège, installé en face de lui.

— Le Maestro et son chien sont aux portes de notre monde. On est à présent sûrs que l'affrontement est inévitable dans les semaines à venir. De combien de temps disposons-nous Julio ?

— Avant que la guerre entre vous et lui éclate ? Deux mois, peut-être trois tout au plus, c'est ce que nous révèle le Callis si on suit la prophétie.

En entendant ces mots, les paupières de Faïz se plissèrent.

— Tu dois trouver ce maudit tombeau au plus vite. Zoé est la clef et tu le sais. Tu dois la faire venir ici pour qu'elle déchiffre les écritures du livre Saint.

Julio but la dernière gorgée qui lui restait dans son verre, il eut désormais l'air soucieux. Faïz se cala au fond de son fauteuil et leva les yeux au plafond. Il revit le visage magnifique de Zoé, ses yeux, mais aussi chacune de ses courbes parfaites. Son caractère arrogant lui paraissait si fragile lorsqu'il était près d'elle…

— Tu vas devoir faire équipe avec ton Alma Gemala, j'espère que tu es prêt ? l'interrogea Julio.

— À vrai dire, je ne sais pas encore, répondit Faïz dans un chuchotement douloureux, je ne veux pas la perdre.

— Ne te tourmente pas à l'avance, chacun de nous a un rôle à jouer. Toi et tes semblables devez sauver l'espèce humaine. Pour cela, vous avez besoin d'un maximum d'informations.

Oui, Julio était le gardien de ce sanctuaire, plus précisément un Sylphe, le successeur de ces lieux, protégeant précieusement le Callis qui se trouvait ici depuis dix-huit ans. Désormais, cet elfe avait comme tâche de faire remonter les archives les plus sombres que l'on croyait oubliées à jamais, à la lumière du jour.

5

Le vendredi soir arriva plus vite que je ne l'aurais voulu. Avec les cours, mon travail à la cafétéria et un premier entretien pour mon stage dans le cadre de mon année scolaire que je devais préparer pour le lundi suivant, je n'avais pas eu le temps de voir beaucoup mes amis.

Victoria et moi nous dirigeâmes en direction des Downtown pour nous rendre chez Lexy. Nous devenions au fil des jours, toujours plus complices l'une et l'autre. Durant ce court moment pendant le trajet, nous en profitâmes pour parler de tout et de rien dans l'Escalade, mais aucune de nous deux n'aborda le sujet du Maestro. J'appréciais ces petits moments avec cette dernière. Avec elle, j'avais l'impression d'être restée dans une vie tout à fait normale contrairement avec le reste de sa famille. Bien sûr, elle était au courant de tout, pourquoi en serait-il autrement ? Mais elle me préservait à sa manière et je lui en étais reconnaissante.

Au bas de la résidence Piero, je vis Victoria plus nerveuse que d'habitude. Avant de pénétrer à l'intérieur du hall, elle se retourna pour regarder autour d'elle. Une inquiétude, que je ne lui connaissais pas, traversa le temps d'un instant son visage.

— Quelque chose ne va pas ? m'inquiétai-je aussitôt.

De quoi pouvait-elle avoir peur d'un seul coup ?

— J'ai l'impression qu'il est toujours là, à nous observer, chuchota-t-elle comme si quelqu'un pouvait l'entendre.

Ses mots me coupèrent le souffle, un léger frisson me parcourut l'échine et le silence prit place. « Il », je savais trop bien de qui il s'agissait.

— Viens, Victoria, Lexy nous attend. Ce soir on est là pour s'amuser.

Je dus donner le change au maximum, même si au fond de moi, c'était encore autre chose. Victoria attendait ce bal depuis déjà un moment en ne cachant pas son impatience durant toute cette semaine. C'était hors de question qu'elle pense à ce voyageur démoniaque un seul instant durant cette soirée. Je la pris par le bras en lui adressant un grand sourire, ce qui eut le don de la rassurer, du moins pour le moment.

Arrivées à l'étage, Asarys nous ouvrit la porte de l'appartement de Lexy avec un air complètement hilare. Elle portait une perruque immense avec une robe d'époque. Je ne fus pas longue à deviner qu'il s'agissait de Marie Antoinette. Je levai les yeux au ciel, elle aurait pu choisir un personnage au destin moins tragique.

— Oh hé, les filles, vous venez ? hurla Lexy depuis une autre pièce.

J'essayai de me détendre et de reprendre le contrôle de mes émotions en étouffant l'anxiété qui grandissait au fond de moi. Après tout, ce soir je serais avec Faïz et s'il tenait sa parole, je pouvais même espérer une danse avec lui. À cette seule pensée de pouvoir me retrouver dans ses bras, mon ventre se noua. Je repris aussitôt mes esprits afin de ne pas plus éveiller la curiosité de mes amies qui commençaient à se poser des questions.

— Détends-toi Zoé, me lança Asarys en se tournant vers moi.

— Je suis un peu nerveuse, soupirai-je.

Victoria me gratifia d'une œillade complice en comprenant la raison de mon état, quant à Asarys, elle gloussa doucement. Je la poussai en direction de la chambre où se trouvait Lexy, en grognant :

— C'est hors de question que je subisse vos sous-entendus à toi et Lexy toute la soirée, on est bien d'accord ?

Je lui emboîtai ensuite le pas pour rentrer en premier dans la pièce en découvrant une scène des plus hallucinantes.

— Oh mon Dieu, Lexy, mais qu'est-ce qui ne va pas à la fin dans ta tête ? explosai-je dans un fou rire incontrôlé une fois le choc passé.

Cette dernière avait revêtu un costume de sumo gonflable. On voyait à peine ses pieds. Quant à ses bras, ils semblaient minuscules. Pourquoi s'infligeait-elle cet accoutrement ridicule ?

— Allez-y, marrez-vous, je suis originale contrairement à vous. On n'est pas prêt de m'oublier, ajouta-t-elle en se rapprochant de Marie Antoinette, menaçante.

Asarys ne souhaitait en aucun cas recevoir un coup de ventre de celle-ci, mais ne put s'empêcher de lui répondre :

— Ne compte pas sur moi pour te faire passer toutes les portes ce soir, et le pauvre Lucas ? Tu y as pensé un peu ? vous comptez rouler ensemble au lieu de danser ?

Mon ventre me fit mal tellement je rigolais. Victoria, elle, s'était cachée à côté de l'entrée de la chambre pour dissimuler son amusement.

— Tu es si risible Asarys, tu aurais pu choisir Marilyn Monroe, histoire de te décoincer un peu, s'insurgea Lexy face aux provocations de son amie.

— Stop ! criai-je afin de les couper dans leurs échanges. Ces filles sont insupportables, m'adressai-je à Victoria en levant les mains au ciel. Maintenant, c'est à notre tour de nous préparer.

Je posai nos sacs sur le lit de Lexy et en sortis nos tenues. Il était temps de nous apprêter aussi. J'enfilai mon costume de femme de cabaret des années quarante en présence de tout le monde. L'habit n'était rien d'autre qu'une robe très courte, noire, avec de nombreuses franges, accompagné de gants de la même couleur, tandis que Victoria arborait un déguisement de Dracula.

— Les filles, on fait une photo ! nous interpella Asarys, son smartphone en mains.

— Attends, attends, il nous faut d'abord nous maquiller, protestai-je.

Lexy nous indiqua la salle de bain.

— Beurk ! grimaça Victoria devant son reflet dans la glace.

— Tu es belle, je t'assure, insistai-je en le pensant vraiment.

Ce fut dommage que cette si jolie jeune fille ne s'acceptât pas. Pourtant Victoria était de plus en plus gracieuse, élégante et naturelle. Sa timidité la bloquait énormément vis-à-vis des autres. Cela me faisait mal au cœur de la voir ainsi. C'était la petite sœur que j'aurais tant voulu avoir.

— Et si je te maquillais ? lui proposai-je en passant ma main dans ses cheveux.

— Oui, pourquoi pas, répondit-elle sans trop y croire et en haussant les épaules.

Je voulais tout faire pour redonner de l'éclat à ses grands yeux tristes, je m'activai donc dans cette tâche.

— Zoé Reyes, Victoria Mattew, vous êtes magnifiques, s'exclama Lexy en nous voyant revenir.

— J'adore, renchérit Asarys. Allez, maintenant la photo. Nous allons finir par nous mettre en retard !

Lexy se mit entre nous, son costume imposant de sumo rendait la photo difficile à prendre ce qui nous valut un fou rire de plus, un souvenir inoubliable de cette soirée d'Halloween.

— Heureusement que nous avons l'Escalade, sans ça, je ne sais pas comment Lexy aurait réussi à monter dans une voiture de taille normale, nous fit remarquer Victoria, amusée, alors que nous marchions toutes les quatre en direction du 4X4.

Lexy ne marchait pas, elle se balançait de droite à gauche afin de pouvoir se déplacer.

— Tu ferais mieux de rouler, tu irais plus vite, ne put se retenir Asarys de se moquer de cette dernière.

— Fou-moi la paix, va donc te faire guillotiner, maugréa Lexy presque essoufflée.

— Elles sont toujours comme ça ? me murmura Victoria.

— Non, là encore ce n'est rien, je t'avais pourtant

prévenue qu'elles étaient folles.

Devant l'Escalade, je tendis les clefs à Victoria pour la laisser conduire à son tour. Ce 4X4 était vraiment trop gros pour moi, je fus soulagée de pouvoir m'installer sur le siège passager. Nous traversâmes les Downtown. La ville était éclairée de toute part et, dans les rues, la foule affluait, sortie pour fêter Halloween. Je contemplai par la fenêtre les gens dans leur costume avec un léger sourire en coin. Tout me sembla si irréel à ce moment-là, je ne pus m'empêcher de les envier.

Beyonce en fond nous emmenait dans une belle balade. Toutefois, Faïz jamais loin de mes pensées, revint me torturer l'esprit. Une nouvelle boule au ventre se forma soudainement en moi. J'étais impatiente de le retrouver, consciente d'être comme une jeune adolescente devant son premier amour, ce qui pour moi l'était réellement. Pourquoi ne l'avais-je pas évité depuis le début comme ma conscience me le demandait ? Je savais qu'une part de moi se méfiait de lui, mais la beauté de son faciès et de son regard si spécial m'empêchait de me détourner de cet homme. Dans le rétroviseur, je remarquai Asarys qui me scrutait d'une façon que je ne lui connaissais pas, son regard pénétrant essayait de percer les secrets que je dissimulais.

— Regardez ! La vue du Griffith est magnifique d'ici, s'exclama Lexy.

L'intervention de celle-ci me détourna d'Asarys en quelques secondes. Lorsque je posai de nouveau mes yeux sur elle, mon amie avait retrouvé un air enjoué comme à son habitude. Je mis cela sur le compte des lumières de la ville qui avaient dû se refléter de façon intense sur son visage, je ne parvins pas à l'expliquer autrement.

— Ray sera là ? lui demandai-je avec curiosité.

Victoria baissa le volume de la musique.

— Oui, répondit-elle avec un rictus qui en disait long. D'ailleurs Victoria, il faudrait que tu me conduises jusqu'à ma sororité. Je dois y déposer mes affaires.

— Oh non ! Nous avions convenu que nous arrivions toutes ensemble au bal, riposta Lexy.

— Mais je vous rejoins tout de suite, nous assura-t-elle.

— Tu ne préfères pas que l'on t'attende ? lui demandai-je.

— Ça va aller les filles… Ray me récupère, on a besoin d'apprendre à faire connaissance tous les deux, se justifiat-elle, gênée, en prononçant son prénom.

— Marie Antoinette est une sacrée garce à ce que je vois, lui lança Lexy faussement outrée.

Asarys sortit son éventail et le secoua devant son visage, la toisant de haut puis ajouta :

— Une gentille dame ne parle pas de ces choses-là.

L'attention resta sur elle jusqu'à la fin de notre trajet, elle esquiva comme elle put les piques et les allégations à son encontre.

Victoria entreprit de faire un demi-tour devant la sororité d'Asarys afin de repartir le plus rapidement possible. Celle-ci descendit du véhicule, soulagée de nous quitter et disparut en courant dans sa maison des Alphas Mu. Ce bâtiment ne se trouvait qu'à cinquante mètres à peine de l'université, mais les alentours étaient si mal éclairés que nous le distinguâmes à peine.

Sur le parking du lycée, ils nous attendaient déjà tous les trois. Lucas le shérif, Baudoin le pirate et David…

David, ne me disait rien. Peut-être un tueur de thermites ? Sa combinaison marron et son aspirateur dans le dos ne me parlaient pas.

— Où est passée la dernière drôle de dame ? s'enquit David en faisant référence à Asarys.

— Elle arrive, répondit Victoria tout en descendant de l'Escalade.

— Charmante, ravissante, s'adressa Beaudoin envers cette dernière, tout en la reluquant de bas en haut.

— Moi, à ta place je ferais gaffe, mec. Son frère n'a pas l'air commode, l'avertit David.

La musique nous parvenait jusqu'au parking ce qui m'obligea à entreprendre quelques pas de danse pendant que Lexy s'affairait à sortir du 4X4.

— C'est quoi cette connerie ? s'écria Lucas d'un ton effaré en la découvrant.

Ne se laissant pas démonter par l'attitude de son petit ami, celle-ci répliqua sans sourciller :

— Les pétasses réfléchiront à deux fois avant de s'approcher de toi. Un shérif et un sumo. Ça, c'est un couple improbable.

Lexy se précipita les bras ouverts en direction de Lucas et le heurta légèrement, celui-ci perdit aussitôt l'équilibre et manqua de s'écrouler par terre.

— Ne t'approche pas de moi de la soirée, tu es un danger public ma pauvre ! Et vous ? Comment avez-vous pu la laisser faire ? nous accusa-t-il, Victoria et moi.

— Comme si ce que nous pouvons dire pouvait peser dans la balance. Ta copine est incontrôlable, lui signalai-je.

Victoria passa son bras en dessous du mien et nous avançâmes tous ensemble en direction de l'entrée, là où la fête battait son plein. Lucas marchait d'un pas rapide devant nous, suivi de Lexy qui ne comptait pas le lâcher d'une semelle. À l'intérieur de la salle, je me rendis vite compte qu'il ne serait pas facile de trouver Faïz dans toute cette cohue. Pour ne pas arranger les choses, les costumes, le maquillage et les masques rendaient la tâche quasi impossible. La déception me gagna rapidement en pensant que je pourrais ne pas le voir de la soirée. C'est alors que mon attention se porta sur la décoration splendide du lieu. L'équipe en charge de la mission n'avait pas lésiné sur les moyens. De grands vases en verre retenaient des roses de différentes couleurs un peu partout dans la salle. La glycine recouvrait le plafond à différents endroits, au milieu de ballons et de rubans blancs. L'odeur fraîche et enivrante de cette disposition rendait en plus, un visuel des plus glamour. Des miroirs avaient été disposés tout autour de nous, ce qui agrandissait l'endroit. Bien sûr, c'était Halloween, on ne pouvait donc pas échapper aux toiles argentées, pour faire référence aux araignées ainsi qu'aux citrouilles grimaçantes. Cependant, ça ne gâchait en rien l'esthétique des lieux.

— Ça a l'air de te plaire, remarqua Victoria.

— Tu plaisantes ? C'est plus que ça, c'est magnifique. En plus, les jeux de lumière sombres et bleutées sont une idée géniale.

Victoria sembla heureuse de l'effet qu'avait ce premier bal sur moi, fière de me montrer les traditions américaines. Je découvris enfin autre chose que de la lassitude et de la tristesse dans son regard. Son costume de roi des vampires sembla faire effet sur elle.

— BOU !

Marie Antoinette venait d'arriver derrière nous, finalement, elle avait fait vite. En me retournant, elle m'envoya une poignée de confettis dans le visage. Ray, tout près d'elle, me souriait avec sa rangée de dents parfaitement alignées et me salua :

— Comment vas-tu Zoé ? Tu es très en beauté toi aussi ce soir.

— Ça va et toi ?

Celui-ci portait une tenue de chevalier que je trouvai tout à fait en phase avec sa personnalité. Maintenant qu'il était là, j'espérai qu'il puisse m'aider à trouver mon cavalier.

— Tu n'aurais pas vu Faïz ? lui demandai-je à tâtons.

— Il est encore sur la terrasse en haut…

Son air embarrassé n'indiquait rien de bon.

— Avec Rachelle, finit-il pas avouer.

— Pas pour longtemps, fulmina Asarys, je vais le traîner par la peau des fesses et le ramener près de sa cavalière.

Désemparée, je jetai un coup d'œil en direction de Victoria refusant qu'elle entende cette conversation. Heureusement, Beaudoin l'avait déjà accaparée en l'emmenant près d'un buffet non loin de l'entrée. C'est alors que Lucas réapparut sans Lexy.

— Bon ! Vous comptez rester plantés à cet endroit toute la soirée ? Ce n'est pas tous les jours qu'on peut se lâcher.

— Euh Lucas, tu en as fait quoi de notre amie ? s'empressa de lui demander Asarys.

— Sumo ? Tu plaisantes ! Son costume a tellement de succès qu'elle signe presque des autographes à tout le monde, j'en ai profité pour la semer.

D'un coup, un son dance hall de Sean Paul ambiança immédiatement le bal. Nous filâmes sur la piste de danse et commençâmes à danser. J'essayai tant bien que mal de chasser Faïz et Rachelle de mon esprit, refusant de les imaginer ensemble sur la terrasse, l'un contre l'autre. La jalousie que j'éprouvai à cet instant me fit grincer des dents.

— Tu aurais pu te déguiser en Esméralda, tu aurais été parfaite dans ton rôle, me lança Lucas tout en dansant.

C'est comme ça qu'il m'avait surnommée depuis le premier jour où l'on s'était rencontrés, j'avais maintenant l'habitude.

— Au lieu de ça, tu as préféré incarner Morticia, continua-t-il en feignant la déception.

— Lucas, je suis danseuse de cabaret des années quarante ! m'exclamai-je, levant les yeux au ciel, et non un personnage de la famille Adam's.

— Ah… maintenant que tu le dis…

— La ferme !

Il éclata de rire en ajoutant :

— Regarde, il y a pire que toi Zoé.

Il me montra David d'un signe de tête.

— Lui, il a carrément dû inventer un nouveau personnage de l'histoire, enfin… c'est peut-être tout simplement une tenue d'un hacker fou.

Je ne pus m'empêcher d'éclater de rire à mon tour et cela me fit du bien. Heureusement, mes amis étaient là.

La fête était à son apogée. Je réussis à me faire servir un verre de Coca-Cola au buffet, cependant, il m'avait fallu battre des coudes pour y arriver. Certains de mes amis se trouvaient sur la piste et d'autres, assis en train de discuter. Asarys avait rejoint, quelques instants, sa sororité à une table. Les Alphas Mu semblaient être dans une conversation des plus animées.

Je balayai la pièce des yeux à la recherche de Lexy. Je ne l'avais pas revue depuis notre entrée dans les lieux. Je me mis alors à l'imaginer, allongée sur le sol, dans un endroit avec peu de passage, complètement bloquée par son costume avec l'impossibilité de pouvoir se relever seule. Soudain, mes yeux trouvèrent par hasard le regard de Faïz qui me contemplait d'un peu plus loin. Il était adossé contre un pilier de décoration en haut des marches, complètement à l'opposé de moi. Rachelle n'était apparemment pas avec lui. Je décidai de partir le rejoindre en ne le quittant pas des yeux, de peur de perdre sa trace. Il comprit qu'il devait rester là à m'attendre. J'essayai de rester calme tandis que mes mains devenaient moites. Mes jambes me portèrent difficilement. Qu'il était beau ! Je pris soin d'imprimer la vision de ce beau ténébreux dans un coin de ma mémoire, car je savais que demain tout pouvait s'arrêter. Après plusieurs secondes interminables, j'arrivai enfin à sa hauteur.

— Bonsoir, murmurai-je sans arriver à parler plus fort.

Le son de ma voix se noya dans la musique assourdissante, Faïz dû lire sur mes lèvres.

— Bonsoir Zoé.

Il me scruta un court moment puis se rapprocha un peu plus près afin que je l'entende :

— Tu es très belle, me souffla-t-il d'une voix charmante.

Je fus sur un petit nuage et décidai de profiter de la bonne humeur de Faïz pour obtenir ce que je désirais le plus de cette soirée :

— Tu m'avais promis une danse, tu t'en souviens ?

Une grimace tirailla son visage.

— J'ai bien peur que ça ne plaise pas à tout le monde Zoé.

Je devinai à qui il faisait allusion

— Ils s'en remettront, les gens oublient vite, rétorquai-je.

Faïz soupira, préférant regarder ailleurs, ne pouvant pas soutenir mon regard.

— Oublier n'est pas si facile, avoua-t-il presque vulnérable.

Je ne compris pas où il voulait en venir. C'est alors que je remarquai enfin sa tenue. Un smoking noir et une chemise blanche qui lui allaient à merveille. Je ne fus pas surprise de ne pas le voir déguisé, ce n'était pas du tout son genre. Cependant, il était d'une grande classe ce soir avec ses cheveux toujours plus ou moins désordonnés. Je luttai contre mon envie de passer une main dedans.

— Faïz, c'est un bal costumé, pourquoi ne t'es-tu pas déguisé comme tout le monde ? essayai-je, afin de renouer le dialogue.

— Mais je suis déguisé !

Son sourire m'éblouit à ce moment.

— Non ! Explique-moi ?

— Je suis Gatsby le magnifique, finit-il par répondre, amusé par sa propre réponse.

Les traits de son visage furent si avenants que je ne parvins pas à m'empêcher de le manger du regard. Brusquement, il reprit son sérieux, sentant les choses lui échapper. Une voix au fond de moi le suppliait de m'embrasser. Sa moue inquiète réapparut. Mince, ce moment si intime me filait des mains. Je me mis à prier

147

pour avoir un petit coup de pouce et quelqu'un là-haut sembla m'avoir entendue : la musique cessa et une voix grave au micro se fit entendre. Nous détournâmes nos yeux en direction de celle-ci, qui nous parvenait depuis la scène d'en bas.

— Messieurs, nous vous demandons d'inviter vos cavalières, désignées lors du tirage au sort, à danser le prochain slow. Merci de respecter cette tradition et de prendre place sur la piste.

— Je vais encore devoir passer quelques minutes de plus en ta compagnie, Reyes. C'est toujours ce même problème que tu me poses, me dit Faïz en respirant profondément, visiblement tracassé par cette idée.

— Ça me convient, ironisai-je.

Il me tendit alors sa main. Un côté de moi hésita à la prendre, jouait-il avec mes sentiments ? Je continuai d'espérer quelque chose qui n'arriverait sûrement jamais. Faïz était fidèle à Rachelle et il avait ses principes. Je regardai la foule en bas pendant une seconde, c'est à ce moment que j'aperçus Lexy, facilement reconnaissable avec son costume. Je fus soulagée de la revoir parmi nous. Son cavalier commis d'office, dont le prénom m'était sorti de la tête, l'avait rejointe sur la piste. Un roux de petite taille avec un physique peu attirant et une démarche disgracieuse se tenait à ses côtés. Mon amie devait se réjouir de s'être accoutrée de la sorte, la distance entre ces deux-là serait maximum. Je me retournai vers Faïz, ma main se glissa dans la sienne et une petite décharge électrique me surprit. L'atmosphère lourde entre nous deux était palpable. Il enveloppa ma main le plus doucement possible, comme s'il avait peur de la briser, celle-ci était chaude et douce. Ce contact suffit à me faire perdre pied.

Main dans la main, nous descendîmes rejoindre les autres couples déjà installés.

La musique commença. Je reconnus aux premières notes un titre de Fetty Wap remixé en une douce mélodie rythmée, le titre m'échappait. Cet artiste, plus connu dans le registre du hip-hop, avait fait une exception réussie sur ce morceau. Au moment de me retrouver en face de Faïz, je vis Rachelle arriver derrière lui d'un pas rapide en notre direction, ses yeux paraissaient sortir de leur orbite tellement ils étaient empreints de fureur.

Asarys à mes côtés sentit que quelque chose n'allait pas, elle suivit mon regard et comprit immédiatement. Ne comptant pas la laisser gâcher mon moment, elle partit à sa rencontre et lui barra instinctivement la route, ne lui laissant ainsi aucune chance d'arriver jusqu'à nous. Rachelle voulut forcer le passage, mais Lucas, Beaudoin et Lexy vinrent aussitôt à la rescousse. Le costume de sumo de mon amie fut alors très dissuasif. Rachelle accepta sa défaite et m'envoya un regard rempli de haine.

Faïz, n'ayant rien vu de cette scène, me prit par la taille et j'enroulai mes bras autour de son cou. Je décidai de faire abstraction de sa copine et me rapprochai plus près de lui. Son corps se figea, gêné par cette proximité charnelle. Il n'y avait plus aucun espace entre nous deux. Mon corps se lova tout contre lui, je posai ma tête au creux de son cou, humant son odeur qui m'enivrait. Indéniablement, une partie de lui lutta à ce moment-là. Je me laissai transporter par la musique en oubliant ce qui se passait autour de nous. Nous étions seuls, lui et moi, plus rien ne comptait.

Je fermai les yeux pour profiter de ce moment. Dans ses bras, le temps sembla suspendu. Au fil des secondes, je sentis son corps se détendre, Faïz baissait les armes. Sa respiration devint plus intense, son étreinte se resserra autour de mes hanches. Entre nous, il y avait toujours eu deux poids, deux mesures, nous passions sans cesse d'un extrême à l'autre, de la guerre à la paix. J'avais toujours eu le don de déchiffrer les gens, mais lui, restait une énigme pour moi. Il fallait se l'avouer, il était impénétrable. À quoi pouvait -il bien penser en cet instant ?

J'hésitai à relever ma tête pour le regarder, de peur de gâcher ce moment où il était mien. Le slow touchait bientôt à sa fin, j'étais consciente qu'il me serait impossible de le retenir. Sans réfléchir, je posai mes lèvres à l'intérieur de son cou et un léger frisson le parcourut.

— Zoé arrête, me chuchota-t-il d'un ton torturé.

— Je suis désolée, je ne sais pas ce qui m'a pris, murmurai-je sincère.

Faïz recula son visage du mien pour me regarder en face.

— Reste loin de moi, je ne suis pas fait pour toi.

Ses paroles ne s'adressaient pas à moi, il essayait plutôt de s'en convaincre lui-même, car si je savais bien une chose, c'est que seuls les yeux ne mentent pas. Le slow se termina, Faïz se recula d'un coup. Son léger sourire s'évanouit, comme si la réalité l'avait soudain rattrapé. Je ne pus cacher ma contrariété, j'avais la sensation que tout mon corps hurlait de l'intérieur. Son regard lourd de sens me transperça. Je voulus le mettre face à ses sentiments, mais mes mots restèrent coincés dans ma gorge. Il tourna son visage et trouva Rachelle prostrée un peu plus loin de nous. Celle-ci, au bord des larmes, tourna les talons et marcha d'un pas furibond en direction de la sortie.

— Rachelle ! cria Faïz.

Il se lança aussitôt à sa poursuite, me laissant ainsi, seule au milieu de la piste, c'était fini… tout était fini. Asarys et Lexy se précipitèrent à ma rencontre.

— Zoé, viens !

Lexy m'avait agrippé le bras.

— Ça va aller, euh, c'est juste que…

Je luttai contre les sanglots.

— Je veux juste rentrer, finis-je par déclarer à mi-voix.

— Quelqu'un peut-il ramener Zoé chez elle ? lança Asarys à notre groupe d'amis, déjà agglutiné tout autour de moi.

Tous se proposèrent volontiers, mais Victoria trancha :

— Viens Zoé. Je te ramène.

J'essayai de souhaiter une bonne soirée à tout le monde le plus normalement possible. Leurs regards dépités sur ma situation n'arrangeaient rien. J'aurais voulu sortir de ce bal le plus discrètement possible, malheureusement mon étreinte langoureuse avec Faïz faisait déjà jaser tout le monde ici présent. Je fus la briseuse de couple, celle à qui on lançait des regards malfaisants sur son passage. Victoria et moi arrivâmes enfin à l'air libre, sur le parking, près de l'Escalade. J'eus besoin d'un peu de temps avant de monter à l'intérieur.

— Victoria, accorde-moi une minute, s'il te plaît, lui demandai-je.

Elle me fit un signe de tête compréhensif, ouvrit la porte côté conducteur et s'engouffra dans son 4X4, me laissant ainsi seule dans le crépuscule. La brise fraîche me fit beaucoup de bien. Je levai les yeux au ciel, pour contempler un ciel sans nuages. La lune éclairait les étoiles qui scintillaient, d'une manière si limpide, ainsi que les contours opaques du Dôme. Ce spectacle m'apaisa lentement.

À ce moment, je me promis de ne plus jamais essayer de conquérir Faïz et de tout faire pour passer à autre chose, il avait fait son choix. Dorénavant, je devais tourner la page et avancer.

Nous quittâmes l'université moins joyeuses que lorsque nous étions arrivées.

— Tu veux que je reste avec toi dans ta chambre cette nuit ? me proposa gentiment Victoria.

— Non Vic, ne t'inquiète pas, la rassurai-je. Si tu veux, tu peux repartir t'amuser après m'avoir déposée.

— À vrai dire, je n'en ai plus très envie, me confia-t-elle.

— Je suis désolée pour tout ça, je ne voulais pas te gâcher la soirée.

— Tu n'as rien gâché du tout, je me suis assez amusée pour aujourd'hui.

Elle baissa le son de la radio, le reste du trajet se fit en silence.

Arrivée à la villa des Mattew, je fus soulagée que la soirée soit déjà bien avancée. Au vu de la quiétude dans la maison, j'en déduisis que Charles et Lily devaient déjà dormir. Le sol en marbre de l'entrée me rafraîchit les pieds, ce qui me soulagea immédiatement. Je montai à l'étage avec Victoria, en m'arrêtant devant la porte de sa chambre, elle me serra affectueusement dans ses bras. Ce geste faillit me faire fondre en larmes, mais je réussis à me contrôler sans savoir comment.

— Bonne nuit Zoé, demain est un autre jour, essayait-elle de me réconforter comme je le faisais pour elle lorsqu'elle en avait besoin.

— Bonne nuit Vic, ma voix trembla malgré moi. Tu as raison.

Je me forçai à lui sourire et partis rejoindre ma chambre. Une fois à l'intérieur, je refermai doucement la porte. Cette pièce me sembla d'un coup beaucoup trop grande pour moi. Je n'allumai pas la lumière, l'obscurité fut mon seul réconfort. C'est alors que j'autorisai mes larmes à couler le long de mes joues. Debout, devant la baie vitrée, j'observai ce vaste océan, calme et paisible. Ma tête se posa contre la vitre, je fermai les yeux. Paris me manquait. Je ressentis à ce moment le besoin de me retrouver auprès de mon père et de ma grand-mère. Mon chagrin me fit regretter d'être partie aussi loin. Seigneur, j'aurais aimé ne l'avoir jamais rencontré.

Malheureusement, après tout ce que j'avais découvert récemment, il m'était désormais impossible de tout quitter. Les paroles de ma grand-mère me revinrent en mémoire : « Aime de tout ton cœur Zoé, aime jusqu'à ce que ça te fasse mal, alors, tu pourras dire que tu as été vivante ». C'était peu de le dire ! L'amour fait mal et il n'y avait aucun remède à ça.

J'éteignis mon téléphone qui vibrait toutes les deux secondes depuis que j'avais quitté la soirée. Je me doutai que les filles s'inquiétaient de mon état, mais je n'avais pas le courage de leur répondre maintenant, ça attendrait demain. Je me préparai à me coucher. Mes paupières lourdes de peine se fermèrent sans mal, je m'endormis comme une masse. Le sommeil me happa et je sombrai dans les abîmes du néant.

Où étais-je ? Tout était noir autour de moi et une sensation de froid m'enveloppait. L'écho de mes pas brisa ce silence religieux. Petit à petit, mes yeux s'habituèrent à l'obscurité. Un halo de lumière au loin semblait m'indiquer le chemin à suivre.

— Il y a quelqu'un ? appelai-je, terrifiée.

Ma voix résonna dans cet endroit qui m'était inconnu. Quand le silence revint, j'entendis soudain des chuchotements à peine audibles tout autour de moi. Mon premier réflexe fut de me retourner pour déterminer la provenance de ces chuchotis, mais je ne vis personne. Mon cœur battait à tout rompre, je me concentrai alors sur ce que ces voix si basses pouvaient bien raconter, mais je ne reconnus pas la langue.

— Qu'est-ce que vous me voulez ? hurlai-je en perdant mes moyens.

Ma respiration était suffocante, le manque d'oxygène me faisait tourner la tête. Un bruit lourd de pas, de chaînes et de métal me parvint jusqu'aux oreilles. Quelqu'un marchait en ma direction, mais je ne pus rien voir. Un souffle profond et rocailleux devint de plus en plus fort, signe infaillible que ce qui se tenait dans l'ombre se rapprochait de moi. J'essayai de transpercer l'obscurité avec mes yeux le plus loin possible afin d'apercevoir quelque chose, mais rien à faire. Puis le silence s'installa de nouveau. Seul le bruit de ce souffle m'indiqua que la chose se trouvait juste à côté de moi, plus précisément : derrière. Un cri d'effroi sortit de ma bouche, je me retournai aussitôt sans rien apercevoir. Ma seule certitude était que je n'étais pas seule, quelqu'un ou quelque chose était juste là, tout près de moi, tapi dans l'ombre.

— Comment trouves-tu les ténèbres Zoé ? chuchota

une voix, à quelques centimètres de moi.

Mon sang se glaça. Le timbre de celle-ci était empreint d'un mal absolu, inhumain, impossible à décrire.

— Qui êtes-vous ? marmonnai-je avec une respiration saccadée.

Un ricanement démoniaque perça ce silence lourd. Je fus paralysée par la peur. Le diable lui-même aurait disparu sans demander son reste en entendant ceci.

— Je suis celui dont personne n'ose prononcer le nom, j'émane de lieux sombres afin d'enseigner la peur. On dit de moi que j'ai été engendré par les ténèbres et aujourd'hui, je viens me présenter à toi. Si tu savais depuis combien de temps je te cherche. J'étais si impatient de faire la connaissance de l'Émeraude. Tu sais, je fus aussi autrefois, un homme fait de chair et de sang, il y a déjà bien longtemps je te l'accorde. C'était une autre époque. Sache que quand on naît sans âme, notre soif de cruauté est insatiable.

— Que me voulez-vous ?

Ma tête bourdonna, j'eus si mal d'un seul coup.

— Je te l'ai déjà dit, je suis venu me présenter, voir la création de l'Éternel créateur. Sentir les esprits les plus purs t'habiter. Tu ne peux pas imaginer la curiosité que tu suscites jusque dans l'au-delà, toi l'immuable que rien ne corrompt. Tu es le talisman qui peut me faire repartir de là d'où je viens et fermer les portes du mal à jamais.

Son ton monta crescendo à mesure qu'il me parlait, il continua :

— Je te ferai brûler par un feu plus puissant que le feu de l'enfer. Cette Terre sera bientôt ma demeure, mon palais. Les démons et les anges déchus remplaceront l'humanité. Ce monde est peuplé par votre espèce que je

155

considère comme faible et futile.

Des grognements de bête vinrent s'ajouter à ses paroles.

— Vous êtes le Maestro, réalisai-je en entendant les aboiements d'un animal à ses côtés, caché dans l'obscurité.

Le corps affaiblit, je me laissai tomber sur les genoux.

— Le commun des mortels m'appelle ainsi. Je suis à tous égards un chef d'orchestre remarquable, je ne le nie pas.

— Le monde tourne toujours et il continuera à le faire. Vous n'avez pas réussi la première fois et cette fois-ci ne sera pas non plus la bonne. Les âmes égarées perceront le brouillard dans lequel elles se seront perdues. Je crois en l'être humain et au bien. Si ça doit être moi qui dois vous brûler dans votre propre feu alors je m'attellerai à cette tâche sans même reculer. Je donnerai jusqu'à ma vie pour sauver l'humanité ou ce qu'il en reste.

La bête qui l'accompagnait se mit à hurler et à se déchaîner dans le noir. Les pas de ce démon résonnèrent de nouveau, sa silhouette se dessina peu à peu dans la vague clarté qui m'entourait. Il se rapprocha jusqu'à ce que j'arrive à le distinguer complètement. Toujours à genoux, la tête au bord de l'implosion, je tombai littéralement à la renverse quand lui et son chien des ténèbres m'apparurent enfin.

Cette bête corpulente d'une vision abjecte, moitié chien, moitié démon, me fit pratiquement m'évanouir. Ses yeux rouges reflétaient la cruauté d'une barbarie sans nom. Les crocs acérés de ce molosse auraient pu me dévorer en seulement quelques secondes si celui-ci n'était pas retenu par ces deux grosses chaînes qui semblaient peser des tonnes. Je rampai de toutes mes forces à l'opposé de ce monstre pour lui échapper, mais en vain, la douleur que je ressentais dans le crâne m'empêchait de me déplacer aussi vite que je l'aurais voulu.

C'est alors que j'entendis le Maestro se rapprocher de moi. Je me retournai inopinément pour lui faire face. La première chose que j'aperçus fut ses grosses bottes imposantes, le cuir grinçait à chacun de ses pas. C'est là qu'il sortit de l'obscurité à son tour. Toujours à terre, mes mains se posèrent sur mes lèvres pour cacher tout le dégoût que j'éprouvai en découvrant ce monstre. Le Maestro se dévoila à moi.

Sa peau était d'une couleur repoussante. Ses traits, grossis par le mal et ses rides profondes le défiguraient atrocement. Ses narines retroussées me rappelaient le museau d'un animal. Ses yeux rouges et jaunes injectés de sang reflétaient à eux seuls les rives du Styx. Sa morphologie hors normes rajoutait un aspect encore plus terrifiant. Il n'y avait rien d'humain en lui, uniquement de l'horreur. C'est alors qu'il m'adressa un sourire démoniaque qui me paralysa instinctivement. Le Maestro grogna de toutes ses forces, victorieux, se délectant de me voir ainsi, découragée et fragile. Il leva sa tête pour regarder le néant d'en haut.

— C'est donc ça ? L'élue la plus céleste, que tu as envoyée pour racheter l'humanité ? se mit-il à appeler de toutes ses forces. Rien d'autre qu'une simple mortelle ?!

Je me réveillai en sueur, tétanisée par mon cauchemar et par le rire infernal de ce démon qui résonnait encore dans ma tête.

L'eau fraîche sur mon visage me fit un bien fou, mon mal de tête se calma peu à peu. Tout ceci m'avait semblé si réel, j'aurais presque pu le toucher tellement sa présence m'avait parue proche. Il était trois heures du matin, la villa était toujours plongée dans le calme. J'éteignis la lumière de la salle de bain et partis me recoucher. Un courant d'air me frôla au moment où je parcourus la pièce éclairée par le clair de lune, je constatai qu'une des fenêtres était entrouverte. Je pouvais jurer que celles-ci étaient bel et bien closes lorsque j'étais rentrée dans ma chambre, certaine que je ne l'avais pas ouverte.

Je me hâtai d'un pas rapide dans l'attention de la refermer quand soudain, un bruit dans le dressing me fit sursauter et attira mon attention. Devais-je crier maintenant ? Je sortais à peine d'un cauchemar, je n'avais nullement envie d'en revivre un autre.

C'est alors que dans l'entrée de mon espace de rangement, j'aperçus une forme. Quelqu'un paraissait m'épier. Je voulus me précipiter en dehors de ma chambre, mais mon cerveau n'arriva pas à m'en donner l'ordre. Une silhouette svelte s'avança, je ne parvins pas à dire si elle marchait ou si elle volait. Celle-ci finit par s'asseoir sur le bord de mon lit. Sous le choc, je ne pus toujours pas réagir à ce que j'étais en train de vivre à cet instant, je devais sûrement encore rêver. Avec surprise, je découvris une jeune femme blonde et frêle, sa peau cristalline arborait des traits doux. Ses yeux creusés, cernés, de couleur bleu turquoise, étaient vides, figés et sans expression. Assise, habillée d'une simple robe blanche aux coutures dorées, les mains jointes sur ses genoux, elle semblait fixer l'océan au loin, complètement absorbée dans ses pensées. Me voyait-elle ?

— Qui êtes-vous ? articulai-je d'un ton calme, essayant de garder mon sang froid.

Elle ne prit pas la peine de tourner sa tête vers moi lorsqu'elle se décida à me répondre :

— Il fait si froid désormais, se confia-t-elle d'une voix fluette presque inaudible.

Mais bordel, elle ne veut pas que je lui apporte une couverture et un café pendant qu'elle y est ! Je perdis mes moyens devant cette situation utopique. Hallucinai-je ? Quand finirait tout ceci ? Je ne sus plus quoi penser ni quoi faire.

— D'où venez-vous ? insistai-je.

Elle baissa sa tête, une tristesse profonde se lisait sur son visage.

— Nous sommes perdus, soupira-t-elle en guise de réponse. À l'époque, nous régnions au milieu d'un monde fait d'espoir et où notre mission était au service des hommes et des femmes sur cette Terre.

Elle marqua une pause, comme si elle cherchait au fond de sa mémoire, tandis que je me tenais toujours debout, devant elle, les bras croisés avec un sentiment de mal-être. Puis, au bout de quelques secondes interminables, elle reprit :

— Aujourd'hui, nous sommes piégés ici. Il nous est impossible de retourner dans le royaume des cieux. La plupart des humains ont oublié les mythes et les légendes d'autrefois ainsi que les rituels pour se protéger de tout mal existant. Par contre, ils croient encore aux démons, aux esprits démoniaques. Ils ne se rendent pas compte qu'ils les nourrissent en agissant de la sorte. Peu de gens se rappellent que nous existions avant même les ténèbres, mais nous nous mourrons en l'absence de foi.

Elle regarda de nouveau au loin. Je ne comprenais pas ce qu'elle m'expliquait.

— Comment vous appelez-vous ? demandai-je.

— Ça dépend du pays où l'on se trouve, Nymphe, Befana ou encore Viviane. Chez toi, en France, je suis appelée la Dame Blanche.

Le duvet de mes bras se releva. Étais-je en train de parler avec une fée déchue ? Une Banshee. Un frisson me parcourut le corps. Si c'était le cas, celle qui était assise devant moi était venue m'annoncer la mort. Les pièces du puzzle commencèrent à s'emboîter. Tout était réel, si cette Banshee se trouvait là alors que j'étais éveillée c'est que le Maestro était bel et bien rentré en contact avec moi. Je l'avais vu !

— Suis-je en danger ? m'empressai-je de lui demander, alarmée.

— Pas maintenant, pas ici, mais oui Zoé, tu es en grand danger comme…

Elle se tut, hésitante à poursuivre. Soudain, son regard accablé de chagrin se plongea dans le mien.

— Comme vous tous, finit-elle par prononcer avec difficulté.

Sa respiration, calme depuis le début, commença à s'accélérer, elle fut prise à ce moment d'un malaise, mais voulut terminer sa phrase.

— N'ai confiance qu'en toi. Le monde est en train de changer, nous étions si fortes, nous étions…

La Banshee suffoqua, je ne sus pas quoi faire. Sentant que la situation m'échappait, j'insistai auprès d'elle pour récolter le plus d'informations qui seraient susceptibles de nous aider dans cette guerre contre le mal.

— Où est le tombeau ?

— Sous… tes yeux, susurra-t-elle.

Désorientée, je mis mon visage entre mes mains, je ne comprenais rien.

— Est-ce une métaphore, un indice, montre-le-moi ?

Elle se tourna vers moi, le regard plein de détresse. Ses yeux étaient d'une beauté surnaturelle, ses cernes violets indiquaient à quel point elle était épuisée, épuisée de ne plus croire en ce pour quoi elle avait été créée. J'avais toujours imaginé les fées de petite taille, avec des ailes, mais il n'en était rien. Brutalement, cette dernière se mit à convulser en se tordant de douleur, son front perlait de sueurs.

— Non ! Qu'est-ce qui se passe ? m'affolai-je.

Je me reculai à mesure qu'elle se débattait contre la douleur, totalement impuissante devant ce spectacle chaotique. Puis elle renversa violemment sa tête en arrière, son visage scruta le plafond. Ses iris avaient disparu, seul le blanc de ses yeux remplissait ses paupières. C'est alors que la Banshee ouvrit sa bouche en grand pour en laisser échapper un cri des plus stridents, puissant et insoutenable. Instinctivement, je mis mes mains sur mes oreilles tout en cherchant à me réfugier dans un coin de la pièce, appuyant de toutes mes forces sur mes tympans. Une lumière éblouissante, émanant de son corps, remplit la pièce. Mes yeux se fermèrent face à ce rayonnement aveuglant.

Quand je les rouvris au bout de quelques minutes, tout était redevenu sombre et paisible, comme si rien ne s'était passé. Il n'y avait plus rien, plus de cri, plus de radiation et plus de Banshee sur le bord de mon lit. Mon cœur, qui cognait à tout rompre dans ma poitrine, essayait de reprendre un rythme régulier. Vidée de toutes mes forces, je n'arrivai pas à me relever : mes oreilles sifflaient, je n'entendais plus rien. Je vis subitement la porte de ma chambre s'ouvrir et venir exploser contre le mur. Faïz apparut, accourant en ma direction, les traits du visage tordus par l'inquiétude en me découvrant recroquevillée à même le sol. Je sentis ses bras se refermer sur moi. Il bougeait les lèvres tout en me secouant.

— La Banshee, chuchotai-je, sonnée, sans réussir à articuler un mot de plus.

Mon corps se souleva du sol, Faïz me portait sans aucune difficulté, me serrant si fort que je sentis tout son torse ainsi que chaque mouvement de ses muscles. Épuisée, mes yeux se refermèrent. Après quelques instants, le son me parvint de nouveau petit à petit, comme un écho lointain. Dès lors, je reconnus les voix familières de Charles, Victoria et Lily qui semblaient néanmoins me parvenir de très loin.

— Je t'ai demandé d'aller voir dans sa chambre ! aboya Faïz.

— Je n'ai rien trouvé, il n'y a rien ! se défendit Victoria apparemment agacée.

— Tu dois l'emmener au temple de la Septième Terre dès qu'elle ira mieux, intervint Charles, elle doit consulter le Callis, voir de quoi il en résulte.

— Je l'emmènerai dès qu'elle aura retrouvé des forces, en attendant elle dormira ici pour le reste de la nuit, décréta-t-il.

Des bruits de pas s'éloignèrent et une porte se ferma. Je m'efforçai d'ouvrir mes paupières lourdes et reconnus aussitôt la chambre de Faïz. Il était là, agenouillé près du lit où j'étais allongée comme s'il veillait une mourante.

— Hé, murmurai-je, tout va bien.

Je soulevai ma main qui parut peser des tonnes et lui caressai doucement le visage afin de le rassurer.

— Pourtant, tu sembles si faible, l'éclat de tes yeux le prouve, confia-t-il d'une voix fragile.

— Arrête de t'en vouloir, tu n'y es pour rien.

— J'aurais dû te raccompagner, ne pas te laisser seule ou...

— Non, Faïz, stop ! Rachelle avait besoin de toi. Je suis vraiment désolée de ce qui s'est passé au bal, de ma conduite, c'était puéril. En ce qui concerne le reste, tu ne pourras pas toujours me protéger, c'est moi le fil conducteur et c'est à moi de prendre soin de vous.

Je pensai vraiment ce que je disais. Je ne portai pas Rachelle dans mon cœur, mais personne n'aurait accepté de regarder en silence ce difficile spectacle pendant ces quelques minutes de slow, même pas moi. J'imaginai qu'une grosse dispute avait éclaté entre ces deux-là après notre étreinte sur la piste de danse.

Brusquement, il se redressa, je le suivis du regard. Faïz se dirigea vers un fauteuil de l'autre côté du lit. Apparemment prit d'une grande fatigue lui aussi, il se laissa alors tomber dans le siège. Je ne pus m'empêcher de l'observer quelques instants. Il se pinça l'arête du nez avec ses doigts, les premiers boutons de sa chemise blanche étaient défaits, laissant apparaître la nudité de son torse. Je me rendis compte que ce serait difficile de faire taire mes sentiments. Pendant que je le contemplais en catimini, il rouvrit les yeux, l'air inquiet.

— La Banshee t'a-t-elle parlé avant de disparaître ?

— Oui, mais je n'ai pas bien compris. Ses paroles étaient si désordonnées…

— Que t'a-t-elle dit ? insista-t-il.

163

— C'est encore confus.

Je cherchai dans ma mémoire afin de me remettre notre conversation quand je me souvins d'un élément important.

— Elle m'a dit que le tombeau du Maestro était sous nos yeux.

Faïz émit un petit grognement perplexe, nous nous fixâmes un moment du regard.

— Tu comptes vraiment dormir sur ce fauteuil toute la nuit ? finis-je par lui demander.

— Il y a des chances.

— Je peux retourner dans ma chambre, je t'assure. Si la Banshee m'est apparue là-bas, elle peut tout aussi bien m'atteindre ici.

— Non Zoé, détrompe-toi. Certains lieux leur sont inaccessibles et cette pièce en fait partie. À ton réveil, je t'emmènerai au temple de la Septième Terre et tu comprendras mieux de quoi je parle.

— Au temple de quoi ?

— En réalité, c'est le nom donné à un manoir pas très loin d'ici. Un lieu où tu trouveras les réponses à la plupart de tes questions. Maintenant, je t'en prie, essaye de dormir, tu dois reprendre des forces, me sermonna Faïz sur un ton autoritaire.

Un programme chargé parut se dessiner en cette journée de samedi en compagnie de ce dernier. À cette idée, j'aurais dû exploser de joie, mais en cette nuit riche en rebondissements, ce n'était pas le cas. De plus, j'avais décidé quelques heures plus tôt de tourner cette page et je comptai m'y tenir. Rachelle et lui étaient en couple et c'était hors de question que je m'immisce de nouveau entre eux.

— Faïz… Si tu n'y vois pas d'inconvénient, demain je

préférerai aller dans ce manoir avec Charles ou Victoria.

Son visage se figea aussitôt, apparemment surpris par mes paroles.

— Hors de question, objecta-t-il le regard sombre, ça serait mettre ma famille et toi par la même occasion, en danger.

Sa voix déplaisante et son ton sec me firent comprendre que le sujet était clos. Il posa sa tête sur l'assise arrière du fauteuil et ferma les yeux. La fatigue m'envahit. Apaisée, je sus que rien ne pouvait m'arriver auprès de lui. Avant de sombrer dans le sommeil, la dernière image que je revis était celle de la porte de ma chambre en pièces et le visage terrifié de Faïz. Cette nuit, j'avais eu un aperçu de sa force surhumaine. En colère, je me demandai ce qu'il en était…

FAÏZ

Ses pas saccadés par la colère lui firent presque perdre son équilibre. Elle ne voyait plus rien ni personne sur son passage et le bruit de la musique n'était plus qu'un bourdonnement lointain. Rachelle ne sut pas quelle direction prendre une fois arrivée dehors, sur le campus de l'université. C'est alors qu'elle sentit une main ferme se refermer sur son poignet. Elle se retourna instantanément.

— Laisse-moi ! hurla-t-elle pleine de colère en direction de Faïz.

La jeune femme le repoussa de toutes ses forces avec ses deux mains. Faïz ne la lâcha pas et continua à la tenir.

— Je suis désolé, ok ? Je suis désolé, essaya-t-il de se rattraper, haussant lui aussi le ton à son tour.

Rachelle observa le lieu tout autour d'elle, peu de monde était dehors, juste quelques curieux regardaient la scène de loin. Elle n'aimait pas le scandale et se reprit immédiatement. Son regard rempli de déception et de tristesse se posa sur Faïz. Celui-ci culpabilisait tellement d'être la cause de son mal-être. Rachelle essaya de résister un instant, mais ses sentiments pour cet homme qu'elle aimait tellement prirent le dessus.

— Tu m'as humiliée devant tout le monde ce soir, rugit-elle, imagine si ça avait été l'inverse ? Quand vas-tu enfin mettre un terme à ce petit jeu entre toi et cette Zoé ? Ce n'est pas la première fois que je te le demande, je semble avoir été claire là-dessus.

Faïz ouvrit la bouche puis la referma aussitôt. Son regard se durcit en entendant son prénom. Il n'aimait pas l'entendre, il n'aimait pas le prononcer, sentir son cœur s'emballer pour ces trois lettres le rendait fou. Il n'avait jamais vu Rachelle aussi malheureuse que ce soir et se rendait compte avec le recul qu'il avait dépassé les limites bien au-delà du raisonnable.

— Tout a changé depuis qu'elle est arrivée dans ta vie, murmura-t-elle désespérée.

— Ce n'est pas ce que tu crois, j'ai d'autres soucis en tête, rien à voir avec elle.

Il essayait lui-même de se convaincre de ses propres paroles. Après tout, le problème n'était pas Zoé, mais quelque chose de bien plus irrationnel.

— Est-ce que tu l'aimes ?

Rachelle le regarda droit dans les yeux, prête à entendre une vérité qui lui serait destructrice. Faïz se rapprocha de cette dernière et l'enlaça tendrement tout en déposant un doux baiser sur son front.

— Non Rachelle, je n'éprouve rien pour elle.

Ce soir la raison avait gagné, laissant son être et son âme muselés. Il fit ainsi taire ses sentiments pour la jeune femme aux yeux verts. Celle pour qui il avait senti son cœur battre pour la première fois, à la seconde où il l'avait rencontrée.

— Emmène-moi chez toi, demanda doucement Rachelle, ses lèvres contre les siennes.

— Avant, je t'invite à danser. Retournons à l'intérieur pour profiter un peu de cette soirée.

Alors qu'ils s'engouffraient de nouveau à l'intérieur du bâtiment, il se rappela soudainement qu'il avait laissé les clefs du loft à Elora, il devrait donc s'éclipser un peu plus tard pendant le bal afin de partir les récupérer.

6

— Faïz ? appelai-je désorientée dès mon réveil.

Sa chambre laissait pénétrer un faible fuseau lumineux. Mes yeux se mirent à le chercher aux quatre coins de la pièce quand il apparût précipitamment de la salle de bain avec une moue anxieuse. Je devinai qu'il avait juste eu le temps d'enrouler une serviette de bain autour de sa taille vu ses cheveux trempés et sa brosse à dents en bouche. Son torse nu et humide me fit détourner le regard, gênée par cette scène.

— Merde Zoé ! Tu m'as flanqué une de ces frousses, articula-t-il avec difficulté sans sortir sa brosse de la bouche.

Il disparut derechef.

— Je… euh… désolée, balbutiai-je, toujours le regard tourné vers la porte.

J'essayai de reprendre mes esprits, m'obligeant à me pincer pour vérifier si je ne rêvais pas tellement la situation me parut sortir tout droit d'un de ces films de romance. Il ne manquait plus que l'entrée inopinée de Rachelle pour clôturer le tout. Mon Dieu, que penserait-elle en voyant ça ? Ou pire, de quelle manière déciderait-elle de me tuer ? Je secouai la tête afin de me ressaisir, malheureusement je revins sur le spectacle du corps de Faïz qui me laissa sans voix. Son anatomie était juste parfaite, sans aucun défaut. Je n'aurais jamais deviné qu'il cachait une musculature aussi développée sous ses vêtements. Cependant, je l'avais vu une fois retirer son haut quand nous étions près de la piscine, seulement un jour ou deux après mon arrivée, mais mon regard ne s'était pas attardé assez longtemps sur lui pour que je remarque quoi que ce soit. Je décidai de couper court à mes idées et de filer me préparer à mon tour. En effet, Faïz m'avait parlé d'un endroit qu'il tenait à me montrer aujourd'hui.

Ma chambre me sembla désormais différente. Je vins me placer devant mon lit, au même endroit où je me trouvais cette nuit devant la Banshee. Je fermai les yeux et le visage du Maestro m'apparut dans un flash, cette vision d'horreur suffit à réveiller le traumatisme vécu quelques heures plus tôt. Je les rouvris instantanément, les larmes me montèrent à la gorge devant la vérité qui me rattrapait quoi que je fasse. Une existence sombre où cohabitaient légendes, réalité et démons, une guerre éternelle entre le bien et le mal. Une âme aussi fragile que la mienne n'y avait pas sa place. Je m'avançai d'un pas morose vers la baie vitrée, le seul endroit où la vue des falaises et de l'océan arrivait à m'apaiser.

— Maman, veille sur moi. La vie est plus compliquée que je le pensais. Les contes que tu me lisais autrefois petite, avaient tous une fin heureuse, je n'en vois aucune pour celui-ci.

L'eau presque brûlante sur mon corps me fit me sentir vivante et me réveilla. Je n'étais pas seule, ma famille de cœur était dorénavant une priorité pour moi, je me devais de les protéger. Devant le miroir de mon dressing, j'optai pour une combinaison en jean cintré un peu rock and roll, je ne pus m'empêcher de grimacer devant la glace en levant les mains au ciel :

— Personne ne porte ce genre de tenue à L.A, grognai-je tout haut.

— Je trouve qu'elle te va plutôt bien.

Je sursautai, surprise par l'intervention de Faïz qui se tenait debout, contre le mur. Son charisme naturel m'empêcha de détourner mon regard face à sa beauté. Depuis combien de temps m'observait-il ? Je l'avais vu quasiment nu, mais ce n'était pas une raison pour que l'inverse se produise.

— Heureuse que tu sois enfin habillé, ironisai-je en sortant de mon dressing.

Il ne put s'empêcher de m'adresser un sourire radieux en guise de réponse. Au fond de moi, ma raison hurlait de rage afin de remettre mon cœur dans le droit chemin.

— Sinon, comment vas-tu ce matin ? s'empressa-t-il de me demander d'une voix douce et bienveillante.

Ma bonne humeur s'évanouit. La soirée d'hier avait été dure en émotions, les événements du bal me revinrent en mémoire ainsi que tout le reste.

— Zoé ? la voix inquiète et insistante de Faïz me fit revenir au moment présent.

Positionné devant moi, il attendait désespérément une réponse de ma part.

— Ça va… c'est juste que j'ai tellement de questions et j'ai besoin de réponses.

Son regard bienveillant m'absorba. Je sentis qu'il voulait me dire tant de choses, mais qu'il se retenait.

— Tout est si compliqué avec toi, me confia-t-il. Je sais que la plupart du temps je m'y prends mal, mais je veux juste ton bien. Ta vie, aussi précieuse soit-elle, mérite que l'on se batte pour elle.

Mes sentiments explosèrent dans ma poitrine en constatant qu'il pensait chacune de ses paroles. Je lui étais précieuse et c'est tout ce qui m'importait.

— Prête à descendre pour le petit déjeuner ? On doit y aller.

Son ton s'était durci de nouveau, il regarda en direction de la baie vitrée, comme pour deviner l'heure qu'il était.

— Je te rejoins de suite, je dois juste finir de me préparer, répondis-je tout en me hâtant en direction de la salle de bain.

Il sortit de ma chambre d'un pas sûr, sans ajouter un mot.

Alors que je descendais l'escalier, j'entendis au loin les éclats de voix de Lily, Charles et Faïz qui semblaient être au milieu d'une discussion des plus animée.

— Tu aurais dû la convaincre de retourner en France ! Dieu sait ce qui l'attend ici.

La voix de Charles à l'encontre de Faïz sonna pleine de reproches. Sa mère ne tarda pas à venir au secours de son fils.

— C'est ce qu'il a fait. Il le lui a demandé, tu n'étais pas là ! C'est le premier à vouloir mettre Zoé dans un avion pour Paris.

— Tu aurais dû insister, ne pas lui laisser le choix. La Banshee de cette nuit est venue lui prédire une mort prochaine.

— Rien ne dit que c'était la sienne ! s'emporta Faïz.

Mes trois hôtes se figèrent quand ils remarquèrent ma présence à l'entrée du séjour, visiblement effrayés à l'idée de savoir que j'avais peut-être tout entendu. Charles se racla la gorge.

— Bonjour Zoé, me salua celui-ci embarrassé, viens donc déjeuner.

— Merci, mais je n'ai pas très faim.

Je posai mes yeux sur Faïz qui serrait sa mâchoire, détournant instantanément son regard de moi. Lily se précipita alors vers moi et posa une main délicate sur ma joue tout en me regardant droit dans les yeux.

— Nous esseyons juste de trouver ce qui serait le mieux pour toi afin qu'il ne t'arrive rien.

— Maman, prépare-lui quelque chose pour la route, nous devons y aller, la coupa aussitôt Faïz.

— Où allez-vous ? s'enquit Charles.

— Au manoir. William et Julio nous attendent, précisa Faïz.

— Voulez-vous que je vous accompagne ? insista Charles.

— Je crois que tu en as assez fait pour aujourd'hui, répondit Faïz cinglant.

Sans laisser le temps à son père de se justifier, il me dépassa et se dirigea vers la sortie.

— Allons-y ! me lança-t-il d'un ton glaçant avant de franchir la porte.

Je jetai un regard compatissant envers Lily et Charles qui paraissaient désolés de la tournure qu'avaient prises les choses, puis je sortis à mon tour rejoindre Faïz. Ce dernier était déjà installé dans sa McLaren, le moteur rutilant. J'espérai qu'il ne roule pas trop vite. À mon grand étonnement, il démarra calmement. Dans le rétroviseur, la villa s'éloigna peu à peu de nous.

— Je n'ai pas vu Victoria ce matin, elle dormait

encore ? osai-je demander pour briser le silence.

— Non !

Je soupirai profondément, exaspérée par son attitude. Plus nous roulions et plus la McLaren prenait de la vitesse.

— Tu roules bien trop vite, ralentis un peu, lui signalai-je.

— Difficile de faire autrement avec cette voiture.

Irritée par son comportement, je ne pus m'empêcher de jurer alors en espagnol. Sa tête se tourna illico vers moi.

— Regarde la route ! m'écriai-je de peur qu'il se déporte.

Il éclata de rire, j'essayai de rester insensible à ce son que j'affectionnais tout particulièrement chez lui et qui avait le don de me faire tout oublier.

— Sinon, il y a quoi dans la playlist de ton téléphone ? me demanda-t-il soudain curieux.

— J'écoute un peu de tout, de Paolo Conte à Sia.

— Pas d'artiste français ?

— Si bien sûr, ça varie aussi : Kimberose, Kery James, Shay.

— Nous allons voir ça, mets ton Samsung en Bluetooth.

Je le gratifiai d'un regard étonné, Faïz Mattew voulait rentrer un peu dans mon monde. Une fois la connexion faite, il monta le son de la musique pour mieux l'écouter, quant à moi, je m'attardai sur les manches retroussées de sa chemise qui laissaient apparaître des avant-bras musclés et saillants. La première chanson était un slow magnifique de Whitney Houston.

— Romantique. Il fallait s'en douter, murmura-t-il d'une voix calme.

Nous longeâmes Malibu quand Sam Smith commença à chanter.

— Celle-ci est, pour le moment, ma préférée, lui confiai-je.

— Too good at goodbyes est un bon choix, avoua-t-il en me jetant un rapide coup d'œil.

— Tu parles un peu français ? lui demandai-je.

Il grimaça légèrement avant de me répondre.

— Non… cette langue est bien trop compliquée.

— Et moi qui pensais que tu parlais au moins cinq langues étrangères, le taquinai-je.

— Le stéréotype du milliardaire. Classique ! À vrai dire, je ne parle pas toutes les langues du monde et je ne joue pas non plus du piano.

Je ne pus m'empêcher d'éclater de rire, car c'était vrai, il avait tout à fait résumé l'image que l'on pouvait avoir pour cette catégorie de personne.

— Tu es juste un millionnaire musclé qui doit sauver le monde.

— Oui JUSTE ça, pas trop déçue j'espère ?

— Non, à vrai dire ça n'a pas d'importance, tu es comme tu es.

— Y a-t-il quelque chose que je ne sais pas encore sur toi ? continua-t-il de m'interroger.

— Bizarrement, c'est moi qui joue du piano dans l'histoire.

— Ah oui ? s'étonna-t-il.

Il me jeta un coup d'œil, intrigué par cette révélation. Nous nous regardâmes ainsi durant quelques secondes, yeux dans les yeux, puis il tourna sa tête pour regarder la route.

Après avoir longé la côte pendant un long moment, la voiture s'engouffra dans un chemin boisé. Plus nous nous enfonçâmes dans les bois, plus l'obscurité remplit l'espace. Les arbres au feuillage épais firent barrage à la lumière du jour. C'est alors que nous arrivâmes dans une clairière à l'étendue impressionnante de verdure.

— Nous y sommes !

Faïz avait repris son sérieux, rattrapé par la réalité. Il se gara sous un grand chêne. À travers ma vitre, j'essayai d'apercevoir le manoir, mais sans résultat. Pourtant, nous étions bien au bon endroit. Un sentiment étrange s'immisça en moi, ce troublant mal-être accentua un pressentiment inexplicable.

— Zoé, regarde-moi, tout va bien se passer. Je suis là, s'efforça-t-il de me réconforter.

Son visage exprima mille inquiétudes à mon égard. Dans un geste incontrôlé, la paume de sa main vint caresser délicatement ma joue, ce qui me liquéfia sur place. Réalisant ce qu'il venait de faire, Faïz regretta immédiatement son geste.

— J'ai peur de découvrir que finalement nous sommes tous condamnés. Enfin, regarde-moi ! Je… je ne suis qu'une aveugle sur un chemin inconnu, une imposture, déclarai-je, désemparée.

Faïz, pris de court par mes propos, plissa les yeux, cherchant quoi me répondre.

— Tu es juste humaine. Souviens-toi que du mal peut aussi en sortir du bien.

Sa voix se voulut rassurante et persuasive, mais son regard torturé trahissait une peur que je ne pus expliquer.

— Le manoir est là, ajouta-t-il.

Faïz m'indiqua de son index l'emplacement de celui-ci, mais la demeure resta impossible à apercevoir.

— Où ? Je ne vois rien !

— La petite colline, tu la vois ?

— Oui… mais ça ne ressemble en rien à un manoir.

— D'ici nous apercevons une partie du dernier étage.

Interloquée, je descendis de la McLaren, impatiente de découvrir cet étrange endroit. Faïz m'emboîta le pas. Nous traversâmes la clairière puis, au bout de quelques mètres, une curieuse maison se dessina peu à peu. Ce fut avec stupéfaction que je vis se dresser devant moi un manoir à peine sorti de terre. Je restai sans voix en comprenant que le reste de la fondation était bâtie sous terre. Par où étions-nous censés rentrer ?

— Et maintenant ? On creuse ? demandai-je à Faïz qui me sourit tout en se pinçant les lèvres pour s'empêcher de rire.

— Non, la porte est juste là.

Il s'accroupit et attrapa la lourde poignée métallique d'une trappe installée sous nos pieds. Sans effort, il réussit à l'ouvrir comme si celle-ci ne pesait rien. Bien que connaissant l'immensité de sa force, je ne pus m'empêcher d'être surprise une nouvelle fois, il me faudrait encore du temps pour m'y habituer. Rachelle devait en être folle. Je secouai la tête pour chasser ces mauvaises pensées de mon esprit, il était hors de question que je les imagine ensemble. Soudain, je me demandai si cette dernière était au courant des secrets des Mattew.

— Qu'est-ce que tu as ? me questionna Faïz, anxieux.

Déjà engagé dans l'escalier sombre, bien que l'endroit fût éclairé par une faible lumière, ce dernier s'arrêta pour m'attendre. Hésitante, je me préparai à lui demander en prenant soin de choisir chaque mot :

— Rachelle… est-elle au courant pour tout ça ?

Faïz regarda autour de lui, l'air furibond.

— Pas ici Zoé, il t'arrive quoi ? C'est si important ?

Sa voix furieuse ne me déstabilisa pas.

— Oui ! assurai-je toujours en haut de l'escalier.

Faïz me lança un regard noir encre. Il remonta précipitamment les quelques marches qui nous séparaient, se postant ainsi juste sur une marche en bas devant moi. Il me transperça de son regard, inspirant profondément avant de finalement me répondre :

— Non, Rachelle ne sait rien ! lâcha-t-il en prenant le soin d'articuler chaque mot.

— Pourquoi es-tu en colère contre moi ? m'insurgeai-je.

— Bien sûr que je le suis, rugit-il, mais merde pourquoi ramènes-tu toujours tout à elle ? Pourquoi penses-tu à elle maintenant ? Dis-moi, c'est quoi le lien avec ce que nous sommes en train de faire là ?

Je ne compris pas sa soudaine colère pour une si simple question. Blessée, je décidai de riposter :

— Pourquoi ?

— Pourquoi quoi bon sang ? se défendit-il en levant ses bras au ciel.

— Pourquoi tu lui fais croire que vous vivez une relation sérieuse et solide alors qu'en réalité elle ne te connaît même pas ? Pourquoi lui fais-tu espérer un avenir avec toi ?

Faïz blêmit face à la réalité de mes paroles. Poussé dans ses derniers retranchements, ses yeux m'ordonnèrent de me taire.

— Ma relation avec Rachelle ne te regarde pas et je te prierais à l'avenir de garder tes réflexions pour toi.

— Il te faut vraiment un psy !

Je fus étonnée par mon sang froid face à cet homme qui paraissait perdre tous ses moyens devant la vérité des faits. Faïz tourna les talons et continua sa course sans rien ajouter. Je levai les yeux au ciel, agacée par ses humeurs changeantes et décidai de le suivre dans cet escalier qui semblait mener dans les entrailles de la Terre. Au bout de quelques mètres d'une descente raide, nous arrivâmes devant une grande porte d'entrée de couleur foncée, dessus y était gravé « la Septième Terre » en feuille d'or. Faïz tourna méticuleusement l'épaisse poignée ronde dans un sens, puis dans l'autre, la porte s'ouvrit aussitôt, laissant apparaître un intérieur au style raffiné. Les moulures au plafond avec une magnifique fresque de nuages et de ciel clair, laissaient entrevoir de fins rayons lumineux. C'était comme si le Paradis y était peint. Je plissai les yeux pour analyser les détails de ce paysage magnifique qui donnait l'impression de presque bouger au-dessus de nous. De la feuille d'or était tapissée de part et d'autre sur les murs immenses de l'entrée et les lustres qui descendaient du plafond brillaient de mille feux. Ce manoir à la décoration démesurée donnait l'impression d'être immense une fois à l'intérieur.

— C'est par-là.

Faïz m'indiqua d'une voix placide, la porte de l'autre côté de l'entrée. Je le suivis jusqu'à cette pièce éclairée par une lumière artificielle imitant la clarté du jour. Les murs d'un blanc immaculé étaient habillés de miroirs qui faisaient office de fenêtres. L'immense bibliothèque au fond de la pièce révélait avec beaucoup d'esthétique un goût certain pour la littérature. Devant celle-ci était disposé un coin fauteuil et sofa, le tout dans un style contemporain. Le sol en béton brut donnait un aspect original et sobre à l'endroit. En levant ma tête, je découvris de nouveau ce ciel bleu, radieux, qui nous suivait toujours.

— Sommes-nous seuls ? demandai-je à Faïz.

— Non, les autres arrivent.

— Les autres ? William et Julio ?

Une voix derrière nous interrompit notre conversation :

— Comment allez-vous les amis ?

Une tonalité chantante résonna dans le séjour. En me retournant, je découvris un jeune homme au crâne complètement chauve, le visage souriant avec des yeux malicieux qui s'avançait vers nous. Je questionnai sans attendre Faïz du regard.

— N'aie pas peur ma jolie, je suis Julio, se présenta ce dernier devant moi.

Il me prit délicatement la main pour y déposer un doux baiser. Mal à l'aise face à ce geste si soudain, je rosis timidement.

— Enchantée, moi c'est Zoé, balbutiai-je.

Julio m'adressa un sourire des plus charmeurs :

— Oui, je t'avais reconnue. À vrai dire, nous t'avons attendue comme le messie.

Faïz sembla s'agacer devant la désinvolture de son ami. Les deux hommes se saluèrent avec une courte poignée de main amicale.

— Détends-toi Faïz, pourquoi y a-t-il autant d'électricité en toi ?

Julio soupira avant d'ajouter :

— Je me demande comment Zoé fait pour te supporter.

Je me raclai aussitôt la gorge pour approuver ce que ce dernier venait d'affirmer. Mon intervention me valut un coup d'œil foudroyant de la part de Faïz qui préféra partir s'installer dans un des fauteuils, près de la bibliothèque. Julio m'invita alors à en faire autant.

— Veux-tu boire quelque chose Zoé ? me demanda-t-il bienveillant.

— Je prendrais bien du thé si tu en as, merci.

Il adressa un regard à Faïz qui secoua la tête pour lui indiquer qu'il ne désirait rien.

— Je reviens tout de suite, déclara Julio.

Tandis qu'il s'éloignait, je ne pus m'empêcher d'observer cet étrange individu à l'allure droite et élancée, doté d'un certain charisme. Au moment où il allait franchir la porte, un autre jeune homme fit irruption dans la pièce. Les deux protagonistes s'échangèrent quelques mots en chuchotant, puis finirent par jeter un regard en ma direction. L'autre jeune homme, aux cheveux un peu longs et blonds, s'attarda un peu plus longtemps sur moi. Nous nous regardâmes ainsi quelques instants avant que Julio lui murmure autre chose, l'obligeant à détacher son attention de moi.

— Qui est-ce ? demandai-je tout bas à Faïz.

— William.

Faïz me scruta d'un air étrange comme s'il essayait à cet instant de lire dans mes pensées. Incrédule, je détournai de nouveau mon regard en direction de l'entrée, c'est alors que je vis William venir à notre rencontre tout en arborant un large sourire qui irradiait son doux visage. Faïz se leva pour le saluer avec une accolade fraternelle avant de me présenter à lui :

— Zoé voici William.

Ses yeux bleu noisette me transpercèrent. Captivée par l'éclat de son apparence tout entière, je fus subjuguée par ce personnage qui paraissait provenir d'un autre monde.

— Bonjour, murmurai-je.

Son regard hypnotique toujours sur moi m'intimida littéralement.

— C'est un plaisir de te rencontrer Zoé.

Sa poignée de main était douce et protectrice. Celle-ci s'attarda un peu trop longtemps dans la mienne ce qui me mit presque mal à l'aise. Je la retirai précipitamment pour retrouver ma liberté.

— Ton Alma Gemala est de toute beauté, lança William à Faïz sur un ton des plus flatteurs.

Faïz ne répondit rien, cependant la moutarde semblait lui monter au nez. Adoptant une attitude qui se voulut calme, je vis sa mâchoire se contracter et les traits de son visage se durcir. Qu'est-ce qui pouvait bien le mettre dans cet état ?

— Will, je suis venu avec Zoé afin qu'elle comprenne qui elle est. Avec tout ce qu'elle a appris récemment, elle a beaucoup de questions.

Faïz se rassit dans le fauteuil derrière lui, le visage fermé. Il semblait lutter pour réussir à sortir ces derniers mots de sa bouche le plus calmement possible :

— Je vais vous attendre ici.

— Très bien. Je vais emmener Zoé en bas, là où se trouve le Callis. Veux-tu y aller après avoir pris ton thé ? me demanda William.

— Non, nous pouvons nous y rendre dès maintenant, me dépêchai-je de répondre avec hâte.

Je me retournai ensuite vers Faïz.

— Tu nous accompagnes ?

Voyant mon inquiétude dans mon regard, il se redressa de son siège et s'approcha de moi.

— William est un très bon guide, je lui fais entièrement confiance, m'assura-t-il d'une voix suave, je ne bouge pas d'ici.

Ses mots réussirent à m'apaiser. William commença à partir devant. Je laissais Faïz derrière moi avec regret. Je me retournai une dernière fois avant de quitter la pièce, celui-ci me regarda partir, debout, comme s'il se retenait de me suivre. Mes émotions s'entrechoquèrent, il me suivit du regard jusqu'à ce que je disparaisse avec William.

Nous longeâmes un long couloir dont les murs s'avérèrent vertigineux. Seules de grosses torches en feu étaient accrochées de chaque côté de ce passage étroit, donnant l'impression d'être dans un ancien château. L'atmosphère se fit de plus en plus sombre et l'oxygène moins riche à mesure que nous nous enfonçâmes dans le manoir.

— William, tu habites ici depuis longtemps ? essayai-je de commencer la conversation.

Toujours devant moi, ce dernier s'arrêta. Arrivée à ses côtés, j'observai plus attentivement et en détail sa physionomie malgré la pénombre qui nous entourait. Il parut plus âgé que Faïz, arborant un physique digne d'une statue grecque. Ses cheveux mi-longs, qui lui tombaient dans le cou, lui donnaient un air légèrement rebelle.

— Oui, depuis toujours nous vivons ici mon frère et moi.

Son regard pénétrant me fixa quelques instants puis il reprit sa marche, mais cette fois en restant à mes côtés.

— Tu as l'air étonnée d'apprendre que Julio soit mon

frère, ajouta-t-il.

— C'est vrai, je trouve qu'il n'y a pas grande ressemblance entre vous deux, lui avouai-je.

— C'est mon petit frère pour tout te dire. Il a vingt-deux ans, quant à moi, j'en ai vingt-cinq.

— Et vos parents ?

Son sourire si charmant disparut en une seconde. De nouveaux traits sur son visage apparurent, disant tout haut ce qu'il ressentait tout bas, dessinant une certaine tristesse, une mélancolie profonde. Je me sentis stupide et m'en voulus aussitôt de lui avoir posé cette question.

— Nos parents nous ont quittés il y a un petit moment déjà. Ils ont bien connu le grand-père de Faïz et de Victoria. Nos deux familles sont très unies, face au même combat que nous menons.

Nous arrivâmes devant une grande porte noire et épaisse, sur celle-ci y était gravées des écritures en or que j'essayai tant bien que mal de déchiffrer, mais en vain. Cette inscription était-elle au moins lisible par le commun des mortels ? J'en doutai. William ouvrit cette porte lourde et épaisse sans difficulté, je le suivis à l'intérieur. La porte se referma dans un claquement sourd et bruyant, ce qui me fit sursauter. Une fois les battements de mon cœur apaisés, je me mis à contempler cet endroit, les yeux écarquillés par ce que je découvrais. Le sous-sol se présenta aussi somptueux que le reste de la demeure. J'eus le sentiment de me retrouver au milieu d'une nature enchantée. Cette grande galerie possédait à l'entrée plusieurs mètres de selliers de vins pour les amateurs. Le sol gris granuleux brillait sous nos pieds comme si des milliers de petits diamants y étaient incrustés. Quant au plafond, il était recouvert de fleurs et de branchages qui abritaient des lampions de toutes formes afin d'éclairer ce lieu dans sa globalité.

Un bruit sonore aux intensités variées me parvint subitement, ce qui éveilla ma curiosité. En m'avançant de quelques mètres j'aperçus un ruisseau de couleur transparente aux reflets bleutés et verts traverser l'endroit. Je compris que ces eaux avaient creusé et sculpté cette galerie souterraine. Ce cours d'eau dynamique était délimité par de grosses roches aux formes érodées tout simplement magnifiques. Des piliers surgissaient des profondeurs de ces eaux cristallines afin de supporter ces grandes voûtes aux calcaires métamorphisés. Les pas de William résonnèrent à l'autre bout de ce lieu, je devinai qu'il devait m'attendre. Quand je le rejoignis un peu plus loin, son calme olympien ne l'avait pas quitté, sa patience semblait inébranlable contrairement à Faïz qui lui, n'en avait pas.

— Cet endroit est tout simplement magnifique, susurrai-je encore troublée par ce décor unique qui m'entourait.

— C'est un lieu apaisant, je te l'accorde. C'est ici que nous, gardiens et protecteurs de l'histoire, gardons les grands livres Saints dont le Callis.

C'est alors que je vis dans ses mains un livre imposant telle une encyclopédie. Sa couverture d'époque semblait abîmée par le temps ou par de trop nombreuses manipulations subies. William le posa sur un coin du mur, devant nous, servant à cet instant de pupitre, puis se tourna vers moi l'air grave.

— Faïz a sûrement déjà dû te parler du mal qui menace ce monde ?

J'acquiesçai d'un signe de tête.

— Nous pensions en avoir terminé avec cet être médisant, celui que l'on appelle le Maestro. Beaucoup ont donné leur vie il y a quarante ans dans cette guerre opposant les forces du bien et du mal… mais le voyageur est revenu comme il avait promis et comme c'était écrit.

— Le sacrifice de l'épouse de Harry n'a donc servi à rien ?

— Son sacrifice nous a permis de nous faire gagner quelques années en plus, de précieuses années pour étudier la genèse de ce mythe et aussi de le comprendre. Gladys tenait la pierre dans ses mains aux bords d'une falaise lorsqu'Athanase allait s'en emparer. Elle s'est jetée dans le vide avec, pour l'empêcher de tomber entre ses mains. Si le Maestro s'était accaparé de celle-ci, les portes du mal se seraient ouvertes sur le monde, entraînant l'extinction de l'humanité.

— Athanase ? me répétai-je doucement à moi-même.

— C'est son véritable nom, personne n'aime le prononcer à haute voix, car il est source de bien nombreux malheurs.

Je connaissais enfin l'appellation de ce démon revenu de l'enfer, un frisson non contrôlé me parcourut le corps. Soudain, son visage repoussant me revint brutalement en mémoire.

— Il est venu à moi, confiai-je à William.

— Comment ça ? s'inquiéta-t-il aussitôt par ce que je lui révélai.

Il se plaça devant moi et un éclair de détresse traversa son regard. Je continuai mon récit, réveillant un mal-être qui me terrifiait :

— La nuit dernière, il m'est apparu dans mon sommeil. Je voudrais te dire que c'était juste un mauvais rêve, mais cette voix… ce visage…

Le son de ma voix avait du mal à sortir, William attendait la suite, il m'encouragea à continuer en posant sa main sur mon épaule.

— Il a des projets, j'ai compris que ce n'était qu'une question de temps. Le Maestro me veut plus que tout. Pourquoi moi ?

Compatissant devant ma détresse, William me prit alors la main et me dirigea devant le Callis tandis qu'il alla se positionner juste derrière moi. Cette subite proximité entre nous me perturba quelque peu. Séparés de quelques centimètres, William me fournissait la sécurité que je n'avais pas ressentie depuis un moment, un sentiment étrange de bien-être s'installa en moi. Ses mains se posèrent de part et d'autre du livre, ce qui m'obligea à rester presque au creux de ses bras. La seule fois où j'avais été aussi proche d'un autre homme, c'était au bal d'Halloween, avec Faïz, puis l'image de lui et de Rachelle me revint gâcher ce souvenir douloureux. Heureusement que je me trouvais dos à William, celui-ci ne pouvait pas voir la mine attristée qui avait recouvert mon visage. Il ouvrit l'énorme manuscrit qui dévoila des textes écrits avec une calligraphie ancienne toujours dans une langue qui m'était inconnue. Des dessins, mais aussi des schémas apparaissaient au fur et à mesure que ces pages anciennes se tournaient, constatant par ailleurs beaucoup de feuilles vierges de toute inscription. Sa main s'arrêta enfin sur une page où le portrait d'une femme y était dessiné. Ce visage jeune au regard lointain et aux cheveux ondulés attira aussitôt mon attention. Le portrait dessiné minutieusement au crayon de bois gris ne paraissait que partiellement fini. Mes doigts, attirés comme un aimant frôlèrent les contours du visage de cette jeune femme, c'est alors que de la couleur apparut à l'endroit où mes doigts se posèrent et disparurent dès que je les enlevai. Au contact de ma peau, le Callis venait de s'animer. Fascinée, je me retournai immédiatement vers William, pour obtenir des explications.

— Comment est-ce possible ?

— Alors c'est bien toi, murmura-t-il, subjugué.

Ses yeux fixèrent le manuscrit. Il sembla captivé par la scène à laquelle il venait d'assister, le soulagement se lisait sur son visage. Son regard se détacha du livre puis vint se poser sur moi.

— Le Callis t'a reconnue, Dieu merci, déclara-t-il soulagé.

Je me retournai de nouveau vers le livre pour retoucher le portrait, cette fois-ci je positionnai mes mains sur les joues. Les pommettes se colorièrent aussitôt en une teinte rosée, puis je me décalai sur la longue chevelure et enfin sur ses yeux. Ceux-là prirent vie instantanément, dévoilant un vert profond et éclatant. Mes doigts se figèrent à cet endroit. Je ne pus détacher mon regard du dessin, troublée par l'évidence qui s'illustrait sur celui-ci. Je réalisai que la jeune femme sur le papier n'était autre que moi-même. Un petit cri de stupeur s'échappa de ma gorge, je retirai ma main instantanément.

— Depuis combien de temps ce manuscrit existe-t-il ? demandai-je, sous le choc.

— Dix-huit ans. Ce sont nous, gardiens de l'histoire qui avons pour mission de le mettre à jour au fil des années. Certains manuscrits que tu vois rangés autour de toi existent depuis la nuit des temps. Nous écoutons la parole des prophètes qui viennent des quatre coins du monde nous annoncer les paroles divines et nous les retranscrivons. Seulement, certains passages ont été écrits de manière cosmique depuis qu'Athanase menace l'existence humaine, ces passages sont pour nous tous invisibles à l'exception d'une personne.

Il me désigna le portrait. Je me retournai pour lui faire face de nouveau, sachant qu'il parlait de moi sans me viser directement. La proximité qu'il y avait entre nous me permit de scruter les traits de son faciès de plus près. Ses cheveux si clairs, coiffés en arrière, lui dégageaient la totalité de son visage, me permettant ainsi de m'imprégner de sa beauté, il y avait quelque chose d'hypnotique en lui. Dans un effort, je détournai mon regard pour retrouver un peu mes esprits ainsi que ma respiration qui s'était bloquée. L'espace d'un court instant, je crus apercevoir un léger rictus au coin de ses lèvres. Remarquait-il qu'il me troublait un tant soit peu ? De ce fait, je me dégageai de ses bras ce qui l'obligea à se reculer et à détacher son emprise sur moi.

— Cette illustration, c'est moi ? osai-je enfin demander.

Il pencha sa tête en arrière, les yeux tournés vers le ciel comme pour chercher ses mots, puis il plongea son regard clair dans le mien.

— Oui, acquiesça-t-il de sa voix cristalline.

— Quand a-t-il été dessiné ? insistai-je avec aplomb.

— Zoé…

William, mal à l'aise, se rapprocha de moi, mais je fis automatiquement un pas en arrière, refusant d'être épargnée par la vérité.

— Il y a trente-huit ans, lâcha ce dernier à mi-voix.

Mes bras croisés à ce moment sur ma poitrine me tombèrent le long du corps à l'écoute de cette annonce. Prise de vertige, tout se bouscula dans ma tête au milieu des calculs que j'étais en train d'opérer. Pour résumer, il y avait un portrait de moi, me ressemblant trait pour trait, dans un vieux manuscrit et réalisé bien avant ma naissance. Alors qu'est-ce qu'il y avait de vrai dans ma vie jusqu'ici ? Une bouffée d'angoisse s'engouffra tout en moi. Désorientée, je pris mon visage entre mes mains.

— Es-tu humain William ? demandai-je de but en blanc.

Après tout, plus rien ne pouvait me surprendre.

— Oui et non, trancha-t-il.

— Je veux tout savoir, alors dis-moi !

— Je suis une créature séraphique. Pour faire court, je suis un Sylphe ou plus familièrement un Elfe, tout comme Julio.

— Un Elfe… comme une fée ? essayai-je de comprendre.

— Les Sylfides ont des pouvoirs surnaturels et protègent les humains sur Terre. Nous, les Sylphes, nous sommes des créatures semi-célestes, c'est la nature que nous protégeons en lui transmettant notre force ainsi que les manuscrits sacrés écris par l'homme depuis les premiers mots de l'humanité.

Je secouai ma tête, tout ceci pouvait-il vraiment être réel ? J'avais trop d'informations à assimiler d'un coup. Je continuai à découvrir, plusieurs semaines après la révélation du secret des Mattew, ce monde parallèle où s'ajoutaient désormais des Sylphes au milieu des Léviathans, des légendes… et de moi. Comment pouvais-je être dessinée avant même ma conception ? Soudain, une question me brûla les lèvres, je redoutai toutefois la réponse.

— Et moi ? Suis-je humaine ?

William se retourna vers le Callis et toucha l'illustration de sa main. À ma grande surprise, le manuscrit ne réagissait pas à son contact. Le portrait resta tel quel, sans couleur, sans vie. Je plissai les yeux sans rien y comprendre.

— Pour… pourquoi ça ne fonctionne-t-il pas avec toi ? Tu viens de me dire que tu étais un Elfe ou un Crypte !

— Un Sylphe, me corrigea-t-il.

William, nerveux, passa une main dans ses cheveux, visiblement perdu, il ne savait pas par où commencer.

— Tu as été créée par notre créateur lui-même, l'Éternel ou encore Dieu si tu préfères.

— Oui, comme tout le monde, si nous partons de ce principe-là, ajoutai-je.

— Non pas comme tout le monde. Toi, tu as été créée uniquement dans le but de sauver l'humanité. Tu es faite de chair et de sang et tu es bien sûr mortelle, mais ta conception n'est en rien un hasard. Gladys, simple humaine n'a pas réussi à renvoyer Athanase dans les ténèbres malgré l'émeraude qu'elle avait en sa possession. Son sacrifice n'a été qu'un gagne-temps. Seulement, au fil des années, le Maestro a provoqué des guerres, des grands malheurs, afin de nourrir la haine de l'autre chez l'homme, s'engouffrant dans chacune des brèches ouvertes. Regarde autour de toi, l'équilibre naturel de ce monde diminue petit à petit. La corruption du corps et de l'esprit gagne tous les êtres humains, ils choisissent de fermer leurs yeux et de se tourner vers le Diable et l'aliénation. Le bien s'essouffle tandis que les ténèbres, elles, grandissent. Notre créateur vous a donné un héritage magnifique, mais qu'en faites-vous ? À part couper les arbres qui vous nourrissent d'oxygène, empoisonner l'eau qui est votre première source de vie. Vous avez inventé le mot « re-li-gion », dans le seul but de créer vos guerres « Saintes » alors qu'au final tout se rejoint. Le bien, de moins en moins de gens y croient, alors il s'efface et finira par disparaître un jour. Dieu, qu'importe comment il est appelé ici-bas, a matérialisé l'Émeraude dans un corps façonné par lui seul et enfanté dans les plus belles prières récitées par l'homme. Tu es bénie Zoé, depuis ta naissance. Ton âme est donc plus pure et incorruptible que n'importe quelle autre sur cette Terre. Dieu a désigné un homme de chaque religion, à l'âme la plus claire et entièrement dévouée à lui. Chacun d'eux a été appelé à se rendre sur un lieu tenu secret, il y a dix-huit ans de ça.

— Date de ma naissance, devinai-je en écoutant le récit.

— C'est exact. Le jour de ta naissance, dix-huit mortels se sont rassemblés dans un abri, en haut d'une plaine et chacun d'eux s'est mis à prier dans son propre dialecte ta venue au monde. Tu as donc été bénie par les cieux, mais plus encore. Tu es la seule à avoir été bénie, reconnue, par chacune des religions existantes sur cette Terre et ceux dans une même voix. Tu représentes à toi seule la paix universelle entre toutes les confessions.

À l'écoute de ce discours, j'eus l'impression qu'il parlait d'une autre personne. En effet, je ne me sentais pas imprégnée d'une telle grâce ni d'une foi à toute épreuve, bien au contraire.

— Qu'est-ce qui empêche le Maestro de me tuer s'il est si puissant ?

— Même morte l'âme reste. C'est pour cela qu'il ne peut pas te tuer, il lui faut te détruire de l'intérieur. Tu dois trouver Gurt et Meriden. Ils sont représentés dans le Callis sous la forme de deux chiens. Ce sont tes « anges gardiens ». Quand nous aurons trouvé le tombeau et que tu l'ouvriras pour envoyer Athanase dans les ténèbres les plus profondes, Gurt et Meriden partiront avec lui pour être sûrs qu'il ne s'en échappe jamais.

— Attends une minute,

Je mis mes mains devant moi pour lui signifier de ralentir un peu avant d'ajouter :

— Comment dois-je m'y prendre pour trouver ces deux chiens ? Et à quel passage du Callis est indiqué l'endroit où se trouve le tombeau ?

— Le monde ne s'est pas fait en un jour Zoé, les êtres divins cachés aux yeux du monde jusqu'ici devront t'aider afin qu'Athanase perde de sa grandeur. Il faut dans un premier temps l'affaiblir en persuadant le plus grand nombre d'individus sur cette Terre à recommencer à croire en ce qu'ils ne peuvent voir ni toucher. Il n'y a que comme ça que la paix pourra revenir. C'est Gurt et Meriden qui te trouveront et pour ce qui est du tombeau du voyageur, seule toi peux voir les passages qui se trouvent dans le manuscrit. Tu es connectée au Callis, vous ne faites qu'un.

— Comment peut-il prendre mon âme ?

— En te convainquant de la lui donner. Si la haine émane de toi, alors, il aura gagné. Tu t'éteindras, emportant avec toi les derniers souffles du jour, Zoé. Il n'y a pas de place pour l'imprévu… enfin si...

William s'arrêta de parler comme s'il en avait trop dit.

— Qu'est-ce qui n'était pas prévu ? insistai-je.

Il détourna son regard, pensif. Je l'observai, perdue, peinant à croire qu'il était une créature céleste, un Sylphe. Il n'avait rien à voir avec les Elfes que j'avais pu voir autrefois dans mes livres lorsque je n'étais encore qu'une enfant. Bien sûr, William ne portait pas de collant et ne jouait pas non plus de flûte… *tu t'égares là !*

— Cela fait un petit moment que nous sommes ici. Apparemment, quelqu'un s'impatiente là-haut. Nous devons partir, soupira-t-il vraisemblablement ennuyé de mettre fin à cette rencontre.

— Tu as reçu un message sur ton portable ? Je ne t'ai pas vu le consulter, déclarai-je, étonnée par ses propos.

William éclata de rire, faisant étinceler ses yeux.

— Non, le réseau ne passe pas à l'endroit où nous nous trouvons. Nous les Sylphes, nous pouvons communiquer entre nous par les pensées et mon frère me fait comprendre que ton cher Faïz attend que son Alma Gemala lui revienne.

— Alma Gemala, répétai-je tout bas.

Le mot « âme sœur » en Espagnole me fit doucement sourire. William me fixa intensément et laissa paraître un étrange sentiment de contrariété sur son visage. Je passai devant lui pour interrompre ce moment un peu étrange. Faïz s'impatientait, était-il jaloux ? Mon cœur me murmurait d'espérer tandis que ma raison lui rigolait au nez. William me rattrapa, son doux parfum flottait dans l'air. Des Sylphes, des fées, des superhéros et moi, l'envoyée du ciel. Si on m'avait prévenue de tout ça, il y a quelques mois avant d'arriver à Los Angeles, j'aurais cru à une grosse farce. Malheureusement, le visage du Maestro me revint toujours aussi brutalement. La réalité était effroyable.

FAÏZ

Comme un lion en cage, Faïz faisait les cent pas pour calmer son impatience. Julio, assis dans un fauteuil, le suivait des yeux, exaspéré par son attitude. Cela faisait déjà un moment que son frère avait emmené Zoé dans les entrailles de la Terre et Faïz n'était pas de bonne compagnie aujourd'hui.

— Comment va Rachelle ? lança-t-il, amusé, pour provoquer Faïz.

— Pourquoi cette question ? répondit ce dernier sur la défensive.

Julio savait que l'âme de Zoé devait rester la plus pure possible, sans la moindre animosité. Cependant, il avait peur que le comportement de Faïz à son égard rende les choses difficiles.

— Dis-leur de remonter, finit par ordonner le jeune homme rongé par la jalousie.

— Ils n'ont pas fini !

L'œillade noire de Faïz envers Julio n'y changerait rien, celui-ci ne comptait pas céder face à cet hôte capricieux. Il avait bien remarqué l'intérêt soudain que son frère avait porté à cette demoiselle dès qu'il l'avait aperçue et dont le bruit courait qu'elle était un cœur à prendre. William, sous le charme, l'avait regardée comme si elle pouvait être la huitième merveille du monde et, dans un sens, elle l'était. Cependant, son frère aimait les femmes et restait un séducteur hors pair aux yeux de Julio. Tout à coup, une inquiétude s'empara de lui : et si Zoé n'avait pas supporté d'entendre la vérité en refusant de voir la réalité de la situation ? Pire : si elle décidait de tout abandonner et d'écouter finalement les conseils de Faïz qui lui demandait de repartir en France ?

— J'ai des choses à faire !

Le grognement de Faïz avait distrait Julio, plongé dans ses pensées.

— Oui, comme retrouver Rachelle par exemple.

— Enlève tout de suite ce sourire idiot sur ton visage ! le menaça ce dernier, au vif.

— C'est la première fois que je te vois jaloux et à vrai dire, c'est plaisant.

— Je ne le suis pas ! fulmina Faïz. Arrêtez à la fin avec cette histoire d'âme sœur, ce n'est pas une prophétie qui va me dicter ce que je dois faire ou bien qui aimer.

— La parole divine ne te dit pas ce que tu dois faire, elle te dit juste ce qui va se passer. « *Et entre le feu des ténèbres et la lumière des cieux, l'amour que portera ce Colosse à la Déesse de l'aube délivrera les peuples ayant renié mon nom* ».

Faïz préféra ne rien ajouter à ces paroles. Il se mit à regarder en direction de l'entrée du séjour, guettant l'arrivée de Zoé. Julio décida de rentrer en contact avec son frère afin de lui demander de revenir.

Will ?

Il y a un problème ?

Faïz demande à voir Zoé

Pourquoi ? Il agit comme un crétin avec elle.

Cette femme n'est pas pour toi alors ne commence pas à t'amuser avec !

Je ne m'amuse pas, elle est bien trop sacrée pour ça et... si différente.

Remonte ! Nous t'attendons.

7

Je fus reconnaissante envers William de respecter mon silence lorsque nous revînmes dans la pièce blanche où se trouvaient Faïz et Julio.

— Ça va aller ?

William me retint par le bras avant de franchir le seuil de la porte, une expression indescriptible imprégnait son visage. Bien que ses traits soient graves, sa main ferme autour de mon poignet me rassura. Mon désir de le réconforter de sa platitude s'amplifia au fil des secondes qui me restaient à passer auprès de lui. C'est alors que je lui souris de façon sincère et je fus heureuse de constater que son visage s'illumina aussitôt. Il me rendit à son tour un sourire éblouissant avant de me demander presque timidement :

— Peut-être pourrions-nous nous revoir dans un autre contexte ? Disons…

— Nous devons y aller, intervint Faïz sèchement tout en fixant sévèrement William.

Je ne l'avais pas entendu arriver, il était apparu à nos côtés, nous mettant dans une position pour le moins embarrassante.

— Je peux ramener Zoé si tu es pressé ? proposa William en le défiant du regard.

Pris de court, Faïz tourna sa tête en ma direction. Il mit ses mains dans les poches et me fit comprendre de décliner la proposition de son ami. *C'est quoi ce cirque ? Un combat de coqs ?* Souhaitant mettre rapidement une fin à cette situation délicate, je décidai donc d'aller au plus simple :

— Je vais rentrer avec Faïz, c'est vrai qu'il se fait tard et j'ai encore pas mal de révisions qui m'attendent. Désolée pour le thé, je le prendrai une autre fois.

William essaya tant bien que mal de cacher sa déception tandis que Faïz le provoquait avec un léger sourire hautain. Bien qu'une partie de moi aurait apprécié passer plus de temps en compagnie de William, je devais néanmoins vraiment travailler. En effet, l'entretien pour mon stage était prévu ce lundi. À cet instant, Julio vint détendre cette atmosphère électrique qui régnait dans l'air.

— Tu reviens quand tu veux Zoé, la porte te sera toujours grande ouverte, me confia-t-il sincère.

— Je n'y manquerai pas, répondis-je en jetant un coup d'œil furtif vers William.

— Merci à vous deux, lança Faïz tout en se dirigeant vers la sortie.

Il ouvrit la porte et attendit patiemment que je passe devant. Je saluai de la tête nos deux hôtes et m'orientai vers la sortie, sentant le regard pesant de William dans mon dos. Avant de franchir le seuil, je remarquai qu'une petite croix en Or était discrètement accrochée sur le côté de l'entrée, puis la lourde porte se referma derrière nous. Nous montâmes les escaliers abrupts pour retrouver la surface de la Terre. La lumière du jour avait changé de couleur : l'après-midi sembla déjà bien avancé. Mon portable se mit à sonner immédiatement, m'indiquant de nombreuses notifications d'appels manqués, des messages non lus et de nouveaux e-mails à consulter. Je le rangeai dans la poche de ma salopette en décidant d'y jeter un œil un peu plus tard. Avant de monter dans la McLaren, je me retournai pour essayer d'apercevoir le manoir, mais je ne réussis qu'à distinguer avec peine sa forme au loin. Le sol paraissait engloutir la demeure. Je n'aurais jamais imaginé qu'une telle bâtisse puisse exister. Faïz consultait son portable en attendant que je prenne place à ses côtés dans la voiture. Une fois assise, je repensai à la manière dont les deux jeunes hommes s'étaient affrontés lorsque nous étions réapparus tous les deux du sous-sol des archives. J'en voulais à Faïz par son ton que j'avais jugé déplacé, je n'étais en rien sa propriété. La voiture démarra avec ma playlist en fond d'écoute.

Nous roulions depuis plusieurs dizaines de minutes et je n'avais toujours pas décroché un mot à Faïz qui paraissait mal à l'aise. Peut-être réalisait-il la stupidité du comportement qu'il avait eu envers William. Mon père m'avait envoyé des nouvelles par e-mail et s'inquiétait de mon silence. C'était vrai qu'avec tous ces événements récents, j'avais complètement oublié de lui écrire cette semaine. Je me mis donc à cette tâche immédiatement avec des phrases bateau, en lui promettant pour finir que je l'appellerais d'ici la fin du week-end. Mon message avait pour but de le faire patienter encore un petit peu.

— Un souci ? finit par me demander Faïz d'une voix calme.

— Non. Il n'y avait pas de réseau au manoir, je réponds juste à mes messages.

— Les filles ?

— Oui et mon père.

En effet, les autres messages étaient d'Asarys.

« Soirée sur la plage ce soir, tu n'as pas le choix, tu viens ! »

« ??? Tu fous quoi !!! »

Asarys et son don pour la patience, je ne pus m'empêcher de lever les yeux au ciel avant d'ouvrir le message de David.

« Allô ? Asarys t'a envoyé un message pour la soirée, tu viens ? »

Pour éviter d'être harcelée durant les prochaines heures je m'attelai à répondre avec un message commun destiné à mes deux amis.

« Non, une prochaine fois. Je dois absolument bosser pour lundi et m'avancer pour les prochains partiels de cette semaine. »

Les réponses de mes amis ne se firent pas attendre, d'abord David, puis Asarys :

« Tu peux venir pour une heure ou deux ? Tu as déjà pris de l'avance pour tes révisions. »

« Allez bouge-toi, tu n'as pas le choix. Arrête un peu, on est tous dans le même bateau. »

Je n'avais pas l'énergie à faire la fête ce soir, mais au moment de rédiger mon ultime message, quelque chose au fond de moi me fit hésiter. J'eus envie de revenir à un semblant de réalité, avec des êtres humains normaux, inconscients de l'avenir et de quoi sera fait demain.

« Ok, quelle heure ? »

Mon amie ne se fit pas prier pour me répondre :

« En fait, tu voulais juste te faire désirer ! Huit heures sur le parking près des ateliers sportifs. »

Je rangeai mon téléphone et m'autorisai un regard en direction de Faïz, ce dernier, silencieux, semblait plongé dans des pensées lointaines.

— Tu vas souvent rendre visite à Julio et William ? amorçai-je la conversation.

Il fronça les sourcils pour réfléchir.

— En ce moment, on peut dire que oui. Tu as faim ? changea-t-il brusquement de sujet.

Je regardai rapidement l'heure sur le tableau de bord, il était déjà deux heures passées de l'après-midi et effectivement, mon estomac criait famine.

— Oui, nous mangeons à Elora ?

— Nous devons d'abord récupérer Victoria à LACMA, elle est partie voir une exposition avec une amie ce matin. Si ça vous dit, on pourrait ensuite manger tous ensemble quelque part dans les Downtown ?

Un appel de Rachelle en Bluetooth vint couper le son de la musique. Il hésita un instant à répondre, peut-être par pudeur ou de peur de voir la situation lui échapper.

— Décroche, peut-être qu'il y a un souci, l'encourageai-je en prenant sur moi.

Il s'exécuta tout en me jetant un regard désolé.

— Je suis en voiture, préféra-t-il la prévenir dès le départ.

— Ton portable était éteint bébé, je m'inquiétais, ronronna Rachelle derrière son combiné.

— Je n'avais pas de réseau.

— Hum… Je suis au Loft, je t'attendais pour déjeuner. Hier tu me l'avais promis.

Faïz tapa un petit coup sur le volant, apparemment son rendez-vous avec cette dernière lui était complètement sorti de la tête. J'essayai de ne pas tirer plaisir de la scène qui se déroulait à cet instant. *Non Zoé, on ne se réjouit pas du malheur des autres.*

— J'arrive, je n'en ai pas pour longtemps. À tout de suite.

Il raccrocha inopinément sans prévenir et se racla la gorge, gêné, avant d'ajouter :

— Je… euh… désolé pour le déjeuner, essaya-t-il de se justifier, penaud.

Pour ma part, c'était bien la première fois que je ne ressentis pas une once d'amertume face à son choix. Faïz, lui, ne parut pas emballé à l'idée de retrouver sa chère et tendre moitié.

Comme d'habitude, il y avait beaucoup de circulation sur Wilshire, mais nous arrivâmes finalement assez vite à destination. Victoria nous attendait près d'un feu rouge en agitant ses bras de peur de ne pas être vue. Elle monta dans la McLaren à la volée. Sa présence fut aussitôt une véritable bouffée d'oxygène pour moi.

— Bonjour ! s'exclama-t-elle joyeusement à l'arrière.

Vêtue d'une robe courte, cintrée, à fleurs, elle était sublime. Je me rendis compte qu'elle avait bien changé en quelques mois. Désormais, radieuse, elle était beaucoup plus sûre d'elle.

— Tu étais avec quelle amie ? quémanda aussitôt son frère tout en repartant sur l'avenue en direction des Downtown.

— Clarisse.

— C'est la première fois que j'entends ce prénom, lança Faïz qui semblait douter de ce que lui racontait sa sœur.

— Ah bon ? C'est bizarre, se défendit-elle.

Cette dernière me lança un clin d'œil complice dans le rétroviseur. Je compris qu'elle me raconterait plus tard ses petits secrets du moment.

— Où allons-nous ? demanda-t-elle à son frère.

— Je vous dépose chez Valentin.

— Tu ne manges pas avec nous ? répliqua Victoria, visiblement déçue.

— J'ai des choses à faire.

Le véhicule s'arrêta devant un établissement des plus chics puis un valet posté près de l'entrée se précipita pour venir nous ouvrir notre portière. C'était la première fois que j'étais reçue en grande pompe. Le nom imposant du restaurant était écrit en grosses lettres grises. Postée sur le trottoir, à l'entrée, Victoria fit un petit signe d'au revoir à son frère. Celui-ci lui répondit en la couvant d'un regard tendre, puis il s'attarda sur moi avec un léger sourire.

— À ce soir Zoé, j'essaierais de passer à Elora dans la soirée afin de faire un point sur cette matinée.

— Demain. Ce soir je risque de rentrer tard, m'empressai-je de répondre avant qu'il parte.

Intrigué, il se pinça alors la lèvre en signe d'agacement, regardant devant lui puis me regardant de nouveau. Il attendait, impatient, une justification de ma part. Au lieu de ça, j'attrapai le bras de Victoria puis l'entraînai à l'intérieur du chic restaurant. Je refusai de me retourner, évitant ainsi de me confronter au regard revolver et autoritaire de ce dernier.

On nous conduisit, Victoria et moi, à une table côté fenêtre, donnant sur la rue passante. Je fus étonnée de voir le lieu bondé à cette heure tardive de l'après-midi. À l'entrée se tenait une grande vitrine transparente où étaient exposés des macarons de toutes les couleurs. La décoration, aux tons blancs et gris, donnait à ce lieu une atmosphère reposante. Le marbre sombre recouvrait les sols. Un escalier en bronze menait les clients à un étage supérieur. La population à l'intérieur du restaurant était à l'image de celui-ci : chic et bourgeoise.

— Comment s'est passée la rencontre avec Julio et William ?

Assise en face de moi, Victoria entra aussitôt dans le sujet. Un jeune serveur aux cernes marqués nous interrompit promptement en nous tendant la carte du menu. Victoria la saisit poliment, mais ne prit pas la peine d'y jeter le moindre coup d'œil, pressée d'entendre ma réponse.

— Bien, ils sont… accueillants. J'ai passé la plupart de mon temps avec William pour tout te dire.

— Ils sont très différents, tu as dû le remarquer ?

— Oh oui, William est plus, comment dire… secret, dis-je sur un ton qui m'étonna moi-même.

— Non ! s'exclama Victoria.

— Quoi ?

— Il te plaît Zoé !

— Mais pas du tout, m'offusquai-je tout en rougissant.

— Je ne t'ai jamais vu sourire comme ça lorsque tu parles de quelqu'un, ni même de mon frère, lâcha-t-elle tout doucement à la fin de sa phrase.

Je lui envoyai un sourire sarcastique en échange avant d'ajouter :

— Victoria s'il te plaît, la matinée a été vraiment pleine de révélations pour moi. William a été gentil et très patient pour m'expliquer la raison pour laquelle je suis ici. Il n'y a rien à ajouter à ça.

— Oui je comprends, d'ailleurs tu m'épates vraiment. Tu arrives à rester toi-même au vu de ce que tu viens d'apprendre et de ce que tu as vécu la nuit dernière.

— C'est juste une apparence, lui avouai-je à mi-voix. Toi et ta famille, vous avez grandi avec ça et vous vivez avec ça, mais pas moi.

Le serveur cerné aux cheveux bruns, coiffés proprement avec une raie sur le côté, revint pour prendre notre commande. Nous n'avions même pas encore regardé la carte bien que celle-ci se trouvât entre nos mains. Victoria choisit au hasard le menu du jour pour se débarrasser au plus vite du jeune homme et je fis de même afin de pouvoir revenir à notre conversation, en espérant que mon plat ne soit pas trop mauvais. Le serveur repartit d'un pas lent, sans aucun dynamisme. Servir des gens issus d'une classe favorisée et de plus, exigeants, tout au long de la journée, n'avait pas l'air de le ravir plus que ça.

— Julio, William et Faïz sont-ils proches ? demandai-je à Victoria.

Elle fronça les sourcils et leva les yeux en l'air.

— Julio et Faïz ont été très proches, mais depuis deux ans, ces deux-là s'entendent moins bien. Faïz a rencontré Rachelle et Julio n'a jamais vu cette relation d'un bon œil. Il aurait préféré que Faïz se concentre uniquement sur l'accomplissement de sa mission.

— Et toi ? Tu en penses quoi ?

Victoria eut l'air surprise par ma question, et ne put s'empêcher d'étouffer un petit rire. Elle secoua la tête avant de me répondre :

— C'est bien la première fois qu'on me le demande. Sincèrement, je pense que Rachelle est arrivée au bon moment dans la vie de mon frère. À vrai dire, je ne sais pas où il en serait aujourd'hui s'il ne l'avait pas rencontrée. Tu sais, il ressentait une telle colère à cette période. Avec le don qu'il possède, partir dans la mauvaise direction aurait été fatale pour lui et pour bon nombre d'autres personnes. Julio savait que tu arriverais un jour et il tenait à ce que la prophétie se réalise en tout point. Vous êtes des âmes sœurs et pour lui ça ne peut être autrement.

— Le Callis ne fait que nous guider, mais chacun de nous peut changer l'histoire.

— Oui, c'est vrai, on a tous chacun notre libre arbitre, rétorqua Victoria.

Nos cocktails et nos plats chaud arrivèrent à notre table. Les Saint-Jacques accompagnées d'un coulis de poireaux ravivèrent ma faim.

— Alors qui est Clarisse ?

Je pris un ton amusé pour changer de conversation. Les yeux de Victoria se mirent à briller tandis que ses joues rosirent légèrement. Son sourire jusqu'aux oreilles en disait long.

— Il n'y a pas de Clarisse.

Non sans blague !

— C'est un ami, Zoé. Ne me regarde pas comme ça !

Je penchai légèrement ma tête sur le côté comme le faisait cette inspectrice dans la série *« esprit criminel »* lorsqu'elle interrogeait les coupables. Cette méthode parut marcher.

— Ok, j'aimerais que ça soit plus qu'un ami, finit-elle par avouer.

— Son prénom ?

— Jonathan, il a dix-sept ans. On s'est rencontrés en cours de littérature. Il était là pour donner des conseils à notre section. Pour l'instant on apprend juste à se connaître.

— Quelqu'un d'autre est au courant ?

— Oui, ma mère et… toi. Rien d'officiel. On ne sait pas encore vraiment où tout ça va nous mener.

Je pris une gorgée de mon cocktail de fruits, le plat était tout simplement un délice.

— Pourquoi n'en parles-tu pas à Faïz ? Tu as peur de sa réaction ?

— Mon frère est très protecteur comme tu as déjà pu le remarquer.

— Oh oui, soupirai-je en exagérant.

Le visage de Victoria se referma d'un coup, elle devint soudain très pensive. À quoi pouvait-elle bien songer ?

— Il s'est déjà passé quelque chose de grave à propos de Faïz c'est ça ? devinai-je.

— C'était il y a un peu plus d'un an. Remy Ogres, un déséquilibré, m'a harcelée durant des mois. Il m'a traquée, envoyé des dizaines de courriers, m'appelait sans cesse. Sur le coup, je n'ai rien dit à personne, il y avait déjà assez de soucis comme ça dans ma famille et je pensais sincèrement que tout cela se calmerait tout seul. Un soir…

Victoria s'arrêta un moment, me parler de cet événement éprouvant lui faisait revivre un épisode difficile de sa vie. Sur la table, je posai ma main sur la sienne en signe de réconfort.

— Ce soir-là, je ne voulais pas rentrer chez moi, car je savais qu'il n'y avait personne à la villa, seulement, j'avais besoin d'affaires de rechange pour dormir chez une amie. Après tout, c'était l'affaire de quelques minutes. La mère de ma copine m'attendait dehors, dans sa voiture, le temps que je réunisse mes affaires. Mais tout ne s'est pas passé comme prévu. Quand j'ai ouvert la porte de ma chambre, il m'attendait là, dans le noir, un couteau de boucher à la main. J'ai couru le plus vite possible en dehors de la pièce pour lui échapper…

Les larmes lui montèrent aux yeux. Je tenais toujours sa main dans la mienne, une boule d'angoisse grandit dans ma gorge.

— Victoria, tu n'es pas obligée de me raconter toute l'histoire, c'est trop dur pour toi.

— Je veux que tu comprennes les choses Zoé. Faïz est revenu à temps, il avait oublié de récupérer des papiers importants à la villa. Quand il a découvert la scène qui se déroulait à l'étage, il est devenu incontrôlable. Seigneur, il l'aurait tué. Mon agresseur était impossible à identifier lorsque la police est arrivée sur place tellement mon frère s'était acharné dessus. Le tribunal a quand même condamné Faïz à deux ans de prison avec sursis tandis que l'autre dingue, à quinze ans de prison ferme avec suivi et mise à l'épreuve. Voilà pourquoi il est si protecteur. Je préfère ne pas l'affoler pour le moment à propos de ma relation avec Jonathan.

— Je comprends mieux son attitude maintenant, me murmurai-je à moi-même, et ton agresseur ? A-t-il expliqué pourquoi il s'en était pris à toi ?

— Pas vraiment, Ogres souffrirait de schizophrénie aiguë. Il disait obéir à des voix dans sa tête. Avec le recul, je pense que ça aurait pu être n'importe qui à ma place. C'est comme si tout ça s'était passé hier quand j'y repense, les détails restent ancrés dans ma mémoire. Cette odeur de sueur, ses paroles, son regard empli de folie et de fureur.

Le serveur revint débarrasser nos plats et nous proposa la carte des desserts. Je commandai un café tandis que Victoria optait pour une coupe de glace.

— La glace, ça réconforte toujours, me dit-elle en m'adressant un clin d'œil.

Je lui souris un peu tristement, souhaitant au plus profond de moi qu'elle puisse un jour effacer ce douloureux drame de sa mémoire. Victoria représentait pour moi la paix avec ces instants si paisibles au milieu d'un monde qui semblait s'écrouler tout autour de moi. Mon portable se mit à vibrer, j'avais un message d'un numéro que je ne connaissais pas. Je le consultai aussitôt.

« Bonjour Zoé, je pense que tu as beaucoup à faire aujourd'hui. Je propose que l'on se voie de nouveau ce soir, si tu as du temps, pour évoquer toutes les questions qui te passent par la tête. William »

Comment avait-il bien pu obtenir mon numéro ? J'étais portant sûre de ne lui avoir rien donné.

— Tout va bien ? m'interrogea Victoria visiblement inquiète.

— Oui, c'est juste à propos de ce soir, l'organisation.

Je ne voulus pas m'étaler sur le sujet, car je comptai bien remettre à plus tard ce rendez-vous. En effet, j'avais l'intention de prendre un peu de recul sur tout ça, le temps d'une soirée.

« Ce soir je suis avec des amis sur la plage, on m'attend de pied ferme. Comment as-tu eu mon numéro ? »

J'eus le sentiment que ce rendez-vous était en réalité un prétexte pour me revoir. Me tournant de nouveau vers Victoria, je donnai maladroitement un petit coup de coude dans ma tasse de café, celle-ci se déversa alors sur moi.

Mince ma salopette. J'appliquai aussitôt ma serviette dessus afin de minimiser les dégâts, mais en vain.

— Je vais en demander une autre, s'enquit Victoria.

Je n'eus pas le temps de répondre qu'elle avait déjà filé à la recherche d'un serveur. Mon portable vibra de nouveau.

« Dommage pour ta tenue, les taches de café peuvent être résistantes. »

C'est quoi cette plaisanterie ? L'idée de savoir que William m'observait me mit aussitôt mal à l'aise. Je balayai des yeux tout le restaurant, mais je ne le vis pas. C'est en jetant un regard à travers la vitre que je l'aperçus, installé dans une berline noire de l'autre côté de la rue, vitre baissée. Depuis combien de temps m'épiait-il ? Je lui envoyai aussitôt un message :

« À quoi joues-tu ? »

Sa réponse ne se fit pas attendre :

« Je vous ramène, toi et Victoria ? »

— Tiens Zoé, me fit Victoria qui venait de réapparaître tout en me tendant une serviette, je suis désolée, je n'ai rien trouvé d'autre pour nettoyer ton vêtement.

Elle remarqua ma moue agacée sur mon visage.

— Ne t'inquiète pas, on va rentrer à la maison et mettre tout ça à nettoyer, essaya-t-elle de me rassurer, persuadée que ce petit accident était la cause de mon irritation.

— Euh… non ce n'est pas ça. William est là, il veut nous raccompagner.

Elle regarda précipitamment à l'extérieur du restaurant et soudain un grand sourire vint éclairer son visage de porcelaine. Il était évident qu'elle était très heureuse de le voir. Elle se tourna vers moi.

— C'est toi qui lui as dit que l'on était là ? me

demanda-t-elle.

— Non, je ne sais même pas comment il nous a trouvées ! m'exclamai-je.

Le serveur arriva et me dévisagea d'un air désolé pour ma tenue.

— Je mets la note sur le compte de Monsieur Mattew ? sollicita poliment ce dernier auprès de Victoria.

— Oui, s'il vous plaît.

Je compris que la famille avait ses habitudes dans ce lieu chic et mondain. Victoria s'empressa de se lever, me prit par la main pour m'entraîner dehors. William sortit de sa voiture afin d'accueillir celle-ci avec une accolade chaleureuse. Je le saluai de nouveau d'un signe de tête, dissimulant comme je le pus l'attirance que j'éprouvai malgré moi face à son charme fou. Quelque chose de noble ressortait de lui. Il avait attaché ses cheveux en arrière, adoptant ainsi un look rebelle chic. Il me dévisagea intensément, je me repris au plus vite et décidai de laisser Victoria s'asseoir à ses côtés. Au moment d'ouvrir la portière arrière du véhicule pour m'y installer, je vis une ombre noire passer à toute vitesse dans le reflet de la vitre teintée. Je me retournai illico, mais ne vis rien, j'étais sûre d'avoir aperçu quelque chose. Victoria et William s'installèrent dans la berline et je préférai ne rien leur dire, après tout, peut-être que ce n'était qu'un oiseau. Nous partîmes en direction d'Elora.

— Tu étais dans le coin ? l'interrogea Victoria.

— On peut dire ça ?

Il me lança un regard dans le rétroviseur, mais je fis mine de regarder le paysage qui défilait sous mes yeux, évitant soigneusement le moindre contact avec lui.

— Je vous dépose chez vous ? demanda-t-il à Victoria.

— Oui s'il te plaît. Zoé c'est bon pour toi ?

— Parfait, je dois réviser avant de sortir ce soir rejoindre mes amis sur Venice. Tu veux venir avec moi ? proposai-je à Victoria.

Cette dernière prit le temps de réfléchir un instant avant de me répondre :

— Je préfère me reposer ce soir, je t'avoue que je suis épuisée, j'ai juste envie de rester à la villa. Tu passeras le bonjour pour moi à tout le monde.

Je regardai l'écran de mon téléphone pour consulter l'heure, presque seize heures. Je n'avais que deux ou trois heures de révisions devant moi. *Bon sang, pourquoi ai-je accepté de passer à la plage* ? J'enviai Victoria de rester ce soir à Elora, moi aussi je me sentais épuisée et vidée.

En arrivant à la villa, Lily se tenait à l'entrée de celle-ci, elle rentrait du travail. Postée devant la porte avec son tailleur bleu nuit et ses escarpins, son apparence femme d'affaires ne passait pas inaperçue. On m'avait rapporté que Lily était un véritable requin dans le milieu de la justice, tout le contraire de la femme douce que je connaissais. En apercevant William au volant de la voiture, elle leva son bras tout en haut avec ferveur en le secouant vigoureusement. Lily vint à notre rencontre lorsque nous descendîmes du véhicule.

— Quelle surprise, vous venez d'où tous les trois ? nous questionna-t-elle tout sourire.

— De chez Valentin, répliqua Victoria.

— Ça s'est bien passé ce matin ? s'enquit-elle de nous demander à William et moi.

— Mieux que je ne l'aurais espéré, lui confia ce dernier tout en me jetant un regard qui en disait long.

Je gigotai mal à l'aise devant ces deux-là tandis que Lily, elle, paraissait ravie de cette nouvelle. Elle ouvrit la porte et nous rentrâmes tous à l'intérieur.

— Vous prendrez bien un verre de citronnade ? nous proposa-t-elle.

— Avec plaisir, accepta William.

Je compris qu'il comptait rester parmi nous encore un petit moment, mais je n'avais pas le temps de lui faire grâce de ma présence plus longtemps. J'interpellai Lily en même temps que je me dirigeai vers l'escalier :

— Je suis désolée, mais ce soir je dois rejoindre les filles à la plage et je vais en profiter pour m'avancer un peu dans mon travail.

— OK, file, me gratifia-t-elle d'un sourire compréhensif.

William et Victoria s'étaient déjà installés près de la piscine et semblaient être partis dans une grande et longue conversation. Ils ne me virent donc pas monter à l'étage.

Ma chambre baignait dans une couleur orangée, qui indiquait la fin de l'après-midi. Plantée là, au seuil de ma porte, hésitante à rentrer dans la pièce, je sentis mon pouls s'accélérer. Le traumatisme de la veille était encore bien présent. La porte, réduite en miettes par Faïz, avait déjà été remplacée par une nouvelle. Je pris une grande inspiration avant de m'immiscer à l'intérieur et me hâtai de me changer. J'attrapai en vitesse dans mon dressing le premier tee-shirt que j'aperçus et un jean. Ensuite, je partis récupérer sur mon bureau les notes prises les semaines précédentes, concernant la maison de presse auprès de qui j'avais postulé pour mon stage et dont j'avais réussi à décrocher un entretien pour ce lundi. « So Home News »

217

était réputé pour être l'un des magazines hebdomadaires le plus lus de Californie, mais aussi au-delà de ses frontières. En effet, la diversification de ses articles arrivait à toucher toutes les catégories de lecteurs. Rentrer en contact avec cette grosse boîte avait été un véritable parcours du combattant. La maison recrutait très peu de stagiaires, mais le fait que je fus trilingue m'avait permis d'obtenir un rendez-vous. Je comptai bien saisir ma chance et remporter le Graal à la fin de celui-ci.

Assise sur mon lit en tailleur, mes paupières lourdes se mirent à me piquer au moment où je rangeai mes fiches, sûrement à cause de la fatigue accumulée ces derniers temps. Je m'attaquai désormais au volet science sociale pour les partiels qui allaient débuter au cours de la semaine prochaine.

Après seulement quelques instants de survol dessus, mon esprit se mit à vagabonder, puis mon regard s'évada à travers la baie vitrée. Le coucher de soleil était magnifique. Au loin, on pouvait distinguer les contours du Dôme qui se faisait plus net. Faïz avait raison, celui-ci devenait de plus en plus visible, s'assombrissant chaque jour un peu plus. Pourtant, la population de L.A ne semblait pas se poser plus de questions sur ce phénomène, il était vrai qu'elle n'était pas au courant de la situation, alors pourquoi paniquer ? Le gouvernement pouvait bien leur raconter n'importe quelles excuses si jamais tout ceci venait à prendre de l'ampleur et à réclamer quelques explications.

Des éclats de rire provenant de la terrasse arrivèrent jusqu'à moi. Il fallait bien l'avouer, William avait le don de détendre l'atmosphère, Lily et Victoria méritaient bien ces quelques petits moments précieux de bohème. Je luttai pour continuer à voir clair sur ces feuilles gribouillées par mes soins, ma tête sembla peser des tonnes. Je décidai de m'allonger un petit instant, me sentant partir doucement dans un sommeil qui m'avait rattrapée. Au moment de fermer mes yeux, j'entendis la voix douce de ma mère me murmurer quelques mots à l'oreille :

— Mon miracle, n'oublie pas la lumière de ton cœur.

L'obscurité me happa.

— Zoé ?

Une voie douce et sensuelle me parvint au loin. Je dus quitter les songes où je m'étais réfugiée et lutter pour ouvrir les yeux. William, tel un ange penché au-dessus de moi, attendait patiemment que j'émerge. J'emplis mes poumons de son parfum, ce qui m'aida à me réveiller.

— Réveille-toi, me chuchota-t-il en arborant son plus beau sourire.

— J'étais si bien, murmurai-je tout en me relevant.

— Oui, je veux bien te croire, m'aida-t-il en posant légèrement son bras derrière moi.

De son autre main, il me caressa la joue. Son geste me coupa littéralement le souffle. Nous ne nous connaissions que depuis quelques heures, mais ses manières si familières à mon égard me faisaient ressentir que je le connaissais depuis bien plus longtemps.

— Quelle heure est-il ? m'écriai-je en constatant dehors que la nuit était tombée.

— Bientôt vingt et une heures.

— Merde… non ce n'est pas possible !

Je me levai d'un bond en me précipitant vers la salle de bain afin d'arranger ma crinière bouclée en vitesse.

— Peux-tu me donner mon téléphone ? criai-je pour

que William m'entende.

— Je ne pense pas que ça soit une bonne idée, me lança-t-il.

Il entra dans la salle de bain, affichant une petite grimace sur son visage tout en me tendant mon portable. Huit appels en absence d'Asarys et de Lexy et six de Faïz. À la vue de son prénom, mon corps se figea, il devait être inquiet ou furax que je ne décroche pas à ses appels. Instinctivement, je m'apprêtai à le rappeler dans l'instant, mais j'annulai aussitôt mon geste avant que la première sonnerie ne retentisse. Non ! je devais arrêter de faire ça, d'être disponible dès qu'il le désirait ou de m'adapter à son humeur du jour. Je devais absolument sortir de cette spirale.

Je levai mes yeux et fixai alors William. Il me dévisageait, essayant de sonder mes pensées et moi les siennes. Nous n'étions pas du même monde, pourtant, sans pouvoir dire pourquoi, je me sentais proche de lui. J'évaluai la situation, le dernier appel de Faïz remontait à une vingtaine de minutes, il ne me restait donc pas beaucoup de temps avant qu'il débarque à Elora pour vérifier si tout allait bien. Je devais partir avant qu'il arrive de peur de ne plus arriver à le quitter lorsqu'il serait là.

— Tu as le temps de me déposer à Venice ? demandai-je à William.

— J'ai un peu de temps devant moi, répondit-il visiblement soulagé par ma requête.

Je le soupçonnai de ne pas vraiment avoir envie de me laisser et moi non plus d'ailleurs. Nous nous regardâmes un moment sans un mot et je lui souris avant de le tirer par le bras hors de la pièce.

— Super, nous devons vite partir, lui confiai-je.

Je pris à la volée une veste en jean dans mes affaires, quant à William, il tint la porte de ma chambre grande ouverte et attendit que je sois fin prête. Il avait été de bonne humeur toute la journée, ça changeait des sauts d'humeurs de Faïz. Mon téléphone sonna, je fus soulagée de voir le prénom de Lexy s'afficher.

— Allô, décrochai-je sans attendre.

— Tu te fous de nous, tu es où là ?! meuglait Lexy pour couvrir le son de la musique.

— Euh… je suis sur la route, j'arrive.

J'entendis la voix forte d'Asarys râler derrière Lexy.

— Demande-lui, où sur la route ? Je sais qu'elle ment !

— Asarys demande où exactement ?

— J'arrive, j'arrive, étouffai-je un petit rire avant de raccrocher inopinément.

Je secouai vigoureusement ma tête, cette Asarys me connaissait par cœur.

— C'est parti, dis-je à William qui me laissa passer devant lui.

Je dégringolai les escaliers, pressée de partir de la villa.

— Victoria, Lily, Nous sommes partis, appelai-je devant la porte d'entrée.

Des voix depuis la terrasse nous souhaitèrent à tous les deux une bonne soirée. J'attrapai mes clefs et nous sortîmes d'ici.

Dehors, William m'emboîta le pas pour m'ouvrir la porte de sa berline. Je m'installai et nous partîmes en direction de Venice. Dans les rues de la ville, je remarquai qu'il y avait foule en ce samedi soir. Ça ne me surprit guère, Los Angeles ne dormait jamais et encore moins les jours de match. Beaucoup portaient un haut bleu et blanc avec le nom des Dodgers marqué dessus. Après quelques mois passés dans cette ville, je savais désormais que le baseball, football américain ou encore le basket était une véritable religion ici. Les cafés et restaurants faisaient salle comble, les bouches de métro ressemblaient à de véritables fourmilières. Tout le monde était habillé pareil, aux couleurs de son équipe. Une ambiance bonne enfant inondait les rues de la ville par des chants, des cris et des bruits de pétard. Au loin, dans les hauteurs de Los Angeles, nous pouvions distinguer le Dodger Stadium. En effet, les projecteurs du stade étaient visibles à plusieurs kilomètres à la ronde.

— C'est de quel côté ?

La question de William me fit détourner mon regard en sa direction.

— Vers l'espace roller-skates, près du cours de basket-ball me semble-t-il.

Il hocha la tête, je me retournai de nouveau afin de l'observer en catimini à travers le reflet de ma fenêtre. Son charisme ne me laissait pas indifférente et je n'avais pas envie de le quitter maintenant. *Qu'est-ce qui te prend Zoé* ? Je revins vers lui et ouvris la bouche pour lui parler, mais la refermai aussitôt. *Allez, arrête de faire l'enfant, c'est pitoyable.*

— Reste avec moi ce soir, insistai-je d'une voix timide.

Ma demande me surprit moi-même. William, lui, avait l'air tout aussi choqué que moi. Désorienté, son regard fit un va-et-vient entre moi et la route à plusieurs reprises puis il appuya son coude sur le bord de la vitre et porta sa main libre à son menton. Pour la première fois de la journée, son assurance certaine semblait lui échapper, son regard s'assombrit.

— Très bien, je resterai ce soir si c'est ce que tu veux, finit-il par me répondre après plusieurs secondes qui me parurent interminables.

Je lâchai discrètement un soupir de soulagement, heureuse de sa décision.

— Pour ce sourire, je pourrais vendre mon âme Zoé, ajouta-t-il.

Je me pinçai la lèvre afin de dissimuler l'effet de plaisir que ses paroles me procuraient.

William se gara sur le parking qui était encore bien rempli à cette heure-ci.

— Je pense qu'ils sont là-bas, désignai-je avec mon index un petit groupe réuni au loin sur la plage, près d'un feu allumé pour l'occasion.

Nous sortîmes de la voiture lorsqu'un petit vent frais me fit me rappeler que j'avais eu raison de prendre ma veste. Les lumières de la grande roue et de ses attractions éclairaient Santa Monica de l'autre côté où nous nous trouvions. William se posta à mes côtés et me tendit son bras. Je tergiversai un court instant, refusant de lui insuffler de faux espoirs. Cependant, sa moue irrésistible l'emporta, peut-être qu'une part de moi espérait qu'il puisse être celui qui pourrait me faire tourner la page sur Faïz. Le contact de ma main sur son bras nu me troubla quelque peu.

— Fête étudiante, ça va me rappeler ma jeunesse, lâcha William sur un ton amusé.

Sa mine réjouie illumina son visage.

— Les Sylphes ont-ils une jeunesse comme n'importe quel autre être humain ?

Arrivée sur le bord de la plage, je retirai mes chaussures de mon autre main et plongeai mes pieds dans le sable frais.

— Oh oui, et je peux te dire que je l'ai consommée sans modération !

Sa réponse parut sous-entendre beaucoup de choses, je ne relevai pas. Depuis que j'étais revenue du manoir, une question me brûlait les lèvres et tandis que nous avancions vers le petit groupe installé sur la page, je me décidai à la lui poser maintenant :

— Es-tu mortel ?

J'avais tellement de choses à lui demander et déçue de manquer de temps ce soir pour le faire. Je savais à l'avance que les filles n'allaient pas me lâcher de la soirée avec la venue de William à mes côtés et de plus, bras dessus bras dessous. Je me préparai psychologiquement à un interrogatoire féroce de leur part.

— L'immortalité n'existe pas ici-bas, cependant je vis plus longtemps que n'importe quel être humain.

— C'est-à-dire ? insistai-je interloquée.

Je me mis à ralentir le pas afin de gagner de précieuses secondes.

— Notre espérance de vie varie entre cent trente et cent cinquante ans, continua de m'expliquer William.

Choquée par cette révélation, mon cerveau entreprit d'effectuer des calculs mentaux sur tout ce qui me venait à l'esprit à cet instant, puis je finis par ajouter :

— Oh… en effet c'est beaucoup de temps…

Des cris de bête en ma direction me firent sursauter, m'empêchant de finir ma phrase. Je compris vite que nous avions été repérés par Asarys et Lexy qui s'élançaient en notre direction comme deux véritables furies.

— Regardez ça ! me taquina Lexy en se plaçant devant nous avec des yeux pétillants de malice.

— Je pense que nous avons loupé un épisode, lança Asarys à son binôme.

— Bonjour les filles, me raclai-je la gorge mal à l'aise, euh… je vous présente William.

Celui-ci les salua avec courtoisie, mais je ressentis un sentiment de retenue de sa part envers mes deux amies, me montrant un côté de lui que je ne connaissais pas. Son sourire avait littéralement fané, posant ainsi des limites dès le départ. Apparemment, j'étais la seule à avoir cette impression, car mes deux commères bâtaient des paupières comme deux idiotes complètement hypnotisées par le charme et la classe de mon invité. Des murmurent incompréhensibles s'échappaient de leur bouche.

— Comment vont Ray et Lucas ? m'interposai-je afin qu'elles retrouvent la raison le plus vite possible.

— Qui ? Je ne vois pas de qui tu parles, ironisa Lexy tout en continuant de dévisager William.

Je secouai la tête en levant les yeux au ciel.

— Allez venez ! nous ordonna Asarys qui avait l'air d'avoir repris ses moyens plus vite que son amie.

Cette dernière me tira par le bras, ce qui, à mon grand regret, me fit lâcher celui de William. Je lui emboîtai la marche, tenue fermement par mon amie, tandis que Lexy prenait ma place à ses côtés, derrière nous.

— Tu passes du brun au blond ? me chuchota discrètement Asarys à mon oreille.

— Ce n'est pas ce que tu crois, murmurai-je nerveusement, sentant les choses se corser.

Elle se retourna pour regarder William en affichant un sourire forcé sur son visage.

— Bien sûr Zoé ! Tu as l'habitude de tenir le bras de n'importe qui, c'est tout à fait toi ça, grogna-t-elle les dents serrées, essayant de me faire avouer quelque chose que j'avais omis de leur raconter.

— La ferme, la repoussai-je avec mon coude en rigolant.

— Je te préviens, je veux tout savoir. Saison une, deux et trois avec tous les épisodes de ta putain de série à l'eau de rose.

Asarys pointa son index vers moi en feintant la menace. Lexy vint alors s'interposer entre nous et bouscula cette dernière afin de prendre place à mes côtés.

— C'est à mon tour, lui signifia-t-elle.

Asarys s'exécuta en râlant et passa derrière avec William. L'interrogatoire, mais cette fois-ci avec le gentil flic, se poursuivit.

— Ça a commencé quand ? enchaîna Lexy sans attendre.

— Rien n'a commencé ! me rebellai-je le plus discrètement possible. C'est un ami de la famille des Mattew, c'est tout !

J'espérai de toutes mes forces que William ne puisse rien entendre de notre conversation houleuse.

— Ah oui je vois… c'est que du sexe, s'obstina celle-ci.

— Lexy, tu peux arrêter de raconter des conneries ?

J'esquivai discrètement un regard derrière moi, Asarys et William papotaient sans faire attention à nous.

— Il te plaît ?

— Non, rétorquai-je sans la regarder afin d'éviter qu'elle ne remarque mon sourire qui me trahissait.

— Espèce de petite menteuse, regarde-toi, tu n'arrives

même pas à dissimuler ton béguin pour ce play-boy.

Arrivés près du feu sur la plage, le groupe nous accueillit chaleureusement. C'est avec soulagement que j'appréciai ce petit moment de répit, sachant pertinemment que mes deux amies ne comptaient pas en rester là et leur petit coup d'épaule à mon encontre me le confirma. Je me mis à faire le tour des personnes réunies en leur adressant un petit bonjour, remarquant au passage quelques nouvelles têtes que je ne connaissais pas.

— Clara, ma petite sœur et Christophe, mon cousin, me présenta Baudoin.

— Enchantée, vous vivez aussi ici, à L.A ? leur demandai-je.

— Non, nous venons de France, me répondit cette petite rousse aux cheveux courts avec des points de rousseurs sur les joues.

Nous échangeâmes ensemble quelques mots puis je continuai mon tour du groupe en m'approchant d'une jeune femme brune, à l'air plutôt réservé, tenant elle aussi, un gobelet à la main.

— Bonjour, lui lançai-je d'un petit signe de main, je suis Zoé.

— Moi c'est Karine, se présenta cette dernière, je suis une amie de David.

Celui-ci arriva à côté de moi à ce moment-là.

— Ça y est, les présentations sont faites, décréta David satisfait.

— Oui, j'ai enfin rencontré la fameuse Zoé, s'exclama Karine enjouée.

— Tu vois ma chère, tu es déjà connue comme le loup blanc par ici, me confia mon ami avec un clin d'œil.

Sans que je m'y attende, il agrippa mon poignet pour m'entraîner à part.

— Qui est ce jeune apollon ? m'interrogea-t-il avec un signe de tête en direction de mon invité.

— C'est William et on n'est pas ensemble. Nous avons fait connaissance aujourd'hui.

Il plissa ses yeux comme pour mieux me sonder avant d'ajouter :

— Ah oui, tu ne perds pas de temps. Finalement tu caches bien ton jeu. Zoé et ses secrets, tu seras toujours un mystère à mes yeux, soupira-t-il.

Pour seule réponse, je lui adressai une petite claque amicale sur l'épaule.

— Il est à croquer, finit-il par avouer en le reluquant de loin de haut en bas.

— Reste loin de lui, le prévins-je sur le ton de la plaisanterie.

Nous étions près d'une quinzaine à écouter de la musique pop autour d'un feu de fortune. Morgan, le petit ami de David, était lui aussi présent, par contre Ray demeurait aux abonnés absents. Je fis aussitôt le lien entre lui et Faïz et me rappelai les appels en absence insistants de ce dernier. Peut-être m'avait-il laissé un message ? Au moment de glisser une main dans ma poche pour sortir mon portable, je constatai que je ne l'avais pas sur moi. *Mince, je l'ai laissé dans la voiture de William*, me rappelai-je. Tout compte fait, c'était un mal pour un bien, ça me permettait ainsi de passer une soirée soi-disant « normale ».

— Victoria n'est pas venue avec toi ?

Asarys apparut près de moi. William, quant à lui, parlait avec d'autres garçons du groupe tout en me lançant souvent de petits regards furtifs.

— Non, elle voulait se reposer un peu. J'aurais aimé qu'elle soit là aussi.

Il y eut un petit blanc entre nous deux avant qu'elle ne reprenne la conversation :

— Alors ?

Elle persistait, attendant que je réponde à des questions qu'elle n'avait même pas encore posées, mais dont je connaissais déjà le contenu.

— Oui, pour tout te dire, je me sens bien avec Wil, lui confiai-je enfin à mi-voix.

— Il te dévore littéralement du regard, me fit-elle remarquer, vous donnez l'impression de vous connaître depuis toujours.

— Je ressens la même impression, c'est dingue.

— Et Faïz ?

— Toujours avec Rachelle.

— Oui je m'en doute, mais penses-tu que William est une option pour te faire enfin sortir cet homme de ta tête ?

Je soulevai les épaules sans vraiment savoir quoi répondre à ça.

— Je veux vraiment l'oublier Asarys. Pour la première fois, j'arrive à ne pas penser à lui et ça fait du bien. Faïz c'est la tempête et William c'est la sérénité.

Asarys parut convaincue par mes paroles, mais ne me dit pas ce qu'elle en pensait réellement.

FAÏZ

Pendant ce temps, dans un entrepôt désaffecté non loin des Downtown s'était réuni un petit groupe de personnes dont Karl Barthey présidait la rencontre. Une dizaine d'hommes de générations différentes écoutait attentivement les paroles de leur interlocuteur, qui se tenait devant eux. Faïz en retrait du groupe, était adossé à un mur délabré qui menaçait de s'écrouler sous son poids. Zorrick et Belize, eux, se tenaient à côté de l'inspecteur, tablette à la main, prêts à exécuter le moindre petit ordre de leur supérieur.

— Le Dôme nous indique que l'affrontement est maintenant inévitable. Notre gouvernement et celui des autres États de ce monde nous donnent peu de temps pour gagner cette guerre.

— Que se passera-t-il si nous échouons ? demanda un des hommes du groupe avec un fort accent britannique.

Son look de biker négligé, la quarantaine passée, aurait bien eu besoin d'un petit coup de neuf sur sa tenue vestimentaire qui paraissait fatiguée. L'inspecteur le scruta un instant, cherchant la réponse la plus adéquate possible bien qu'aucune ne lui vint. Il choisit alors de dire la vérité.

— Le Dôme est programmé pour anéantir la Californie, telle une bombe atomique, mais avec une puissance cinq fois plus importante. Tous les habitants de cet État mourront, nous tous ici y compris si la situation devait empirer.

Un brouhaha de contestations envahit alors les lieux, suivi quelques minutes après d'un calme olympien. Faïz choisit ce moment pour sortir de l'ombre et interpeller l'inspecteur.

— Sont-ils si stupides à ce point pour penser pouvoir se débarrasser du Maestro en faisant exploser le Dôme avec ses habitants ? Si c'est le cas alors l'humanité entière est condamnée à disparaître ! s'insurgea Faïz.

Il s'avança vers Barthey tout en le fixant de son regard le plus sombre.

— Pour l'instant, cela reste peut-être la meilleure des solutions, se défendit celui-ci.

— Foutaises ! s'écria Faïz hors de lui, vous pensez que nous sommes dans une partie de cache-cache ? On ne peut capturer le diable lui-même, vous comprenez ? Le Maestro n'est pas une personne physique, il est là et partout à la fois, comme l'air. Toutes les armes de ce monde ne pourront pas l'arrêter ni le renvoyer de là où il vient.

— Je sais bien, balbutia l'inspecteur, mais… la décision ne vient pas de moi.

Il se tourna vers la petite foule devant lui et ajouta :

— La délinquance ne cesse de croître de jour en jour, il est de plus en plus difficile de la contenir, même avec vous tous qui êtes des Léviathans et qui avez accepté de venir en aide à cette ville, dans ses heures les plus sombres. L'attentat en plein L.A en septembre dernier n'est pas l'œuvre d'un déséquilibré, mais bien celui de ce démon. Il s'introduit dans les esprits les plus faibles, se nourrissant de leur haine. Le chaos tape aujourd'hui à la porte de la Cité des Anges.

— Avez-vous trouvé la piste du tombeau ? demanda un

autre gars au milieu du groupe, tout aussi musclé et tatoué.

L'inspecteur jeta un regard à Faïz, ce dernier prit la parole.

— Non, nous avons ratissé chaque mètre carré de L.A et nous n'avons rien trouvé.

— Nous allons tous chercher ! s'exclama un homme dans la foule, nous allons y arriver. On fouillera chaque tombe s'il le faut, sur cette terre.

Tous approuvèrent et applaudirent pour montrer ainsi la motivation qui les habitait. Faïz sut qu'il n'était pas seul, il pouvait compter sur ces Léviathans réunis ce soir devant lui. L'inspecteur s'approcha de lui pour lui murmurer une information importante à l'oreille

— Écoute, je ne sais pas comment te le dire, une émeute a éclaté à la prison de Pélican Bay tout à l'heure en début de soirée.

L'angoisse envahit immédiatement le jeune homme. Blême, son visage se vida de son sang et ses traits se déformèrent. Pour la première fois, il sentait qu'il n'avait plus le contrôle de la situation.

— Remy Ogres ? s'enquit-il de demander à Barthey.

— Non rassure-toi, il est toujours dans le quartier de haute sécurité, mais neuf prisonniers se sont échappés du bloc 111, Ogres n'en fait pas partie.

Il laissa échapper un soupir de soulagement puis son cœur retrouva un rythme plus normal.

— Très bien, je m'occupe de ces prisonniers en cavale.

Ses pas s'éloignèrent de l'inspecteur et Faïz disparut dans la pénombre.

8

J'accélérai ma marche dans ce grand couloir en U, de peur d'arriver en retard à la réunion de ce matin. Déjà deux mois que j'effectuais mon stage au sein de la maison de presse « So Home News ». Je n'avais pas eu d'autre choix que de prendre mes marques rapidement. Des hommes de service s'activaient à retirer les décorations des fêtes de Noël dans les allées, mais aussi à l'accueil.

Je repensai à cette fête passée auprès de la famille Mattew et à ce début d'année qui commençait. Mon père n'avait finalement pas pu venir me rejoindre à cause du contrôle très strict opéré par le gouvernement afin de limiter l'entrée sur le territoire pour toute personne n'habitant pas sur le sol californien. L'attentat de septembre avait été l'excuse idéale pour faire passer ces nouvelles mesures. J'avais été très attristée sur le coup, surtout que cette période de l'année comptait beaucoup à mes yeux. Heureusement, les Mattew étaient la famille idéale de substitution. Le réveillon de Noël avait été mémorable. J'avais rencontré la famille du côté de Lily qui était venue nous rendre visite pour cette occasion. Les parents de Faïz m'avaient offert de magnifiques boucles d'oreille, incrustées d'un diamant solitaire de chez Tyffany. Ce cadeau hors de prix m'avait rendu pour le moins mal à l'aise, Lily avait souhaité que je les porte aussitôt. J'avais reçu de la part de Victoria un sac à main Dior, mon premier d'une marque de luxe. Quant à Faïz, il m'avait déposé sur mon lit, dans la soirée, une paire de baskets Louboutin rose et or que j'avais découvertes au moment de partir me coucher. De mon côté, j'avais offert à chacun un présent original plein d'attention et leur réaction en le découvrant avait fait plaisir à voir.

William m'avait emmenée le soir du jour de Noël dans un grand parc, non loin de la ville. L'endroit, digne d'un jardin de conte de fées m'avait laissée sans voix durant un petit instant, tant le lieu était magnifique. L'odeur des fleurs embaumait ce jardin enchanté. À l'intérieur de celui-ci, il y avait une petite place, décorée de pavés où des petits fuseaux lumineux jaillissaient de part et d'autre du sol. Les lumières se reflétaient sur les fleurs et les arbres qui arboraient le parc. Autour, des gradins surélevés indiquaient que la place servait aussi de scène pour des représentations.

— Quels spectacles se jouent ici ? me rappelai-je avoir demandé à William.

— Des Orchestres viennent s'y produire, du classique en général.

— C'est à couper le souffle. Le jardin d'Éden ne peut être plus magnifique.

— Je savais qu'il te plairait, tu as l'âme d'une romantique.

William était patient. Nous passions de plus en plus de temps ensemble et cela commençait à se savoir autour de nous. Cependant, j'attendais toujours de ressentir cette étincelle qui ne venait pas. Il me plaisait vraiment, mais la vérité était qu'une part de moi désirait toujours autant Faïz. Tous les efforts possibles pour arrêter d'écouter mes sentiments me semblaient vains, bien que je ne lui prêtasse pratiquement plus d'attention. Ce dernier était tout aussi distant avec moi et impulsif lorsqu'on s'adressait la parole. C'est à peine si je pouvais prononcer le prénom de William devant lui.

— Tu es prête à entendre la chanson que je voulais te faire écouter ?

— Comment ça ? Ici ? Maintenant ? répondis-je curieuse, toujours postée au milieu de la place.

— Zoé, tu ne penses pas que j'ai pris l'enceinte avec moi pour rien ?

Je restai dubitative, ce qui le fit éclater de rire puis il ajouta :

— Regarde un peu avec quoi un Sylphe aime s'amuser.

Je ne vis toujours pas où il voulait en venir. Il connecta son iPhone à l'enceinte Bluetooth qu'il tenait dans son autre main et la voix d'Adèle prit possession des lieux, résonnant dans ce parc vidé de sa population. William s'écarta de moi de quelques mètres, me laissant seule sur la place et posa ensuite la paume de ses mains au sol. À cet instant, un spectacle de jets d'eau propulsés à plus d'une dizaine de mètres de hauteur sortit de terre, prenant ainsi le rythme de la chanson. Les jets varièrent d'intensité, créant un show féerique aquatique, agrémentés par les fuseaux lumineux au sol. Je fus trempée, mais le spectacle qui se déroulait sous mes yeux était émotionnellement impossible à contenir. Je laissai échapper mes larmes qui se mirent à couler le long de mes joues. Oui, William avait certainement raison, j'avais l'âme d'une romantique et ce soir-là, quand il m'avait rejointe à la fin de la chanson, mes mains avaient caressé son visage puis mes lèvres l'avaient embrassé.

J'ouvris la porte du bureau un peu trop brutalement, tel un ouragan, constatant aussitôt que la réunion avait déjà débuté. Mes collègues, qui me dévisagèrent s'étaient installés autour de la grande table en verre de forme ovale tandis que ma responsable, Madame Bonny, rédactrice en chef, approchant la cinquantaine, se tenait, elle, debout, près du grand tableau devant eux. Elle dissimulait derrière ses petites lunettes, des yeux soulignés d'un trait de crayon noir, lui donnant un air des plus autoritaires qui était accentué d'un carré blond plongeant. Dès mon entrée dans la pièce, cette dernière me fusilla du regard, j'aurais voulu disparaître à ce moment précis.

— Hé bien Reyes ! Vous allez rester plantée là ou bien vous décider à distribuer ces foutues copies que vous tenez dans vos mains ? siffla-t-elle d'une voix désagréable.

Je m'exécutai promptement en me confondant en excuses.

— Je suis désolée, les photocopies m'ont pris plus de temps que prévu…

Elle leva une main devant moi me faisant comprendre que je devais me taire.

— Seigneurs, ces stagiaires vont me rendre dingue, soupira-t-elle avant de continuer là où elle s'était arrêtée.

Tandis que je faisais le tour de table, mes collègues compatissaient chacun en m'encourageant avec de petits sourires bienveillants.

— Agustin, interpella Bonny, l'article sur l'affaire des détournements de fonds du député Malcom est-il bientôt achevé ?

Mon collègue passif au teint pâle, assis en face de moi, était un des rares à adopter une attitude décontractée et ne semblait guère atteint par l'autorité de sa supérieure.

— Il devrait être bouclé d'ici la fin de semaine prochaine, répondit-il, serein.

Je donnai à ce jeune homme la trentaine à tout casser. Agustin était sans aucun doute un véritable passionné et mordu de boulot. En effet, journaliste de terrain, il faisait lui-même la rédaction de ses propres articles. Bonny lui confiait les yeux fermés les investigations les plus importantes du magazine et ne pouvait se passer de lui, d'où son favoritisme flagrant à son encontre. Agustin, comme beaucoup d'autres journalistes de Californie, avait une admiration sans limites pour Black Shadow, d'ailleurs, ses meilleurs articles portaient sur Faïz. J'avais pu constater l'ampleur du phénomène maintenant que j'avais un pied dans le milieu de la presse. Chacun essayait d'obtenir l'exclusivité sur ce héros des temps modernes, ce qui me faisait bien entendu sourire de l'intérieur. J'étais la plus jeune dans cette pièce et même dans toute la boîte, peut-être était-ce la raison pour laquelle mon rôle se réduisait à faire des photocopies toute la journée, de la mise en page, traduire des vidéos ou courriers pour mes collègues. À vrai dire, rien de vraiment passionnant.

— C'est parfait Agustin, soupira-t-elle satisfaite.

Elle s'adressa ensuite à l'ensemble de l'équipe :

— J'aimerais aussi que vous planchiez chacun sur le prochain article à venir.

Bonny se retourna, son tailleur blanc et noir faisait parfaitement ressortir les courbes de sa mince silhouette. Sa main trouva un feutre rouge dont elle se servit pour écrire au tableau, en grosses lettres « TRAC-WORLD ».

Mon sang ne fit qu'un tour, tous mes neurones se mirent à se connecter en même temps tandis que ma concentration, elle, était à son comble. Mon état soudain n'échappa pas à Agustin qui me jaugea d'un regard curieux.

— Bien, continua madame Bonny, tout le monde sait que cette année, ce géant pharmaceutique change de dirigeant. L'héritier…

Elle se mit à consulter ses notes posées sur le coin de la table face à elle, lunettes baissées sur le bout du nez en prenant quelques instants pour les parcourir puis elle reprit son discours :

— L'héritier se nomme Faïz Mattew. C'est l'événement à couvrir absolument. Il me faudrait pour l'occasion le plus d'informations possible… ah oui, la maison mère du groupe se trouve à New York. Ceci risque d'être un des articles les plus compliqués à réaliser sachant que la famille ne laisse jamais rien échapper dans la presse. Il y a visiblement toute une omerta autour de ce nom.

Lors de l'entretien, je n'avais pas tenu bon de stipuler l'endroit où je vivais, j'avais vaguement énoncé le nom d'Elora. Aucune adresse ne m'avait été demandée directement par ma supérieure, seule mon université lui importait, au vu de mon statut de stagiaire. Bonny conclut cette réunion en demandant à son équipe de tout mettre en œuvre pour obtenir un rendez-vous au sein de Trac-Word pour le prochain numéro. Celui qui y parviendrait décrocherait l'exclusivité de cet article.

Il était déjà l'heure de partir déjeuner. Mes collègues se levèrent en ramassant leurs notes puis chacun rejoignit la sortie. Bonny consulta son portable, je regardai tout autour de moi cette pièce désormais vide et décidai d'en profiter pour m'approcher d'elle afin de lui parler.

— Que me voulez-vous Reyes ? croassa-t-elle le moins aimablement possible.

Cette dernière s'obstinait à m'appeler par mon nom, ce qui m'insupportait au plus haut point sachant que j'étais la seule à bénéficier de cette attention.

— C'est à propos de l'article du prochain numéro, osai-je timidement.

— Hum.

Cette dernière ne prit même pas la peine de me regarder, préférant ranger ses affaires.

— J'aimerais m'occuper de l'article sur Trac-World.

Elle tourna sa tête en ma direction en une fraction de seconde, l'air incrédule puis fronça les sourcils.

— Ce n'est pas une cour de récréation ici. Notre revue de presse est sérieuse, alors merci d'éviter de me déranger pour si peu et retournez à vos copies ! s'écria-t-elle.

Abasourdie par son tel mépris envers moi, une colère que j'essayai de contenir gronda en moi. Je serrai la mâchoire pour trouver la force de ne pas lui répondre. En tournant les talons pour sortir de la pièce, une petite idée me vint en tête. J'attrapai mon téléphone dans ma poche et composai le numéro de la villa des Mattew, en prenant soin de ralentir le pas afin que Bonny puisse entendre ma conversation.

— Maison des Mattew, répondit madame Arlette dès la deuxième tonalité.

— Bonjour, c'est Zoé, Faïz Mattew est-il là s'il vous plaît ?

Je priai pour que la réponse soit négative. Mon but était uniquement de prononcer ce prénom afin d'interpeller la curiosité de ma chef. Je sentis son regard pesant dans mon dos.

— Oui, il est là, me confirma Madame Arlette, je vous le passe.

Merde ! Il fallait qu'il soit aujourd'hui à la villa, à cette heure-ci, alors qu'il était porté disparu la plupart du temps.

— Tout va bien Zoé ?

Le ton grave et anxieux de Faïz au bout du combiné me fit perdre mes moyens.

— Oui… je t'appelle pour savoir… si… Victoria sera là ce soir pour dîner ?

Il marqua une pause, se demandant sûrement ce qui pouvait bien me prendre de lui poser ce genre de question.

— Je ne sais pas Zoé, s'agaça-t-il, j'ai beaucoup à faire, appelle-la directement, c'est mieux.

— Oui, tu as raison, c'est que je n'arrive pas à l'avoir au téléphone depuis ce matin.

— Je l'appellerai, conclut-il avant de raccrocher.

Je fis mine d'être encore au téléphone avec ce mufle.

— Merci Faïz, à ce soir.

Mon pied allait franchir le bas de la porte quand j'entendis Bonny m'appeler de l'autre bout de la pièce. Un petit sourire triomphant apparut sur mon visage puis je me retournai, l'air impassible.

— Zoa, vous pouvez venir par ici s'il vous plaît ?

— Zoé, me permis-je de la reprendre.

Sa main s'agita dans l'air.

— Oui, bon, Zoé, Zoa, c'est la même chose.

Non, pauvre conne !

— Vous avez le projet, me lâcha-t-elle de but en blanc sans que je m'y attende.

Elle s'assit en croisant ses jambes et me fixa droit dans les yeux.

— C'est la première fois de toute ma carrière que je laisse autant de responsabilités entre les mains d'une simple stagiaire. J'espère ne pas avoir à le regretter par la suite.

J'eus envie de sauter sur place comme une gamine, mon stage prenait enfin un sens. Bonny ajouta :

— Par contre, j'aimerais que vous collaboriez avec Agustin.

Mes traits se figèrent à cette annonce. Impossible, Faïz ne supportera pas de devoir parler de sa vie avec un inconnu. Il n'y avait pas plus asocial que lui. J'imaginai déjà la scène surréaliste entre ces deux jeunes hommes.

— Il y a un souci ? me demanda ma chef.

— Faïz Mattew n'acceptera jamais de réponde aux questions d'un inconnu, quel que soit l'interview. Il est… comment vous expliquer ? Facilement irritable.

Bonny plissa ses yeux derrière ses lunettes, elle parut réfléchir.

— Dans ce cas-là, il vous aidera dans la relecture de votre article ainsi qu'à la mise en page. J'irai lui parler de notre accord après le déjeuner, vous pouvez disposer Zoé.

— Merci.

Au moment où j'allais partir, celle-ci m'interpella de nouveau.

— Zoé.

— Oui ?

— Bien joué !

Je me retournai, satisfaite et fière de moi. Désormais, la tâche la plus difficile restait de convaincre l'intéressé, Faïz Mattew, de me laisser rédiger mon premier article sur sa multinationale. Je ne pus m'empêcher d'arracher une grimace rien qu'en y pensant. C'est alors que mon portable se mit à vibrer. *Mince ! C'est Faïz.*

« Je viens d'avoir Victoria, tu n'as jamais essayé de la joindre, tu joues à quoi ? »

Oops ?

« Je t'expliquerai, je dois te voir ce soir, c'est important. »

Un sentiment de panique s'empara de moi juste à l'idée de me retrouver seule avec lui. Comment allais-je devoir m'y prendre pour le convaincre de coopérer sur mon projet ? Je me dirigeai à mon bureau pour déposer mes affaires, récupérer mon sac à main et enfin sortir rejoindre mes amis. Asarys, Lexy et David m'attendaient à l'extérieur du bâtiment pour déjeuner. Je n'avais que trois quarts d'heure de pause, mais ces petits moments avec eux m'étaient indispensables pour continuer mes journées avec ma patronne tyrannique. Arrivée dehors, les filles m'accueillirent les bras ouverts.

— Le Teagan ? proposa David en parlant du Pub d'en face.

— Je meurs de faim, nous confia Lexy.

Nous nous engageâmes en face de la rue, dans notre repaire préféré du moment. Asarys me tint par le bras.

— Alors ta matinée ? Pas trop dure ? me demanda-t-elle.

— Pas pire en tout cas, je ne suis plus Reyes, mais Zoa !

— Cette femme est un vrai dragon ! pestiféra David.

— Je te l'accorde, cependant j'ai une bonne nouvelle à vous annoncer. Je suis chargée de réaliser un des articles pour le prochain numéro du journal, leur annonçai-je,

244

surexcitée.

Mes amies crièrent de joie.

— Mais c'est super Zoé ! hurla Lexy en me sautant au cou.

Nous poussâmes les portes du pub et partîmes nous installer à une table au fond de la salle. Quand la serveuse vint prendre notre commande, nous optâmes tous pour le plat du jour, gagnant ainsi du temps pour papoter. Je leur racontai à tous les trois ma matinée riche en rebondissements.

— Donc, tu vas devoir travailler très étroitement avec Faïz du coup, conclut Lexy, tout en croisant ses bras sur la table, face à moi.

— Exact, répondis-je tout en feignant l'enthousiasme.

— Mais Will, il ne risque pas de mal le prendre ? m'interrogea David qui se tenait au côté de Lexy.

Asarys vola à mon secours :

— Ce n'est pas comme s'ils étaient réellement ensemble David, ils ont rompu en commun accord il y a déjà deux semaines.

David avait raison, je n'avais pas pensé une seconde à ce que pourrait penser William quand il apprendrait cette nouvelle.

— Oui, c'est vrai, admit Lexy, de plus vous viviez plutôt une relation platonique.

Les doigts de celle-ci imitèrent des guillemets. Nos plats arrivèrent à ce moment. Mes trois amis semblèrent avoir un million de questions sur le sujet « William », mais se retinrent de me les poser... sauf bien sûr Lexy :

— Zoé il faudrait nous dire une bonne fois pour toutes !

— Lexy, laisse-la, stop. Personne n'aura de réponse aujourd'hui, intervint Asarys.

Sachant pertinemment que je devrais un jour affronter les questions de mes trois acolytes, je décidai de m'en débarrasser maintenant.

— Non, nous ne sommes pas allés plus loin avec Will et nous ne nous sommes pas remis ensemble non plus. Un côté de moi n'attend que ça, mais de l'autre je ne ressens pas ce qu'il ressent pour moi.

— Voilà qui a le mérite d'être claire, ironisa David.

— Moi je trouve que tu fais traîner les choses Zoé, tu lui donnes peut-être de faux espoirs pour rien, sous-entendit Asarys.

Génial, j'eus l'impression que le repas se déroulait face à mes juges. Un certain malaise s'installa à table, je me renfrognai :

— Pour le moment Will ne me demande rien. La situation n'a pas l'air de le déranger et je ne lui ai rien promis. Si aujourd'hui il me proposait de réessayer avec lui, je lui répondrais avec un non catégorique.

Ma voix avait pris un ton offensif sans le vouloir. Mes trois compères se jetèrent rapidement des petits coups d'œil ésotériques.

— C'est à cause de Faïz ? osa demander Asarys sur ses gardes.

— Je... je ne sais pas ! Avec Faïz l'alchimie avait été immédiate et je ne retrouve pas cette attirance avec William, j'ai besoin de temps. On peut changer de sujet ?

À ce moment, la serveuse ramassa nos assiettes pratiquement vides, puis revint la seconde d'après avec nos cafés. On peut dire qu'ici le service était rapide donc appréciable lorsqu'on disposait de peu de temps.

— J'ai rompu avec Lucas, nous annonça alors Lexy.

— J'en étais sûre ! s'écria Asarys en la pointant du

doigt.

David, apparemment au courant, afficha un petit sourire en coin tandis que moi, je fus sous le choc. Asarys regarda David :

— Tu étais au courant ? Pourquoi lui avant moi ? pestiféra-t-elle.

— David est venu me rejoindre sur mon lieu de travail vendredi soir, se justifia Lexy, il m'a trouvé effondrée, que veux-tu que je te dise de plus ?

— Laisse tomber, Lexy, s'interposa David, cette fille-là est juste jalouse du lien fusionnel qui nous uni.

Il aimait mettre de l'huile sur le feu dès qu'il le pouvait. Je repris la conversation :

— Sérieusement, tu vas bien ? Tu étais plutôt attachée à lui, pourquoi ne nous as-tu pas appelées ? Je serais venue aussitôt.

— Je n'avais pas envie d'en parler, prononcer son nom est difficile, mais je sais que c'était la meilleure décision à prendre. Nous n'étions pas sur la même longueur d'onde.

— Je suis désolée pour vous deux, dis-je sincèrement.

Je pris sa main dans la mienne.

Nous nous séparâmes sur le trottoir, devant le Teagan. Lexy et David partirent ensemble de leur côté tandis qu'Asarys m'accompagna devant l'entrée de So Home News.

— Ça a l'air chic, remarqua cette dernière en jetant un coup d'œil dans l'entrée.

Je remarquai à sa façon de gigoter qu'elle essayait de me dire quelque chose.

— Qu'est-ce qui ne va pas Asarys ?

— Tu vas trouver ça idiot, mais j'ai l'impression que

tu nous caches quelque chose. Depuis un moment, tu sembles plus soucieuse, Will aussi. Vous paraissez si secrets. J'ai tort ?

Asarys me prit de court. C'était vrai que William ne pouvait s'empêcher d'être sur la réserve avec mes amis et c'était difficile de ne pas le remarquer.

— Je sais que Will donne l'impression d'être très introverti, avouai-je.

— OK, donc je ne suis pas folle.

— Non, il est comme ça. Il faut juste apprendre à le connaître et en ce qui me concerne, mon stage ne se passe pas comme je l'aurais espéré d'où mes préoccupations et mes absences lorsqu'on est ensemble, mentis-je.

Elle parut soulagée par mes paroles, cependant, je ne pouvais pas lui expliquer que William était un Sylphe, Faïz un Léviathan et que le monde était menacé par une force démoniaque… ah oui et que moi, je détenais les pouvoirs d'une pierre précieuse afin de lutter contre le mal.

— Bon je me sauve, j'ai une tonne de boulot qui m'attend à la bibliothèque, soupira-t-elle.

— Bon courage, on s'appelle.

Asarys allait s'en aller quand elle se retourna de nouveau vers moi :

— Tu me raconteras comment Faïz a réagi à l'annonce de l'article que tu vas écrire sur sa boîte ?

— Oh, c'est déjà tout vu, il va être ravi ! dis-je en levant les mains et en faisant les gros yeux.

Mon amie s'éloigna. Asarys faisait son stage dans une grande bibliothèque de Los Angeles. Elle gérait elle-même ses horaires de travail et avait des tâches à responsabilité sans être le larbin du groupe, contrairement à moi. La seule chose qui la dérangeait était le manque de réseau dans tout le bâtiment, comme à la bibliothèque de notre université. Heureusement, elle pouvait toujours se connecter en Wi-Fi pour communiquer un minima.

Quand je mis le pied dans la salle des bureaux open space, je sentis tous les regards se braquer sur moi. Les chuchotements sur mon passage n'étaient guère discrets et une certaine animosité flottait dans l'air. *Merde, j'ai fait quoi encore ?*

Je m'installai à mon bureau, épiée par mes collègues depuis mon retour de ma pause déjeuner, ce qui me déstabilisait complètement. Le contact entre les uns et les autres devait nous garantir une meilleure organisation dans notre travail et donc une communication au top. *Tu parles !* En face de moi, Dillan, un jeune homme d'origine mexicaine à l'allure assez ronde et au visage enfantin, m'envoya un petit sourire, visiblement mal à l'aise de la situation provoquée par ses confrères. Celui-ci tourna aussitôt sa tête sur son poste afin de continuer son travail comme si sa carrière en dépendait.

— Tiens, tiens, la petite stagiaire arriviste nous fait enfin part de sa présence, siffla une voix derrière moi.

Agustin était planté là, les mains dans les poches, tiré à quatre épingles. Sûrement que son comportement détestable déstabilisait ses collègues, seulement, moi, j'étais difficilement impressionnable par des personnes n'ayant aucune autorité sur moi. J'en conviens que la Bonny me foutait la trouille, ce qui semblait normal vu que c'était ma patronne et que je devais lui rendre des comptes. Je n'étais que stagiaire, je me devais donc d'agir comme tel et accepter les remarques quelque peu irritantes de certains. Après tout, il ne me restait plus qu'un mois à travailler ici.

— Je peux t'aider à quelque chose Agustin ? *Peut-être aimerais-tu savoir comment arrêter d'être un véritable connard avec les autres ?* pensai-je au fond de moi.

— Bah voyons ! Voilà la petite stagiaire qui me propose son aide ! éclata ce dernier d'une voix furibonde.

Tout le monde nous fixait dans la pièce, je compris que personne ne viendrait s'interposer pour faire taire cet individu prétentieux. Je me calai au fond de mon siège et croisai les bras tout en le fixant droit dans les yeux.

— Je pense que ta mauvaise humeur est due au fait que madame Bonny ait confié le projet Trac-Word à une petite main, répliquai-je sans arriver à filtrer le ton de mes propos.

— Tu n'as encore rien prouvé ici Reyes, me menaça-t-il. Tu connais peut-être du beau monde, mais tu es comme ces chaussures Louboutin et ce sac à main hors de prix, que de l'artifice aux yeux. Je te souhaite bon courage.

Ça me démangeait de lui répondre, mais je choisis de l'ignorer en me retournant vers mon bureau pour vaquer à mes occupations. Maintenant, j'étais sûre d'une chose : Agustin attendait que je me plante littéralement sur ce projet. Je compris que ma carrière dans le milieu du journalisme dépendrait de mon travail rendu à Bonny dans une quinzaine de jours.

Je quittai So Home News un peu en retard ce soir-là, et pour cause, mes collègues m'avaient donné les corvées les plus ingrates. Je ne comptai plus le nombre de fois où l'on m'avait appelée cet après-midi pour refaire du café. Je soupçonnai Agustin d'avoir orchestré ces petits traitements de faveur à mon encontre ces dernières heures. William avait insisté pour me ramener à Elora et m'attendait au volant de sa berline. Il avait attaché ses cheveux en arrière comme j'aimais. Sa barbe de quelques jours lui donna une allure des plus séduisantes. En me voyant prendre place à côté de lui, il comprit immédiatement à l'expression de mon visage que ma journée avait été éprouvante.

— Hé, encore une mauvaise journée aujourd'hui ? me demanda-t-il d'une voix douce.

— Il y a eu du bon et du moins bon on va dire, murmurai-je.

— Ça va aller, il ne te reste plus que quelques semaines, après tu n'entendras plus parler de Miss Bugs Bonny.

Je ne pus m'empêcher de sourire, William arrivait toujours à trouver les mots pour me réconforter.

— C'est madame Bo-nn-y, articulai-je, amusée.

Il conduisit lentement, voulant passer le plus de temps possible avec moi. Je décidai alors d'amorcer doucement le sujet sur mon futur article.

— Il ne me reste plus très longtemps, mais j'aimerais garder une place chez So Home News pour peut-être plus tard.

— Et tu comptes t'y prendre comment Zoé ? C'est vrai, pour l'instant, ils ne te laissent toucher à rien sauf à la photocopieuse.

Piquée au vif, j'hésitai à lui révéler la nouvelle du jour sans y mettre les formes avant de me rétracter. Comment allait-il le prendre ? Pourquoi avais-je le sentiment de le trahir ? Je me revis dans le jardin où il m'avait emmenée, ce soir de Noël. J'avais presque été conquise à ce moment, devant la magie des éléments. N'importe quelle femme normale serait tombée amoureuse de lui après tout ça. Je me sentis minable.

— Dis-moi ce qui ne va pas ? Je vois bien qu'il y a autre chose qui te tracasse.

La moue inquiète de William m'obligea à lui dire la vérité, je ne parvins pas à faire semblant plus longtemps : il lisait en moi comme dans un livre ouvert.

— Écoute, on m'a donné un article à rédiger pour le numéro de février. Ça concerne Faïz et son futur poste de PDG chez Trac-World.

Il leva une main pour m'interrompre, l'air renfrogné :

— OK, mais en quoi ça me dérangerait ? Sur internet tu peux y trouver toutes les informations que tu veux.

— Pas seulement, je vais devoir passer un peu plus de temps avec lui, c'est un travail que je dois faire sur le terrain.

William me félicita en essayant de dissimuler tant bien que mal sa déception face à cette nouvelle. La mine sur son visage le trahit, la frustration qu'il éprouvait me déchira le cœur.

— C'est juste pour le boulot, insistai-je, peut-être pour me convaincre moi-même.

— J'aurais aimé te dire que je suis heureux pour toi et c'est le cas, mais le destin vous ramène toujours l'un à l'autre. J'imagine que tu avais le choix d'accepter ou non ce projet ?

— Où veux-tu en venir, Will ?

Nous étions déjà arrivés à Elora, dans la cour de la villa. Bon sang, le trajet était passé à toute vitesse ! Désormais, un silence lourd régnait à l'intérieur de la voiture, William finit par me parler :

— Je veux dire que ça t'arrange que ça soit comme ça

Zoé, ne me dis pas que l'idée vient de ta chef. Tu as juste sauté sur l'occasion dès que tu as entendu le prénom de Faïz.

À présent, il me foudroyait du regard. Je restai complètement interloquée par sa réaction.

— Oui le sujet pouvait revenir à ce petit con d'Agustin si je n'avais pas saisi cette opportunité. C'était pour moi le seul moyen de faire enfin mes preuves dans cette boîte ! protestai-je en élevant la voix.

William marqua une pause puis regarda au-dessus de mon épaule, il salua quelqu'un un peu plus loin. En me retournant, j'aperçus Victoria qui s'avançait vers nous.

— Je dois prendre un peu de distance avec notre relation Zoé, soupira-t-il, tu sais où me trouver si tu as besoin de moi ou… si tu veux de moi.

Au moment où j'allais lui répondre, Victoria ouvrit ma portière.

— Bonjour vous deux, nous adressa-t-elle gaiement.

—Salut Vic, lui lança William le plus naturellement possible.

— Oh, je vous dérange ? s'excusa cette dernière en voyant ma mine décontenancée.

Elle me scruta, inquiète, et attendit ma réponse.

— Non du tout, répondis-je avec un sourire forcé, on avait fini.

Je descendis de la voiture puis me retournai vers William, toujours troublée par ses dernières paroles.

— Nous reparlerons de tout ça plus tard, déclarai-je à voix basse, je te souhaite une bonne soirée.

— À bientôt Zoé, prends soin de toi, conclut-il d'une voix dure.

Je savais qu'il était blessé, j'avais si mal au plus profond de moi. Dans cette relation platonique, il venait de rompre une bonne fois pour toutes. Mon cerveau mit quelques secondes avant de fonctionner normalement, juste à temps pour entendre la voiture s'éloigner, à temps pour répondre à la question de Victoria semblable à un lointain écho.

— Oui ça va, j'ai juste besoin de me poser un peu.

Avant de rentrer à l'intérieur de la villa, celle-ci me prit affectueusement par le bras.

— Si tu as besoin de parler, je suis là, tu le sais.

— Merci, mais ne t'inquiète pas Vic, la rassurai-je.

Je lui adressai un petit sourire sincère.

— Tout le monde est là ? lui demandai-je avant de pénétrer dans le séjour.

Elle soupira en secouant la tête

— Oui tout le monde est là et je sens qu'il se prépare quelque chose pour mon anniversaire.

Mince, c'est déjà la semaine prochaine. Cet événement important m'était complètement sorti de la tête.

— Le temps passe tellement vite. Il faut le fêter, je suis sûre que ça sera super, lui assurai-je confiante.

— Je déteste les surprises, ronchonna-t-elle.

À peine rentrée dans la grande pièce, j'aperçus aussitôt Faïz de dos. Celui-ci était assis dehors, sur le canapé de la terrasse. Il tourna légèrement sa tête sur le côté en entendant nos pas, mais ne se retourna pas. Soudain, il se leva de sa place puis disparut de ma vue. Charles se trouvait dans le salon, assis dans un fauteuil, apparemment absorbé par la lecture de ses dossiers. Contrairement à son fils, il leva les yeux vers nous en nous souriant, visiblement heureux de nous voir.

— Zoé ! s'écria-t-il.

— J'ai l'impression que mes parents t'aiment plus que moi, me chuchota Victoria à côté de moi.

Elle m'adressa une petite tape dans le dos, simulant une fausse crise de jalousie. Charles arriva à ma hauteur et m'adressa une bise, puis il prit tendrement sa fille dans ses bras.

— Venez donc boire quelque chose, nous proposa-t-il.

Il appela madame Arlette afin qu'elle nous prépare un peu de citronnade. Lily, en maillot de bain et paréo apparu depuis la terrasse.

— Bonjour les filles, la journée s'est bien passée ? Il y a encore un peu de soleil, venez donc vous baigner.

Je regardai dehors, Lily avait raison, le soleil dans le ciel descendait pour bientôt partir se coucher. Au fil des semaines, le Dôme, qui devenait de plus en plus opaque, agissait sur la clarté de la lumière qui diminuait. Il n'y avait pas beaucoup de différence entre le moment où j'étais arrivée jusqu'à aujourd'hui, mais on ne pouvait nier que l'éclairage du jour avait changé.

— Maman, j'ai une tonne de travail à faire, je monte me changer et je me mets au boulot.

Lily observa sa fille disparaître de la pièce, puis se rapprocha de moi en vitesse.

— Zoé, tu es au courant que la semaine prochaine c'est l'anniversaire de Vic ? murmura-t-elle.

— Oui, c'est mercredi.

Je dirigeai ma tête vers l'entrée du séjour afin de m'assurer que Victoria ne nous épiait pas en catimini.

— On lui a donc organisé une surprise, m'informa Lily tout agitée.

Cette dernière sembla si heureuse de son initiative.

— Vic… euh… les surprises ? Vous êtes bien sûre ?

— Non, non, elle déteste ça, affirma Lily fière d'elle.

Je me raclai la gorge et pris soin de choisir mes mots :

— Donc peut-être pourrions-nous juste faire les choses le plus simplement possible ?

—Non ! nous le fêterons en grande pompe. Si on écoutait Victoria, on vivrait comme de véritables ermites.

Elle balaya sa remarque d'un signe de main puis ajouta :

— Nous avons loué un gîte à Sonoma, je me débrouillerai pour que Victoria passe la journée avec mes parents.

— À Calabasas ?

— C'est ça. Nous inviterons les cousins, cousines et quelques membres de la famille. J'ai pensé à convier aussi tes amis, Asarys, Lexy et David. Je sais que ça ferait plaisir à Vic. Vous êtes toujours ensemble tous les cinq.

— Je les appellerai tout à l'heure pour leur en parler. Vous souhaitez tout organiser pour le mercredi soir ?

— Non le samedi, avec les cours et le travail ce ne serait pas raisonnable. Merci Zoé.

Elle me prit dans les bras puis alla dans la cuisine pour nous servir la citronnade.

— Faïz est toujours sur la terrasse ? demandai-je à Lily tout en me dirigeant vers les grandes fenêtres.

— Tu le trouveras un peu plus loin, dans le jardin. Tiens, prends ton verre, me tendit Lily avant de partir servir son mari.

Une petite brise me surprit au moment où je mis mes pieds dehors. Ils étaient tout endoloris à cause des escarpins que j'avais portés toute la journée. Le sol frais me fit un bien fou. Sur le côté de la terrasse, un véritable petit paradis avait été aménagé par Lily elle-même. Pas étonnant lorsqu'on sait que les fleurs et la nature étaient l'une de ses passions, elle avait donc décidé de faire de cet endroit un petit havre de paix. Dans cet espace de vie, l'atmosphère sereine et lumineuse contrastait parfaitement entre nature et design. La pelouse, d'un vert foncé, ne semblait pas souffrir des journées ensoleillées tandis que les arbres au feuillage fourni faisaient de l'ombre sur ce jardin au large espace. Pas une seule feuille ne recouvrait le sol. Une explosion de couleurs se mélangeait entre toutes ces fleurs et ces plantes vertes qui nous entouraient.

Faïz était installé sur un fauteuil, dans un petit coin cosy disposant d'une cheminée extérieure des plus innovantes. Téléphone à l'oreille, il m'invita d'un signe de tête à venir m'asseoir en face de lui, je m'exécutai aussitôt. En attendant la fin de sa conversation avec son interlocuteur au sujet de jours et d'heures pour une prochaine venue à New York, je réfléchis à comment j'allais pouvoir commencer notre discussion pour au final lui soumettre ma requête sans qu'il ne se mette hors de lui. Il finit par raccrocher et je commis l'erreur de croiser son regard, ce qui me fit perdre mes moyens.

— Bonsoir Zoé, tu voulais me voir ? Je t'écoute, débuta Faïz calmement.

J'évaluai la situation en essayant de ne pas me laisser submerger par l'émotion que j'éprouvai devant l'intensité de son regard. Ça faisait un bon moment que l'on ne s'était pas retrouvés ainsi, tous les deux, complètement seuls. J'aurais pu le contempler des heures, postée ainsi au milieu de ce jardin d'Eden.

— C'est à propos de mon boulot, balbutiai-je en

essayant de ne pas me dégonfler.

Il fronça les sourcils puis me demanda :

— Rien de grave, tout se passe bien ?

Je changeai de position, mal à l'aise dans mon fauteuil, cherchant mes mots.

— Impeccable, c'est juste que j'ai une faveur à te demander, me lançai-je.

— J'espère pouvoir t'aider, de quoi il en résulte exactement ?

Son charisme si intimidant m'empêcha de me sentir sûre de moi. Je m'agaçai moi-même de cette situation troublante.

— Je dois réaliser le prochain article qui concernera Trac-Word et son futur PDG… donc à l'évidence, TOI. Si tu me donnes ça, la rédactrice en chef, madame Bonny me fera enfin confiance pour m'intégrer dans l'équipe de So Home News et peut-être qui sait ? Mon article sera gravé dans l'histoire de la presse.

Ma voix avait baissé d'intensité sur la fin de mon discours. Je repris mon souffle comme si j'avais couru un marathon. Ses poings se resserrèrent, il changea subitement d'humeur et ses yeux devinrent d'un noir d'encre. *Et merde, j'ai déclenché la tempête Faïz.* Il ferma ses yeux comme pour se contenir.

— Dis-moi que c'est une blague ! protesta-t-il à mi-voix tout en se pinçant l'arête du nez.

— Quoi ? Que je serais à jamais gravée dans l'histoire ? Oui ça c'est une bla…

— Putain, mais en plus tu te fous de moi ! aboya-t-il, exalté.

Il était désormais furieux. Heureusement pour moi, j'étais habituée à ses sauts d'humeur. *Comment Rachelle arrive-t-elle à le supporter ?* me demandai-je à cet instant.

— Écoute, répliquai-je calmement, c'est juste un article, OK ? On redescend d'un ton. Je réalise cet article sur ta succession prochaine avec deux, trois photos au sein de Trac-Word et...

— Pardon ? J'ai... j'ai cru mal comprendre là.

Il tourna sa tête pour me tendre l'oreille.

— Je dois aller à New York pour mon article, avec toi, répétai-je.

— Hors de question, réfuta-t-il aussitôt, tu es dans un délire, c'est une plaisanterie ? Personne n'a encore jamais infiltré les locaux de cette multinationale, mais vous, mademoiselle Reyes, vous pensez pouvoir le faire !

Ce dernier ne voulut rien lâcher. J'avais passé ma matinée à me faire toiser par Bonny, mon après-midi sous pression avec les intimidations d'Agustin et pour couronner le tout, j'avais réussi à me faire larguer dans une relation même pas établie. Là c'en était trop. Pendant combien de temps allais-je me faire marcher dessus ? Je me relevai de mon fauteuil, rouge de colère en pointant mon doigt menaçant en direction de Faïz.

— Non ce n'est pas une blague. Je veux et je te dis bien JE VEUX l'exclusivité de cet article. Je ne te laisse pas le choix. Tu peux garder ton air hautain et autoritaire, sache que je m'en contre fou royalement, par contre je ne me fous pas de mon avenir alors débrouille-toi comme tu veux, mais je ne te laisse pas le choix !

Faïz releva brutalement sa tête. L'expression de stupeur sur son visage avait remplacé celle de la colère. Il parut sous le choc de mes propos virulents, n'arrivant pas à sortir un mot de sa bouche. Je tournai mes talons et partis me retrancher à l'intérieur de la villa.

Dans le séjour, Charles fit mine d'être plongé dans son travail comme si de rien n'était tandis que Lily triait les carafes placées dans la grande armoire du salon. Le rictus au coin des lèvres de celle-ci ne laissait guère de doute au fait que ma conversation avec Faïz avait été entendue jusqu'ici. Morte de honte, je préférai m'éclipser à l'étage.

— Zoé, me retint Lily, on mange d'ici une demi-heure, tu pourras le dire à Victoria ?

Elle me gratifia d'un grand sourire insistant qui semblait me remercier pour plus que ça.

— Bien sûr, je lui transmettrai le message.

Victoria m'invita à entrer dans sa chambre après que j'eus frappé à sa porte. Celle-ci était un peu plus petite que la mienne et n'avait pas vue sur la mer. J'adorais la façon dont elle l'avait décorée, en déclinant différentes couleurs sur les cloisons. Le parfum de ses bougies rehaussait encore plus l'ambiance chaleureuse de la pièce. Ses grandes fenêtres étaient habillées de rideaux épais de couleur claire et à côté de celles-ci se trouvait une belle bibliothèque remplie par de nombreux ouvrages. Un peu partout sur les murs y étaient accrochés de grands cadres affichant des paysages des quatre coins du monde, tous plus magnifiques les uns que les autres. En les admirant, une paix intérieure s'installa instantanément en moi, m'obligeant à méditer dessus, une véritable évasion de l'esprit. Je m'assis sur le lit rond, auprès de Victoria, histoire de faire redescendre la pression accumulée depuis le début de la journée. La fille Mattew avait ce côté tellement serein et m'épargnait les questions embarrassantes que les autres n'hésitaient pas à me poser.

— Il est bientôt l'heure de venir à table, lui indiquai-je tout en attrapant un de ses nombreux coussins pour me le mettre sous la tête.

— Hum, je finis juste de faire mes fiches de révisions pour le lycée demain.

— Je pourrais rester des heures ici, à me perdre dans ces tableaux qui révèlent la beauté incroyable de notre Terre, murmurai-je l'esprit déjà ailleurs.

— C'est l'héritage de mon grand-père, Harry. Pour lui c'était important que j'aie toujours une porte ouverte sur le monde, il disait que ça sauvait l'âme. Il avait raison.

— C'est lui-même qui a pris soin de capturer tous ces clichés de paysage ?

— Oui, sauf celui-ci.

Elle m'indiqua du doigt un ancien temple à l'architecture somptueuse, apparemment bien connu des historiens. Le Jal Mahal à Jaipur.

— Je rêve d'y aller, me confia-t-elle d'un air lointain, c'est fou ce que l'être humain est capable de construire à la force de ses mains. Nous avons créé les trésors de ce monde.

— Je suis tout à fait d'accord.

Je lui montrai un autre tableau qui attira mon regard puis ajoutai :

— Moi je plongerais bien explorer cette cité engloutie. Regarde ces magnifiques ruines, elles semblent renfermer de si grands secrets.

Une question me brûla les lèvres, je savais que je pouvais tout demander à Victoria :

— Tu n'as jamais ressenti de rancune sur le fait que

261

ton grand-père t'ait légué des tableaux tandis que Faïz a hérité d'une multinationale ?

Elle eut un petit mouvement de recul, mais ne parut pas choquée de ma question.

— Non pas une seule seconde. Pourquoi devrais-je ressentir de la rancune ou de la jalousie ? C'est mon frère, je ne suis pas une femme d'affaires, moi je suis une grande rêveuse qui a soif de paix. Mon grand-père l'avait bien compris, d'où cet héritage conforme à nos propres personnalités.

— Je suis désolée pour cette question déplacée. Parfois, même souvent, je devrais réfléchir avant de parler.

— Non Zoé, à l'inverse j'aurais fait de même.

Son téléphone posé entre nous deux vibra à ce moment-là, je vis apparaître le prénom de Jonathan sur l'écran.

— Je te laisse, chuchotai-je en me levant pour la laisser seule.

Elle prit le téléphone, mais attendit que je sorte de la pièce pour décrocher. Victoria amoureuse et en couple, j'avais du mal à me faire à cette idée, mais je ne pouvais m'empêcher d'être heureuse pour elle. Debout dans ce couloir, je me décidai à redescendre afin de ne pas faire attendre les Mattew.

Nous étions tous les cinq réunis autour de la table, cela faisait un bon moment que ce n'était pas arrivé. Faïz évitait tout contact visuel ou oral avec moi. Charles récita la prière puis les Mattew échangèrent sur leur journée tout au long du repas. À la fin de celui-ci, Charles interpella son fils avant qu'il sorte de table, sentant que c'était le bon moment de parler d'un sujet épineux avec lui.

— Où en est cette histoire sur les récentes évasions à Pélican Bay ?

Faïz soupira, visiblement agacé de devoir répondre à cette question.

— Tout est sous contrôle !

— Pas tout à fait, seulement huit des neuf prisonniers ont été retrouvés et remis de nouveau sous les verrous.

— Seulement ? releva Faïz à l'encontre de son père.

La tension entre les deux hommes devint palpable. Lily et Victoria préférèrent ne pas s'interposer afin qu'ils clôturent ce chapitre une bonne fois pour toutes.

— Il en manque un Faïz ! Je te donne raison que ce n'est pas le plus dangereux des neuf, loin de là. Jarrod Graham est juste un petit braqueur de vingt ans, balafré, de seconde zone, mais j'aurais pensé que tu étais plus malin que lui.

— Il y a plus urgent pour moi que de courir après ce « braqueur de seconde zone » comme tu dis. Avec tous les autres Léviathans, nous retournons actuellement toute l'Amérique, à la recherche de ce foutu tombeau ! s'écria Faïz tout en se relevant de sa chaise et jetant sa serviette sur la table.

— J'en suis conscient mon fils, je sais que tu te donnes corps et âme pour retrouver le corps du Maestro, mais n'oublie pas qu'il accomplit son œuvre en créant le chaos sur terre. L'évasion de cette prison n'est pas une coïncidence, c'est forcément qu'il a un plan. Ne laisse pas UN homme décider de l'avenir de l'humanité, si Graham est sa marionnette alors il faut le retrouver.

— Je m'en chargerai moi-même dans la semaine si Barthey n'a toujours pas réussi à mettre la main sur lui. Ça te va ?

— Parfait. Pour ce qui est du tombeau du Maestro, peut-être devrions-nous explorer d'autres pistes que celles de notre continent, suggéra calmement Charles toujours assis.

— Pourtant, tout donne à croire qu'il ne se trouve pas loin de L.A.

— Dans les archives trouvées à la Septième Terre, il y fait référence de son rite que le Maestro a reçu lors de ses obsèques. C'était bien en Californie.

— Et il ne parle pas de la mise en terre ? intervint Lily.

Faïz esquiva un petit regard en ma direction. Quelque chose me disait que je n'allais pas aimer la suite.

— Si, dans le Callis mais… on ne peut pas lire cette partie.

— Comment ça ? s'enquit Charles.

— Cette partie nous est invisible à tous, sauf à Zoé.

Tous les regards se tournèrent vers moi. Je me souvins alors du livre que j'avais touché du bout des doigts, dans le sous-sol de ce manoir. En effet, il s'était animé dès que je l'avais effleuré.

— Il faudra donc repartir chez Julio et William, affirma Lily. Zoé, tu devras toucher les passages afin de les rendre visibles à Faïz. Il doit sûrement y avoir la réponse dans le Callis.

— Je viendrai avec vous, décréta Victoria.

— Non, protesta Lily.

— Ta mère à raison, renchérit Charles, on préfère surexposer le moins de membres de cette famille à tout ça. Vis ta jeunesse ma fille, fais-le pour nous.

— Très bien, se résigna Victoria, déçue.

— Ce voyageur de la mort va tous nous rendre fous. Quoi qu'il puisse préparer, il faut l'en empêcher, grogna

Charles.

J'appréciai ce moment, où je me retrouvai enfin seule dans ma chambre. Je sortis le téléphone de mon sac à main afin de le consulter pour la première fois de la soirée. Un message était arrivé durant le repas. Il venait d'Asarys.

« Ça va ? Comment a réagi William ? »

Je déboutonnai ma robe et la déposai sur mon lit, puis je me dirigeai vers la salle de bain, portable en main. Je fis couler l'eau de la douche et décidai de répondre à mon message avant d'y rentrer.

« La nouvelle à propos de mon article est mal passée, je crois que c'est vraiment fini, je t'appelle demain. »

Cette douche me fit un bien fou, je fermai les yeux pour plonger ma tête sous cette cascade. *C'est le meilleur moment de cette journée super pourrie.* Lorsque j'en sortis, mon visage aux cernes creusés se refléta dans le miroir, mes yeux verts furent le seul petit éclat sur mon teint grisâtre.

— Zoé ?

Merde. Mon pouls s'accéléra en entendant la voix de Faïz qui m'appelait depuis ma chambre.

— J'arrive, bégayai-je en cherchant de quoi me couvrir.

Je me précipitai sur ma serviette de bain avant de la reposer illico, optant finalement sur le peignoir blanc, accroché derrière la porte, beaucoup moins aguicheur à mon goût. Je sortis de la pièce et trouvai Faïz debout, se tenant bien droit, près de la porte d'entrée. Il parut à l'aise et me dévisagea de haut en bas dès que j'apparus. Je l'interrogeai du regard.

— J'espère que ce que tu as entendu au dîner ne t'a pas trop perturbée ? me demanda-t-il.

Sa voix presque inaudible se voulut discrète afin de ne pas attirer l'attention de sa sœur à travers les murs.

— Non, pas des moindres. J'aime que les choses soient claires et ça l'était.

Ma voix trahissait encore la colère que je ressentais envers lui lors de notre dernière conversation près de la terrasse tout à l'heure.

Il se rapprocha alors d'un pas et mon cœur s'emballa. Un sourire mystérieux fendit son visage si parfait.

— Écoute Zoé, débuta-t-il, j'ai une réunion jeudi prochain à New York, au siège de Trac-Word. Il te faudra prévoir des habits chauds. Nous reviendrons dans la journée de samedi pour l'anniversaire de Vic.

La puissance de ma joie fut si forte que je me précipitai dans ses bras sans réfléchir. Mon geste le prit de court, mais Faïz me laissa faire. Je me heurtai à un corps plus robuste que je ne le pensais, me faisant presque mal. Le souffle coupé, je retrouvai vite mes esprits, reculant de quelques pas avant de le laisser partir à contrecœur. Ma journée archi- pourrie devint d'un coup, une très belle journée.

FAÏZ

Il gara sa voiture sur sa place de parking, dans le sous-sol de l'immeuble. Avant de descendre, Faïz composa le numéro de Barthey sur son téléphone, il espérait que celui-ci décrocherait malgré l'heure tardive de la soirée.

— Karl j'écoute, une voix grave répondit dès la première sonnerie.

— Où en sont les négociations avec le gouvernement ? dit Faïz, rentrant aussitôt dans le sujet sans s'embarrasser de politesse.

— Faïz, soupira l'inspecteur au bout du fil, pour l'instant c'est compliqué. Ils parlent de quelques mois, voire un an tout au plus.

— Quelle connerie ! Ils ne se rendent pas compte qu'ils rentrent dans le jeu diabolique du Maestro ! s'écria-t-il.

— Malheureusement, les accidents se multiplient. Prenons l'exemple du dernier fait en date que sont les émeutes qui ont éclatées en milieu carcéral. Le Maestro commence à prendre de plus en plus le contrôle auprès des âmes les plus faibles dans ce pays. As-tu du nouveau avec les autres Léviathans ?

— Ils ont déjà ratissé une bonne partie des cimetières et d'autres lieux des États-Unis, mais rien. Ils sont pas mal occupés à essayer de contenir l'ordre dans L.A. Essayez d'obtenir le maximum de temps auprès du gouvernement afin qu'ils ne ferment pas le Dôme, je compte sur vous.

Faïz raccrocha immédiatement et laissa retomber sa tête en arrière. *Tout part en vrille*, pensa-t-il, désenchanté devant la situation actuelle.

Quand il ouvrit la porte du Loft, Rachelle admirait la vue de Los Angeles à travers la grande baie vitrée qui traversait le séjour. Elle était toujours là, présente à ses côtés, dans les bons comme dans les mauvais moments. Elle était sa paix, sa seule évasion dans sa perpétuelle confrontation avec la mort.

— Ça va bébé ? lui demanda-t-elle d'une voie douce et réconfortante.

— C'est juste un jour de plus, murmura-t-il en partant l'enlacer dans ses bras.

Faïz l'embrassa sur le front en lui caressant ses longs cheveux lisses.

— Rachelle, je dois te parler de quelque chose, la prévint-il sur la réserve.

Elle se recula alors pour mieux l'observer. Le bleu acier de ses yeux refléta une certaine inquiétude. Cette dernière pressentait depuis quelques mois que Faïz pourrait un jour la quitter, sans savoir pour qui ou pour quoi. Elle avait toujours su qu'un mal rongeait ce jeune homme qu'elle aimait éperdument, mais impossible de savoir de quoi il s'agissait. Faïz, sans se rendre compte, la retenait d'une main pour éviter qu'elle prenne la fuite.

— Rien de grave, je te rassure. Je dois me rendre à New York jeudi pour une réunion importante. Je serai de retour samedi.

Le visage de Rachelle se détendit, le soulagement avait remplacé le doute durant un court instant avant que Faïz n'ajoute, tête baissée :

— J'emmène Zoé avec moi.

La jeune femme dégagea aussitôt sa main de la sienne. Les traits de son visage se déformèrent sous la colère en entendant ce prénom qu'elle détestait plus que tout.

— C'est hors de question ! trancha-t-elle irritée.

— Écoute, c'est juste pour le boulot, pour son stage. C'est important pour elle.

Celle-ci croisa ses bras en fixant Faïz d'un regard empreint de colère.

— Et ce qui est important pour moi, ça compte ? s'étrangla Rachelle.

— Bien sûr, commença à s'impatienter Faïz.

Il s'avança vers elle, mais elle le stoppa de ses deux mains, visiblement décidée à ne pas en rester là.

— Tu dois choisir maintenant ! C'est elle ou moi. Si tu pars à New York, c'est fini entre nous. Voyons Faïz, un autre membre de la famille peut bien s'en charger. Je ne sais pas, William par exemple. D'après ce que j'ai entendu, ils s'entendent plus que bien.

— Hors de question ! s'insurgea Faïz dans un élan d'impulsivité qu'il regretta aussitôt.

Rachelle porta ses mains sur sa bouche pour étouffer un cri.

— Alors j'avais raison, murmura-t-elle, c'est elle, c'est elle depuis le début.

Faïz leva les yeux au ciel pour fixer le plafond puis ferma les yeux, avouant à voix basse ce qu'il redoutait le plus :

— Oui, c'est elle depuis le début.

9

La canicule de ces cinq derniers jours était insupportable. Malgré la climatisation dans la maison, la chaleur s'était incrustée dans les murs, rendant impossible le rafraîchissement complet des pièces. Il était seulement quatre heures du matin et mon front suintait au moindre effort que j'exécutais. Je remplissais mon sac avec peine, ne sachant pas vraiment quoi y mettre. À New York, en janvier, je devais m'attendre à une température beaucoup plus polaire que caniculaire. Cependant, un peu de frais ne me ferait pas de mal, étant donné que si on m'avait mise dans un four à ce moment précis, je n'y aurais vu aucune différence. On ne pouvait pratiquement pas mettre les pieds dans les rues de Los Angeles, tellement l'air était lourd et étouffant.

Je partis dans la salle de bain pour y prendre mes dernières affaires de toilette puis je coiffai mes cheveux avec deux grosses tresses collées, une de chaque côté de ma tête, voulant être quasiment sûre d'être tranquille sur le point capillaire pendant tout mon voyage. C'est alors que j'entendis vibrer mon téléphone qui était posé sur mon lit, je m'y précipitai aussitôt. Faïz. Mon cœur s'emballa.

« Je suis devant la villa. »

« J'arrive »

Je jetai mes affaires de toilette dans mon sac et me dépêchai de le refermer. Le couloir était plongé dans le noir, mon portable éclaira mon chemin jusqu'à ce que je sois arrivée en bas. J'allumai le séjour pour y jeter un dernier coup d'œil afin de ne rien oublier d'important. Je chaussai ensuite ma paire de Stan Smith et ouvris la porte de la villa. Lorsque Faïz me vit apparaître, il sortit de sa McLaren, habillé d'un polo et d'un pantalon taille basse en toile marron et se précipita pour venir m'aider à porter mon sac dans le coffre bien que celui-ci ne pesait finalement pas très lourd. Nous partions seulement pour trois jours et vue la personnalité du personnage avec lequel je me trouvais, je ne pensais pas courir les soirées fiesta. Je m'installai dans la voiture en nage, la climatisation me réanima immédiatement, l'air frais me redonna l'envie de vivre.

— Tu peux te reposer un peu si tu veux, il y a près de trente minutes de trajet avant que l'on arrive à l'aéroport, m'informa Faïz.

Sa voix était basse et bienveillante à mon égard.

— Ça va aller, je me suis bien reposée, mentis-je.

Ça faisait plus d'une semaine que je ne tenais plus en place, pour deux raisons : la première venait du fait que j'étais surexcitée à l'idée d'écrire mon premier article pour le magazine. La seconde, beaucoup plus risible, était de partager ce moment rien qu'avec lui. Je me rappelai encore le coup de fil très matinal que David m'avait passé à mon travail, presque une semaine auparavant alors qu'il se trouvait dans les couloirs de l'université.

— Zoé, tu ne vas jamais me croire. Surtout, ne va pas te faire mal en sautant partout. Pas d'entorse ni de voix cassée demain. Pas de…

— Bordel, accouche David ! Je suis littéralement en train de me liquéfier sur place et je te signale que je dois garder mon énergie pour essayer de rester en vie, là, maintenant !

— Rachelle et Faïz c'est fini, lâcha-t-il surexcité de but en blanc.

Le combiné du téléphone, placé à quelques centimètres de mon oreille pour éviter qu'il ne me colle à la peau, vint s'écraser sur ma tempe.

— Arrête de te foutre de moi… David, dis-moi tout… quand ? Où ? Comment et à quelle heure ? chuchotai-je soudain intéressée.

— Je te raconterai tout ça à midi, au Teagan, à tout à l'heure.

— Non, non, non ! Ne raccroche pas ! le suppliai-je. Il est à peine neuf heures, je ne pourrais pas attendre.

David me raccrocha au nez sans rien ajouter. Je devinai qu'il devait être très fier de son petit effet. La matinée la plus longue de ma vie venait de débuter.

Un très beau morceau de Norah Jones me ramena vite à l'instant présent. La mélodie douce qui accompagnait sa magnifique voix me transporta littéralement. La nuit encore présente donnait l'illusion d'un calme paisible sur la ville. À cette heure-ci, nous ne croisions que très peu de monde sur la route. Faïz en profita pour rouler un peu trop vite.

— Je ne t'ai pas beaucoup vu ces derniers jours, lui adressai-je hésitante.

— J'ai mes examens qui arrivent bientôt et un millier de choses à régler en dehors de ça.

Je savais bien sûr de quoi il s'agissait.

— Je suis désolée pour toi et Rachelle, lui confiai-je à mi-voix.

— Tu en es sûre ? me fixa alors Faïz droit dans les yeux avec sévérité.

— Oui, cette fois je le suis, répondis-je entièrement sincère.

Il se concentra de nouveau sur la route, sans un mot. À quoi pouvait-il bien penser ? J'aurais voulu lui demander ce qui s'était passé entre eux, mais je jugeai que ce n'était ni l'endroit ni le moment pour en parler. Après un petit moment de silence, il reprit :

— Nous arriverons à New York sur les coups de seize heures, heure locale. Nous nous rendrons directement à Trac-Word afin de te présenter au PDG actuel. Tu pourras ainsi commencer tes investigations dès le lendemain.

— Tu resteras avec moi ?

— Oui, je serai avec toi. Par contre, demain, j'ai énormément de choses à faire. Tu seras entourée par une très bonne équipe, ne t'inquiète pas, j'ai tout prévu.

Je lui adressai un sourire en guise de remerciement. Je devinai qu'il avait dû pas mal se démener afin d'établir un emploi du temps sur mesure pour me recevoir dans les meilleures conditions ainsi que de mobiliser du personnel qui saurait me guider dans les locaux de cette multinationale.

— As-tu hâte de reprendre les rênes du royaume ? lui demandai-je.

— Je suis formaté depuis que je suis tout petit pour un jour remplir ce rôle, c'est juste une formalité de plus pour moi.

— Je comprends trop bien ce que tu veux dire, soupirai-je en regardant la route.

— Comment ça ? Qu'est-ce que tu veux dire ?

— Remplir son rôle. Pour moi c'est pareil. Tout ce que je croyais être vrai ne l'était pas. Il n'y a aucun hasard dans ma vie, je suis là où l'on m'attend depuis dix-huit ans.

Faïz parut désorienté face à mes propos.

— Je... je ne savais pas Zoé que c'est comme ça que tu le ressentais. Tu as quand même ton libre arbitre.

L'anxiété palpable dans sa voix le rendait presque fragile. Il me scruta tout en gardant un œil sur la route.

— Il n'y a pas de libre arbitre à ce niveau-là, continuai-je morose, ma mère me répétait souvent que j'étais son miracle. Ce mot si anodin pour moi à l'époque, prend aujourd'hui tout son sens. Toi et moi, nous ne sommes pas du même monde. Je suis créée à l'image d'un être céleste. Moi, qui ai perdu le peu de foi que j'avais, il y a déjà plusieurs années. N'est-ce pas le comble de la situation ?

— Tout ceci est réel Zoé. Ce n'est pas une question de foi, d'ethnie ou de religion. C'est plus que ça. Tu es le talisman lui-même, un diamant de candeur. Ton âme renferme toute la bonté du monde existante ici-bas, sur notre Terre. Tu représentes la vie, bénie des mortels, mais aussi des Dieux. Tu as ce pouvoir de détruire le mal et de sauver l'humanité.

— Et si la beauté de ce monde ne suffit pas ?

— Il te faut y croire, toujours. Même s'il y a beaucoup de choses moches autour de nous. Je sais que le Maestro veut t'atteindre afin de détruire tout ce qui est bon en toi et il essayera de toutes les manières possibles. Promets-moi s'il te plaît de rester toujours la même.

— Pourtant, une part de moi éprouve tellement de colère, une part sombre. J'aime la paix, mais la violence prend souvent le dessus quand la révolte en moi est trop grande.

Ma remarque le fit réfléchir un instant.

— Oui, c'est normal. Tu es humaine, mais ce n'est rien comparé au bien que tu es destinée à faire.

Il me caressa d'un regard protecteur.

Nous arrivâmes sans embûches à destination. Un voiturier se tenant devant la porte des départs de l'aéroport semblait nous attendre.

— Bonjour monsieur Mattew, mademoiselle Reyes, me salua-t-il d'un signe de tête.

— Alex, merci de déposer ma voiture à sa place, au sous-sol de mon immeuble, signifia-t-il à son majordome.

— Très bien se précipita l'homme d'une quarantaine d'années, à la coupe courte et soignée, habillé d'un costume sombre sans le moindre pli.

Ce dernier se plaça au volant de la McLaren et démarra sans attendre. Faïz ramassa naturellement mon sac en plus de son sac de voyage. Une fois à l'intérieur du bâtiment, je fus surprise par le peu de monde dans les allées de cet immense aéroport. Il était seulement cinq heures du matin, peut-être que ça expliquait en grande partie cette désertion.

— J'ai tellement l'habitude de voir L.A avec sa foule, que j'arrive à peine à croire ce que je vois, confiai-je à Faïz.

— Les entrées et les sorties sur le territoire sont désormais très surveillées, voire quasi impossibles. L'absence de ton père à Noël atteste ces nouvelles mesures.

— Pourtant il te laisse voyager encore comme tu veux, toi.

— Je travaille en partie pour le gouvernement, enfin pour le moment en tout cas, maugréa-t-il avec rancœur à voix basse avant de reprendre : Beaucoup de personnes se retrouvent piégées ici, par ce Dôme. Les raisons avancées sont des nouvelles réformes souvent longues pour obtenir son visa et une promesse que tout rentrera dans l'ordre au plus vite.

— Mais c'est faux n'est-ce pas ?

Son air grave me donna raison. Ce fichu Dôme était à lui seul un véritable sanctuaire. Une pensée horrible me traversa alors l'esprit : et si Faïz souhaitait me ramener dans le premier vol pour Paris ? Après tout, il m'avait tellement bassiné avec ça, New York serait le prétexte idéal.

— Montre-moi les billets ! réclamai-je dans un élan de panique.

— Quoi ? me fixa celui-ci d'un air stupéfait.

— Je veux voir les billets d'avion ! ordonnai-je.

Faïz me scruta à son tour, plein de méfiance, ne comprenant pas mon changement soudain de comportement.

— On va se rendre au salon privé de la compagnie et tu te calmeras là-bas. OK ?

Ma réaction avait eu le don de l'agacer, mais je persistai en tendant fermement ma main en sa direction. Il céda, me donnant les billets d'un geste irrité. Dessus mon aller-retour pour New York/Los Angeles y était bien stipulé et de plus en classe affaires. Je piquai un fard, honteuse par mon comportement disproportionné, à la limite de la paranoïa.

— C'est bon ? Comme tu peux le remarquer, je ne me suis pas trompé sur la destination, me lança-t-il sur un ton acide.

— Je suis désolée Faïz. Je pensais... enfin, j'ai eu peur que tu veuilles te débarrasser de moi.

— Tu m'étonnes.

Vexée par sa remarque, je lui adressai une œillade le plus noire possible, réalisant que j'allais devoir supporter son humeur lunatique durant ces trois prochains jours. Il fila devant moi, d'un pas hardi. Après quelques minutes de marche, nous nous rendîmes dans le salon First Luxe Polaris. Une jeune hôtesse aux jambes interminables et battant des cils à la vue de Faïz, nous accueillit dans ce haut lieu très privé, haut de gamme, à l'ambiance feutrée et à l'éclairage tamisé. Fin du monde ou pas, les riches de ce monde avaient toujours droit à leur couronne de toute puissance au-dessus de leur tête. Je m'installai dans un des fauteuils qui se mit instantanément à me masser. Une inscription au mur indiquait l'emplacement du spa avec les douches. Un fond de musique douce flottait partout dans cette grande pièce. Après une heure d'attente, assoupie, une douce voix féminine se mit à résonner dans tout le salon, ce qui me réveilla. Il était l'heure pour nous d'embarquer. Faïz rangea ses dossiers sur lesquels il travaillait. Au moment de franchir les portes d'embarquement, son téléphone se mit à sonner. Il hésita l'espace d'un bref instant à décrocher puis il s'approcha près de moi en me glissant au creux de mon oreille :

— Monte, je te rejoins.

Avant même que je pus prononcer quoi que ce soit, il disparut de la pièce, me laissant seule avec les frissons que son souffle sur ma peau avait provoqués.

— Madame ? Votre billet s'il vous plaît.

Une seconde hôtesse au chignon parfaitement tiré et à la tenue impeccable me tendit sa main, je lui donnai alors mon ticket d'embarquement à contrecœur, me retournant une dernière fois pour essayer d'apercevoir Faïz. Monter toute seule dans cet avion sans lui me rendit nerveuse.

— Bon voyage, madame Reyes, me souhaita l'hôtesse, toujours avec un grand sourire.

On m'accompagna dans une cabine privée, bien séparée de celle de mon voisin. Je fus agréablement surprise par cet espace largement suffisant. Un lit doté d'une véritable literie m'attendait ainsi qu'un service de restauration des plus copieux. Je n'osai pas me retourner sur la classe économique, ayant bien trop honte de mon statut de privilégiée, moi qui me considérais comme une fille du peuple, prête à donner cette place, si quelqu'un venait me la demander.

— Madame, souhaitez-vous une coupe de champagne ?

Une hôtesse se présenta devant moi avec un plateau sur lequel étaient posées plusieurs coupes ainsi que d'autres verres d'alcool.

— Non merci, déclinai-je aussitôt.

Elle hocha poliment la tête. Dans beaucoup d'États, la consommation d'alcool s'avérait très stricte, mieux valait ne pas rigoler avec ça. Je relevai que l'avion était beaucoup moins rempli qu'à mon arrivée à Los Angeles. Je me revis à l'aéroport, attendant Lily, impatiente de rencontrer ma nouvelle famille. Cette ancienne vie me parut si loin... Cette Zoé-là avait disparu. Faïz réapparut soudainement à mes côtés, mes angoisses et mes questions s'évanouirent.

— Désolé, c'était Barthey, je devais prendre l'appel, se justifia-t-il à voix basse.

— Rien de grave ?

— Non. Tu es bien installée ? Tu n'as besoin de rien ?

s'inquiéta-t-il pour moi.

— Ça pourrait être pire, le taquinai-je.

— Oui, il y a eu un problème de timing avec notre jet, répliqua-t-il avec une mine amusée, en rentrant visiblement dans mon jeu.

Il me fixa d'un regard charmeur que je ne lui connaissais pas. Je tournai ma tête, mal à l'aise vers les hôtesses qui avaient pris leur place dans les allées pour nous indiquer les instructions à suivre ainsi que les recommandations en cas de soucis à bord. Une fois leur numéro terminé, nous décollâmes en direction de New York. Les premières lueurs de l'aube éclairaient Los Angles, le spectacle d'en haut était tout simplement magnifique. L'Airbus ralentit au moment de passer le Dôme, celui-ci était plus foncé que la première fois que je l'avais franchi. Désormais, il n'était plus question de voile quasiment invisible. Mon estomac se noua, constatant qu'on était bien peu de choses sur cette Terre.

Faïz s'était endormi, juste là, à quelques centimètres de moi. Occupée à le regarder, je ne remarquai même pas que mon film venait de se terminer. Mes yeux se mirent à se promener un peu partout autour de nous puis finirent par se poser sur son portable posé à côté de lui, sur l'accoudoir, entre nos deux sièges. Instinctivement, je regardai prudemment autour de moi, n'arrivant pas à croire ce que j'étais en train de faire. Mon cœur battit à tout rompre, je m'aventurai sur un terrain dangereux. Je n'imaginai même pas comment Faïz réagirait s'il se doutait un seul instant de ma mauvaise initiative, il me tuerait certainement sur place, désapprouvant mon comportement.

Une fois, j'appuie juste une fois sur le clavier et j'arrête illico. Mon diable intérieur se battait avec ma bonne conscience.

Mon doigt effleura l'écran de l'iPhone et je vis apparaître à cet instant, le portrait de Rachelle. Un violent coup de poing vint s'écraser sur ma poitrine. Refroidie, je n'eus pas la force de continuer ce que j'avais commencé et préférai en rester là.

Je regardai à travers le hublot, mes larmes me montèrent aux yeux et pour une fois, je les autorisai à couler discrètement sur mes joues.

Je me revis avec David, Lexy et Asarys au Teagan ce mercredi midi, après le coup de fil de mon ami.

— Selon les rumeurs à l'université, personne ne sait si c'est lui ou elle qui aurait souhaité mettre un terme à leur relation, conclut David sur le sujet.

Nous étions toutes trois pendues à ses lèvres.

— C'est sûr que tu dois y être pour quelques choses, s'enquit Lexy en s'adressant à moi.

— Il a peut-être tout simplement enfin ouvert les yeux, répliqua Asarys avec une joie non dissimulée.

— J'ai peur d'espérer ce que je ne devrais pas. Ça fait je ne sais combien de fois que je dis que je vais tourner la page sur cet homme.

— Non, ne tourne pas la page, change juste de chapitre, persista Lexy en essayant de me convaincre de ne pas renoncer à lui.

— Tu as croisé Rachelle sur le campus ? demandai-je à David.

— Oh oui, la pauvre. J'avoue que ce n'est plus que l'ombre d'elle-même. Le constat est plutôt terrifiant.

Cette nouvelle ne me ravit pas. Bizarrement je fus peinée pour elle, malgré ce qu'on pouvait bien ressentir l'une pour l'autre. Nous aimions toutes les deux le même homme et je ne pus m'empêcher de me mettre à sa place.

— Attends, ne me dis pas que tu as du chagrin pour elle ? intervint Lexy en voyant l'expression de mon visage.

— Si, un peu, avouai-je. Il ne faut pas se réjouir ainsi du malheur d'autrui.

— Elle s'est bien réjouie elle, quand sa main t'est arrivée en pleine gueule ! s'insurgea Asarys, haussant les épaules tout en buvant son diabolo fraise, ce qui ne manqua pas de faire exploser de rire David et Lexy.

J'aurais aimé être avec eux en ce moment. Asarys aurait trouvé les bons mots tandis que Lexy aurait minimisé la situation. C'était fini entre eux, mais ses photos remplissaient les albums dans son smartphone. Je détestai le sentiment que je ressentis à cet instant et compris que c'était elle qui l'avait quitté.

Faïz me réveilla à notre arrivée. J'eus beaucoup de mal à émerger, mes paupières semblèrent si lourdes.

— Zoé, on doit y aller. Nous irons directement à l'hôtel si tu veux te reposer, insista-t-il tout en douceur.

— Non, ça va aller. Je préfère que nous nous rendions directement à Trac-Word. Donne-moi juste une minute.

L'avion s'était déjà vidé de ses passagers et nous étions les derniers à descendre. Les hôtesses alignées devant la porte de l'Airbus nous souhaitèrent un bon séjour. Toutes les six, hypnotisées par le charme de Faïz, ne m'accordèrent aucun regard.

Un courant d'air glacé me saisit une fois dehors, le changement était radical. Heureusement, un chauffeur aux traits afro-américains et à la barbe courte, nous attendait à notre sortie. Faïz et moi nous engouffrâmes dans ce gros 4X4 Range Rover sport, de couleur noire. Je restai silencieuse pendant tout le trajet, sans avoir vraiment envie de parler ni de provoquer Faïz par plaisir comme je le faisais souvent, préférant regarder New York défiler sous mes yeux. Je vérifiai que j'avais bien pris dans mon sac un crayon et un bloc note pour pouvoir attaquer immédiatement lors de cette première visite. Les bureaux de Trac-Word étaient situés sur Time Square, tandis qu'un des nombreux laboratoires se trouvait ailleurs sur Manhattan. Un, car les autres étaient dispersés sur chacun des autres continents.

— Ça va ? Tu n'as pas encore dit un mot depuis que nous avons atterri, me dévisagea Faïz assis à côté de moi.

Ce n'était pas dans mes habitudes de rester relativement muette, ce dernier devina que quelque chose n'allait pas.

— Tout va bien. C'est juste le décalage horaire et le fait que je me sois levée tôt ce matin.

Je me forçai à adopter une attitude positive et décontractée. Il m'observa ainsi pendant de longues secondes comme pour inspecter mes pensées.

— Voudras-tu ensuite aller faire les magasins ?

Je faillis m'étrangler de surprise, Faïz Mattew voulait faire quelque chose avec moi, qui plus est, du shopping ? La proposition était vraiment tentante quand on savait que New York était reconnue dans le monde entier comme la capitale de la haute couture pour son goût avant-gardiste de la mode. Cependant, il était hors de question pour moi de me faire offrir quoi que ce soit par ce futur patron d'entreprise.

— Pas aujourd'hui, Faïz. À vrai dire, je préfère me concentrer sur mon projet.

Il tourna alors sa tête de l'autre côté, ne me laissant ainsi aucune chance de pouvoir analyser sa réaction.

Après plusieurs dizaines de minutes de trajet silencieux, ce fut comme si les portes d'Alibaba s'ouvraient devant moi. J'eus l'impression que les gratte-ciels s'écartaient les uns des autres à notre passage, pour enfin arriver sur un lieu que je n'avais jusqu'alors vu que sur mon écran de télévision « Time Square ». Les panneaux animés publicitaires étaient gigantesques, les affiches, elles, prenaient toute la devanture des buildings. Une flopée de couleurs me sauta à la rétine. Trac-Word trônait au milieu d'autres bâtiments, les initiales dorées tout en haut de ce gratte-ciel ne passaient pas inaperçues. Tout ceci me sembla irréel.

Faïz me contempla, arborant un petit rictus au coin de ses lèvres, content de l'effet que me provoquait la vue de cet endroit, considéré comme l'un des plus célèbres au monde.

— Je n'ai pas l'occasion de voir ça tous les jours, murmurai-je hypnotisée, c'est encore plus impressionnant en vrai.

— Je sais, même moi je ne m'en lasse pas, me confia-t-il.

Sa phrase sembla lourde de sens comme s'il essayait de me faire passer un message. Je me tournai alors vers lui, mais avant même que je puisse prononcer un seul mot, notre véhicule s'arrêta au pied du building de ce centre d'affaires. Le chauffeur descendit et m'ouvrit la portière sans toujours rien laisser paraître sur son visage. Tous ses gestes étaient conditionnés à ne commettre aucune erreur.

— Merci de déposer nos affaires à l'hôtel Adan, lui demanda Faïz avant de se diriger vers la porte d'entrée.

— Oui, monsieur, comme il vous conviendra, répondit ce dernier tout en s'exécutant.

Le hall du bâtiment me parut chaleureux, contrairement à ce que la bâtisse extérieure pouvait bien laisser paraître. Quand les hôtesses d'accueil aperçurent Faïz, elles perdirent aussitôt leurs moyens, arrêtant immédiatement les tâches qu'elles étaient en train d'effectuer.

— Monsieur Mattew, bonjour. Je préviens la direction de votre présence, lui gratifia l'hôtesse d'un joli sourire puis elle tapota sur son clavier un numéro.

Celle-ci avait un joli teint porcelaine marqué d'un fard à joues assez prononcé. Ses cheveux courts de couleur acajou faisaient ressortir ses yeux noisette. Un petit air espiègle à peine dissimulé rajoutait un charme à son personnage.

— Merci, répondit Faïz d'une voix neutre sans un regard pour elle.

— Monsieur Heath ? Monsieur Mattew vient d'arriver avec mademoiselle…

L'hôtesse, gênée, me regarda d'un air désemparé comme un appel au secours.

— Reyes, lui chuchotai-je.

— Avec mademoiselle Reyes, informa cette dernière à son interlocuteur.

En raccrochant, celle-ci me jeta un regard reconnaissant.

— Monsieur Mattew, monsieur Heath vous attend dans

la salle K02.

— Je vous remercie Mira, conclut Faïz qui partit sans attendre en direction des ascenseurs.

À l'intérieur de la cabine, il appuya sur le dernier étage, le numéro cinquante-huit. *La vue devait en valoir la peine à cette altitude,* pensai-je. L'ascenseur s'élança à travers ce tube en verre transparent à une vitesse à laquelle je ne m'attendais pas. Dans un réflexe, je m'agrippai à la rambarde à côté de moi. Les portes s'ouvrirent sur un grand couloir aux formes incurvées qui conduisait à une rangée de bureaux, tous aux portes fermées. Le sol vitré noir, d'une propreté impeccable, nous renvoyait notre propre reflet. Faïz marchait toujours en silence, d'un pas décidé devant moi. Il s'arrêta soudain devant une porte où il frappa avant d'entrer, sans attendre qu'on l'y invite.

— Faïz Mattew ! s'exclama un homme d'une cinquantaine d'années, cheveux poivre et sel, à l'allure très classe.

Il portait un superbe costard noir avec une chemise blanche, complètement en décalé avec la tenue décontractée de Faïz ce jour-là. L'homme s'approcha de lui en lui adressant une accolade familière.

— Oscar, voici Zoé Reyes, me présenta Faïz sans attendre.

— Alors c'est vous ? La jeune espionne chargée de la rédaction de l'article qui doit paraître prochainement ? s'adressa-t-il à moi sur un ton amical et joyeux.

Il me tendit sa main. Sa poignée eut le mérite d'être franche.

— C'est bien moi, monsieur Heath, répondis-je d'une voix timide.

Le PDG leva les mains aux ciels.

— Appelez-moi Oscar, je vous en prie !

Ce dernier détendit aussitôt l'atmosphère. Oscar rejoignit son bureau de forme asymétrique en chêne foncé et appuya sur un bouton de son combiné fixe.

— Gladysse ? Voudrez-vous bien nous apporter du café et du thé, s'il vous plaît.

— Oui, Monsieur Heath, s'empressa de répondre la femme à l'autre bout du fil.

Oscar se tourna alors vers Faïz, et fit claquer ses mains qui me firent penser à deux pattes d'ours tant elles me semblaient épaisses.

— Alors ? Quelles sont les nouvelles de L.A, mon ami ? Désolé pour la classe affaires, je te promets que la prochaine fois, mon assistante ne fera aucune erreur avec les réservations de ton Jet privé.

Surprise, je me retournai vers Faïz et compris qu'il ne plaisantait pas avec moi dans l'avion. Celui-ci se laissa tomber sur le canapé au tissu bleu azur, décoré de coussins aux motifs brodés des initiales de la compagnie avant de répondre :

— Bien, mis à part la liste de choses que j'ai à régler, en outre la succession du poste à Trac-Word. Nous fêtons l'anniversaire de Victoria samedi, vous êtes bien sûr convié à cet événement que mes parents organisent en son honneur.

— Que le temps passe vite, réalisa difficilement Oscar. Déjà dix-sept ans et dire je l'ai vu naître cette gamine. Et toi, regarde-toi. Ça y est, tu es un homme à présent. J'avais pratiquement ton âge quand je suis rentré ici. En bas de l'échelle, certes, mais ce fut une si belle aventure pour moi.

Oscar, à présent nostalgique, regarda dans le vide. Je me mis alors à détailler cette pièce. La décoration moderne et légère faisait ressortir le style contemporain des meubles. Le lampadaire, près du bureau, formait un demi-cercle à la courbe sans fin. Après un court instant, Oscar partit devant les grandes fenêtres qui surplombaient Time Square, se livrant ainsi entièrement à la ville. Je m'avançai à mon tour pour contempler cette vue hivernale. À cet instant, j'eus l'impression d'être sur le toit du monde. Moi, Zoé Reyes, venant d'une petite banlieue de Paris, j'étais à New York dans une des plus grandes multinationales.

Faïz et le PDG en poste échangeaient sur les chiffres et les statistiques du dernier trimestre. Je parvins à entendre quelques bribes de leur conversation. Oscar faisait part de son inquiétude à propos des nouveaux concurrents qui débarquaient sur le marché. La recherche génétique n'avait jamais autant intéressé les magnats de l'industrie scientifique que maintenant.

— Tu comprends, c'est le nouvel or noir pour ces requins qui ne comprennent rien à la science ! s'insurgea Oscar.

— S&C et KFL vont fusionner, c'était à prévoir. Ils vont certainement travailler plus en profondeur sur les molécules afin de proposer des thérapies ciblées et répondre à une demande toujours plus forte.

— C'est probable. Trac-Word doit se concentrer sur les traitements des maladies rares. Notre diversité sur le marché actuel serait préjudiciable.

À cet instant, l'assistante d'Oscar vint freiner cette conversation au sujet épineux et complexe. J'avais tout intérêt à assimiler le langage nécessaire pour demain de cette entreprise si je voulais m'intégrer à l'équipe. Lorsque je touchai ma tasse de thé brûlante, je me rappelai que la température à l'extérieur avoisinait le zéro degré, bien loin du score de chaleur dramatique actuel à Los Angeles. Faïz et Oscar reprirent leurs discussions de plus belle. Pendant que j'essayai de ne pas lâcher le fil de la conversation, on vint toquer de nouveau à la porte. Deux têtes apparurent, le premier était un homme de petite taille, approchant la trentaine, blond et à la coupe au bol. Ses lunettes rondes lui mangeaient littéralement son visage de poupon. Je fus étonnée par son style, à l'allure détendue, qui n'était autre qu'un jean taille basse et un sweat à capuche. Le deuxième, du même âge, était plus enveloppé, tout aussi blond et arborant une coupe courte, façon militaire. Tous deux paraissaient à l'aise, comme s'ils étaient chez eux, visiblement heureux d'être là.

— Bonjour, monsieur Mattew.

Le jeune homme à la coupe de Playmobil mima une petite révérence amusée en direction de Faïz suivi de son compère. Oscar me présenta aussitôt.

— Messieurs, voici Zoé Reyes, qui a pour mission de rédiger un article sur Trac-Word. Celui-ci paraîtra dans le prochain numéro du magazine So Home News.

Faïz prit instinctivement la parole en me désignant du doigt ces deux personnages.

— Tu as devant toi, Tic et Tac.

— Bonjour, moi c'est Andy, vint me saluer le jeune homme qui fixait mes yeux, impressionné sans aucun doute par leur couleur.

— Bonjour, mademoiselle Reyes, moi c'est James. N'écoutez pas monsieur Mattew, il a la blague facile, me chuchota ce dernier afin de faire tourner son futur PDG en dérision.

Je levai les yeux discrètement au ciel. *La blague facile ? Bah voyons.* C'était bien la première fois que je voyais Faïz plaisanter avec d'autres personnes. Ça me réconfortait de savoir qu'il possédait un côté social et humain, loin de l'image de sociopathe qu'il pouvait donner.

— Zoé, demain vous serez avec Andy, James et Chloé qui vous brifferont sur cette entreprise et répondront à toutes vos questions, déclara Oscar.

— Merci monsieur He… euh Oscar.

Celui-ci m'adressa un petit signe de tête, puis il se tourna de nouveaux vers Faïz.

— As-tu présenté Chloé à Zoé ?

— Pas encore. Vu l'heure tardive, elle doit certainement déjà être partie. Elles se rencontreront demain matin, mais Chloé est au courant de la venue de mademoiselle Reyes.

— Parfait Faïz. Ah oui… j'allais oublier, il y a une réception importante demain soir au Sainte Regis, ta présence y est requise.

Oscar s'adressa ensuite à moi :

— Cela vaut aussi pour vous Zoé.

— Bon sang, grommela Faïz, en passa une main derrière son cou, j'avais complètement oublié cette réception.

— Je suis encore le PDG du site pour quelques mois, donc j'insiste sur le fait que je n'accepterais aucune excuse pour le gala de demain.

Malgré le décalage horaire et mon réveil plus que matinal de ce matin, mon cerveau se mit à fonctionner à toute vitesse. Gala voulait dire monde, voulait dire réception, voulait dire robe de soirée, la catastrophe. Je fis le tour de mes affaires en mémoire et réalisai que je n'avais absolument rien à me mettre pour la soirée de demain.

Nous nous dirigeâmes vers la sortie pour prendre congé.

— À demain mademoiselle Reyes, me salua James tout en me serrant la main.

— Appelez-moi Zoé, lui soulignai-je avec un grand sourire avant de sortir dans le couloir.

— Elle a l'air adorable, murmura celui-ci à son autre collègue.

Adan nous attendait en bas du building. La nuit était tombée sur la ville. Je constatai que Time Square avait doublé sa fréquentation malgré ce froid insoutenable. Le carrefour attirait beaucoup de monde avec ses néons lumineux, ses restaurants et ses boutiques ouvertes jour et nuit. Un lieu en réalité parfait pour les insomniaques. Je m'engouffrai à l'intérieur du véhicule, suivie de Faïz. Quelques secondes avaient suffi à me frigorifier, je soufflai alors sur mes mains pour les réchauffer au plus vite.

— Au Plaza Hôtel, demanda Faïz à son chauffeur.

— Oui, monsieur.

Faïz se tourna ensuite vers moi pour me sonder sur ma première impression de ce rendez-vous.

— Comment as-tu trouvé Oscar ?

— Il a l'air d'être quelqu'un de bien d'après ce que j'ai vu aujourd'hui, à l'écoute et même affectueux avec toi.

Il parut satisfait de ma réponse.

— C'est une bonne personne en effet. Je le connais depuis toujours. Il aura vraiment géré cette entreprise d'une main de maître et comme mon grand-père l'avait souhaité.

— Est-il au courant à propos de toi et des autres Léviathans ?

— Je ne pense pas. Nous sommes très discrets sur le sujet même avec les amis de la famille.

Il changea brutalement de sujet, comme à son habitude.

— L'hôtel a de très bons restaurants, si tu le veux bien nous dînerons là-bas.

— Ça me va, je meurs de faim.

Il me fixa amusé. Sa bonne humeur fut de nouveau au beau fixe, la mienne aussi, même si l'image de Rachelle sur l'écran de son iPhone restait dans un coin de ma tête.

— Ici c'est Broadway, une rue mythique de la ville, me désigna celui-ci par ma fenêtre.

Ma tête fit une volte-face pour découvrir ce lieu au nom mondialement connu.

— C'est une des plus anciennes artères de New York, ajouta-t-il.

Les plus gros shows de télévision avaient leur siège dans ce coin-là, ainsi que les grosses compagnies boursières. Les gens du monde entier venaient ici afin de réaliser le rêve américain. En effet, tout était possible, un monde totalement à part.

Nous longeâmes la cinquième avenue, les klaxons dans cette circulation dense couvrirent la voix de Leon Bridges sur « Coming home » qui sortait des enceintes de la Range Rover. Après plusieurs dizaines de minutes, nous arrivâmes à bon port. Mes yeux s'écarquillèrent devant la façade de l'hôtel digne d'un véritable palace. Un voiturier se précipita à notre rencontre en nous souhaitant la bienvenue. En descendant, je remarquai un défilé de voitures de luxe qui s'arrêtaient ou repartaient de cette entrée prestigieuse. Celle-ci était partiellement recouverte de verdure et de plantes qui grimpaient gracieusement aux murs. Faïz s'approcha tout près de moi pour me murmurer d'une voix pleine de charme à mon oreille :

— Apparemment, tu n'as pas l'air pas trop déçue de l'hôtel.

— L'extérieur est… je ne trouve même pas de mot pour le décrire.

— Attends de voir l'intérieur dans ce cas.

Il passa devant moi pour entrer dans ce lieu scandaleusement somptueux. En effet, arrivée dans le hall, je constatai qu'il n'avait pas menti. L'endroit arborait tous les signes ostentatoires de richesses possibles. De grands lustres descendaient des plafonds, créant une parenthèse hors du temps, comme si nous étions dans un palais rempli de personnalités du même monde, au budget illimité. Des œuvres d'arts tels que Monet ou Picasso étaient accrochées aux murs, se fondant dans ce décor de luxe et ancien, avec la technologie performante de notre temps. Je sortis mon Samsung discrètement de mon sac.

— Que fais-tu ? objecta Faïz.

— Des photos pour les filles, chuchotai-je.

À la réception, un homme se présenta immédiatement devant nous.

— Nous avons deux réservations au nom de Mattew, lui informa Faïz.

L'homme consulta ces renseignements sur un ordinateur puis releva la tête avec un sourire des plus courtois :

— Souhaitez-vous la Royale Plaza Suite comme à votre habitude, Monsieur Mattew ?

— Non, juste deux suites communicantes s'il vous

plaît.

Le réceptionniste valida la demande puis mit en service deux badges.

— Les suites sont au quinzième étage. Le groom est en train de vous déposer vos bagages dans vos chambres. Si vous avez besoin de n'importe quel service, n'hésitez pas à demander auprès d'un de nos chasseurs. Je vous souhaite un bon séjour dans notre établissement, monsieur et madame Mattew.

Nous partîmes en direction des ascenseurs, un peu gênés par l'apriori du jeune homme, mais au fond de moi ça ne me déplut pas totalement. Faïz n'avait pas pris la peine de rectifier le malentendu. À l'intérieur de la cabine, le liftier nous emmena à notre étage.

— Ça va aller ? me demanda Faïz devant ma porte sans me quitter des yeux.

— Oui, je pense, affirmai-je sans arriver à détourner mon regard de son sublime visage.

— Je passe te prendre pour vingt-et-une heures.

Dans un effort, je réussis à détacher mes pupilles des siennes, brisant ainsi l'atmosphère troublante qui régnait entre nous. Je regardai ma montre, constatant que je n'avais que trente minutes devant moi.

En entrant dans ma chambre, je découvris une pièce dotée d'une immense superficie avec une grande hauteur de plafond. Ma suite possédait un salon, une cuisine, une terrasse privée ainsi qu'une chambre avec une salle de bain attenante toute en marbre. Celle-ci comprenait une douche ainsi qu'une large et profonde baignoire. Cette chambre au cachet incroyable abritait des lustres, des meubles en plaqué or ainsi qu'une coiffeuse en marbre, au style ancien pour un confort glamour. J'avais une vue magnifique sur Central Parc et sur tout Manhattan, la ville semblait infinie. L'éclairage doux et feutré accentuait ce décor gracieux. Je sortis de nouveau mon téléphone de mon sac à main et décidai d'appeler Asarys en appel vidéo pour partager ce spectacle avec elle. À Los Angeles c'était le début de l'après-midi. Cette dernière décrocha aussitôt et à mon grand étonnement je relevai qu'elle était à la bibliothèque dans un endroit où elle réussissait à capter le rare réseau.

— La vache ! Petite garce. Je vois que tu ne te refuses rien, pestiféra-t-elle à mi-voix pour ne pas se faire remarquer.

— Je suis dans ma suite au Plaza, articulai-je soigneusement pour la provoquer.

— Fais-moi faire le tour du propriétaire que j'en profite aussi.

Sans attendre, je commençai la visite des lieux en n'oubliant aucun recoin.

— Regarde ça ! m'exclamai-je. Il y a même du parfum pour nos oreillers !

— Quand je pense que je suis là, à trimer comme un força, dans une chaleur à crever pendant que toi, tu joues les Cendrillons, maugréa mon amie.

— Il y a une justice dans ce monde, c'est tout.

— Mais quelle justice ?! Savais-tu que c'était l'architecte Henry Janeway Hardenberg qui a conçu ce petit joyau ?

— Bien sûr que non et pourquoi cela m'intéresserait-il d'ailleurs ? Je n'en ai jamais entendu parler.

— Un effort Zoé, un peu d'histoire ne te ferait pas de mal, me morigéna-t-elle. Il s'est inspiré des châteaux de la renaissance française ainsi que du style Louis XV. Toi qui aimes Hitchcock, des scènes du film de la Mort aux trousses ont été tournées là-bas ainsi que Meilleures ennemies ou encore Suits.

— C'est carrément romantique. J'apprécie encore plus cet endroit désormais, déclarai-je à voix basse, perdue dans mes pensées.

Je me ressaisis sans tarder et ajoutai :

— Y a-t-il du nouveau à Los Angeles à part la canicule ?

— Tu n'as pas encore regardé les infos ?

La voix inquiète d'Asarys m'alarma aussitôt.

— Non, je n'ai pas encore eu le temps de me poser depuis que l'on a atterri.

À l'écran, son visage changea d'expression. Je sentis que quelque chose de grave était arrivé. Je me figeai, redoutant la suite.

— Un violent incendie s'est déclaré près de Santa Monica, longeant la côte du Pacifique. Personne ne sait comment cette catastrophe va évoluer. Certains quartiers ont dû être évacués. Il décime tout sur son passage et menace l'intérieur des terres.

Tout de suite, je pensai à la famille de Faïz.

— Victoria, Lily et Charles ne craignent rien ? m'empressai-je de lui demander, la boule au ventre.

— Non, pour l'instant l'intérieur des terres n'est pas concerné. Par contre la virée à Sonoma risque d'être annulée. Les autoroutes dans cette direction sont complètement bloquées.

— J'appellerai les Mattew demain, déclarai-je.

Je me pinçai les lèvres, ne pouvant m'empêcher de penser au Maestro.

— OK, je me remets au travail. Je suis dans une aile annexe où le réseau passe, mais je dois retrouver mon poste avant qu'il ne lance un avis de recherche. Bon appétit avec ton prince et je veux tout savoir de ta soirée.

Asarys me menaça avec de gros yeux puis raccrocha. J'avais complètement oublié de lui parler de la réception que donnera Trac-Word demain soir. Mon regard se posa par hasard sur le cadran au mur qui indiquait l'heure, provoquant immédiatement en moi une prise de panique. Mince, Faïz allait arriver dans dix minutes et je n'étais toujours pas prête, de plus, mon moral à cause de la mauvaise nouvelle des incendies était redevenu morose.

J'attrapai les premiers sous-vêtements que je trouvais dans mon sac et me précipitai dans la salle de bain afin de me préparer au plus vite. Avant de rentrer dans cette douche aux multiples gadgets, j'allumai la playlist de mon smartphone puis le posai sur l'évier, non loin de moi. Au contact de l'eau chaude, ruisselant sur moi telle une pluie fine, j'oubliai le temps qui s'écoulait bien trop vite. En sortant, la salle de bain fut remplie de vapeur. Mon regard s'arrêta sur un tas de serviettes d'un blanc immaculé posé sur une étagère. J'en attrapai une pour essuyer mes cheveux et une autre pour m'enrouler dedans. Une fois tout mon corps sec, j'enfilai mes sous-vêtements et sortis à grands pas pour finir de m'habiller dans la chambre.

Putain de merde !

Faïz m'attendait au milieu de la pièce, habillé… contrairement à moi. Gênée autant que moi par la situation il se retourna instantanément.

— Je… je t'ai appelée plusieurs fois, bégaya-t-il déstabilisé.

— Et tu croyais peut-être que je jouais à cache-cache ?

rétorquai-je les joues en feux tout en récupérant de mon sac précipitamment, un pantalon slim blanc et un pull de même couleur avec quelques strass discrètement ajoutés dessus.

— Je vais t'attendre dehors, bafouilla-t-il avec peine.

Il disparut en une seconde, honteux, comme un enfant qu'on aurait attrapé la main dans le sac. Heureusement pour moi, je n'étais pas en tenue d'Ève. Je me forçai à me convaincre que c'était comme s'il m'avait vue en maillot de bain afin de rendre cette scène un peu moins scandaleuse et affreusement moins embarrassante. Je maudis ces badges passe-partout. Avant de sortir le retrouver dans le couloir, je me regardai une dernière fois dans le miroir de ma coiffeuse. J'aimais beaucoup mes petites bottines noires à lacets Timberland, ça cassait un peu le style blanche neige de ma tenue. J'attrapai ma veste au passage et sortis rejoindre Faïz qui m'attendait, adossé au mur, pantalon noir, chemise noire et regard sombre. Je le trouvai une fois de plus à tomber.

— Content que tu sois habillée, ironisa-t-il comme une vengeance de la situation inverse qui s'était passée à Elora.

— Ha, ha, ha, que tu es drôle. Bref peut-on oublier ce passage ? C'est assez bizarre comme ça.

Il m'emboîta le pas et je le suivis maladroitement.

— C'est déjà fait ! affirma-t-il presque cassant.

Sa petite remarque me piqua au vif, une frustration inexpliquée s'empara de moi. Était est-ce encore une centième façon de m'éconduire poliment ?

Le restaurant, Arabelle, très sélect avec un cadre splendide, donnait une impression unique et cosy. Une odeur de Jasmin y flottait à l'intérieur. Un serveur nous guida jusqu'à notre table. Au moment de m'asseoir, celui-ci recula ma chaise afin que je m'installe comme une Lady. Il nous tendit ensuite nos cartes puis repartit. Un fond d'une douce musique rendait ce moment relativement intime.

— Faïz, j'ai eu Asarys au téléphone tout à l'heure. Es-tu au courant pour l'incendie qui ravage actuellement la côte pacifique de L.A ? demandai-je d'une voix anxieuse.

Il acquiesça d'un signe de tête.

— Barthey m'en a informé avant que nous embarquions pour New York. C'était pour ça son appel.

— Je vois et pourquoi ne m'en as-tu rien dit ?

— Je ne voulais pas que tu te soucies de ça pour l'instant. Écoute, ce voyage c'est pour toi l'occasion de prendre l'air, de penser enfin à autre chose. Je voulais t'éloigner ne serait-ce que deux jours, de l'obscurité dans laquelle tu es plongée depuis bientôt six mois.

Je plongeai mes yeux dans les siens, une partie de moi voulait le rassurer sur mon état, mais finalement je me résolus à passer à autre chose.

— À quelle heure partons-nous demain matin à Trac-Word ?

— Neuf heures. J'ai une réunion qui va durer toute la matinée avec la DRH, je te laisserai au bon soin avec l'équipe que tu as rencontrée tout à l'heure.

Une serveuse arriva à notre hauteur pour prendre notre commande, Faïz commanda une bouteille de vin rouge et une assiette de hors-d'œuvre pour nous deux.

— Une carafe d'eau en plus, s'il vous plaît, ajoutai-je.

— Très bien et pour les plats principaux ?

— Je prendrai un Tartare de saumon, répondis-je en laissant ensuite la parole à Faïz.

— Salade César.

— Bien, vos plats arriveront dans un instant, conclut la femme blonde avec ses cheveux soigneusement tirés en arrière.

Faïz reprit notre conversation sans plus tarder.

— Sais-tu sur quelle approche tu veux travailler demain pour ton article ?

— À vrai dire, je pensais évoquer la nouvelle refonte que veut élaborer Trac-Word pour ses activités ainsi que sa place à l'échelle mondiale. Tu en penses quoi ?

— J'aime bien l'idée, continua-t-il pensif. Aurais-je le droit de lire ton article avant sa sortie ?

— Non, objectai-je amusée, c'est top secret et en plus je suis déjà chaperonnée avant son impression finale.

— Comment ça ? s'enquit Faïz sur la réserve.

— Je ne suis que stagiaire. Agustin, l'un des rédacteurs du staff doit m'épauler sur ce projet.

— Veux-tu que j'intervienne en demandant à ce que tu sois seule à le réaliser ?

— Non. Ça parle déjà assez comme ça dans mon dos. Je t'avoue que les bruits de couloirs ne font pas plaisir à entendre. Je ne suis qu'une gosse de riche pistonnée à leurs yeux.

— Ils sont grotesques, c'est dommage que tu ne me laisses pas m'en occuper. Et tu n'es même pas riche !

— C'était juste un exemple du fond de leur pensée et d'ailleurs tu n'en sais rien si je le suis ou pas, protestai-je.

— Zoé, je me renseigne quand même à savoir qui met les pieds dans ma famille.

Il m'adressa un sourire délicieux. J'accusai le coup, me doutant bien qu'il avait fait ses recherches sur moi avant même de me connaître. C'est à ce moment que la serveuse réapparut avec notre entrée ainsi que le vin rouge qu'elle fit d'abord déguster à Faïz avant de déposer la bouteille sur la table. La décoration du plat attira mon attention, bien qu'il fût simple, il donnait cependant envie de le goûter. Je ne fus pas déçue sur la qualité de celui-ci au contact de mon palais, les hors-d'œuvre étaient délicieux. C'est alors que la réception de demain me revint en tête inopinément. *Foutu séminaire, peut-être que Faïz pourrait y aller tout seul.*

— Tu sais pour le gala de demain… pourquoi tu n'irais pas sans moi ?

J'essayai de prendre un ton le plus détaché possible en espérant qu'il prenne la chose le moins à cœur possible.

— Il y a un souci ? Ça t'embête vraiment d'y aller ?

L'intonation de sa voix cacha une grande déception. Malheureusement pour moi, Faïz était du genre à aller au bout des choses et des raisonnements. *Allez, Zoé soit un peu créative trouve l'excuse la plus crédible.*

— La journée risque d'être longue, avec l'anniversaire de Victoria qui nous attend par la suite, ça fait beaucoup.

Super, tu n'as trouvé que ça comme foutue excuse ! C'est lamentable ma pauvre. J'évitai de croiser le regard de Faïz qui m'observait intensément, choisissant de me plonger corps et âme dans mon entrée. Je sentis son regard peser sur moi. Il se doutait bien que quelque chose m'ennuyait. J'aimais la fête et danser, personne ne pouvait en douter.

— Nous verrons ça demain. Je dois être accompagné, c'est toujours mieux vu. Après, si tu ne veux pas venir, je trouverais toujours quelqu'un d'autre qui acceptera d'être ma cavalière.

Je faillis m'étrangler avec un morceau de homard en entendant ses paroles. Cependant je m'efforçai d'adopter le meilleur comportement qui soit, essayant de ne pas montrer ce sentiment de jalousie qui m'envahissait.

Le dîner se finit sans heurt. Nous avions parlé toute la soirée, de tout et de rien. De l'université, de Ray, de mes copines, de Paris… mais à aucun moment nous n'avions échangé un mot sur le Maestro. En effet, Faïz mettait un point d'honneur à me donner une soirée normale. J'avais réussi à le faire rire, ce qui était plutôt rare chez lui, j'aimais tellement entendre ce son mélodieux. Nous étions presque les derniers à quitter le restaurant. La mélodie du moment, jouée sur un piano à queue par une jeune pianiste talentueuse, venait de se terminer.

Quand les portes de l'ascenseur se refermèrent, nous étions seuls à l'intérieur. Le peu de verres de vin rouge que j'avais bus m'avait suffi à me donner un peu plus d'assurance, me décidant à me rapprocher doucement de Faïz. Je sentis son corps se raidir lorsque je posai ma tête sur son épaule. À ma grande surprise, il me laissa faire. Dès lors, plus aucune pensée cohérente ne me traversa l'esprit. Sa respiration venait effleurer le creux de mon cou. J'aurais pu rester comme ça toute la nuit, à m'enivrer de l'odeur de son parfum, me contentant de ce contact charnel. Nous arrivâmes à notre étage trop rapidement à mon goût, m'obligeant à me détacher de lui. Il m'accompagna sur le pas de ma porte puis me prit délicatement la main avant de s'approcher à son tour tout près de moi. Mon souffle se coupa, je restai immobile.

Mon cœur battait à tout rompre dans ma poitrine, peut-être le sentait-il lui aussi.

— Si jamais il y a le moindre souci, tu m'appelles, me murmura-t-il.

— Je pense que ça devrait aller, susurrai-je.

Espèce d'idiote, tu ne vois pas qu'il te tend une perche ? Demande-lui de rester ou tiens, encore mieux, embrasse-le !

— Merci pour cette belle soirée, ajoutai-je déstabilisée.

— C'est moi qui te remercie, tu as réussi à me faire oublier beaucoup de choses ce soir.

Il sembla si fragile à ce moment-là, me révélant un aspect que je ne lui connaissais pas. Je m'arrachai à sa contemplation, à quoi bon ? Tout ce que j'avais pu faire ou dire auparavant n'avait jusqu'à l'heure servi à rien. Je ne voulais pas risquer une énième remise à ma place.

— Bonne nuit, le saluai-je avant de disparaître, le laissant dans le couloir avec comme seule compagnie, tous mes regrets à cet instant précis.

FAÏZ

Faïz, désormais seul, hésita un instant à faire demi-tour et lorsqu'il se décida enfin, il ne trouva pas le courage de frapper à la porte. Finalement, après quelques secondes de réflexions, il décréta que la solution la plus sage était de partir dans sa chambre à lui.

Il vint s'asseoir sur le bord de son lit, face à cette grande fenêtre. Ses yeux fixèrent alors le ciel, pas de Dôme ici, ce qui faisait presque oublier le temps qui commençait à manquer.

— Donnez-moi la force de lui donner ce qui lui manque, elle est trop fragile pour la mission que vous lui avez assignée, implorât-il dans une prière.

Contrairement à ce qu'il laissait paraître, Faïz croyait et priait. Il avait la certitude que la foi pouvait être tout ce qui restait à un homme lorsque celui-ci n'avait d'autre choix que de mettre un genou à terre. Une fois que l'on avait approché le mal d'aussi près, il n'y avait que son contraire qui puisse nous faire revenir. Son téléphone sonna.

— Je t'écoute Julio.

— Bonsoir Faïz, nous avons un début pour le passage codé du Callis. Il y fait référence au Cléricalise.

Faïz laissa échapper un soupir de soulagement. Toutes les réponses étaient détenues dans ce livre quasi indéchiffrable. Julio poursuivit :

— Il est presque sûr que trois langues sont à l'origine

de ce texte, le latin, l'arabe et l'italien.

— C'est déjà un début. Maintenant il faut que nous complétions ces passages avec ceux qui nous sont invisibles.

— Zoé est avec toi ?

Faïz sentit le ton hésitant de Julio.

— Non, elle est dans sa chambre.

— La soirée de Victoria se fera finalement au manoir, à cause des dégâts provoqués par l'incendie. On en profitera pour que Zoé puisse nous dévoiler les passages du Callis qui nous intéressent.

— Très bien, faisons comme ça.

Ils raccrochèrent. Faïz se laissa tomber à la renverse, épuisé sur son lit. En pensant à Zoé, il se demanda combien de temps il arriverait encore à résister à l'envie de l'embrasser et de la toucher. C'était hors de question pour lui de la laisser de nouveau partir avec William ou bien un autre.

10

Elle se trouvait tout près de moi, assise, les pieds enfoncés dans le sable. Sur sa tête, un grand chapeau bleu et blanc au contour très large la protégeait de ce soleil lumineux. Sa robe de plage, blanche, brillait comme de l'argent. Le littoral devant moi était apaisant. Les couleurs bleu, turquoise, de ces eaux cristallines, étincelaient sous un soleil au zénith. Ce lieu paradisiaque était entouré de hautes falaises. Ma mère se retourna lorsqu'elle m'entendit arriver et tapota doucement le sable pour m'inviter à m'asseoir à ses côtés.

— Regarde comme la vue est belle.

Sa voix mélodieuse et douce suffit à me réconforter de ce vide qu'elle avait laissé en moi, le jour où elle m'avait quittée. Je me sentis bien, comme si mon corps tout entier était enveloppé dans du coton.

— Cette vue est magnifique, avouai-je pleine de sérénité.

— Tu arrives toujours à me trouver des endroits époustouflants, comme je les aime.

— Malheureusement, c'est le minimum que je puisse faire. Créer l'espace et l'univers pour passer ces petits moments avec toi.

— Comment ça va ? Tu sembles avoir… changé.

Elle passa une main dans mes cheveux, comme quand j'étais petite. Je ne voulus pas gâcher ce précieux moment avec elle, mais j'avais besoin de réponses.

— Sais-tu pourquoi je suis venue au monde ? Savais-tu qu'un jour, je devrais faire face à un mythe que seuls les Dieux ne craignent pas ?

Elle me sourit et les sanglots qui menaçaient d'éclater dans ma voix disparurent aussitôt. Son sourire avait le don d'apaiser et de guérir n'importe quelle âme tourmentée. Après tout, qui mieux qu'une mère possédait ce pouvoir-là ?

— J'ai toujours su que tu étais destinée à de grandes choses ma fille. Tu as cette volonté que peu d'entre nous ont. Pour tes quatre ans, je t'ai demandé ce que tu souhaitais recevoir comme cadeaux et tu m'as juste répondu que tu ne voulais qu'une chose, c'était d'avoir le pouvoir de changer les choses qui sont moches dans ce monde. Alors oui, je sais pourquoi tu es venue au monde.

— Tu me manques tellement. Je ne veux pas me réveiller, je ne veux pas encore te laisser.

— Ma douce chérie, tu dois retrouver Faïz. Il guérira ce que même moi je ne suis pas capable de faire. Un cœur doit...

— Rester sans verrou ni barreaux. Je sais maman, je le lui ai donné pourtant, mais il n'en a pas voulu.

Elle éclata d'un petit rire harmonieux :

— Parce que c'est un homme. Ne le repousse pas quand il sera enfin prêt.

— Oui, si ce moment arrive un jour. Sinon que comptes-tu faire aujourd'hui ? changeai-je de sujet.

Elle se retourna et me montra un petit village, au loin, sur les hauteurs des falaises derrière nous. Celui-ci *surplombait le littoral. Les habitations en pierre, aux couleurs vives, avaient un air de tableau de grand maître.*

— Je vais visiter, j'ai tout mon temps, plaisanta-t-elle, forcée de constater qu'elle n'avait pas perdu son sens de l'humour.

Le temps passait tellement vite et je sentais mon réveil s'approcher. En me relevant doucement, j'essuyai le sable collé à mon paréo doré. Ma mère soupira longuement avant d'ajouter :

— Comment arrives-tu encore à douter de ta foi lorsque tu as devant les yeux l'immensité de sa poésie.

Ses bras s'ouvrirent pour me montrer le paysage incroyable dressé devant nous, toute cette beauté que le monde nous offrait.

C'est à ce moment, que mon réveil me fit sortir de mon sommeil.

Assise devant ma coiffeuse, j'étais sur le point de m'appliquer du mascara quand on vint frapper à la porte de ma suite.

— Service d'étage, appela une voix depuis le couloir.

Je décidai de remettre à plus tard ma touche maquillage et partis ouvrir ma porte. Le room service venait m'apporter mon petit déjeuner. La table était recouverte d'une quantité de choix et de saveurs différentes.

— C'est pour moi ? demandai-je, surprise devant tant de nourritures.

L'homme en costume me jeta alors un coup d'œil perplexe :

— Oui, madame. Y a-t-il un souci avec votre commande ?

— Non aucun. Je vous remercie.

Il se voulait poli, mais je sentis une petite pointe d'agacement dans le ton qu'il prenait avec moi. Lorsqu'il fût parti de la pièce, j'attrapai mon badge pour me précipiter dans la suite de Faïz.

— Tu pourrais frapper Zoé ! s'écria-t-il avec une humeur bien à lui.

— Oui, comme toi hier et pour ta gouverne, tu sembles habillé.

Il leva les bras au ciel, désappointé.

— J'ai frappé et j'ai même appelé bon sang ! Sinon, il y a un souci ?

Je pris une moue sérieuse et croisai mes bras.

— Je ne sais pas, c'est toi qui as commandé le petit déjeuner ?

— Oui. Je ne savais pas ce que tu prenais, du coup je me suis permis de commander un peu du tout.

Je secouai vigoureusement la tête avant de le fixer de nouveau.

— Un peu ? Je dirais que c'est un petit peu exagéré. Une tartine m'aurait suffi, mais merci quand même. Tu viens partager ça avec moi ?

— Quoi, la tartine ?

— Faïz, ne commence pas. Tu sais que je parle du petit déjeuner.

Amusé, il essuya ses cheveux avec sa serviette. Je le scrutai quelques secondes. Sa tignasse mouillée et ébouriffée lui allait si bien. Soudain, j'eus envie de passer mes mains dedans. Je stoppai net mes pensées déviantes quand il détourna avec regret son regard afin d'attacher sa cravate devant le miroir.

— J'ai déjà mangé ce matin et je dois passer quelques

appels importants. Je te rejoins dans quelques minutes, répondit-il.

Déçue, je tournai les talons pour le laisser à ses occupations.

Je contemplai Manhattan et ses gratte-ciels, ma tasse de café à la main. Impossible d'appeler qui que ce soit à cette heure-ci, il était encore trop tôt à Los Angeles. Je me dirigeai vers mon téléphone posé sur le bureau et je fis défiler mes contacts jusqu'à ce que le numéro de mon père apparaisse.

— Holà Querida, décrocha ce dernier apparemment heureux de me parler.

Entendre ma langue maternelle me fit un bien fou. J'engageai la conversation avec ce dernier.

— Bonjour papa, comment vas-tu depuis ton retour de mission ?

— Tout va bien ici. Tes appels sont si rares, tu me manques tellement.

— J'ai un peu de temps devant moi ce matin. Figure-toi que je suis à New York en ce moment pour mon stage.

— New York ? s'étonna-t-il, mais... es-tu partie seule ?

— Non, à vrai dire, je suis venue avec Faïz.

Contrairement au reste du monde, mon père ne me faisait aucune remarque dès que je parlais de lui. Je me mis à lui raconter ma dernière semaine dans les grandes lignes puis il fit de même pour la sienne. Après une quinzaine de minutes, Faïz apparut dans ma chambre, m'indiquant avec un signe de main qu'il était temps pour nous de partir.

— Attends, je te passe ta grand-mère, me retint mon père.

311

Avant même que j'eus le temps de répondre, ma grand-mère avait déjà le téléphone en main. Je grinçai des dents, comprenant que je n'étais pas sortie d'affaires.

— Ma fille, que c'est bon d'entendre ta voix, l'université ça va ? Ta famille d'accueil aussi ?

— Oui, Mam' il m'arrive d'avoir le mal du pays de temps en temps, mais tout se passe bien pour moi.

Ma grand-mère enchaîna les questions, tandis que Faïz, assis sur le bureau, attendait patiemment. Je me doutai bien qu'il gardait une oreille attentive à ma conversation dont il ne devait pas comprendre grand-chose. C'était la première fois que je parlais espagnol en sa compagnie.

— Mam', je dois te laisser, on m'attend. J'ai un rendez-vous important ce matin.

— Je comprends ma fille. Fais bien attention à toi, les Américains sont…

— Bonne journée à vous deux aussi, je vous aime.

Je préférai écourter notre discussion en raccrochant le plus vite possible. Faïz se redressa et s'avança vers moi. Arrivé à ma hauteur, il leva sa main afin de remettre en place une mèche derrière mon oreille. Je déglutis, magnétisée par son contact si familier.

— J'aurais pu t'écouter parler ainsi pendant des heures. Tu semblais chanter, m'adressa-t-il doucement.

Faïz se retourna et se dirigea vers la sortie. Il me tint la porte afin de me laisser passer devant lui. Surprise par sa remarque, je lui souris, les iris brillantes à défaut de ne pas réussir à trouver les mots à ce moment-là.

Dans le hall de l'hôtel, je refermai précipitamment ma veste, sentant déjà le froid pénétrer à travers la couture de mon vêtement. J'aperçus Adan à travers les portes d'entrée qui nous attendait dehors. J'accélérai alors le pas pour lui faire gagner quelques secondes en moins à l'extérieur de son véhicule, obligeant Faïz par la même occasion à faire de même.

— Tu es pressée de te rendre à Trac-Word, me lança celui-ci suspicieux.

— Adan nous attend, haletai-je.

— C'est un peu son métier Zoé.

— Je préférerais qu'il le fasse au chaud !

J'évitai de croiser son regard, devinant qu'il devait être, à tout point de vue, exaspéré par ma remarque.

— Bonjour madame Reyes, se précipita Adan à ma rencontre.

Il m'ouvrit la portière et je m'installai à l'arrière, Faïz sur mes talons.

Durant le trajet, ce dernier écouta attentivement les informations à la radio pendant que j'observais New York et ses buildings.

— Il y a plus de monde dans les rues ici qu'à L.A, constatai-je sans m'en rendre compte, à voix haute.

— Les gens se déplacent principalement en transport ou à pieds, contrairement à L.A où même pour faire cent mètres, la voiture semble indispensable, déclara Faïz en réprimant un sourire.

Il me fixait d'une façon distincte comme s'il souhaitait désormais réduire cette distance qu'il s'était forcé à mettre entre nous depuis tout ce temps. Rapidement, il détourna avec inquiétude son regard afin de retrouver des idées claires puis il décida de me briefer une dernière fois sur le nom des employés ainsi que leur fonction, mais aussi sur les habitudes de l'entreprise. Pour finir, il m'encouragea à être sûre de moi et à poser toutes les questions qui me seraient utiles à la rédaction de mon article. Time Square, fidèle à son image, ne désemplissait pas. L'ambiance générale, bien que pesante, restait animée par ses super héros dispersés aux quatre coins de ce carrefour tandis que ses boutiques et ses restaurants étaient déjà bondés.

— Bonne journée Adan, adressai-je à notre chauffeur avant de m'éloigner vers l'entrée du bâtiment.

— À vous aussi, madame.

À l'intérieur, Faïz se dirigea sans attendre à l'accueil où se trouvait la même hôtesse qu'hier soir.

— Bonjour, monsieur Mattew.

— Bonjour Mira. Pouvez-vous prévenir le service de communication que Zoé Reyes va arriver. Ils sont déjà au courant de sa visite d'aujourd'hui.

— Bien, monsieur.

Elle s'exécuta sans attendre. Faïz partit alors vers les ascenseurs. Dès que les portes de la cabine se refermèrent sur nous, ce dernier se retourna vers moi, plongeant ses yeux dans les miens :

— Viens ce soir avec moi, murmura-t-il avec une supplique dans la voix.

Il parlait bien entendu de la réception donnée par Trac-Word. Ses prunelles semblaient, elles, me supplier. C'était bien la première fois que je me sentais indispensable pour lui. Hébétée, j'hésitai un instant en le dévisageant intensément, puis je pris une profonde inspiration.

— D'accord, je viendrai.

Il ferma les yeux, les traits de son visage se détendirent. Un petit signal sonore vint interrompre ce moment, nous indiquant que nous étions arrivés à notre

314

étage. Faïz m'accompagna d'un pas lent vers mon bureau tout en ajoutant :

— Bien, je suis heureux de l'entendre. Tu risques de terminer plus tôt que moi ce soir. Adan t'attendra en bas et il t'emmènera ensuite à l'hôtel. Je passerai te récupérer pour vingt heures.

Nous nous arrêtâmes devant une porte ouverte qui apparemment devait être une des salles de réunion, puis Faïz me souhaita bonne chance avant de repartir de son côté sans se retourner. Mal à l'aise, je fis mon apparition dans la pièce, qui donnait sur Times Square. Une jeune femme m'y attendait, assise, autour d'une grande table. Quand elle m'entendit entrer, cette dernière leva sa tête de son ordinateur. Un grand sourire chaleureux fendit alors son visage.

— Hé salut, tu dois être Zoé. Moi c'est Chloé, enchantée, m'interpella-t-elle familièrement.

Elle se leva aussitôt pour venir à ma rencontre. Chloé était plus petite que moi, ce qui me surprit, du fait que je me considérais déjà comme minuscule. Ses cheveux blonds sur le dessus et noir en dessous, lui arrivaient jusqu'aux épaules. Son tailleur blanc et jaune très classe devait sans aucun doute être hors de prix.

— Bonjour… oui c'est bien moi, enchantée, lui adressai-je avec une poignée de main.

— Dolce Gabana !

— Pardon ?

— Mon ensemble, c'est un Dolce, si tu te posais la question.

Je me mis à rougir légèrement. Mon Dieu, j'imaginais renvoyer l'image de la petite paysanne qui ne devait rien connaître au monde de la mode.

— C'est vrai qu'il saute aux yeux, répondis-je timidement sur un ton embarrassé.

— Allons nous asseoir si tu le veux bien. Andy et James arrivent tout de suite.

Une fois que nous prîmes place, je sortis de mon grand sac un crayon ainsi qu'un cahier sur lequel y étaient déjà inscrites pas mal de notes.

— Avant de commencer, j'aimerais savoir si c'est vraiment la couleur de tes yeux ? me demanda-t-elle intriguée.

— Oui, je ne porte pas de lentilles.

— Fascinant. On doit te le demander souvent.

— J'ai appris à faire avec, lui confiai-je avec un sourire timide.

Le contact avec Chloé passa sans difficulté. Cette jeune femme à l'allure extravertie faisait la conversation sans aucun filtre dans ses paroles, ce qui me donnait l'impression de la connaître depuis toujours. Je ne m'en plaignis pas, bien au contraire, cela favorisa nos échanges. Ses gestes ainsi que son ton amical me permirent de me détendre au fil des minutes qui passèrent.

— Nous sommes en ce moment sur les thérapies innovantes et premiers au niveau mondial, continua-t-elle sur la présentation de cette industrie.

Chloé paraissait passionnée par son travail. Nous étions ensemble depuis près de deux heures et je m'appliquai à me dépêcher d'écrire tout ce qu'elle disait sans me perdre en route. Faïz m'avait avertie, ce matin, dans la voiture. Il n'y avait pas de place pour la moindre inapplication au sein de Trac-Word. Personne ne viendrait me tenir la main.

— Peut-on parler d'une consécration de la médecine dégénérative dans le monde ? la coupai-je au milieu son débit de parole.

— C'est un marché prometteur, Trac-Word doit se pencher dessus. Pour l'instant, nous sommes seulement au stade des essais.

— Combien d'essais, jusqu'ici, avez-vous réalisés pour ces projets thérapeutiques ?

— Près de onze mille sur des patients. Soixante pour cent sont issus de cellules d'autres donneurs.

Chloé se leva de sa chaise.

— Que dirais-tu de faire une petite pause et d'aller prendre un café ? me proposa-t-elle.

— Oui, ça ne me ferait pas de mal, répondis-je sans hésiter.

— Allons à la cafétéria qui se trouve au premier. Andy et James ont sûrement dû être retenus au laboratoire de l'autre côté de Manhattan, mais ils ne devraient plus tarder.

Elle prit ses affaires et je l'imitai.

Trac-Word ressemblait à une véritable fourmilière à cette heure-ci de la journée. Le va-et-vient des personnes était constant à l'extérieur des bureaux.

— Rappelle-moi, tu travailles pour quel magazine ?

— Je suis en stage chez « So Home News ».

— C'est une première pour nous. Nous avons plus l'habitude de gérer le département presse avec des magazines ou des journaux spécialisés dans le domaine de la santé.

En sortant de l'ascenseur, j'essayai de suivre Chloé, mais sa démarche très rapide me força presque à faire un footing.

— Oui c'est ce que j'ai cru comprendre quand Faïz…

— Faïz ? s'étonna-t-elle, ça fait bizarre d'entendre quelqu'un appeler notre future PDG par son prénom, vous devez être… très proches.

Elle s'arrêta net devant la cafétéria et se tourna vers moi. Cette dernière me dévisagea attentivement. Essoufflée, j'essayai de retrouver une respiration régulière.

— Non, ce n'est pas… lui et moi… je suis en famille d'accueil chez les Mattew, bafouillai-je.

Je ne parus pas convaincante, vu l'air amusé que prit Chloé face à mes propos désordonnés. Elle se pencha alors vers moi.

— Zoé, je ne te cache pas qu'ici, monsieur Mattew est l'homme le plus convoité. C'est le fantasme de toute femme, m'avoua-t-elle à voix basse.

Celle-ci reprit aussitôt son sérieux et poussa enfin les portes de cette immense cafétéria. La décoration de cet endroit nous rappela la nature. Des chaises et des canapés étaient disposés un peu partout. Les buffets présentaient différents menus, le choix était large, même au niveau des boissons chaudes. Nous nous essayâmes sur un des canapés avec notre café à la main.

— Comment es-tu rentrée ici ? m'autorisai-je à demander à Chloé.

— On va dire que je n'ai pas eu une adolescence facile. J'ai décroché très tôt de l'école. À dix-huit ans, je suis tombée enceinte, ma mère m'a mis à la porte en me disant qu'il n'y aurait pas assez de place pour moi et mon futur enfant chez elle. J'ai été ensuite de foyer en foyer pour les jeunes mères en difficulté. Je vivais dans la plus grande précarité absolue et la naissance de ma fille n'a pas arrangé les choses. Au moment où j'allais tout lâcher, c'est-à-dire confier mon enfant à l'adoption et bien décidée à me foutre en l'air par la suite, je me suis arrêtée dans une église, non loin de là. C'était comme si quelque chose me poussait à y rentrer. C'est quand on touche vraiment le fond que l'on se met à supplier le ciel, donc j'ai fait comme le commun des mortels, en serrant mes mains pour prier. J'ai demandé à la seule personne en qui je n'avais jamais cru, son aide. C'était il y a deux ans.

Elle s'arrêta, l'émotion dans toute sa chaire était vive, ravivée par des souvenirs douloureux. J'avais moi-même les larmes aux yeux, comme si je ressentais sa douleur à cette époque.

— Chloé, tu n'es pas obligée de tout me raconter, je ne veux pas te mettre dans cet état-là. Je suis sincèrement désolée, je n'aurais pas dû.

— Non, ça ne me dérange pas de t'en parler. Peu de personnes connaissent cette partie de mon histoire en réalité. En sortant de l'église Sainte Thérèse, j'ai bousculé un jeune homme sans faire attention, c'était monsieur Mattew. Il m'a rattrapée juste avant que je ne tombe par terre. Je ne sais pas ce qui s'est passé, mais son regard m'a transpercée. C'était comme si, en une fraction de seconde il avait lu le récit de ma triste vie. Devant ma détresse, il m'a emmenée prendre un café, en face de l'église et on a beaucoup parlé. Non, je rectifie, c'est moi qui ai beaucoup parlé à vrai dire. Une semaine après, j'intégrais un poste à responsabilité à Trac-Word au service presse et communication. Ça a complètement changé ma vie. Sur une fiche de paye, le nom de cette multinationale est comme un sésame qui m'a ouvert toutes les portes. Aujourd'hui, je peux tout offrir à ma fille.

Une bouffée d'émotion me submergea. Quand on rencontre Chloé pour la première fois, personne ne peut s'imaginer un instant qu'elle a eu une vie si difficile auparavant. La rencontre avec Faïz a été pour elle, une véritable bénédiction. Le regard que j'avais sur lui changea du tout au tout. Moi qui avais dressé un portrait de lui plutôt froid, autoritaire et sans vraiment de compassion pour les autres se brisa à ce moment en mille morceaux.

— Je réalise qu'au bout de six mois je ne le connais pas du tout, me susurrai-je à moi-même.

— On ne peut jamais connaître véritablement une personne.

Son téléphone sonna, elle consulta aussitôt le message qu'elle venait de recevoir.

— Parfait, déclara-t-elle, on va pouvoir continuer, James et Andy sont enfin arrivés. Ces deux-là je te jure…

Chloé leva les yeux au ciel, faisant semblant d'être exaspérée puis nous rassemblâmes nos affaires pour repartir, toujours au pas de course. Mes pieds dans mes escarpins me brûlaient déjà.

Dans la salle de réunion, les deux compères se disputaient au sujet d'une émission de télévision que présentait un certain Jimmy Fallon.

— Il donne du peps ce jeune. Trouves-en un autre qui danse ou rap avec les stars qu'il invite ! menaça James de son doigt braqué sur Andy.

— Tu veux rire ! Conan O'Brien, ça c'est un vrai, mon vieux. Oui, oui, de l'authentique. Il dit ce qu'il pense, sans censure, ce n'est pas un lèche-botte.

— STOP ! intervint Chloé, mimant le temps mort avec ses mains avant de reprendre : Messieurs, vous continuerez votre débat sur la place publique si vous le souhaitez, mais sur votre temps de pause.

Cette dernière se tourna ensuite vers moi.

— Je vous présente mademoiselle Zoé Reyes qui…

— Merci Chloé, mais les présentations nous ont été faites hier. Ça t'arrive des fois d'avoir un coup d'avance ? lui coupa Andy sur un ton faussement tragique, enfoncé dans son fauteuil.

— Oui, comme ce matin lorsque j'ai commencé la présentation de la firme sans vous.

Nous nous installâmes toutes les deux autour de la table puis James se leva et alluma un rétro protecteur qui refléta plusieurs schémas sur le tableau devant nous. Un, sur la croissance mondiale de l'activité de la boîte, un autre sur la part du marché de ces deux dernières années. Andy et James avaient à cœur de tout m'expliquer de façon à ce que rien ne me paraisse opaque. Les chiffres qu'ils me donnèrent n'avaient encore jamais été communiqués à la presse. Les trois heures passèrent à toute allure tellement le sujet était passionnant. Mes notes remplirent des dizaines de pages sur mon cahier.

— En résumé, Trac-Word souhaite éradiquer le problème de la pénurie sur les traitements de plusieurs maladies, conclut James.

— La recherche cellulaire constamment mise en avant par la firme serait donc la solution ? éludai-je, essayant d'étudier le sujet sous tous les angles.

— Oui, une bonne partie, trancha Chloé.

— Les thérapies innovantes ne cessent d'émerger au fil des décennies. Aujourd'hui, le travail cellulaire est primordial à la recherche, mais demain ce sera peut-être autre chose, déclara Andy.

— Mon estomac est en train de se tordre de douleur, on pourrait peut-être aller manger un morceau ? proposa soudain James.

Nous approuvâmes tous les trois et partîmes à la cafétéria afin de nous restaurer.

Je constatai qu'il y avait beaucoup plus de monde que tout à l'heure, l'endroit était désormais rempli. Trac-Word chouchoutait ses salariés, en proposant des repas divers et variés. Deux chefs y étaient d'ailleurs mandatés afin de confectionner les menus. Au buffet, j'optai pour des crudités avec un plat en sauce. À mon grand étonnement, Chloé trouva une place assez rapidement. Une fois installée, je me mis à chercher Faïz du regard. Nous avions passé près de vingt-quatre heures ensemble et je m'étais habituée, plus que je ne l'aurais pensé, à cette proximité entre nous.

— Les dirigeants de la boîte ne mangent pas ici, devina Cholé.

Je dus vraiment avoir l'effet d'une crétine et m'empourprai honteusement.

— J'aurais dû m'en douter, déclarai-je en essayant de prendre un ton le plus détaché possible.

J'imaginai mal Faïz au milieu de cette pièce, assis avec le commun des mortels. Absorbée par mes pensées, je décrochai de la conversation avec mes collègues, celle-ci se mélangea avec le brouhaha de fond.

— Zoé ? m'interpella James.

Je me ressaisis en quelques secondes.

— Désolée, j'avais l'esprit ailleurs, vous disiez ? m'enquis-je.

— Pour ce soir, comment seras-tu habillée ? Le

séminaire, tu vois ? me demanda Chloé.

— Je n'ai pas été prévenue de cet événement avant de faire ma valise pour New York. Du coup, ça sera simple, pantalon et chemise.

Tous les trois me regardèrent avec une expression dépitée sur leur visage.

— Hors de question, s'insurgea Chloé en regardant les deux autres.

— Pauvre petite, fit Andy, d'une mine déconcertée en regardant son assiette.

— Non, non, ne vous inquiétez pas pour moi, ça me va très bien, essayai-je de les rassurer sur mon sort.

— Attendez, peut-être que son pantalon et son haut sont d'une grande marque de haute couture française ! s'exclama James.

Les trois têtes se tournèrent vers moi avec un tel espoir dans leurs yeux que je ne pus les torturer davantage.

— Oui… Givenchy, lâchai-je, les dents serrées.

Dans quoi je m'embarque là, hrrrrrrr ! Cependant ma réponse eut l'effet escompté. Je leur évitai à chacun, une crise cardiaque.

— Cette soirée est importante pour le groupe, m'expliqua Chloé, les séminaires sont d'une telle classe. Petits fours, décoration raffinée et défilés de très beaux hommes.

Son petit clin d'œil en disait long. James nous annonça qu'il serait en compagnie de son épouse et Andy, lui, de sa grand-mère.

— Tu viendras avec monsieur Mattew ? me demanda James plein de curiosité.

— C'est ce qui est prévu, affirmai-je.

— Tu as tellement de chance, soupira Chloé, et tes

cheveux ?

Sa question me prit de cours.

— Je ne sais pas. Je ne pense pas me coiffer autrement pour ce soir.

Mes cheveux lâchés avec mes boucles passaient partout et je n'avais vraiment pas envie de faire d'effort pour un événement où je savais déjà auparavant que je serais au fond d'une pièce, morte d'ennui, comptant les heures qui me sépareraient de mon lit. Je revis le visage presque suppliant de Faïz, ce matin, dans l'ascenseur. Je ne pouvais pas lui faire faux bon.

La visite des locaux de Trac-Word dura une bonne partie de l'après-midi. Dans ce gigantesque building, nous croisâmes beaucoup de monde sauf Faïz, pour mon plus grand désespoir. Nous finîmes la visite aux ressources humaines avec la responsable nommée Sienna. Je constatai qu'elle aussi ne dépassait pas la trentaine. Décidément, la moyenne d'âge dans cette entreprise était plutôt jeune, ce que me confirma cette dernière pendant notre entretien. Elle m'expliqua toutes les mesures que Trac-Word avait prises pour lutter contre la discrimination sexuelle et raciale au sein de la firme. Cette entrevue m'avait tellement intéressée que j'en avais oublié l'heure, je fus étonnée de constater qu'il était déjà dix-huit heures lorsque je jetai un regard à ma montre.

— Je dois partir récupérer ma fille, s'excusa Chloé, nous indiquant qu'il était temps pour elle de nous quitter.

— Nous nous verrons ce soir ma belle, lui gratifia Andy d'un signe de main en guise d'au revoir.

— Zoé, ça va aller ? me demanda Chloé d'un air anxieux avant de quitter la pièce.

— Oui, je pense avoir tout ce qu'il me faut. Merci de m'avoir accordé tout ce temps. C'était très captivant, lui répondis-je sur un ton sincère.

Elle ne put s'empêcher de venir me faire une accolade chaleureuse.

— Si jamais il te manque quoi que ce soit pour ton article, tu m'envoies un mail. Je te répondrais au plus vite. On garde les adieux pour ce soir, toi aussi tu dois te dépêcher de partir. Les bureaux ferment plus tôt ce soir.

Je la remerciai encore une fois avant de la laisser s'en aller puis ce fut au tour d'Andy, James et Sienna de prendre congé. Ils avaient tous été incroyables et attachants durant cette journée. James me raccompagna jusqu'à la sortie du hall d'accueil. Comme ce qui était convenu, Adan m'attendait, il m'invita sans attendre à m'installer à l'intérieur du véhicule.

— À tout à l'heure James, le saluai-je avant de monter dans la Range Rover.

— À ce soir, on est content que tu partages ce moment avec nous. Tu verras, nos soirées sont vraiment divertissantes.

Bien que quelque peu sceptique, j'étais heureuse de tous les revoir une dernière fois avant de tourner la page sur New York.

— Oui, je n'en doute pas, lui lançai-je avant de m'engouffrer au chaud.

Quand Adan démarra le moteur de la voiture, il m'adressa un regard inquiet dans le rétroviseur avant de me prévenir d'une voix gênée de la situation.

— J'ai comme consigne de vous déposer à l'hôtel, mademoiselle Reyes, sans attendre monsieur Mattew.

— Oui Adan, c'est ce qui est prévu. Ça me va, merci.

Vu la circulation de cette fin de semaine, je sus que j'avais de longues minutes devant moi avant d'arriver au Plaza. Je décidai donc d'appeler Lexy pour prendre de ses nouvelles.

— Salut Zoé, répondit gaiement mon amie, j'allais t'appeler d'ici peu. Quoi de beau à New York ?

— Bonsoir Lexy. Tout va bien mis à part le froid arctique et toi ?

— Arrête de te plaindre. Chez nous ça ressemble à l'apocalypse ! Je ne te raconte pas la chaleur ni même la panique avec les incendies de ces derniers jours qui progressent rapidement.

— Il faudrait vraiment que l'air se refroidisse et surtout qu'il pleuve pour permettre d'arrêter la progression des flammes. Vous comptez venir demain soir ? Pour l'anniversaire de Victoria ?

— Rassure-toi, on sera tous présents. Lily nous a envoyé un message. Apparemment ça se déroulera chez William et son frère. Tu y es déjà allée ?

— C'est ce que Lily m'a confirmé lorsque je l'ai appelée en milieu d'après-midi. Oui, je connais. Je pense que vous allez aimer. C'est… comment dire… spécial.

— Trop cool. On a hâte de te revoir.

— Lucas, c'est toujours du passé ? enchaînai-je d'une voix hésitante.

— Toujours ! Et ça le restera. On reste de très bons amis, ne t'inquiète pas. Et toi, rien à raconter de croustillant sur cette escapade avec Faïz ?

— Non, soupirai-je profondément, le néant, mais ça fait un moment que je me suis rendue à l'évidence. J'espère me résigner enfin à capituler complètement.

— Tant pis pour ce bougre. Il y a toujours William qui

t'attend. Il semble très amoureux de toi.

— Après tout le temps que je lui ai fait perdre, il devrait plutôt me détester. Ce serait plus logique. Il attend quelque chose de moi que je suis incapable de le lui donner pour le moment.

— Je comprends. Ça ne sert à rien de se précipiter. Les choses arrivent toujours pour une raison.

— C'est tout à fait vrai. Je dois te laisser Lexy, je suis arrivée à l'hôtel.

— A demain Zoé. Bonne soirée.

Nous raccrochâmes sans que je lui aie parlé du gala de ce soir. Lexy avait tendance à avoir un comportement extrême face aux situations comme celle-ci. Une fois garé devant l'entrée, Adan me devança pour m'ouvrir ma portière.

— Merci, c'est vous qui revenez nous récupérer tout à l'heure ? lui demandai-je.

— Oui, mademoiselle Reyes, c'est ce qui est préyu.

Je me précipitai à l'intérieur de l'hôtel pour échapper au froid. Avant de monter dans ma suite, je me dirigeai vers l'accueil et reconnus la personne qui nous avait accueillis hier soir.

— Comment puis-je vous aider, madame ? me demanda très courtoisement le réceptionniste.

— Pouvez-vous demander à un chasseur de m'apporter un fer à lisser dans ma chambre, s'il vous plaît ?

— Pour quelle heure ?

— Le plus tôt possible. Je dois être repartie pour vingt heures.

— Très bien, le fer à lisser sera monté dans quelques minutes dans votre suite

— Je vous en remercie.

J'aurais certes, une tenue un peu simple, mais je comptai me rattraper sur le fond. Dans l'ascenseur, je regardai l'heure sur ma montre, j'avais environ une heure pour me préparer. C'est alors que je sentis un petit coup de fatigue me gagner. Je dus lutter pour ne pas m'étendre sur mon lit lorsque j'arrivai dans ma chambre.

Je croisai quelques personnes dans le couloir avant d'arriver jusqu'à ma porte, notamment beaucoup de touristes. Il fallait avouer que New York en plein hiver avait son charme. Je poussai la porte de ma suite plongée dans le noir et allumai la lumière. Je déposai mes affaires sur le coin de bureau puis enlevai, soulagée, mes chaussures quand quelque chose vint attirer mon attention. Posée sur mon lit, une pochette métallisée, grise, de marque Channel m'attendait. À côté de celle-ci, je remarquai une grande housse d'emballage. Un Post-it avec mon prénom dessus y était accroché. Je reconnus l'écriture de Faïz. Mon pouls s'accéléra et j'ouvris précipitamment ce grand écrin. N'y croyant pas mes yeux, je dus m'asseoir pour ne pas tomber à la renverse. Je découvris devant moi, une robe des plus somptueuses, que même dans mes rêves les plus fous, il m'aurait été impossible d'avoir. Hésitante, je m'autorisai à toucher ce tissu couleur gris, ivoire, du bout des doigts. C'était une création unique de Vera Wang. Cette longue robe au dos nu avec de multiples diamants scintillait de mille feux. Sur chaque côté était placé un voile transparent jouant ainsi sur l'effet optique. Les manches étaient recouvertes de dentelle d'une telle finesse. Cette tenue était tout simplement à couper le souffle. Sous le choc, ce fut à peine si j'entendis frapper à la porte tant j'étais hypnotisée par les détails de cette broderie scintillante.

— Service d'étage, me parvint la voix d'une femme derrière la porte.

Sur le bas de la porte, l'employée de l'hôtel me tendit un fer à lisser en me souhaitant une bonne soirée. Avant de me diriger dans la salle de bain, je décidai de remercier Faïz en lui envoyant un message. Je mis bien deux minutes à tourner au mieux ma phrase qui ne contenait que quelques mots.

« **Merci pour cette délicate attention qui me touche** ».

Ma fatigue s'était complètement envolée. Nickie Minaj remplit la salle de bain de sa voix puissante et me fit danser. Après ma douche, je me retrouvai devant le miroir où je m'attaquai à mes cheveux rebelles, motivée plus que jamais à les dompter pour la soirée.

Quand la dernière mèche de mon brushing fut terminée, je soufflai un grand coup, contente du résultat. Dans ma vie, ça devait bien être la troisième fois que j'en faisais un. En effet, il fallait une motivation à toute épreuve pour se lancer dans ce redoutable exercice. Ensuite, je sortis ma petite trousse de maquillage pour faire un joli make-up de base, nude, très léger. Le rendu me plut beaucoup. Puis vint le tour de ma robe. Je la pris délicatement et l'enfilai sans aucune difficulté. La dentelle caressa ma peau. Celle-ci était bien plus cintrée que je ne l'avais pensé, au millimètre près, comme si elle avait été cousue sur ma peau. Je me dirigeai impatiente vers le grand miroir de ma chambre afin de l'admirer sur moi. Je ne me reconnus pas.

Le reflet de cette jeune femme ressemblait presque à un modèle que l'on pouvait retrouver sur une couverture de magazine avec cette robe de créateur. Le gris argenté de ma tenue faisait ressortir mes yeux encore plus verts que d'ordinaire. En me retournant, j'aperçus une grande fente à l'arrière, sublimant une partie de mes jambes. Je retournai dans la salle de bain pour me mettre une touche de rouge à lèvres ainsi que mon mascara que je n'avais pas eu le temps d'appliquer ce matin. Une fois prête, je consultai mon téléphone, constatant alors que je venais de rater un appel de Faïz. Il était vingt heures quinze, j'avais quelques minutes de retard. Je décidai donc de le rappeler aussitôt.

— Tu en es où ? s'impatienta-t-il au bout du fil.

— Je suis prête. Es-tu dans ta chambre ?

— Non dans le hall, Adan est là, on t'attend.

— J'arrive de suite.

J'enfilai mes escarpins noirs, que la robe cachait avec sa longueur et remplaçai mon sac à main par ma pochette complètement en accord avec ma tenue de princesse. Je parcourus le couloir à grands pas, imaginant Faïz faire les cent pas dans le hall d'accueil tel un lion en cage. L'ascenseur arriva rapidement, à l'intérieur tous les regards se braquèrent sur moi, me rendant aussitôt mal à l'aise. Une fois en bas, je préférai laisser tout le monde sortir avant moi, puis je me rendis à mon tour dans le hall. J'aperçus immédiatement Faïz, téléphone à l'oreille. Ce dernier se figea en me voyant, son regard sévère et agacé disparut instantanément, laissant place à un désarroi le plus total. Il prononça alors deux mots tout au plus à son interlocuteur avant de raccrocher précipitamment. Plus je m'avançais, plus l'éclat dans ses yeux brillait. Il était d'une telle beauté dans son smoking noir et sa chemise blanche. Ses cheveux ramenés légèrement en arrière faisaient ressortir les traits de son visage. Il m'ensorcelait complètement par son charme à donner le vertige. Mon souffle se coupa tandis que mon cœur, lui, s'affolait.

— Bonsoir, murmurai-je.

— Tu... tu es magnifique Zoé, balbutia-t-il pour la première fois, je ne sais pas quoi te dire de plus.

Gênée par son compliment, je baissai la tête. Heureuse de constater que je le troublai également, c'était évident.

— Nous ne devons pas faire attendre Adan, déjà que je suis en retard, arrivai-je à prononcer en essayant de garder une voix égale.

Faïz secoua la tête comme pour remettre ses idées en ordre. Il enleva sa veste pour venir la placer sur mes épaules puis me tendit son bras, avec un grand sourire à en faire perdre mon sens gravitationnel. Je le pris aussitôt, avec l'impression d'être à cet instant, la femme la plus belle à ses yeux.

FAÏZ

La Range Rover s'élança sur la cinquième avenue. À l'intérieur, Zoé regardait silencieusement la nuit new-yorkaise à travers sa fenêtre. Faïz lui, paraissait plus nerveux, il ne pouvait s'empêcher de jeter des coups d'œil furtifs à cette belle demoiselle assise à côté de lui. Il se retenait tant bien que mal à l'envie de se rapprocher de celle-ci. Au fond de lui, il était conscient que Zoé ne le repousserait pas. Seulement, l'embrasser ou même l'effleurer, l'effrayait à l'idée de profaner ce sanctuaire. Des aventures, il en avait eu pourtant beaucoup à vrai dire. La seule relation sérieuse qu'il ait connue auparavant c'était Rachelle. À cette pensée, il ferma ses yeux assez forts puis les rouvrit. Cette pauvre Rachelle, le dernier souvenir qu'il avait d'elle, était cette souffrance dans son regard. Il lui avait littéralement brisé le cœur. Pourtant, Faïz savait qu'il n'avait qu'un mot à dire pour qu'elle lui revienne, mais il n'arrivait pas à faire taire ses sentiments grandissants pour Zoé. Plus il les étouffait et plus ceux-là lui explosaient en pleine poitrine. Il aurait préféré que Zoé le déteste, d'ailleurs il avait tout fait pour ça, mais cette femme était incapable de ressentir la moindre haine, de la colère certes, comme tout être humain, mais aucune malveillance.

— Où se passe la soirée ?

Elle s'était retournée vers lui, rayonnante dans cette robe. Sa voix douce à l'intonation si claire le fit sortir de sa morosité. Elle le scruta, essayant de deviner la raison de cette mélancolie qui l'habitait. Ce n'était pas la robe qui était splendide, pensa-t-il en l'admirant, mais juste elle, elle qui était indispensable à cette robe pour la rendre remarquable. Il était parti la choisir personnellement pendant la pause déjeuner de ce midi, refusant de faire appel à son service de conciergerie.

— Au Sainte Regis Palace, on y sera dans quelques minutes, répondit-il.

Il aurait voulu prendre un ton et une humeur moins sombres en s'adressant à elle, mais il se sentait obligé de le faire, espérant ainsi lui cacher la fissure qui se creusait en lui. Il n'avait aucune emprise sur ce qu'il ressentait, seulement encore de la maîtrise de soi, mais pour combien de temps ou de minutes encore ? À présent, elle n'avait qu'à ouvrir ses bras afin qu'il renonce à se battre contre une destinée déjà écrite par les Cieux.

11

Je tombai littéralement sous le charme de ce palace en arrivant devant. Un tapis rouge s'étalait depuis notre descente de voiture jusqu'à l'entrée du Sainte Regis. De l'extérieur, la façade était un véritable chef-d'œuvre de l'architecture. Rien n'était laissé au hasard à commencer par le hall de celui-ci, marqué par une décoration fine. Une fois à l'intérieur, je me sentis toute petite dans cet édifice, à l'aménagement spacieux. Faïz parut connaître parfaitement les lieux puisqu'il se dirigea, d'emblée, vers les ascenseurs sans demander son chemin à quiconque. Soudain, une voix l'interpella et ce dernier se retourna. Ce fut un grand blond au physique plutôt foots qui s'approcha de nous.

— Salut Virgin, lança Faïz d'un ton désinvolte.

Il tendit la main à son interlocuteur.

— Ça va ? Je suis content de te voir finalement, s'étonna le jeune homme.

— Nous ne restons pas. Demain, nous repartons à Los Angeles. Je te présente Zoé, Zoé voici Virgin, un ami de longue date et employé à Trac-Word depuis presque cinq ans.

— Enchanté, souffla le jeune homme en écarquillant les yeux, Faïz est un chanceux avec une aussi belle demoiselle à son bras ce soir.

Je lui serrai la main, incommodée par son regard insistant puis nous rentrâmes tous les trois dans l'ascenseur. Faïz se rapprocha de moi, ne laissant aucune chance à son ami de pouvoir interagir avec moi. Je le soupçonnai d'être un tantinet jaloux de lui.

— Nous devons trouver un moment pour échanger quelques mots ce soir, insista Virgin.

Après ces paroles, le visage de Faïz se referma soudain.

— Je sais, je reviendrai vers toi, déclara-t-il d'un air grave.

Quand nous sortîmes de la cabine, Virgin fit un signe de tête à Faïz pour approuver cette décision. Il se tourna ensuite vers moi et me salua avec politesse, puis il partit afin de nous laisser un moment d'intimité.

— Je crois que ton ami m'aime bien, déclarai-je en regardant Faïz du coin de l'œil pour observer sa réaction.

— Oui un peu trop, maugréa-t-il tout bas.

Je lui serrai le bras un peu plus fort afin de lui montrer que j'étais là, à ses côtés et que je ne comptai pas m'enfuir. Il me regarda quelques secondes, silencieux mais je le sentis se détendre aussitôt. C'est alors que nous croisâmes un employé d'hôtel, qui attendait au bout du couloir.

— Il est là pour accueillir les invités ? demandai-je à Faïz.

— Presque. Il y a un hôte à chaque étage de cet hôtel pour répondre à la moindre demande de la clientèle.

— Hum.

— Quoi ? Qu'est-ce qui t'intrigue dans ce que je viens de te dire ?

— Tu as l'air plutôt habitué à cet endroit, lui fis-je remarquer.

— En effet. J'y séjourne à maintes reprises lorsque je viens pour affaires.

— Et en général, tu y viens seul ou accompagné dans ta suite ?

Il s'agaça de ma remarque et me lança un regard interdit.

— Je n'ai pas à te répondre là-dessus ! Ne gâche pas tout s'il te plaît. La réception est par ici.

J'ouvris la bouche pour lui répondre, mais me ressaisis. Je n'avais pas encore envie de me disputer ce soir avec lui. Nous étions au dernier étage et le lieu caché, une salle avec un cadre d'une véritable splendeur. La première chose que je vis fut les voûtes au plafond où étaient accrochés des lustres dorés au style européen qui descendaient à la verticale. De gros bouquets de roses, à la taille démesurée, roses pâles et blanches, étaient disposés au milieu des tables ovales avec un service de couvert impeccable. Le personnel nous reçut avec les attentions les plus soignées, en nous débarrassant de nos vestes et de nos manteaux. Un grand banquet était installé avec un large choix de menus divers. La présentation de celui-ci se mélangeait parfaitement au décor de la pièce. Les néons roses aux quatre coins de la salle, donnaient un aspect feutré et féerique à cet espace. Je me dirigeai près de la tribune, au fond, où un immense hologramme était projeté. Je reconnus la rose sous son socle de verre, identique à l'image de « la Belle et la Bête ». Fascinée, je fis le tour de cette image en quatre dimensions qui paraissait comme suspendue dans l'air. La rose faisait facilement plus de cinq mètres de hauteur et les pétales de celle-ci tombaient lentement, comme pour rappeler le temps qui passe.

— Zoé ? me ramena doucement la voix de Faïz à la

réalité.

— C'est tout simplement captivant, murmurai-je sans voix.

Il acquiesça en arborant son fameux sourire ravageur sur ses lèvres.

— Tu peux aller te servir au buffet si tu veux. Chloé est assise à la troisième table sur ta droite, elle te fait signe de la rejoindre depuis tout à l'heure.

Je déplaçai mon regard dans sa direction. En effet, cette dernière agitait ses bras pour m'indiquer de venir la retrouver. Trois autres personnes se trouvaient notamment attablées avec elle, mais Chloé ne semblait pas y prêter attention. Je lui indiquai alors la direction du banquet pour la prévenir que j'allais arriver.

— Tu viens t'asseoir avec moi ? demandai-je à Faïz avec un ton plein d'espoir.

Il grimaça avant de me répondre :

— Je dois partir saluer une ou deux personnes importantes qui sont invitées ce soir et prendre du temps pour discuter avec Virgin. Je te rejoins après.

Je n'avais aucune envie de le laisser partir. Malheureusement, même avec un soir comme celui-ci, Faïz devait encore être sur tous les fronts, une fois de plus.

L'expression *avoir les yeux plus gros que le ventre* prenait tout son sens devant cet étalage savoureux de nourriture. Le chef ainsi que son équipe n'avaient pas lésiné pour satisfaire tout ce beau monde. Ne sachant pas par quoi commencer je mélangeai un peu de tout dans mon assiette, ce qui me rappela combien j'étais affamée. Je me dirigeai ensuite à la table de Chloé.

— Tu es splendide Zoé ! Laisse-moi te regarder !

338

s'exclama celle-ci.

Je fis un tour sur moi-même, avant de m'asseoir à ses côtés, fière de ma tenue. Chloé éclata de rire et ajouta :

— Les stars hollywoodiennes n'ont qu'à bien se tenir. Personne ne peut porter cette robe mieux que toi.

— Merci, tu es resplendissante aussi, la complimentai-je avec sincérité.

Sa longue robe moulante de couleur rouge avec des motifs de fleurs brodées était renversante. Sa parure ras le cou se mariait complètement avec le style de son vêtement. Elle avait attaché ses cheveux dans un chignon tiré et modelé pour l'occasion. New York était sans équivoque la capitale mondiale du style et de la mode, toutes les personnes présentes à cette réception le prouvaient.

— Où est ta fille ? lui demandai-je.

— Chez moi. C'est ma voisine qui la garde ce soir. Alors, pas trop déçue de repartir demain ? changea-t-elle de sujet.

Je me servis une petite coupe de champagne puis fis mine de réfléchir un instant.

— Je suis heureuse de rentrer à L.A. mes amis me manquent et la famille de Faïz aussi, mais j'ai été vraiment très heureuse de tous vous rencontrer.

— Tu reviendras sûrement prochainement. Toi et notre future PDG semblez si… proches.

J'étouffai un petit ricanement.

— Je te répète qu'il n'y a rien entre lui et moi.

— Pourtant, depuis tout à l'heure, il ne fait que te scruter du regard Zoé. Je n'appellerais pas ça une relation amicale moi. Mais bon, je dis ça… je ne dis rien.

— Non, c'est vrai, c'est beaucoup plus compliqué, avouai-je, et trop long à t'expliquer. Andy et James sont-ils arrivés ?

— Oui, James est là-haut avec sa femme.

Elle m'indiqua une table, un peu plus loin devant nous, de l'autre côté de la salle. Je vis James assis avec d'autres convives. Contrairement à notre tablée, ils paraissaient, eux, tous se connaître.

— Pourquoi n'est-il pas avec nous ? lui demandai-je.

— Sa femme et moi n'avons pas d'atomes crochus l'une envers l'autre, il vaut mieux que l'on s'évite. On va dire qu'elle est spéciale, m'expliqua-t-elle d'une voix déplaisante envers l'épouse de James.

Je préférais ne pas rentrer dans le sujet qui m'avait l'air épineux, sachant que je n'avais pas besoin de ça ce soir.

— Qui sont ces deux adorables créatures ? nous interpella une voix masculine derrière nous.

Chloé et moi nous retournâmes en même temps. Andy, accompagné de sa grand-mère, nous adressa un petit clin d'œil. Il paraissait transformé dans son costume. Sa grand-mère, une petite dame aux cheveux courts, de couleur poivre et sel, à l'apparence coquette, vint nous saluer chacune notre tour en nous complimentant.

— Mon petit fils a raison, vous êtes magnifiques, mesdames.

— Merci Katy, répondit Chloé, venez donc vous asseoir avec nous, il y a de la place pour tout le monde.

Andy aida sa grand-mère à s'installer.

— Je reviens, je vais nous chercher de quoi nous restaurer, lui signifia-t-il.

— Bien mon fils, je t'attends.

Tandis qu'Andy partait vers le buffet, le regard malicieux de Katy se posa sur moi.

— Vous travaillez aussi à Trac-Word ? me demanda-t-elle.

— Oh non. Veuillez m'excuser, je ne me suis même pas présentée. Zoé, je suis venue à New York faire un article pour un magazine où j'effectue mon stage. Chloé, Andy et James m'ont présenté à merveille les coulisses de la firme.

— Et d'où venez-vous Zoé ? continua-t-elle de m'interroger.

— De Paris à l'origine, mais depuis six mois, je vis à Los Angeles.

L'expression de son visage s'attrista subitement.

— En ce moment, cette région subit pas mal de problèmes. C'est au tour des incendies à présent. Espérons que tout rentre dans l'ordre le plus vite possible.

— J'espère aussi, affirmai-je avec un profond soupir.

Andy revint au bout de quelques minutes. Au moment où il s'installa avec nous, quelqu'un prit la parole au micro, sur la tribune, face à la salle. La musique se fit plus discrète jusqu'à disparaître totalement. Le sexagénaire, à l'allure élancée et d'un charisme prononcé, commença alors son discours.

— Mesdames, messieurs, bonsoir. Je suis ravi de vous accueillir ce soir au Sainte Regis Palace. Je suis Cesar Simeon pour ceux qui ne me connaissent pas.

— Qui est-ce encore celui-là ? râla Katy à mes côtés.

— Tais-toi mamie, aboya Andy agacé, c'est le directeur adjoint de Trac-Word.

Pendant qu'Andy et Katy se chamaillaient, je continuais d'écouter le discours de cet homme.

— Vous êtes encore nombreux cette année, à venir partager ce moment de convivialité. Vous, employés, d'une des plus grosses entreprises mondiales. Quel que soit le poste que vous occupez, votre travail est une pierre en plus que vous mettez à cet édifice. Vous contribuez, de près comme de loin, à la renommée de cette industrie. Ce n'est pas à vous de remercier Trac-Word, mais c'est Trac-Word qui vous remercie ce soir. Vous valorisez le nom de cette multinationale et vous pouvez en être fiers, moi je suis si fier de vous et de ce que vous accomplissez chaque jour.

Des applaudissements résonnèrent dans la salle, le directeur adjoint marqua une pause avant de continuer :

— J'espère que chacun d'entre vous a su trouver sa place au sein de cette grande famille. Sont présents ici, Oscar Heath, PDG de Trac-Word ainsi que notre futur président Faïz Mattew, qui, comme bon nombre d'entre vous le savent, prendra ses nouvelles fonctions en août de cette année. C'est un grand privilège pour nous de vous compter parmi nous ce soir, monsieur Mattew.

Tous les regards se tournèrent vers Faïz, assis à ce moment, aux côtés d'Oscar. Les applaudissements reprirent et Faïz ne se démonta pas. Il resta humble et remercia le directeur adjoint d'un petit signe de tête.

— Mais qu'il est charmant ce jeune homme, commenta la grand-mère d'Andy en parlant de Faïz.

— Pas touche Katy, Zoé est sa cavalière ce soir, s'exclama Chloé.

— Je suis son accompagnatrice, la corrigeai-je.

— Vous tenez là un bon parti, me chuchota Katy à l'oreille.

J'essayai de ne pas lever les yeux au ciel, constatant que Chloé s'amusait beaucoup à me mettre volontairement mal à l'aise. Je plissai les yeux et fis mine de lui en vouloir, en finissant par éclater de rire à mon tour.

— Toi, tu t'entendrais bien avec mes trois autres amis.

Vous êtes pareilles, lui répondis-je en faisant allusion à Asarys, Lexy et David.

Je repris assez vite mon sérieux pour me concentrer de nouveau sur le discours.

— Il est important d'ajouter que les liens créés avec vous tous depuis toutes ces années, ne sont pas des liens froids et uniquement cordiaux. Ce sont là, des liens avec de réels profonds sentiments et exprimés avec le cœur. Notre père fondateur, Monsieur Harry Mattew, a toujours cru en l'être humain et au pouvoir qu'il avait à se relever face aux difficultés rencontrées. Je peux vous dire aujourd'hui qu'il serait fier de vous voir tous porter les couleurs du blason de Trac-Word. Mesdames, messieurs, je vous souhaite à vous tous une très bonne soirée.

Tout le monde se leva, acclamant le discourt de monsieur Simeon. La musique reprit sa place avec le bruit des couverts.

— Je vais chercher des assortiments de dessert, décréta Andy en se levant de table.

— Merci, lui répondit Chloé, tu es adorable.

La piste au milieu se remplit peu à peu de monde, toutes générations confondues. La soirée était déjà bien avancée au Sainte Régis, beaucoup d'invités avaient terminé leur repas.

— Aïe, se crispa Chloé.

— Que se passe-t-il ? lui demandai-je aussitôt, inquiète.

— Ne te retourne pas, monsieur Mattew vient par ici ! murmura-t-elle toute excitée.

Sentant mon cœur tambouriner dans ma poitrine, je devins subitement nerveuse.

— Tu vois qu'il te plaît ! Allez détends-toi, on dirait

que tu as oublié de respirer, se moquât-elle.

— Je suis complètement détendue, mentis-je les joue cramoisies, c'est juste que ça ne se voit pas.

— Bonjour mesdames. Vous passez une bonne soirée ?

Je pouvais reconnaître cette voix parmi des milliers d'autres. Il était désormais tout proche de moi, à quelques centimètres. Si près que j'arrivai à humer son parfum.

— Une excellente, merci à vous, répondit Katy les yeux brillants.

— J'en suis ravi, madame Braxton, répondit Faïz.

— Katy, appelez-moi Katy, je vous en prie.

Soudain un tonnerre d'applaudissements retentit avec des cris. Je mis un long moment à réaliser que Lady Gaga, star de toute une génération, était sur la tribune en chair et en os. Je n'en croyais pas mes yeux.

— C'est vraiment elle ? demandai-je hébétée.

— Oui ! s'écria Chloé survoltée en applaudissant de toutes ses forces.

Une fois le calme revenu, cette dernière annonça qu'elle allait interpréter, au piano, un de ses plus beaux morceaux « One Million Reasons ». Cette chanson me donnait des frissons à chaque fois que je l'écoutais. La main de Faïz se présenta alors sous mon nez pour m'inviter à danser. Chloé se tortillait sur sa chaise, impatiente que j'accepte cette invitation. C'était la seconde fois que je prenais sa main pour danser, espérant au fond de moi que ce soit différent de la dernière fois. Il m'entraîna près de l'hologramme féerique et je ne pus m'empêcher de remarquer que les rôles avaient changé. Cette fois-ci, ce fut lui qui se rapprocha au plus près de moi, en frôlant de ses mains mon dos nu. Bizarrement, je n'éprouvai aucun malaise à cet instant. Je ne pensai plus à rien, plus rien ne comptait, plus rien n'existait. Ni même le Maestro, ni la prophétie, ni les Léviathans. À ce moment, chacun reprit sa place, à l'endroit où il devait être. C'est à dire au milieu des autres mythes et légendes urbaines ou dans ses vieux livres de conte. Je voulais juste qu'on me laisse être Zoé, dix-huit ans et insouciante. La voix de Lady Gaga chanta exactement ce que je ressentais. Cette version en acoustique était tout simplement fabuleuse, si pénétrante, si vraie.

— Je suis désolé pour tout, me susurra Faïz à mon oreille. Je n'ai jamais tenu compte de ce que tu ressentais. L'idée de te blesser m'est intolérable et pourtant je l'ai fait et à maintes reprises.

L'émotion en moi fut à son comble. Il parut soudain profondément vulnérable. J'aurais voulu le réconforter, mais aucun son ne sortit à ce moment de ma bouche, tellement ses paroles me surprirent. De sa main, il porta délicatement mon visage devant le sien pour mieux m'observer. Son regard était empreint d'une grande tendresse. Il posa ensuite son front contre le mien comme pour abdiquer d'un combat que je venais de gagner. Ça y était ! On y était enfin !

— Je veux être l'unique confident, l'unique porte-parole de tes sentiments Zoé.

— Et demain ? Ton discours sera-t-il le même ? murmurai-je presque désespérée.

Une douleur affligée traversa son visage, tout son corps contre moi était sous tension.

— Je ne sais pas. Pour te protéger, je serais capable de museler tout ce que j'éprouve pour toi. Même si tu es comparable à une belle aurore dans ma vie, je suis prêt à vivre dans l'obscurité pour qu'il ne t'arrive jamais rien.

S'il t'arrivait quelque chose, je ne pourrais jamais me le pardonner.

Le rapprochement si délicieux de ses lèvres contre ma joue dissipa tous les mauvais moments que j'avais pu vivre ces derniers mois. Ma volonté de l'aimer fut plus forte que tout, mes mots sortirent tout seuls.

— Si c'est notre destinée, alors rien ici-bas ne peut l'en empêcher. Je t'ai déjà ouvert mes bras, tu dois maintenant me faire confiance et t'en remettre à moi. Arrête d'essayer de te battre contre toi-même. Personne n'a jamais autant manqué à mon cœur que toi.

La chanson s'arrêta, accompagnée d'applaudissements tonitruants, laissant nos mots ainsi suspendus dans le vide. Il posa un doux baiser au creux de mon cou. Mes yeux se fermèrent, savourant ce contact si sensuel. Ma respiration s'accéléra sans que j'arrive à la contrôler. Puis son corps vint se coller encore plus près de moi jusqu'à sentir tous ses muscles de son torse à travers mon vêtement. Ses lèvres à quelques millimètres des miennes s'apprêtèrent à m'embrasser quand une voix nous interrompit à ce moment.

— Faïz ! surgit brusquement Virgin durant ce moment de volupté.

Non, non. Pourquoi maintenant ? Il sembla hésiter un instant en nous voyant aussi proches l'un de l'autre.

— Oh, je pense que ce n'est pas le bon moment, je… je reviendrai tout à l'heure, s'excusa-t-il visiblement gêné.

Faïz, tout aussi embarrassé se tourna vers moi, ne sachant pas trop quoi faire au vu de cette situation troublante.

— Non, c'est bon, dis-je en essayant de prendre le ton le plus détaché possible. Vous devez vous parler. On se retrouve tout à l'heure.

— Tu en es sûre ? insista Faïz, désemparé de devoir me laisser partir.

— Oui. Je vais retrouver Chloé et Andy. Nous partons tôt demain matin, je voudrais en profiter un peu.

J'espérai avoir donné le change et m'écartai de Faïz, déçue de ne pouvoir rester à ses côtés.

— Je viens te rejoindre juste après, me lança-t-il avec un regard rempli de promesses.

Au moment de repartir à ma table, j'entendis quelqu'un me héler de loin. En me retournant, je découvris James avec sa femme à son bras.

— Salut Zoé. Waouh, tu es si différente, je ne t'ai pas reconnue tout de suite. Je te présente mon épouse, Beith.

— Bonjour Beith, je suis enchantée de faire votre connaissance, déclarai-je.

Devant cette femme particulièrement froide et aux lèvres exagérément maquillées et bombées au botox, j'essayai de faire un effort en affichant une moue des plus enthousiastes afin d'empêcher la morosité de me submerger. Chloé avait raison, Beith paraissait vraiment spéciale, en tout cas au premier abord.

— Nous allons partir. As-tu passé une bonne soirée ? me demanda James.

— Excellente ! Le lieu est tout simplement fantastique et le discours m'a beaucoup plu, acquiesçai-je sincère.

— C'est parfait. Dans ce cas, je te souhaite un bon retour à L.A. Nous avons été ravis de faire ta connaissance, Zoé.

— Merci pour tout, James, je vous enverrai l'article dès qu'il sera terminé.

Je les saluai d'un petit geste de la main, en espérant que Beith se retienne encore quelques secondes avant de me sauter dessus, puis je repartis à ma table.

— Si cette femme avait des revolvers à la place des yeux, tu serais morte, Zoé, à l'heure qu'il est ! me lança Chloé au moment de m'asseoir.

— Tu veux rire ? J'ai vraiment cru que ma dernière heure était arrivée, même le clown dans « *Ça* » a une bouche qui fait moins peur qu'elle, ironisai-je.

— Vous nous avez donné un beau moment avec monsieur Mattew, me confia Katy les yeux pleins de malice, j'ai eu l'impression de retrouver mes vingt ans.

Elle haussa les épaules, tout en fermant les yeux, nostalgique. De beaux souvenirs devaient lui revenir.

— J'avoue, c'était si romantique. Vous étiez comme connectés, ajouta Chloé en joignant ses mains.

— Oui, le temps d'une chanson, avouai-je avec déception à demi-mot.

Nous continuâmes la soirée dans la bonne humeur. Katy semblait en pleine forme malgré les deux heures du matin affichées sur ma montre. Elle nous raconta quelques anecdotes du passé avec toujours une pointe d'humour. De l'école, lorsqu'elle était toute jeune avec des maîtresses plus sévères les unes que les autres à Andy et son premier rencard complètement raté.

— Mamie, ça va maintenant ! s'insurgea son petit-fils à l'écoute de cette histoire.

— Pourquoi le prends-tu mal, mon fils ? Regarde le beau jeune homme que tu es devenu maintenant. C'est sûr que la coupe de cheveux est à revoir, mais ça…

— Mamie ! la coupa Andy, on va rentrer avant que tous

les secrets de famille ne soient déballés sur la place publique.

Il se leva pour indiquer qu'il était l'heure pour eux de partir de la réception. Au fond de moi, je remerciai Katy de m'avoir fait autant rire ce soir, j'avais aimé ce magnifique moment avec eux. Dans la vie, on croise des gens sur notre route, avec qui l'on passera juste quelques heures. Des gens comme Katy, Chloé, Andy ou James. Pourtant, ces quelques heures seront précieuses, on ne sait pas vraiment pourquoi, mais elles le sont et ce sera comme ça, tout au long de notre vie. On affirme alors que l'on se reverra, que l'on restera en contact en sachant qu'il n'y aura pas de prochaine fois, mais on a besoin de se le promettre quand même à voix haute, parce que c'est toujours triste de dire adieu. Katy et Andy disparurent me laissant seule avec Chloé qui se préparait à partir elle aussi, mais hésita au dernier moment à me laisser seule.

— Sauve-toi Chloé, ne t'en fais pas, la rassurai-je.

— Je n'ai pas envie de te laisser seule avec ta coupe de champagne.

Soudain, je vis renaître un espoir dans son regard lorsque celle-ci regarda par-dessus mon épaule. C'est alors que je sentis une main se poser sur moi, Faïz était là.

— Zoé, nous devons partir, m'annonça-t-il.

En me retournant, je constatai qu'il avait de nouveau cet air grave qui ne disait rien de bon. La discussion avec Virgin avait changé son humeur. Qu'avaient-ils bien pu se dire pendant tout ce temps ? Chloé se leva également et rassembla ses affaires.

— Je vais chercher ma veste, décréta Faïz, bonne soirée Chloé. Merci d'avoir tenu compagnie à Zoé.

— Bon retour à Los Angeles monsieur Mattew, je vous

souhaite un bon week-end, répondit poliment cette dernière.

Faïz s'éloigna. Chloé s'avança vers moi et me surprit en me prenant dans ses bras pour me dire au revoir.

— J'ai été heureuse de te connaître, bonne continuation et bonne chance pour ton article.

— Merci pour tout.

Elle partit à son tour, me laissant seule à cette table. En regardant tout autour de moi, je remarquai que la salle s'était vidée de pratiquement tous ses convives. Je contemplai une dernière fois la rose, pratiquement fanée. Ce soir, elle avait remplacé le sablier du temps, je trouvai ça d'une authentique originalité. Plongée dans mes pensées, je n'avais pas entendu Faïz revenir. Il plaça sa veste sur mes épaules.

— Tu as l'air d'avoir aimé cette immense rose, devina-t-il.

— Oui, je la trouve d'une beauté mélancolique.

Au moment de partir, celui-ci attrapa ma main de façon si naturelle sans se poser un millier de questions.

Avant de franchir les portes du Saint Regis, il fallut saluer quelques personnes que nous croisâmes sur notre route. Je suppliai mes pieds endoloris de tenir encore plusieurs minutes. À l'extérieur, Adan nous attendait. Nous descendîmes les marches, recouvertes du tapis rouge et nous montâmes dans la voiture. J'en profitai pour enlever aussitôt mes chaussures afin de libérer mes pieds qui me faisaient souffrir.

— Je me demanderais toujours pourquoi, vous, les femmes, aimez tant endurer tout ça, se moqua Faïz en observant la scène.

Je réprimai un ricanement.

— Encore une remarque machiste de plus et je t'assure que je me sers de ce talon aiguille comme d'une arme. Maintenant tu sais à quoi nous servent nos escarpins !

Malgré ses gestes affectueux envers moi, je pressentis que quelque chose le tracassait.

— Dis-moi ce qui ne va pas ? le suppliai-je.

Il hésita un instant puis décida finalement de se confier.

— Virgin est lui aussi un Léviathan. Il habite à New York et tout comme moi, ça lui arrive d'aider les services de police et le gouvernement dans certaines affaires. Il a pas mal écumé la partie de son territoire pour trouver une piste sur l'endroit où pourrait se trouver le tombeau que l'on recherche. D'après ses nombreuses études, il affirme que celui-ci se trouverait dans le désert du Nevada.

— Tu penses que c'est possible ? objectai-je.

— Je ne sais pas. Il m'a mis le doute. Virgin était convaincant, ses recherches ont l'air fondées.

— C'est plutôt une bonne nouvelle, me réjouis-je, pourquoi sembles-tu inquiet ?

— Les Léviathans ont déjà parcouru chaque centimètre carré de la Californie et ils n'ont jamais rien trouvé. Je dois réunir une équipe et en parler à l'inspecteur Barthey dès demain. Je partirai avec eux lundi, après le week-end d'anniversaire de Victoria. Si ce que dit Virgin est exact alors nous serons bientôt débarrassés du Maestro.

— Le Callis nous en dira plus. La réponse est forcément dans le manuscrit.

— Le temps presse, le gouvernement…

Il se ravisa, comme s'il en avait trop dit.

— Le gouvernement quoi ? Bon sang Faïz, comment suis-je en mesure de t'aider si je n'ai que la moitié des informations ? m'insurgeai-je.

Faïz soupira et détourna son regard dans le vide avant de continuer.

— Le gouvernement pense faire exploser le Dôme. Il espère ainsi anéantir le mal.

Un frisson de terreur me glaça le sang.

— Mais… mais comment pourraient-ils évacuer toute la population en si peu de temps ? C'est quasiment impossible.

Faïz fixa le sol, son mutisme me donna la réponse.

— Oh mon Dieu ! m'exclamai-je horrifiée, oh… la vie de toutes ces personnes ne compte donc pas ? Et tu vas les laisser faire ?

— Ne me regarde pas comme ça ! Tu crois que je ne mets pas tout en œuvre pour les sauver ? J'ai réussi à négocier un court délai, c'est pour ça que je te dis que le temps est compté. Je donnerais tout jusqu'à la fin, jusqu'à ma vie pour sauver chacun d'eux.

— Combien de temps ? arrivai-je à articuler.

— Moins d'un an.

Je me retournai vers ma vitre, complètement sonnée par cette nouvelle. Les passants semblaient si impassibles, imprégnés par l'effervescence des lumières de Manhattan, je les enviai. Au plus profond de moi, rien qu'une fois, j'aurais aimé ressentir ça.

— Je m'étais promis de ne pas prononcer un mot sur cette histoire pendant notre séjour à New York. Je voulais à tout prix éviter de te voir comme tu es maintenant.

L'air déshérité de Faïz me brisa le cœur, je lui pris la main et ajoutai :

— Nous ferons au mieux, mais quoi qu'il arrive, on le fera ensemble.

Nous arrivâmes devant notre hôtel, c'était notre dernière nuit ici. Adan m'aida à sortir de la voiture puis se dirigea vers Faïz pour écouter les instructions de celui-ci.

— Demain nous devons être partis pour huit heures trente, lui indiqua-t-il.

— Bien monsieur Mattew.

Le froid hivernal de la ville nous fit nous hâter de regagner l'intérieur du Palace. Le hall si vivant d'habitude était pratiquement désert au vu de l'heure très avancée de la nuit. Tout en nous dirigeant vers nos suites, main dans la main, j'essayai de trouver une bonne excuse pour inviter Faïz dans ma chambre. Nous nous étions tellement rapprochés durant ces deux jours que je voulais vraiment passer cette nuit avec lui, dans ses bras. Je me surpris moi-même par mes pensées. Nous arrivâmes à notre étage bien trop vite, je décidai de ralentir le pas dans ce couloir vide.

— C'est notre dernière nuit à New York, je me disais que l'on pourrait la continuer... euh... dans ma suite ? Nous avons peut-être d'autres choses à nous dire.

Mon ton embarrassé le prit de court. Nous avançâmes à tâtons. Il réfléchit un instant, une expression torturée sur le visage. Les battements dans ma poitrine s'accélérèrent, je le sentais hésiter. Il s'arrêta et plongea son regard dans le mien.

— Zoé, tu sais. J'aimerais beaucoup te dire oui, ce n'est pas l'envie qui me manque, mais... peut-être vaudrait-il mieux attendre des circonstances moins sombres ?

— Je veux tout simplement être avec toi, ne me laisse pas seule, je t'en prie. J'ai besoin de sentir que c'est réciproque, que c'est vrai.

— Ça l'est, me murmura-t-il en prenant mon menton dans sa main.

Après quelques secondes, postés l'un devant l'autre, il ajouta :

— Laisse-moi récupérer mes affaires et je te rejoins.

Il prit ma main dans la sienne et nous avançâmes ainsi l'un contre l'autre. Au fond de moi, j'étais plus heureuse que jamais. Soudain, au détour du couloir, je me figeai d'un seul coup. Faïz se tourna instinctivement vers la porte de sa chambre. Rachelle, assise à terre, nous attendait, je ne sais depuis combien de temps. J'eus l'impression que le sol se dérobait sous mes pieds. Je pensais enfin la page tournée, mais je me trompais. Faïz, le visage décomposé, me lâcha immédiatement la main. Cette dernière se leva doucement et s'avança vers lui, titubante de douleur.

— Ça fait à peine une semaine que nous avons rompu et tu t'affiches déjà avec elle. Comme si ces dernières années n'avaient jamais compté !

Ses yeux remplis de larmes et la voix pleine de sanglots l'empêchaient de crier haut et fort toute sa peine. Faïz s'avança vers elle pour se mettre entre nous deux.

— Rachelle, s'il te plaît, on va parler dans ma chambre. Ne fais pas de scandale ici.

Il se força à garder tout son calme. Celle-ci le repoussa avec violence et vint se positionner devant moi. Elle pointa alors son doigt menaçant dans ma direction.

— Tu fais la petite sainte nitouche, mais tu profites de l'occasion dès que l'opportunité se présente pour pouvoir te taper ce qui n'est pas à toi. Tu n'es qu'une salope !

Je levai les mains nerveusement devant moi et interrompis Faïz pour qu'il n'intervienne pas. Je m'approchai d'elle en essayant de garder le plus de self-control possible.

— Tu es si vulgaire Rachelle. Je vais te donner une information, il n'est à personne et non je ne me le tape pas.

Faïz se mit entre nous, sentant que la situation pouvait dégénérer à tout moment.

— Sale menteuse ! hurla Rachelle, tu n'attendais que ça. Depuis le premier jour tu lui cours après, tu...

— Rachelle, la ferme ! s'interposa Faïz qui perdait patience.

Il la prit par le bras et la traîna jusqu'à sa porte.

— Ne me touche pas, tu me dégoûtes, éclata Rachelle en sanglots.

Faïz plein de colère se tourna vers moi.

— Zoé, je suis désolé. Je dois régler ça. Je passe te récupérer demain pour...

Avant même qu'il n'ait eu le temps de terminer sa phrase, je partis dans ma suite et claquai violemment la porte derrière moi. Je m'effondrai au sol, derrière celle-ci, les mains dans mes cheveux, en étouffant un cri sourd. J'entendis les cris de Rachelle et de Faïz de l'autre côté du mur, mais je m'interdis d'aller écouter ce qu'ils pouvaient bien se dire. La soirée aurait pu être parfaite, finalement j'en garderais un des plus mauvais souvenirs, un de plus. Je ne supportais plus ma robe au contact de ma peau et me dépêchai de la retirer. Je la jetai rageusement à terre sans même prendre le soin de l'accrocher sur un cintre derrière la porte. Je la fixai quelques instants. Comme Cendrillon, j'avais eu mes quelques heures de bonheur. Je partis dans la salle de bain me démaquiller puis attachai mes cheveux avec un élastique. Pendant que je me préparai à aller me coucher, je constatai que les cris à côté avaient cessé. Peut-être étaient-ils à l'heure de la réconciliation ? Cette pensée me fit grimacer et les larmes vinrent inonder mon visage. Je m'allongeai dans les draps, le cœur en miettes. Heureusement, la fatigue me submergea aussitôt.

— *Zoé, tu es comme cette nature, rebelle et fougueuse, mais dès la moindre intempérie en vue, tu te laisses abattre et faner, me dit ma mère en me montrant la campagne qui nous entourait.*

— *J'aurais aimé ne jamais l'avoir rencontré, lui confiai-je avec douleur.*

Nous marchions sur ce sentier si vert, j'arrivai même à sentir le parfum de cette nature sauvage.

— *Malheureusement, tu ne peux aller à l'encontre de ces événements. Ainsi va la vie. Il faut continuer.*

Elle s'arrêta brusquement pour me faire face.

— *Tu devras être forte, promets-le-moi. Où que tu sois, je serai là.*

Elle posa sa main sur mon cœur.

— *Pourquoi j'ai l'impression que c'est un au revoir maman ? Pourquoi veux-tu me laisser encore une fois ?*

— *Tu dois me laisser partir Zoé, murmura ma mère, émue elle aussi.*

— *Comment vais-je supporter ton absence ?*

— *Un jour, on se retrouvera. Le plus tard possible bien sûr. Promets-moi d'être forte.*

— *Je serai forte, je te le promets.*

Elle m'enroula de ses bras. Lovée tout contre elle, je m'imprégnai de sa chaleur, laissant couler mes larmes sur mes joues.

— *Je suis prête à te laisser partir maman, chuchotai-je, dévastée à l'intérieur de moi.*

Elle me regarda longuement et caressa mon visage. Puis celle-ci finit par se détacher de moi afin de continuer en silence son chemin, seule, sur ce sentier de campagne. Je sus que c'était la dernière fois qu'elle viendrait habiter mes rêves. En s'éloignant, j'espérai qu'elle eut apprécié le dernier paysage que je lui avais offert.

FAÏZ

Rachelle, assise dans le fauteuil proche des grandes fenêtres, essuya ses larmes d'un revers de la main.

— Comment en est-on arrivés là, Faïz ? Je n'ai rien vu venir.

Le jeune homme, assis sur le lit, ne répondit pas. Sa seule préoccupation était dans la suite d'à côté. Au regard empli de rage de Zoé, il savait qu'il avait une fois de plus tout gâché. Il chassa l'idée même de partir la rejoindre pour la prendre de nouveau dans ses bras. Si Rachelle n'était pas venue ce soir-là, il aurait passé la nuit avec elle.

— Faïz ! l'appela Rachelle en haussant le ton.

Son regard ténébreux se posa sur la femme assise non loin de lui. Elle sembla déstabilisée par ses prunelles noires dont elle était follement amoureuse.

— Je suis désolé. Notre histoire, je la garderai toujours près de moi. Ne regrette rien, aucun moment. Tu m'as tant apporté Rachelle et je me déteste d'être à l'origine de ton chagrin.

— M'as-tu seulement aimée ?

— Comme je l'ai pu. Tu sais que je n'ai jamais été à l'aise avec les sentiments.

— Et Zoé ? C'est comme tu peux aussi ?

Le jeune homme ne répondit pas, laissant le silence le faire à sa place.

— Je ferais mieux de partir, décréta Rachelle

complètement anéantie.

— À cette heure-ci ? Ce n'est pas raisonnable, reste dormir ici.

Elle se demanda où ce dernier voulait qu'elle dorme. Ils n'allaient sûrement pas partager le même lit. La réponse ne se fit pas attendre, Faïz prit sa veste posée à côté de lui et se dirigea vers la sortie de la suite.

— Où vas-tu ? s'empressa de lui demander la jeune femme, anxieuse.

— Je vais prendre une autre chambre, si c'est ça qui t'inquiète. Bonne nuit.

Il sortit de la pièce, laissant ainsi Rachelle seule, dans une immense tristesse. Elle comprit à cet instant que jamais plus il ne lui reviendrait.

12

Je foulai enfin le tarmac de l'aéroport de Los Angeles sous une chaleur de plomb. Depuis notre départ ce matin de New York, la parole avec Faïz se résumait au strict minimum. Bouder n'était pas dans ma nature et je ne l'évitais pas non plus. Aucun sentiment de rancune ne m'habitait. Libre à lui, s'il souhaitait me parler de sa fin de soirée. De mon côté, il était hors de question que je lui demande des explications. Cependant, il paraissait ne pas savoir comment aborder le sujet. Là-dessus, je ne comptais pas l'aider non plus. Le voiturier avait ramené la voiture de Faïz en bas des escaliers du jet que sa société nous avait alloué pour notre retour. J'aperçus alors une Bentley au côté de sa McLaren, qui attendait aussi.

— Zoé, m'adressa Faïz d'un ton embarrassé, les filles sont venues te chercher directement à l'aéroport. Elles souhaitaient finir avec toi les préparations pour l'anniversaire de Victoria. Je me suis dit que ça te ferait du bien de les voir.

— Elles n'étaient pas obligées.

— Asarys et Lexy sont heureuses de te revoir et j'en suis sûr que toi aussi. Tu dois avoir pas mal de choses à leur raconter.

Faïz me dévisagea d'un regard accusateur. Je n'en revenais pas. C'était lui qui avait fini la nuit dans sa suite avec son ex-copine et il semblait pratiquement me le reprocher.

— Finalement pas tant que ça ! lâchai-je acide.

Ma remarque le piqua au vif et son regard noir encre répondit à sa place. Des cris sortirent de la voiture, Asarys et Lexy s'élancèrent vers moi. Je me hâtai de les retrouver sans même jeter un regard à Faïz.

— Oh ! Tu as l'air fatigué Zoé ! me lança Asarys qui se positionna juste devant moi.

— Nous nous demandons bien pourquoi, ironisa Lexy.

Je soupirai comme seule réponse à la remarque mal placée de mon amie.

— Quoi ? Mais non, je ne pensais pas à ce que tu pensais, continua-t-elle de me provoquer.

— Lexy, rrrrr, pas maintenant s'il te plaît ! lui demandai-je de cesser ses sous-entendus.

Faïz, derrière moi, fit comme s'il n'avait rien entendu et m'escorta jusqu'à la voiture d'Asarys où il déposa ma valise dans le coffre. Les filles saluèrent Faïz puis montèrent dans la Bentley afin de nous laisser un peu d'intimité pour que l'on puisse se dire au revoir. Le regard curieux de Lexy, dans le rétroviseur passager, était peu discret, mais c'était du Lexy tout craché. Faïz posa son sac à terre puis se rapprocha de moi les mains dans les poches. J'essayai de faire taire ma faiblesse pour ne pas succomber à son charme destructeur.

— Écoute Zoé, hésita-t-il.

— Je t'assure, je n'ai pas besoin que tu m'expliques quoi que ce soit, Rachelle est venue et je sais que ce n'était pas prévu au programme.

— Il ne s'est rien passé, trancha-t-il.

Ses yeux me suppliaient de le croire. Il continua :

— Elle est restée dans ma chambre, mais j'ai dormi ailleurs, dans une autre suite. Elle sait que tout est terminé.

Un grand soulagement s'empara de moi, j'avais si peur d'entendre une tout autre vérité. Je portai une main à mon front, en essayant de cacher cette soudaine quiétude. Je changeai alors de sujet pour en aborder un autre qui me tracassait bien plus.

— Pour les incendies ? Ça en est où ? Vu d'ici, L.A n'a pas l'air en feu.

Son visage se ferma brutalement.

— Les flammes n'ont pas progressé, mais un vent fort doit se lever en fin d'après-midi. La situation risque d'empirer. Je vais me rendre sur place et suivre ça de près.

— Fais attention à toi. Je ne voudrais pas qu'il t'arrive quelque chose. Les filles m'attendent, on se voit tout à l'heure ?

— Oui.

Il attarda son regard sur moi avant de reprendre son sac à ses pieds et de partir vers sa McLaren.

Quand je pris place à l'arrière de la Bentley, les réactions de mes deux acolytes ne se firent pas attendre. Leurs deux têtes se tournèrent en même temps.

— Je te préviens, on veut tout savoir, me lança Asarys.

— Avec chaque détail, renchérit Lexy.

Je basculai ma tête en arrière, me laissant choir au fond de mon siège.

— Il ne s'est rien passé, débutai-je en attendant les répercussions que mon aveu aurait.

Asarys démarra le moteur, accompagnée de noms d'oiseaux avec en cœur, les cris de Lexy. Durant le trajet, je leur racontai dans les grandes lignes mon séjour à New York.

— Si Rachelle n'avait pas débarqué, toi et Faïz auriez passé votre première nuit ensemble, souffla Asarys déçue de la tournure des événements.

— Je ne peux pas dire si on est ensemble ou pas à l'heure actuelle, mais nous nous sommes pas mal rapprochés durant ces deux derniers jours.

Avant que mes amies continuent leur interrogatoire, j'en profitai pour me mettre à jour, moi aussi, de ce qui s'était passé pendant mon absence.

— Sinon ça va avec Ray ? demandai-je à Asarys.

— Oui… nous envisageons d'emménager ensemble.

Cette dernière me jeta un coup d'œil inquiet dans le rétroviseur pour observer ma réaction. En effet, je faillis m'étrangler à l'écoute de cette nouvelle.

— Ce n'est pas une blague ? Je veux dire, ce n'est pas trop tôt ? Asarys, voyons, vous ne vous connaissez que depuis quelques mois.

— Je savais que tu allais dire ça, répliqua-t-elle, mais entre nous ça devient sérieux et je ne sais pas comment te l'expliquer, c'est comme si je le connaissais depuis toujours. Nous sommes si fusionnels.

— Bon, tu es amoureuse quoi ! On l'a bien compris, la coupa sèchement Lexy. Je pense comme Zoé, pour moi je trouve que ça fait trop tôt.

— C'est ton choix Asarys. Si tu es heureuse, c'est le principal. S'il te brise le cœur, je le tue, déclarai-je sans appel.

— Yep, c'est comme ça que ça se passe du côté de chez

nous.

Lexy, fit le signe West Cost avec ses mains pour imiter le milieu gangster de Los Angeles. Puis dans un second temps, elle choisit un son de Jay-z dans sa playlist, qu'elle mit au maximum dans le véhicule.

Après qu'on ait eu poussé la chansonnette un peu trop fort, Asarys se gara sur le parking du Wallmart.

— Les filles, on va se calmer, décrétai-je, j'ai encore besoin de ma voix pour faire la fête ce soir.

Lexy sortit la première à la recherche d'un cadi pour les courses.

— Tu ne vas quand même pas chanter ce soir ? me demanda Asarys.

— Non, m'offusquai-je, je ne me risquerais pas à cet exercice. As-tu fini le montage vidéo avec ce que je t'avais apporté pour l'anniversaire ?

— C'est dans la boîte, m'affirma mon amie, le résultat est bluffant.

— Génial, merci. J'espère que ma surprise va lui plaire.

À l'intérieur du magasin, il faisait bon. Nous avions l'impression de respirer à nouveau. D'après Lexy et Asarys, Charles et Lily se chargeaient de la décoration, tandis que Faïz et Ray étaient en contact depuis quelques jours avec le traiteur. Nous parcourûmes les rayons en suivant à la lettre la liste de courses établie par Lily.

— Je vais appeler Victoria, je ne l'ai pas eue au téléphone depuis jeudi. Je veux m'assurer qu'elle va bien.

Je saisis mon portable, c'est alors que je vis le message de William sur l'écran :

365

« **Salut, ça va ? J'espère que tout s'est bien passé pour toi, on se voit ce soir** ».

Bizarrement je ressentis une pointe de tristesse mélangée à un sentiment d'impassibilité. J'étais heureuse que William m'adresse encore la parole, mais triste de n'avoir pas réussi à le choisir lui, plutôt que Faïz. *Bien sûr, Zoé, c'est tellement mieux d'être maso.* Je fis taire ma petite voix en moi et décidai de composer le numéro de Victoria.

— Es-tu contente de revenir parmi nous ? s'enquit-elle de me demander, à l'autre bout du fil.

— Je ne sais pas si je préfère la canicule de L.A ou l'hiver de New York. Tu te rends compte des deux extrêmes que je viens de subir en l'espace de quelques heures ?

Elle éclata de rire puis ajouta :

— J'avoue que ça paraît dingue ! Sinon ça s'est bien passé… là-bas avec mon frère ? me demanda-t-elle d'une petite voix.

— Très bien, me forçai-je à lui répondre le plus naturellement possible, nous nous sommes parfaitement bien entendus. On se voit tout à l'heure pour mieux parler de mon séjour si tu veux.

Victoria vénérait son frère à tous les niveaux. C'était une sœur aimante et fidèle, je ne voulais en aucun cas qu'elle soit prise entre deux étaux, ni même qu'elle se sente obligée d'écouter mes confidences à son sujet. C'était hors de question qu'elle soit mêlée à nos histoires, ce n'était pas son rôle.

— Mouais, bougonna-t-elle, je suis très déçue, Zoé que tu fasses partie de cette mascarade !

— Je ne vois pas du tout de quoi tu parles, objectai-je.

— Arrête ton cirque. Je ne suis pas dupe. La seule chose dont je ne suis pas au courant, c'est QUI sera à ma soirée ni où elle se déroulera.

— Je ne vois pas du tout de quoi tu parles, répétai-je avec ironie.

— C'est dommage, Zoé. Je te faisais vraiment confiance.

Je réprimai un ricanement.

— Vic, fais ton mélodrame à quelqu'un d'autre. Allez bye.

— À tout à l'heure Zoé.

Le chariot bien rempli, nous nous dirigeâmes vers les caisses. Il fallait ensuite repartir à Elora pour y déposer les courses. D'après ce que j'avais compris, Charles se chargerait de tout rapporter au manoir de William et Julio.

— Je prendrai mes affaires à la villa et on se préparera chez toi, Lexy.

— Il ne faudra pas oublier de repasser par le campus les filles, j'ai laissé la vidéo surprise de Victoria dans ma chambre, intervint Asarys, tout en déballant les courses sur le tapis de caisse.

Mettre tous les sacs dans le coffre fut un calvaire sous cette chaleur écrasante.

— Les Mattew ont des majordomes, des femmes de ménage et des jardiniers, mais on se tape les courses. Il y a vraiment quelque chose qui ne va pas, se plaignit Lexy.

— Estime-toi heureuse de ne pas avoir à préparer le banquet de ce soir, Lexy. C'est une tâche simple que l'on nous a confiée, arrête de râler. C'est pour Vicy, lui souligna Asarys.

Celle-ci leva les bras au ciel avant de s'installer de nouveau sur le siège passager de la voiture.

— Je ne l'aurais certainement pas fait pour toi, sache-le, pestiféra cette dernière envers Asarys.

Sur le trajet, je fus surprise de constater combien Los Angeles m'avait manquée. J'avais hâte de retrouver les Mattew.

— La météo annonce-t-elle encore la même chose pour la semaine prochaine ? demandai-je aux filles.

— Apparemment, lundi c'est fini. Nous devrions retrouver nos températures habituelles, m'annonça Asarys.

— Même de gros orages, ajouta Lexy, on en a bien besoin pour éteindre ces foutus incendies.

Je fus apaisée d'entendre ces bonnes nouvelles. Pour une fois, j'accueillis cette pluie avec le plus grand des plaisirs.

Je poussai la porte de la villa, suivie de Lexy et d'Asarys. Madame Arlette me salua rapidement, celle-ci semblait être très occupée et se donnait beaucoup de mal dans la cuisine. Lily et Charles arrivèrent par la terrasse.

— Bonjour Zoé ! s'exclama chaleureusement Charles en me voyant.

Ce dernier me prit dans ses bras, c'était la première fois qu'il agissait ainsi, preuve que je leur avais manquée. Lily l'imita en s'attardant un peu plus longtemps.

— Ça va ? As-tu eu le temps de déjeuner depuis ton arrivée ? s'inquiéta-t-elle immédiatement.

Je croisai alors le regard d'Asarys et de Lexy qui me suppliaient de dire non. Les pauvres devaient mourir de faim autant que moi. Depuis que j'avais atterri ce matin, nous n'avions pas pris une minute pour souffler.

— Pas vraiment, nous avons juste eu le temps de faire les courses, tout est dans le coffre, lui indiquai-je.

— Je vais les mettre dans ma voiture et aller au manoir dans la foulée, déclara Charles.

Asarys lui tendit les clefs de sa Bentley tandis que Lily nous invita à aller manger dehors.

— Installez-vous du côté du petit jardin, les filles. Les arbres font beaucoup d'ombre et protègent de la chaleur. Madame Arlette va vous apporter de quoi vous restaurer.

— Merci madame Mattew, s'empressèrent de répondre mes amies.

Avant de franchir la baie vitrée, j'interpellai Lily :

— En fait où est Victoria ? Elle nous rejoint toujours directement chez Julio et William ?

— William est venu la chercher à la villa ce matin pour l'emmener faire du shopping. Je ne voulais pas qu'elle voie les préparatifs de dernière minute chez mes parents. Il l'emmènera au manoir quand tout le monde sera arrivé.

— Je vais me préparer chez Lexy et après nous partirons directement chez eux.

— Très bien. Merci pour les courses, Zoé. Ah une dernière chose, ça s'est bien passé à New York avec Faïz ?

Lily plissait les yeux à chaque fois que son détecteur de mensonges était en place. Mais pourquoi tout le monde me posait systématiquement cette question ? Personne ne m'avait encore rien demandé sur Trac-Word ni même sur mon article que j'avais commencé à peaufiner dans le jet.

— Oui Lily, Faïz a été charmant comme à son habitude.

Je filai avant de lui laisser le temps de me poser une seconde question, la laissant avec une moue pleine d'ambiguïté. En effet, elle connaissait son fils par cœur donc le mot « charmant » ne pouvait être compatible avec son caractère.

— Je n'avais encore jamais mis les pieds sur la terrasse, ni même dans ce jardin, s'extasia Lexy en se laissant tomber dans un des fauteuils.

— C'est magnifique, cette vue avec la piscine. Cette villa fait rêver, renchérit Asarys.

Madame Arlette nous rejoignit aussitôt avec une assiette remplie de sandwichs et de canettes de coca-cola.

— Ça fait du bien de se poser une minute les filles, soupirai-je de fatigue, je pourrais presque faire une sieste si on avait un peu de temps

Je sortis mon téléphone de ma poche. J'avais complètement oublié de répondre au message de William. Je profitais donc de ce moment de calme pour lui envoyer une réponse, indiquant que j'étais contente de le voir ce soir.

Les piscines de la résidence de Lexy étaient bondées de monde. Avec cette chaleur, chacun se bagarrait le moindre centimètre carré d'eau.

— Les lieux sont d'habitude plutôt déserts, nous fit remarquer Lexy quand nous empruntâmes l'ascenseur de l'immeuble.

— Je prie juste pour que cette fois-ci, la climatisation de chez toi fonctionne, supplia Asarys en agitant un flyer devant son visage.

Lorsque nous entrâmes dans son appartement, nous accueillîmes l'air frais à bras ouvert.

— Dieu merci ! s'écria Asarys en fermant les yeux.

— Bon les filles, nous n'avons pas le temps de nous

reposer, rabâchai-je, on doit se préparer en vitesse. Je vous signale que dans deux heures, Vic sera au manoir et nous avons un peu de route à faire.

— Nous allons prendre chacune notre douche, nous en avons bien besoin. Je commence la première ! décréta Lexy en se dirigeant aussitôt dans sa chambre.

— Ce ne sont pas les invités qui sont rois d'habitude ? s'exclama Asarys en ronchonnant.

— Vous n'êtes pas des invités, mais des nuisibles à mes yeux ! rétorqua celle-ci en criant depuis l'autre pièce.

— Tant pis, je serai la deuxième ! Désolée Zoé.

Je me dirigeai vers mon sac où j'avais mis mes affaires pour ce soir et l'emmenai dans la chambre de Lexy pour commencer à me préparer. J'entendis l'eau de la douche couler et mon amie chanter du Céline Dion en dessous. Je levai les yeux au ciel.

— Ray sera là ce soir ? demandai-je à Asarys qui m'avait rejointe, elle aussi avec ses affaires.

— Oui, il ne raterait l'anniversaire de Vic pour rien au monde. C'est comme sa sœur. Ça va te faire quelque chose de revoir Will ?

— Un peu, avouai-je, je redoute le moment à vrai dire. Il est si différent de Faïz, une part de moi tient quand même à lui.

— Oui, la part de la raison tu veux dire. Tous les deux sont si différents avec une telle beauté que l'on penserait qu'ils ne sont pas de notre monde.

Je réprimai un sourire malgré moi. Asarys avait vu juste en ce qui concernait William. Son physique sans défaut le rendait inhumain.

— La salle de bain est disponible ! cria Lexy depuis la pièce d'eau, je finis de m'habiller dans la chambre.

— Bon j'y vais, se traîna Asarys avec ses affaires sous le bras.

Lexy, elle, en sortit avec sa serviette de bain autour d'elle.

Habillées et maquillées, nous étions prêtes à repartir. La douche froide avait rechargé nos batteries. Nous nous admirâmes toutes les trois, devant la grande glace de la chambre.

— Nous ne ressemblons plus du tout aux épaves que l'on était quand nous sommes rentrées ici, constata Lexy, ravie du reflet que lui renvoyait le miroir.

— Espérons que ça dure, dit Asarys, n'oublions pas que nous avons quelques mètres à faire sous quarante degrés jusqu'à la voiture. Prions pour que notre make-up ne foute pas le camp.

— Où devons-nous rejoindre David ? coupai-je Asarys, me rappelant brusquement que celui-ci venait aussi à l'anniversaire.

— David nous attend sur le campus. Il est prévu qu'il nous suive avec sa voiture, me répondit-elle.

La fin de la journée approchait. Le soleil, de plus en plus bas dans le ciel, indiqua que la nuit n'allait pas tarder à arriver. En sortant de l'appartement, j'observai les filles qui s'étaient mises, ce soir, sur leur trente-et-un. Lexy avait opté pour un look teenager, sexy. Elle savait habiller parfaitement ses rondeurs tout en se mettant en valeur. Cette dernière portait une robe blanche à bandage avec une petite touche fine de fausse fourrure qui lui ornait le col et la taille. Sa tenue tombait jusqu'aux genoux, où commençaient ses cuissardes, ouvertes, en velours gris. Asarys conservait un look de working girl branchée avec un top très court, de couleur noire, légèrement transparent. Celui-ci entourait son cou et se fermait à l'arrière. Son pantalon noir, le plus ample possible, lui serrait sa taille de guêpe. Sa tenue simple restait néanmoins très élégante. Mon amie avait suivi mon conseil en portant des escarpins à bouts ouverts. Quant à moi, j'avais opté pour un pantalon sportwear, habillé, taille haute, de couleur crème. Mon body doré donnait une allure romantique à mon look. La broderie sur celui-ci était placée au bon endroit, de façon stratégique.

— Tu as vraiment une silhouette parfaite, aérienne, Zoé, me complimenta Lexy quand nous arrivâmes près de la voiture d'Asarys.

— Merci, mais ce soir on est toutes parfaites, lui soulignai-je.

— Le Tout-Hollywood peut aller se rhabiller, ajouta Asarys sur un ton hautain.

Cette dernière alluma le poste de radio avant de démarrer le moteur, je lui tendis alors ma clef USB :

— C'est de la salsa cubaine, précisai-je, histoire de se mettre dans l'ambiance pour la fête de ce soir.

— C'est parti, s'exclama-t-elle en introduisant ma clef dans le lecteur.

La voix de Marc Anthony jaillit des enceintes et le rythme sensuel de cette musique nous obligea à danser à l'intérieur de l'habitacle.

— J'adore celle-là ! s'exclama Lexy en montant le volume du son.

La salsa me ramenait toujours à mes racines. J'y retrouvais dans les mélodies tellement de consonances de tous horizons, latino, afro… l'émotion que me procurait cet air était particulier, transcendant. Toutes les trois, nous

nous trémoussâmes sur cette musique, tandis que la Bentley filait à toute allure, dans les rues de Los Angeles. La nuit s'était profilée à l'horizon.

Malheureusement, je ne pouvais pas deviner de quoi serait fait demain. J'ignorai que tout était sur le point de basculer. Il n'y avait aucun moyen de mettre pause à cet instant. Si j'avais su…

— Oh mon Dieu, articula Lexy sur le terrain vague de la grande clairière où se gara Asarys.

David qui nous suivait se gara juste à côté.

— Zoé tu me fais peur, es-tu bien sûre de l'adresse ? insista Asarys en se tournant vers moi.

— Je ne vois aucune maison, manoir ou château ! Juste un lieu, où l'on peut enterrer quelqu'un en étant sûr qu'il ne soit jamais retrouvé, ajouta Lexy, inquiète.

Je descendis de la voiture, ignorant les remarques de mes amies. Il faisait plus frais ici qu'en ville, c'était un soulagement pour nous tous.

— Le manoir de William est là, leur indiquai-je avec mon doigt, je vous assure. C'est juste qu'on ne le voit pas. De plus, il fait quasiment nuit.

Les filles descendirent à leur tour, ainsi que David.

— Nuit ou pas, une maison ça ne se loupe pas ! s'exclama Lexy.

— Je ne sais pas comment on peut ne pas voir un truc comme ça. Si je ne te connaissais pas, je te prendrais vraiment pour une de ces fêlées, me lança David.

— Allons-y, déclarai-je, nous sommes encore en retard !

À mesure que nous avancions, le haut du manoir apparut au loin. Seul le dernier étage était visible. Mes trois amis écarquillèrent alors leurs yeux, sous le choc, réalisant que l'habitation se trouvait sous terre.

— C'est quoi ce bordel ? murmura David.

— C'est toujours l'effet que ça fait la première fois, leur signifiai-je. Je vous préviens d'ores et déjà que l'intérieur est aussi extraordinaire.

— Nous nous rendons où, là ? Au bal des vampires ? grommela Asarys.

— C'est presque ça, ironisai-je.

Sa remarque ne put m'empêcher de me faire sourire. Je m'avançai jusqu'à la trappe et dans un élan de force, l'ouvrit d'un coup. Celle-ci céda sans encombre. Un petit cri s'échappa de la bouche de mes trois acolytes.

— Putain de merde, Zoé ! Hors de question que je rentre là-dedans ! s'écria Lexy.

— J'y suis déjà allée. Bon, je vous l'accorde, à première vue on ne dirait pas, mais il y a de la vie en dessous.

— Tu m'étonnes ! Le truc c'est : quel genre de vie ? grimaça Asarys.

Je commençai à descendre, sachant que tout le petit monde derrière moi finirait par me suivre. J'appuyai sur l'interrupteur à côté des marches et le grand escalier vertical s'illumina, offrant un début d'éblouissement à ce lieu si spécial. En entamant la descente, David me demanda :

— Le lieu est-il ouvert au public ?

— Mais tu te crois où ? répondit Lexy à ma place, on n'est pas dans un musée David, mais bien chez l'habitant.

— C'est clair qu'on voit des manoirs comme celui-ci à tous les coins de rue, rétorqua David sur la défensive.

— Vous savez, cet escalier me fait penser aux

anciennes crayères creusées au temps des Romains, dit Asarys.

— Je trouve aussi, répondis-je, on pourrait croire que les murs sont constitués de calcaire de craie.

— Si c'est le cas, ce sera facile de creuser en cas d'éboulement au-dessus de nos têtes, nous fit remarquer Lexy.

C'est Julio qui vint nous ouvrir, enthousiaste de nous voir.

— Venez, entrez. Je suis heureux de te revoir Zoé, nous accueillit ce dernier, arborant un sourire enjoué sur le visage.

Il avait gardé ses petites lunettes, rondes aux verres teintés, qui permettaient à peine de distinguer ses yeux.

— J'ai l'impression d'être chez la famille Addams avec l'oncle Fétide, chuchota Lexy derrière moi.

— La ferme ! répondit Asarys les dents serrées.

Je me retournai vers mes amis, qui affichèrent tous les trois les sourires les plus hypocrites qui soient.

— Ça va aller ? leur demandai-je.

— Oui, nous sommes comme des petits poissons dans l'eau, murmura David en mimant ça avec ses mains.

— Vous avez intérêt à bien vous tenir, les menaçai-je.

Julio s'approcha de nous :

— Victoria et William vont bientôt arriver. Donnez-moi vos affaires, je vais les monter dans une des chambres, en haut.

Nous nous débarrassâmes de nos sacs à main en ne prenant pas la peine de garder nos téléphones sur nous. Le réseau n'arrivait pas jusqu'ici.

— Zoé, peux-tu emmener tes amis dans la salle

blanche ?

— Bien sûr. À tout de suite Julio.

Celui-ci disparut dans l'escalier de pierres. Je montrai le chemin à mes amis. Dans la grande salle, un banquet et des tables avaient été dressés. Il y avait déjà beaucoup de monde, la famille Mattew avait répondu présente pour cet événement.

— Je ne suis pas déçue d'être venue finalement. Regardez-moi ça, c'est digne du château de Versailles ! s'exclama Lexy.

— Je n'en crois pas mes yeux, rétorqua David.

Asarys, silencieuse, contempla le lieu, totalement charmée, puis ajouta :

— Tu avais raison Zoé, c'est incroyable.

Je ne sus pas trop, avec toute cette foule, où me diriger. J'essayai de repérer des têtes que je connaissais. Plusieurs générations coexistaient dans une ambiance harmonieuse avec un fond de musique classique. Des serveurs déambulaient au milieu de la centaine des convives, plateaux à la main, petits fours et coupes de champagne posés dessus.

— Zoé ! m'interpella Lily au loin, en agitant les bras.

Nous nous dirigeâmes vers elle. Plus je me rapprochai et plus je la trouvai magnifique. Sa longue robe noire des années quatre-vingt-dix, au style intemporel, lui allait à merveille. C'était la première fois que je la voyais avec ses cheveux attachés. Sa coiffure relevée et bouffante me coupa le souffle.

— Lily, vous êtes sublime, affirmai-je en arrivant devant elle.

— Merci ma chérie. Finalement, comme tu peux le

constater, il y a un peu plus de monde que prévu.

Elle se pinça les lèvres, inquiète de la réaction que pourrait avoir sa fille.

— Ne vous en faites pas. Une fois la surprise passée, Vicy appréciera sa soirée. On a dix-sept ans qu'une seule fois après tout, la rassurai-je.

Lily se détendit puis regarda au-dessus de mon épaule, l'air surpris.

— Mince, Charles est en train de me dire que Victoria arrive, dit-elle.

Julio, au fond de la salle, claqua des mains pour obtenir toute notre attention.

— La reine de la soirée arrive. Nous allons éteindre les lumières pour l'effet de surprise. Merci à tous de rester silencieux.

Un brouhaha de voix monta dans la pièce avant de laisser place au silence. Les lumières diminuèrent petit à petit jusqu'à leur extinction totale. Nous nous serrâmes, les uns contre les autres, afin d'avoir un repère dans cette obscurité. La voix de Victoria raisonna de l'autre côté des portes :

— Récupère vite tes dossiers, ma famille nous attend, William. On est déjà pas mal en retard, ma mère va nous tuer.

Lorsque les portes s'ouvrirent, les lumières s'allumèrent et tout le monde cria en même temps, suivi de longs applaudissements. Les mains de Victoria se portèrent à sa bouche, cette dernière, sous le choc, parut émue. Elle se précipita vers ses parents pour les enlacer. William, à ses côtés, dans son smoking, resplendissait. Victoria l'embrassa aussi et la musique redémarra de nouveau. Mes amis meuglèrent joyeusement beaucoup de choses en direction de Victoria. C'est alors que je vis William balayer la pièce du regard jusqu'à ce qu'il croise le mien. Il ressemblait à un mannequin avec ses cheveux plaqués en arrière et sa barbe, rasée courte. Il me sourit, visiblement aucune rancune ne l'habitait.

— Viens Zoé, allons dire bonjour à Vicy, me bouscula Asarys et m'entraînant avec elle.

Je repris mes esprits et me dirigeai vers celle qui était au cœur de toutes les attentions ce soir. En me voyant, Victoria cria mon prénom et se jeta sur moi.

— Tu le savais, hein ? Que ça se passerait comme ça ?

Elle fit mine de m'en vouloir, mais l'éclat dans ses yeux montra tout le contraire. Elle était heureuse d'être entourée des gens qu'elle aimait.

— Détrompe-toi, je ne connaissais pas tout le déroulement, lui avouai-je, j'avais juste quelques bribes d'informations.

— C'est réussi ! Mes parents viennent de me dire que Faïz nous rejoindra un peu plus tard, il doit être parti chercher Ray je pense.

Elle me lâcha le bras pour embrasser David, Lexy et Asarys qui se trouvaient autour d'elle. William nous rejoignit assez vite.

— Ça va ? me demanda-t-il tout en m'adressant une bise qui s'attarda un peu trop longtemps sur ma joue.

— Oui, tu m'as l'air en forme, lui fis-je remarquer.

— Merci. Tu es très belle me chuchota-t-il à l'oreille.

Je rougis légèrement puis il ajouta :

— Tu viens te servir quelque chose à manger avec moi, au buffet ?

La raison et le cœur commencèrent leur combat spirituel intérieur. J'avais envie de passer du temps avec lui, mais en même temps, je savais que Faïz allait arriver. Je ne pouvais malheureusement pas me séparer en deux, seulement une partie de moi n'arrivait pas à choisir.

— Vas-y, Zoé, m'incita Lexy, en même temps prépare-moi une assiette s'il te plaît, je meurs de faim.

Mon amie salua William avec un clin d'œil, celui-ci parut la remercier avec un de ses sourires à tomber par terre. La discussion commença entre nous au moment où nous nous dirigeâmes vers le buffet. Pour mon plus grand plaisir, ce fut le premier à s'intéresser enfin sur mon ressenti à propos de mon article sur Trac-Word. Il me proposa même son aide pour sa réalisation, si j'en avais besoin. Sur notre passage, je remarquai sans effort que les jeunes femmes présentes à cette soirée avaient les yeux rivés sur lui. Elles se liquéfièrent littéralement quand ce dernier passait à côté. Avant de se servir, il devint subitement sérieux et se plaça juste devant moi :

— Tu m'as manqué, m'avoua-t-il à mi-voix.

Mal à l'aise devant cette situation qui prenait un virage à cent quatre-vingts degrés, j'ouvris la bouche, mais aucun mot n'en sortit. Déroutée, je devais trouver les bons mots pour ne pas l'induire en erreur. William ne me facilitait pas les choses.

— Je suis très heureuse de te voir, mais je ne pense pas que ce soit le bon moment pour parler, Wil.

Je baissai la tête et me dépêchai de remplir les assiettes sans même faire attention à ce que j'y mettais.

— Tu as raison, nous en reparlerons après.

Son regard plein de promesses me déstabilisa. Je savais qu'il n'y était pour rien, au fait d'être un Sylphe. Il dégageait par tous les pores de sa peau, la sensualité et une sensibilité charnelle sans égale. Auprès de lui, tous mes sens étaient en alerte, ce qui était complètement différent dès qu'il n'était pas dans la même pièce que moi. Son physique et son charme hypnotisaient n'importe qui et ceci malgré lui. Je me ressaisis afin d'éviter que la situation dérape.

— J'aurais besoin du piano à queue qui est là et aussi d'un grand écran. Julio m'avait affirmé que ça ne poserait pas de problème.

— Oui, nous t'avons tout préparé.

Une fois nos assiettes bien chargées, nous partîmes à une table afin de nous installer.

— Je vais appeler Lexy et les autres pour qu'elles nous rejoignent, déclarai-je en posant nos plats sur la table.

Je me précipitai, heureuse de trouver une excuse pour ne pas rester seule avec William, mais ce dernier m'interpella avant que je n'aie eu le temps de faire trois pas.

— Zoé, assieds-toi une minute. Je dois te parler de quelque chose d'important.

Je m'exécutai aussitôt. Au timbre de sa voix, je compris que c'était sérieux.

— Comme tu es ici, reprit-il, nous pensons que pendant la soirée, tu pourrais prendre le temps de jeter un coup d'œil au Callis. Seule toi peux déchiffrer l'endroit où pourrait se trouver Athanase. J'aurais aimé t'éviter ça pour ce soir, mais nous manquons de temps. Nous avons besoin de toi.

William s'en voulait de m'imposer ça, mais je compris l'urgence de la situation. Il fallait juste prendre les devants au cas où Faïz tomberait sur un os, dans le désert du Nevada, lundi. Je posai mes mains sur les siennes sans réfléchir, il les prit immédiatement. Son regard acier disparu pour laisser place à beaucoup de douceur. À cet instant, nous entendîmes quelqu'un se racler la gorge près de nous. Nous nous redressâmes aussitôt comme si nous avions été pris la main dans le sac.

— Salut Faïz.

William sembla s'excuser de la situation. Quant à Faïz, il essaya de garder toute la maîtrise de soi afin de rester courtois envers son ami, puis il me regarda à mon tour avec une mine farouche et insolente. William sentit la tension entre nous.

— Je vais chercher tes amis, ils ont l'air de bien s'entendre avec le reste de la famille, s'adressa-t-il à moi sur un ton léger et calme. Ça va aller ?

Faïz soupira puis réprima un ricanement comme pour se moquer de lui, je m'interposai avant que William eût le temps de réagir.

— Ça va. Nous t'attendons là, le rassurai-je.

Il toisa Faïz du regard et repartit, une main dans la poche, d'un pas déterminé. De mon côté, je comptai bien avoir une petite explication avec monsieur Mattew.

— Ça t'arrive d'être agréable ? m'écriai-je furieuse.

— Oui, comme ce soir. Je pense l'avoir été un peu trop à mon goût ! pestiféra-t-il.

— Non ! Tu as eu un comportement exécrable.

Il me scruta intensément et but une gorgée de la coupe de champagne qu'il avait posée devant lui quelques instants plus tôt.

— Arrête de tout me mettre sur le dos. Tu roucoulais tranquillement avec William, mais tu ne dis pas non, non plus, à mes avances. Qui est le plan A et qui est le plan B, Zoé ?

Je ne le reconnus pas. Ses paroles suintaient de méchanceté. Je m'avançai vers Faïz pleine de colère, essayant de ne pas élever la voix afin de ne pas alerter tous nos voisins de tables.

— Quand m'as-tu fait des avances ? C'est toi qui me jettes et qui me fais espérer comme bon te semble.

— Alors, les jeunes, tout se passe bien ?

Lily et Charles nous interrompirent, j'espérai qu'ils n'avaient pas entendu notre discussion. Je remis mon masque, celle de la fille enthousiaste, qui voulait dire que tout allait bien dans le meilleur des mondes. Faïz fit de même.

— Tout est parfait Lily, le service est à tomber et on se régale, lui répondis-je.

— Désolé de ne pas pouvoir être trop présent, s'excusa Charles, nous devons faire le tour de tout le monde. La politesse exige de prendre soin de nos invités.

— Zoé ? William t'a-t-il parlé au sujet de la consultation du Callis ce soir ? me demanda discrètement Lily.

— Maman ! grogna Faïz exaspéré.

— En effet, il m'en a parlé, acquiesçai-je, j'y jetterai un coup d'œil tout à l'heure, après la pièce montée.

— Merci à toi de prendre du temps, d'autant plus en ce jour particulier.

Lily et Charles nous firent un petit signe de main affectueux et s'en allèrent aborder d'autres sujets de conversation avec les convives de cette soirée. Je repris ma discussion avec Faïz, qui paraissait perdu dans ses pensées.

— Je suis heureuse d'être utile. Si le Callis détient les réponses à toutes nos questions, nous saurons peut-être si le tombeau se trouve réellement dans le désert ou non.

— Je suis d'accord, mais je refuse que tu en fasses plus. Ton rôle se tient uniquement à la lecture de ce livre, reste loin du reste ! trancha Faïz.

Je bus une gorgée de mon cocktail tropical avant de répondre :

— J'aimerais revenir à notre conversation. Hier soir, à New York, j'ai cru que l'on s'était rapprochés et ce matin c'était comme si nous avions fait encore dix pas en arrière. Je me trompe ? Si tu ne veux plus de moi, dis-le-moi une bonne fois pour toutes et je renoncerai à jamais à toi.

Impossible de déchiffrer ce qu'il pensait à ce moment précis. Il passa une main dans ses cheveux, visiblement nerveux. Je l'avais pris de court et je m'attendais à une réponse ferme de sa part, en retour. Il s'approcha de moi, si près que je sentis son souffle sur ma joue, ma volonté de l'embrasser fut à cet instant plus forte que tout.

— Si je te demandais de sortir avec moi lundi soir, à mon retour de ma mission, cela me laisserait-il une chance pour te faire patienter encore deux jours et te convaincre de ne pas sauter dans les bras de William avant ?

Je tombai des nues, clignant des yeux, hébétée. Faïz me proposait un rencard, un rencard privé où personne ne pourrait s'interposer entre nous. J'avalai ma salive en imaginant ce que ça pourrait donner à la fin de celui-ci. Mes yeux sombrèrent dans les siens, toujours à quelques centimètres de son visage. Je pouvais presque m'y noyer.

— Je pense que je peux attendre deux jours, baissai-je les yeux en souriant bêtement comme une enfant.

— Je suis heureux de l'entendre. Tu vois que je peux être agréable, Zoé, souffla-t-il près de mon oreille.

Je secouai mon visage vigoureusement pour reprendre mes esprits.

— Pas d'annulation de dernière minute. Aucune excuse que tu me donneras ne pourra excuser tes excuses.

— Je crois avoir compris le sens de ta phrase, ironisa-t-il, c'est promis.

— Que voudras-tu faire ?

— J'ai pensé t'emmener dîner dans un endroit que j'affectionne tout particulièrement et puis nous pourrions terminer la soirée ou… la nuit chez moi… enfin… je ne t'oblige à rien.

Il s'écarta de moi et se redressa sur sa chaise. Au moment où j'allais lui répondre, nos amis arrivèrent.

— On ne dérange pas j'espère ? demanda Asarys en s'installant à côté de moi.

Cette dernière était aux anges et pour cause, Ray venait d'arriver.

— Pas le moins du monde, mentis-je.

Pendant le repas, Lexy et David nous racontèrent la rencontre avec la grand-mère de Faïz. Le courant passait bien entre mes amis et le reste de la famille présente à cette soirée.

— Zoé, tu sais à quoi nous avons pensé avec Asarys ? déclara Lexy, nous aimerions faire, ce soir, la chorégraphie que tu nous as apprise sur Beyonce, « Single Ladies ».

— Non, non, non, il en est hors de questions ! objectai-je, bon sang, vous avez bu ou quoi ?

Les deux hochèrent la tête pour confirmer.

— Oh Seigneur ! me lamentai-je.

Je bus alors d'une gorgée, une coupe de champagne qu'elles m'avaient apportée.

— Vous ne lâcherez pas l'affaire, je présume ?

Elles secouèrent leur tête de l'autre sens.

— Allez Zoé ! me supplia Asarys.

— Je vous préviens, demain je ne vous consolerai pas quand vous serez partout sur les réseaux sociaux comme deux bécasses, et Victoria danse avec nous !

Elles s'exclamèrent toutes contentes et excitées par le show à venir.

Autour de la table, l'ambiance s'était apaisée entre Faïz et William, ce qui me ravit. Victoria nous rejoignit peu de temps après. Elle se plaça à côté de William, qui lui enlaça d'une main les épaules, le plus protecteur possible.

— Alors frangine, tu profites bien ? Ça te plaît ta surprise ? lui demanda ce dernier.

— Mouais, vous avez réussi à me surprendre. La fête bat son plein et toutes les personnes que j'aime sont présentes. Alors oui.

Faïz la gratifia d'un sourire enjoué, plein de tendresse. Nous levâmes nos verres et trinquâmes à l'avenir, en y croyant le plus possible. J'observai la table, c'était la première fois que nous étions tous réunis. Lexy nous racontait des anecdotes toutes plus loufoques les unes que les autres tandis qu'Asarys ronronnait avec Ray. Victoria, elle, éclatait de rire, plus épanouie que jamais.

— Vous permettez ? Je fais une photo souvenir, nous interrompit Lily.

Celle-ci pointa son smartphone sur nous. Faïz se rapprocha de moi et le groupe joua le jeu de la pose. Soudain, la lumière baissa doucement, laissant un éclairage tamisé. Charles au micro demanda notre attention et annonça l'arrivée de la pièce montée. Il demanda à sa fille de bien vouloir venir le rejoindre, ce que Victoria fit immédiatement, très enthousiaste. Tout le monde clama son prénom suivi de sifflements et d'applaudissements. Charles entreprit ensuite de prononcer un discours, le silence dans la salle se fit sans mal.

— Ma fille, notre perle, notre trésor. C'est avec une grande fierté que je te vois grandir. Ta naissance a été l'un des plus beaux cadeaux que le seigneur ait pu nous offrir. Princesse au sourire qui ne peut faner, tu es une lumière éblouissante, une flamme incandescente. Je ferai en sorte qu'il n'y ait aucune embûche sur ton chemin, aucune larme sur tes joues, mais que des rêves dans ton cœur, un enchantement perpétuel dans ton existence. Nous embrassons ton âme, ma fille, qui est un exemple d'amour sans fin. Nos lendemains seront heureux avec toi car tu es notre source de paix.

Charles eut du mal à contenir ses émotions quant à Victoria et Lily elles fondirent en larmes devant cette déclaration. La salle retint son souffle, avant d'applaudir ce discours si fort, cette lettre d'un père à sa fille. S'ensuivit une longue étreinte pleine d'amour. Charles se tourna ensuite vers notre table.

— Je vais laisser la place à Zoé, elle a quelque chose pour toi.

Faïz m'interrogea du regard, surpris. Je ne lui avais pas fait part de mon projet de ce soir. William se leva avec moi.

— Je lancerai la vidéo dès que tu joueras la première note, me souffla celui-ci à l'oreille.

Victoria semblait impatiente de découvrir ce que je lui avais préparé. Je n'étais pas forte pour les discours, j'espérai qu'elle allait apprécier ma balade. Je m'installai derrière ce magnifique piano blanc, verni. Ça faisait si longtemps que je n'avais pas touché cet instrument. La mélodie que je m'apprêtai à jouer, je l'avais longuement peaufinée lorsque je vivais encore en France. J'avais minutieusement composé chaque note de cette partition, en rêvant de la jouer un jour pour un événement que je considérerais comme spécial. Ce jour-là était arrivé et je priai pour ne faire aucune faute.

Une grande toile blanche s'éclaira derrière moi. C'est alors que je fis résonner la première note qui brisa le silence dans la pièce obscure, accompagnée du montage vidéo que nous avions élaboré avec les filles. On y voyait nos premiers selfies avec Victoria, nos moments de rigolade. On y voyait une Victoria sérieuse et concentrée en pleine lecture d'un livre, une Victoria insouciante, sautillant dans la rue. Nos plongeons plus ou moins ratés dans la piscine de sa villa, ses vacances en famille.

Je jouai avec les touches du piano, mais aussi avec cette douce mélodie. J'adaptai cette balade en changeant soudain de volume sonore à certains moments, provoquant ainsi une harmonie parfaite. Je fus trop concentrée et trop imprégnée par ce que je faisais pour regarder à cet instant Victoria. J'en oubliai presque la présence des convives. La sensibilité que j'éprouvais était à son comble, l'ambiance de la pièce avait changé. Je parvins à sentir l'émotion que je leur insufflais.

Le montage vidéo arriva aux premiers pas de Victoria, ses premiers sourires d'enfant. Nous avions retracé une partie de sa vie et elle se finissait comme elle avait commencé, par des selfies de nous tous. Je rouvris les yeux au moment d'appuyer sur la dernière note qui résonna quelques secondes avant de disparaître dans l'air. Les applaudissements fracassants retentirent sans attendre. Je me levai pour saluer timidement mon auditoire. Victoria, émue aux larmes, s'élança à mon cou.

— C'est trop Zoé ! s'exclama-t-elle, mon cœur a failli

s'arrêter, je t'aime fort.

Son étreinte dura un moment.

— Je t'aime aussi.

Nos yeux humides témoignaient du réel amour que nous éprouvions l'une pour l'autre. William s'avança vers nous et nous le serrâmes aussi dans nos bras. Je le remerciai ainsi d'avoir tout préparé pour que ce moment soit le plus parfait possible. Je partis embrasser Lily tandis que Charles repris le micro en se raclant la gorge

— Merci Zoé pour ce très beau moment. Bon, après toutes ces émotions merci d'apporter la pièce montée. Mesdames, messieurs, place aux desserts !

La salle approuva et la musique retentit. De la fumée envahit le sol pour donner un effet magique à la scène sur une très belle chanson de Justin Timberlake. Des torches s'enflammèrent avec des milliers de crépitements et les serveurs apparurent accompagnés du magnifique gâteau à plusieurs étages, qui s'élançait tout en hauteur. Je m'arrêtai sur les détails créatifs qui ornaient cette pièce montée, en l'occurrence, les fleurs et le tas de petits strass tout autour. Le rose et le gris se mariaient parfaitement ensemble, donnant un effet imposant à cette œuvre d'art. La séance photo commença avec Victoria et sa famille à côté de celle-ci. Une immense fontaine de champagne y avait été ajoutée, le résultat n'aurait pu être mieux. Les serveurs vinrent distribuer les parts directement à nos tables. Je trouvais ça presque dommage d'être obligé de découper ce gâteau au travail d'Orfèvre.

Victoria nous avait rejoints à notre table, tandis que Lily et Charles étaient restés avec les grands-parents, un peu plus loin. Pendant que les gens se régalaient de ce divin dessert, Julio prit la parole à son tour :

— Mesdames, mesdemoiselles, messieurs, nous allons demander à Victoria et à ses drôles de dames de venir commencer l'ouverture du bal avec une danse.

Victoria, bouche bée, lâcha des mains sa fourchette.

— Zoé ? grommela-t-elle entre ses dents.

— Je n'y suis pour rien, je n'ai rien pu faire pour les en empêcher, me défendis-je en accusant Asarys et Lexy du regard.

— Pourquoi me faites-vous ça ? La soirée était parfaite, se lamenta-t-elle.

Asarys et Lexy se levèrent en vitesse, apparemment un peu éméchées. En conclusion, immunisées contre le ridicule. Je me levai à mon tour, ne pouvant les laisser danser seules. Ray, Faïz, David et William nous encouragèrent en se moquant gentiment de notre groupe. Victoria, dépitée, se résigna à venir sur la piste. Elle se plaça entre nous et demanda le micro à Julio qui le lui apporta aussitôt.

— Je tiens à vous informer que nous sommes débutantes, donc merci de votre indulgence, tint-elle à préciser.

Nous entendîmes des petits rires amusés fuser autour de nous avant que la chanson de Beyonce débute. Je claquai des doigts pour annoncer le coup d'envoi de notre chorégraphie. Nous commençâmes nos pas et la bonne humeur prit le dessus. Nous étions synchros, nous nous regardions, nous nous encouragions et ce moment de plaisir fut partagé avec la salle qui s'était levée et qui claquait des mains sur le rythme de la musique. Nous nous débrouillâmes à merveille, Victoria ne se démonta pas et donna tout ce qu'elle avait sans faux pas. Au bout de trois minutes et vingt secondes, nous nous arrêtâmes net devant une foule en liasse, surexcitée et conquise.

Nous étions essoufflées, en nage et nous nous serrâmes toutes les quatre dans nos bras, contentes d'avoir réussi notre challenge de l'année, longtemps répété dans nos chambres ou des parkings à ciel ouvert. Le bal était ouvert et tout le monde nous rejoignit sur la piste pour continuer la soirée. Nous repartîmes à notre table pour souffler quelques instants, seule Victoria resta danser sur la piste avec Ray.

— Je vais aller récupérer mon portable dans mon sac pour faire des photos ! me cria Lexy dans les oreilles pour que je l'entende.

— Julio a tout mis dans une des chambres du haut, au dernier étage, lui indiquai-je.

— Je t'accompagne, se leva David, je vais en profiter pour aller faire un tour aux toilettes.

— Je viens avec vous ! intervint Asarys. Et toi, Zoé ?

— Non, je dois parler avec William et Faïz, je vous attends là. Et pour une fois, ne faites pas de bêtises !

Mes trois amis levèrent leurs épaules avec des soupirs offusqués et s'éloignèrent. Je pus enfin débattre tranquillement avec Faïz.

FAÏZ

Dans l'entrée résonnaient les éclats de voix des trois amis. C'est à peine si la jeune femme, nommée Asarys, se rendit compte qu'elle venait de bousculer un invité sur le point de partir du manoir. Elle se retourna, sans vraiment faire attention à lui, en lui adressant ses excuses avant de prendre, au pas de courses, ces grands escaliers qui donnaient l'impression de remonter à la surface de la Terre. Les rires des trois compères se perdirent en hauteur. L'invité remit en place le col de sa chemise qui lui servait ainsi à cacher sa lourde cicatrice. Il enfila sa longue veste qui semblait usée par le temps. Ce soir, cet homme balafré avait réussi à se noyer au milieu des invités sans être reconnu. Discret et en retrait de la fête, les convives l'avaient pris pour l'un des leurs. Il avait évité soigneusement de croiser le chemin de Victoria, Faïz et de leurs parents.

Par contre, il se rappela avoir frôlé cette jeune femme aux yeux verts, qui l'avaient transpercé en le regardant. À son contact, les voix dans sa tête s'étaient réveillées encore plus fortes, encore plus menaçantes, encore plus noires. En ouvrant la porte pour partir de cette demeure, il prit la peine de retourner la croix à l'envers qui se trouvait accrochée sur sa gauche. Il franchit le seuil et disparut, des voix plein la tête. L'entrée devint de nouveau calme et silencieuse, un courant d'air glacial passa en dessous de la lourde porte. Quelque chose de mauvais et de diabolique venait de pénétrer dans ces lieux.

Au dernier étage de la demeure, Lexy, David et Asarys se dirigeaient au fond du couloir, en direction de la chambre avec la seule porte grande ouverte. Quelqu'un avait bien pris soin de refermer toutes les autres.

— Oh mon Dieu, je vais devoir chercher là-dedans ! se plaignit Lexy découragée en désignant le tas de vêtements accrochés sur les cintres dans cette immense armoire près du lit.

— David, allume la lumière s'il te plaît, demanda Asarys.

Celui-ci s'exécuta avant de déclarer :

— Je vais aux toilettes, je ne tiens plus !

— Il doit y en avoir à l'étage, regarde bien, rétorqua Asarys en aidant Lexy à retrouver son sac à main.

Le jeune homme arpenta le couloir et n'eut que le choix d'ouvrir chacune des portes pour espérer trouver ce qu'il cherchait. Au moment de refermer la quatrième qui n'était toujours pas la bonne, un détail attira son attention. Un livre, posé sur un bureau, scintillait doucement dans l'obscurité. Il était comme hypnotisé par celui-ci et décida d'aller voir l'objet de plus près. Ce gros bouquin lui fit penser à une énorme encyclopédie. Il commença à le feuilleter en essayant de comprendre de quoi il s'agissait.

— David où es-tu ? l'appela Asarys depuis le couloir.

— Les filles, venez voir ! s'écria David.

Elles accoururent aussitôt auprès de lui. Lexy ouvrit la lumière de cette chambre à la décoration ancienne, visiblement habitée.

— Tu nous as appelées pour un livre ? déclara Asarys excédée.

— Je… je ne sais pas, il brillait dans le noir, articula

difficilement David.

— Il quoi ? insista Lexy.

Asarys referma ce qu'ils pensaient être une nomenclature pour analyser la couverture de celle-ci.

— C A L L I S, réussit à déchiffrer Lexy.

Ils feuilletèrent par curiosité l'étrange ouvrage. Au moment où ils allèrent le refermer définitivement, ils tombèrent sur le portrait d'une jeune femme.

— Je rêve ou quoi ? murmura Asarys. On dirait…

— Zoé, souffla Lexy.

Ils se regardèrent tous les trois incrédules, mais avant qu'ils ne puissent réagir, ils entendirent des pas sourds dans les escaliers. Complètement paniqués, David ferma le livre et sans s'en rendre compte le prit avec lui. Asarys éteignit la lumière et allait sortir de la chambre quand Lexy l'en empêcha.

— C'est trop tard ! Si nous sortons, on va nous voir, chuchota Lexy.

— Merde ! jura Asarys.

— Le placard, indiqua Lexy.

Ils coururent se cacher tous les trois à l'intérieur.

— Ça doit être des invités venus récupérer leurs affaires, ils ne vont pas venir dans cette chambre, essaya de se rassurer Asarys.

— Le bouquin David ! Putain, pourquoi l'as-tu pris avec toi ? chuchota Lexy, visiblement en colère.

— Je ne sais pas, j'ai eu peur, balbutia ce dernier.

Soudain ils entendirent la porte de la chambre s'ouvrir, les trois amis se figèrent, morts de peur. Ils reconnurent les voix de Zoé, Faïz et celle de William. Au même moment, le livre se mit à scintiller de façon plus intense. Lexy, au milieu des deux autres, porta une main à sa bouche afin de contenir sa crise d'angoisse grandissante. Quelque chose de bizarre se passait ici et les trois amis l'avaient bien compris.

13

William referma la porte de sa chambre par précaution et s'adressa directement à Faïz :

— Y'a-t-il eu d'autres accidents à déplorer aujourd'hui avec les incendies ?

— Non, nous avons évacué tous les habitants qui auraient pu être en danger avec l'avancée des flammes.

— Donc, c'est ce que tu as fait toute la journée ? Venir au secours de la population ? lui demandai-je.

— Il le fallait Zoé. C'est en ce moment que L.A a le plus besoin de moi ainsi que des autres Léviathans. Les Sylphes nous ont aussi pas mal aidés à ralentir la progression des feux.

— Demain, Black Shadow sera encore en première page de tous les journaux, déclara William. Nous, les Sylphes, serons comme d'habitude inexistants dans le paysage.

Faïz préféra changer aussitôt de sujet, le fait qu'on l'assimile à un héros ne lui plaisait guère.

— Concentrons-nous sur le Callis ! objecta ce dernier, nous devons trouver le maximum de réponses ou d'indices ce soir.

— À propos du Dôme ? As-tu réussi à faire entendre raison au gouvernement ? l'interrogea William, l'air grave.

— Juste quelques mois de plus, déclara Faïz à mi-voix, si nous n'arrêtons pas le Maestro au plus vite, le gouvernement le fera exploser et la Californie sera réduite en cendres.

William scruta la chambre du regard :

— J'aurais juré avoir déposé le livre sur le bureau hier soir, s'inquiéta-t-il en nous indiquant l'emplacement.

— Quelqu'un d'autre aurait pu l'emprunter et oublier de le remettre à sa place ? demandai-je d'une voix anxieuse.

— Non, impossible, dit-il précipitamment.

Il ferma ses yeux, essayant de réfléchir à l'endroit où il pouvait bien se trouver. C'est alors qu'un petit bruit venant du placard d'époque, au fond de la pièce, nous fit sursauter. Nous nous regardâmes tous les trois, sans oser bouger puis Faïz partit en direction du meuble, déterminé à savoir ce qui s'y trouvait. L'angoisse stoppa net ma respiration. D'une main, Faïz ouvrit en grand les portes, prêt à se défendre en cas de besoin. Le spectacle auquel j'assistai me fit perdre l'équilibre, William me rattrapa.

— Bordel ! cria Faïz. Mais que foutez-vous ici ?

Le regard tétanisé de David, Lexy et d'Asarys me fit comprendre qu'ils avaient entendu toute notre conversation. À l'heure où moi-même je cherchais encore beaucoup de réponses à mon destin, il me faudra répondre à leurs nombreuses questions dans les heures et les jours à venir. Asarys se releva la première. Incrédule, William s'adossa au bureau, attendant que ces trois individus se remettent de notre discussion. Faïz, furieux, les menaça avec un regard impitoyable.

— Je vais vous demander de vous asseoir sauf si vous préférez partir de la pièce afin de tout oublier sur nos récentes confidences, proposa William sur un ton calme.

Tous les trois se regardèrent silencieusement et décidèrent de venir s'asseoir sur le lit. Je compris alors qu'ils ne comptaient pas en rester là.

— Super ! déplora Faïz agacé en levant les bras au ciel.

Asarys me scruta, ne sachant pas quoi me dire. J'eus l'impression qu'elle m'en voulait. David tendit le Callis à William d'un air penaud.

— Qu'avez-vous compris de ce que vous venez d'entendre ? commença Faïz.

Mes amis, plus taciturnes que jamais, n'osèrent pas prononcer un mot.

— Nous devons nous parler, leur soulignai-je, je suis vraiment désolée que vous appreniez certaines choses de cette manière, mais vous n'auriez jamais dû vous trouver ici.

— Pour ma part, commença Asarys, j'ai réalisé que Faïz était celui dont tout le monde parle dans les journaux. Celui qui vient en aide à la population de L.A.

— Moi j'ai compris que le Dôme risque bientôt de s'autodétruire, enchaîna Lexy hésitante.

— Et apparemment, nous courons tous un grand danger. Quelque chose de très grave est sur le point de se passer. Le livre serait une sorte de procédure à suivre si nous arrivons à déchiffrer ses codes, conclut David.

Je jetai un coup d'œil à William et à Faïz. Ils semblaient décidés à ne pas leur en dire plus.

— Ils doivent savoir ! finis-je par m'exclamer.

— Non ! aboya Faïz

— C'est trop tard, ils ont un pied dans cette histoire. Ils veulent des réponses, ce sont mes amis, Faïz. Nous ne pouvons plus faire comme si de rien n'était, essayai-je d'argumenter.

— Tu ne ferais que les mettre un peu plus en danger, c'est ça que tu veux ?

La mâchoire serrée, Faïz n'arrivait pas à contenir sa colère. Je me retournai vers William qui était toujours adossé au bureau, affichant désormais un air embarrassé.

— Zoé… peut-être qu'ils ne veulent pas en savoir plus, déclara-t-il, ceci est déjà trop pour eux. Leur avis compte, non ?

William n'avait pas tort. En effet, je parlais à leur place sans même tenir compte de ce que mes amis pouvaient ressentir.

— Asarys, s'il te plaît, parle-moi, la suppliai-je.

Elle regarda par la lucarne, réfléchissant à cet instant, à ce qu'elle voulait.

— Je me suis toujours demandé ce que ce Dôme faisait là, débuta-t-elle, ok, on nous a parlé de risques d'attentats et de possibles menaces en Californie, mais tous les autres pays sont tout autant concernés que nous. J'ai toujours senti qu'il y avait autre chose ici, l'atmosphère de cet État est si… inexplicable. Alors oui, je veux savoir de quoi il en résulte exactement. Il est hors de question que tu portes ça toute seule.

David et Lexy approuvèrent, eux aussi, les dires de cette dernière. Faïz porta ses deux mains à son visage, comprenant qu'il n'avait plus d'autre choix que de tout leur dire.

— Si c'est ce que vous voulez, sachez que tout ce que vous pensiez connaître jusqu'ici n'est rien, comparé à la réalité de ce monde. Tout est bien plus obscur. Je vous aurai prévenus.

C'est ainsi qu'il commença son long récit. Je me mis en retrait, laissant Faïz tout leur expliquer avec l'aide de

William qui complétait certains passages. Le Callis, le Maestro, les expériences génétiques qui avaient conduit à la naissance des premiers Leviathans, les Sylphes… Rien ne leur était épargné. Mes amis écoutèrent, absorbés par ces révélations à peine croyables. Puis, fut venu le moment de leur expliquer mon rôle dans cette histoire, comment étais-je venue au monde. Je n'avais aucune idée de l'heure qu'il pouvait être, j'avais perdu toute notion du temps. Ce fut William qui conclut cette longue histoire.

— Maintenant, vous savez. Libre à vous de le croire ou non. Nous vous demandons juste de ne rien dire à personne, la sécurité internationale en dépend.

— Sur une échelle de un à dix, quelle est notre chance de nous en sortir ? demanda Lexy.

— J'aimerais vous dire dix mais ça serait mentir. Le temps est contre nous, avoua Faïz.

— Y'a-t-il un moyen de vous aider ? proposa David.

— Oui, en restant loin de tout ça. Reprenez le cours de vos vies. Maintenant, vous savez combien chaque moment est important, leur assura William.

— Impossible ! rugit Asarys, déterminée à ne pas en rester là. Zoé est concernée par toute cette histoire. C'est hors de question que je la laisse seule affronter ce démon. Vous ne pensez tout de même pas que nous allons nous tourner les pouces en attendant que l'enfer décime la planète ?

Nous comprîmes, avec Faïz et William, ce que nous devrions désormais faire avec mes amis. Quelque chose qui pesait lourd en moi, disparu à ce moment. Je me sentis plus forte que jamais. Ils venaient de prendre chacun un peu du poids que je portais. Asarys se leva du lit et s'approcha de moi.

— Nous ne te laisserons pas supporter ça toute seule, dit-elle en me serrant dans ses bras.

— Je propose de nous y mettre tout de suite, nous motiva Lexy, si les réponses sont dans ce livre, alors nous n'avons pas une minute à perdre.

Elle se leva d'un bond, ce qui surprit tout le monde. Ce fut William qui ouvrit le Callis et nous nous postâmes, tous les cinq, autour de lui.

— Pourquoi brille-t-il autant ? s'étonnait David.

— Le Callis réagit à la présence de Zoé. Ils sont reliés tous les deux par une sorte de connexion invisible, répondit Faïz.

Je constatai que sa voix s'était radoucie. Il se résignait finalement à faire équipe avec mes trois amis.

— Ce manuscrit doit-il obligatoirement rester au manoir ? Ce serait peut-être plus simple, si on pouvait le parcourir ailleurs qu'ici, s'interrogea Asarys.

— Le Callis ne peut pas sortir de ce lieu. À l'extérieur, il serait à la merci du Maestro qui pourrait sans mal, se l'accaparer. Le manoir est protégé depuis près de deux siècles contre les forces du mal, expliquai-je.

William le feuilleta en prenant soin de ne pas abîmer les pages. Il s'arrêta sur l'une d'elles, qui ne portait qu'un titre, visiblement écrit en latin.

— Nous y sommes, le chapitre sur le repos d'Athanase, murmura William.

Lexy se racla la gorge et ajouta :

— Quelqu'un m'explique ? À part un titre sur cette page, il n'y a rien à lire, à part si je me trompe ?

Ma main se posa dessus et des lignes d'écritures apparurent comme par magie.

— Impossible, chuchota David bouche bée.

Asarys et Lexy étaient tout autant sous le choc de ce qu'elles voyaient se réaliser sous leurs yeux. Ils comprirent que tout ceci n'était pas un rêve éveillé. Sur les pages se dessinèrent d'étranges symboles accompagnés de dessins. Il y avait des mots, par-ci, par-là, dont je ne reconnus pas la langue. Je me tournai vers Faïz et William.

— Pouvez-vous déchiffrer tout ça ?

— J'aurais dû m'en douter, murmura William découragé.

— Merde ! grogna Faïz en tapant du poing sur le bureau.

— Attendez, ne me dites pas que personne ici ne peut lire ou déchiffrer ce qui est illustré sur cette page ? paniqua David.

Faïz recula et se mit à faire les cent pas dans la chambre en pestiférant :

— Bon sang, ça va nous prendre des mois, voire des années pour décrypter ce chapitre en langage codé !

— Nous ne pouvons pas faire appel à la Cryptanalyse ou à un linguiste ? demanda Asarys.

— Le livre doit rester ici. Faire venir quelqu'un de l'extérieur pour le Callis serait trop dangereux, répondit William.

— Le temps nous manque, ajouta Faïz, ce texte-là, le genre humain ne peut pas le décoder. Trop peu de personnes sont au courant du mythe du voyageur et du reste.

— L'intelligence artificielle, le coupa David.

— Comment ça ? insistai-je pour qu'il développe ce qu'il venait de dire.

— Nous pourrions créer un algorithme. Regardez !

Il montra la page du doigt.

— Ce serait le moyen le plus facile pour traduire tout ça. Un code pour une lettre. Il faut juste que je trouve quel serait le bon chiffrement à adopter. Nous aurions alors les réponses qu'on cherche. Je peux essayer de créer une série d'algorithmes pour identifier dans un premier temps la langue qui a été utilisée puis procéder au décryptage des textes.

— Je pense que ce serait la meilleure solution, déclara William. Qu'en penses-tu, Faïz ?

Celui-ci réfléchit un instant.

— Combien de temps tout ça prendrait ? demanda-t-il à David.

Ce dernier feuilleta le livre afin d'évaluer le travail qui l'attendait.

— Il y a huit pages, je dirais trois ou quatre mois.

Faïz soupira profondément, déçu par cette réponse.

— C'est notre seule chance, nous n'avons pas le choix, tenta William de le convaincre, merci David.

— Tu as raison, nous n'avons pas le choix, admit Faïz, ça doit représenter un travail titanesque, essaye de ne pas perdre de temps.

— Zoé, je vais prendre les pages en photo pour commencer à travailler dessus dès que je rentre sur le campus. Pose ta main dessus comme tu l'as fait auparavant, me demanda David.

Je m'exécutai, les écritures et les dessins réapparurent au contact de ma paume. David arracha le téléphone des mains de Lexy et mitrailla le tout en faisant attention de ne rien oublier.

— Vérifie bien que le résultat soit lisible, dis-je une fois qu'il eut fini.

— Nous ferons un bilan d'ici la fin du mois pour voir

ce que tu auras de nouveau à nous communiquer, conclut Faïz.

Celui-ci se dirigea ensuite vers la porte de la chambre. Avant de quitter la pièce, il se retourna vers nous.

— Ça fait un moment que nous sommes ici, il ne doit plus y avoir grand monde en bas. Nous ferions mieux de rentrer nous aussi.

William referma le Callis et le laissa sur le bureau. Nous sortîmes ensemble et entreprîmes de reprendre nos affaires qui étaient dans une des pièces d'à côté. William nous accompagna, tandis que Faïz préféra descendre directement sans nous attendre.

— Zoé, mon frère et moi devons nous absenter trois jours à Detroit afin de rendre visite à notre sœur, Kayla. Si tu as besoin de venir ici, pour consulter le manuscrit ou même un autre document, les Mattew ont un double des clefs du manoir.

— Très bien, acquiesçai-je, je m'en souviendrai.

Nous prîmes la direction des escaliers. David, Lexy et Asarys nous suivirent.

— Nous aurons peut-être l'occasion de nous voir à mon retour ? me proposa William plein d'espoir.

Comment lui expliquer sans être maladroite qu'il ne devait pas espérer avoir une relation plus proche que celle que nous avions déjà ?

— Pourquoi pas essayer d'organiser quelque chose de sympa ? en toute amitié, si tu le veux bien, répondis-je avec une certaine retenue.

— Ne t'en fais pas, je ferai un effort pour marquer une bonne distance entre nous, si c'est ça qui te fait peur, mais sois tranquille, j'ai tout mon temps, me glissa celui-ci avec un sourire renversant.

Je m'empourprai malgré moi.

— Je t'en remercie.

En bas, les derniers convives faisaient leur au revoir à la famille Mattew. Lily parut soulagée en nous voyant réapparaître.

— Je me demandais bien où vous étiez tous passés ! s'exclama-t-elle en venant à notre rencontre.

— Il y a eu des petites complications.

William désigna d'un signe de tête mes trois amis. Le regard de Lily changea aussitôt, les propos du Sylphe l'inquiétèrent.

— Nous avons été obligés de tout leur dire, l'informa William pour faire court, ils sont désormais au courant de tout.

Elle recula de quelques pas en nous observant les uns après les autres. Faïz et Victoria se trouvaient, eux, à l'autre bout de la salle. Apparemment, il lui faisait part aussi de la même nouvelle.

— Nous avons passé une excellente soirée ma chérie, vint interrompre la mère de Lily avant de s'en aller, elle aussi.

— Faïz va vous ramener, maman. Je passerai vous voir, papa et toi, dans la semaine.

Lily serra ensuite son père dans ses bras, puis ce fut à mon tour de leur faire mon au revoir.

— Prenez soin de vous Zoé, me dit monsieur Austin en me serrant dans ses bras.

Il ne restait plus que nous et les serveurs, qui s'agitaient pour tout ranger au plus vite. Lily me prit à part :

— Je fais confiance à tes amies Zoé, mais je refuse

qu'ils se mettent en danger par notre faute.

— Je vous promets de les épargner le plus possible.

— Zoé, madame Mattew ! nous interpella Lexy. Nous allons y aller, il se fait tard.

— Je viens avec vous, lui indiquai-je. Lily, on se voit à Elora.

— Oui. Demain, après l'église, nous prendrons le temps de reparler de tout ça.

Je partis embrasser Victoria en la serrant fort contre moi, puis mes amis et moi nous dirigeâmes vers la sortie. William prit la peine de nous raccompagner. Quand il ouvrit la porte d'entrée, Asarys se mit à bougonner.

— Foutus escaliers ! Je n'ai vraiment pas le courage d'arpenter ça maintenant.

— Bouge-toi Asarys, ne compte pas sur moi pour te porter ! râla Lexy.

Je dis au revoir à William et lui souhaitai un bon séjour à Detroit. Il sembla me laisser partir à contrecœur.

La chaleur dans l'air arriva à me surprendre. Je l'avais quasiment oubliée malgré une température moins élevée que lorsque nous étions arrivés. Nous arrivâmes, silencieux, devant nos deux voitures garées l'une derrière l'autre. Faïz avait déjà quitté les lieux afin de déposer ses grands-parents. Je n'avais pas eu l'occasion de lui reparler depuis que nous étions descendus de la chambre de William.

— Profitons d'être tous les quatre si vous avez des questions à me poser avant que l'on se sépare, déclarai-je.

— Pour ma part, Faïz et William nous ont parfaitement tout expliqué, répondit Asarys.

— Je suis d'accord avec toi, déclara Lexy, nous en

aurons sûrement dans les prochains jours. Laisse-nous le temps d'assimiler déjà ce que nous venons d'apprendre aujourd'hui.

Je me retournai ensuite vers David, qui parut soudain mal à l'aise.

— Je me demandais juste… si… si les hommes avec une force surhumaine sont bien réels, ainsi que les elfes, les démons et j'en passe… bref, est-ce qu'Edward Cullen existe aussi ?

Lexy fulmina face à ses propos :

— Des vampires ? Tu te fous de nous David ? Bon sang, nous sommes dans le monde réel, tu piges ! Alors tes histoires de vampires ou de loups-garous, tu les laisses dans ta tête.

David afficha un air consterné, ne sachant plus quoi penser de tout ça. Je me retins de rire, la situation était ubuesque, Asarys renchérit :

— Occupe-toi de traduire le manuscrit David en gardant bien les pieds sur terre. Nous ne sommes pas dans une fiction là. C'est incroyable de débiter de telles conneries !

Il leva les bras en l'air avant d'ajouter :

— Non, mais je rêve.

Les filles partirent s'asseoir dans la Bentley en le laissant prostré ainsi. Je m'approchai de lui pour lui donner un baiser sur la joue.

— Ta question est légitime. Désolée de te briser le cœur, mais Edward Cullen n'existe pas. Bonne nuit.

— Je n'ai plus qu'à rentrer me morfondre dans mon lit, me dit-il sur un ton las, rentre bien Zoé. On s'appelle et bon courage pour ta reprise lundi.

La soirée s'acheva d'une façon que je n'aurais jamais imaginée. Mes amis étaient pratiquement au courant de tout, il y avait juste une ou deux choses que j'avais préféré garder pour moi. En effet, j'estimai qu'il n'était pas nécessaire de leur faire part de l'existence des Banshees, ni même que l'une d'elles me prédisait ma mort ou de celle de quelqu'un d'autre autour de moi. Je comptai bien faire en sorte de renverser le sort. Je ne leur avais pas parlé non plus de Gurt et de Meriden, ces deux chiens qui avaient pour mission de refermer les portes du mal. Lily m'avait bien précisé que tout n'était pas à prendre au pied de la lettre. Nous repartîmes au milieu de cette nuit chaude, l'effervescence de ces dernières heures était retombée. Au plus profond de moi, je m'en voulais d'être responsable de la perte de l'insouciance de mes amis. Désormais, plus rien ne serait comme avant.

Je déposai Victoria devant son lycée, Faïz avait dû s'absenter en ce début de semaine. En plus de vérifier les dires de Virgin, l'inspecteur Barthey l'avait appelé en urgence peu de temps avant. Graham aurait été repéré dans un motel situé dans le désert du Nevada, pas très loin de Las Vegas. Ces informations confortaient Faïz à l'idée qu'il y avait bien quelque chose qui se tramait là-bas. Ne sachant pas avec qui celui-ci pouvait se trouver, ni même quel coup il préparait, Barthey préférait prendre ses précautions et limiter la casse avec Faïz à ses côtés.

— Merci Zoé, me gratifia Victoria avec un sourire avant de descendre de la Mustang.

Son petit ami, Jonathan, l'attendait sur le parking. Le physique du jeune homme avait tout de l'américain type avec sa coupe de premier de la classe. Ce dernier me salua de loin.

— Je viens te récupérer tout à l'heure, lui lançai-je au dernier moment avant qu'elle referme sa portière.

Sa tête réapparut dans l'habitacle.

— Si ça ne t'embête pas, je préférerais que tu viennes me récupérer directement à la cafétéria de ton université. J'ai besoin de consulter votre bibliothèque, celle du lycée manque cruellement d'ouvrages et je dois terminer un exposé pour la semaine prochaine.

— Très bien, attends-moi à dix-sept heures à la cafétéria dans ce cas. Si tu changes tes plans tu m'appelles, bonne journée, à tout à l'heure.

Elle fila ensuite, impatiente, vers celui qui faisait battre son cœur. Quant à moi, je me dépêchai de rejoindre mon lieu de stage. Pendant tout le trajet, je pensai déjà à ce soir, j'étais si excitée à l'idée d'avoir mon premier rendez-vous avec Faïz. Hier, j'en avais profité pour choisir soigneusement la tenue que je mettrais pour cette occasion avec des papillons dans le ventre. Malgré le temps qui commençait à se couvrir et le ciel à gronder, rien ne pouvait gâcher ma bonne humeur. Au feu rouge, les mains sur le volant, je levai les yeux vers ces nuages d'un noir presque terrifiant. Ils couvraient même le Dôme qui semblait avoir disparu. Une fois garée dans le sous-sol de la maison de presse, je me précipitai le plus vite possible dans les locaux. Dans le hall, je lançai un bonjour furtif aux agents de sécurité ainsi qu'à l'hôtesse d'accueil. Au pas de course, j'atteignis mon bureau. Je soupirai, soulagée d'arriver à l'heure à mon poste de travail.

— Ah, Zoé, vous êtes là !

Ma chef, visiblement impatiente de me voir, se jeta sur moi.

— Alors ce séjour à New York ? Avez-vous bien bossé ? s'enquit-elle sans s'embarrasser de politesse.

— Bonjour, Madame Bonny. J'ai préparé hier un premier rendu de l'article. Je souhaiterais dans un premier temps voir ça avec Agustin et vous le remettre ensuite sur votre bureau, disons à la fin de la journée ?

— Parfait, déclara-t-elle satisfaite. Pour information, réunion du service à treize heures. Il faudra me préparer la salle ainsi que le matériel que je vous ai demandé sur l'e-mail de ce matin.

— Ça sera fait.

Lorsque Madame Bonny s'éloigna, je déposai ma veste sur ma chaise de bureau et rangeai mon sac en dessous. Mon collègue Dillan arriva quelques minutes après moi, je remarquai qu'il était trempé.

— Tu as de la chance Zoé, tu as évité le pire. Dehors, ça tombe à grande eau.

— Mince, je n'ai pas pensé à prendre de parapluie ! grimaçai-je en pensant en premier à mes cheveux.

— Je te rassure, tu n'es pas la seule.

Il me désigna du regard d'autres collègues qui arrivaient à l'étage dans un mauvais état. Ce n'était pas faute de nous avoir rebattu les oreilles, aux informations, tout le week-end sur la dépression météorologique à venir. Cependant, il fallait avouer que le mauvais temps était si rare à Los Angeles.

— Avec ces gigantesques incendies ravageurs, la ville en avait bien besoin. C'est la première fois que nous sommes aussi heureux d'avoir un tel déluge, ajouta Dillan.

Il était vrai que cette catastrophe naturelle avait déjà fait des dizaines de morts, un triste bilan en l'espace de quelques jours seulement. J'attrapai mon combiné et composai le numéro d'Agustin, mais personne ne répondit. Je regardai alors la grande horloge fixée au mur, plutôt étonnée qu'il ne soit pas encore arrivé. En effet, ce n'était pas son genre d'être en retard, je décidai donc de partir directement à son bureau pour vérifier son absence. J'arpentai la pièce en regardant tout autour de moi au cas où je l'apercevrais. Je fus surprise en fin de compte de trouver sa place vide. Je m'adressai à sa jeune collègue qui se trouvait sur le bureau d'à côté, une Afro-Américaine, rayonnante avec un sourire laissant apparaître une rangée de dents tout simplement parfaites.

— Excusez-moi, savez-vous à quelle heure commence Agustin aujourd'hui ?

— Salut Zoé, il est coincé dans les embouteillages. Avec ce temps, les rues commencent à se transformer en véritable pataugeoire. Les routes sont difficilement praticables.

— Bon, je vais devoir faire avec, soupirai-je en accusant le coup.

— Je peux peut-être t'aider moi ? Dis-moi juste ce qu'il te fallait.

— C'était pour une relecture et une mise en forme d'un article que j'ai fait à New York, la semaine dernière.

— Viens me l'apporter, je vais te la faire.

Je filai prendre ma clef USB dans mes affaires. Finalement, j'étais heureuse qu'Agustin soit bloqué par la pluie, je trouvais Clara beaucoup plus avenante et agréable. En revenant à son bureau, je m'installai à ses

côtés. Sans attendre, elle commença à lire le travail que
j'avais réalisé ces derniers jours.

Nous avions bossé toute la matinée et l'heure du
déjeuner arriva à toute vitesse sans que je m'en rende
compte. Il nous restait seulement deux-trois trucs à
peaufiner sur mon article avant de le présenter à ma
directrice en chef.

— Je vais aller manger avec les collègues, ça te dit de
venir avec nous ? me proposa Clara.

— Une prochaine fois. Je vais manger sur le pouce, car
je dois préparer la réunion de treize heures. Merci pour ton
aide.

— OK, remettons ça à une prochaine fois. Bon
courage.

L'étage était pratiquement vide et le fait qu'il fasse
sombre aujourd'hui rendait le lieu différent. La lumière du
jour n'arrivait pas à percer cette lourde couche pluvieuse
et nuageuse. Je repartis à mon bureau et consultai mon
téléphone, un message de Faïz m'attendait. Je
m'empressai de l'ouvrir.

**« Encore dans le désert, mais pas d'inquiètude, je
serais de retour comme convenu pour ce soir. Tu n'as
pas changé d'avis ? »**

Je ne parvins pas à m'empêcher d'afficher un sourire
béat sur mes lèvres. Je me considérai désormais en couple
avec celui que j'avais tant attendu. Je répondis sans
attendre.

« Je suis impatiente d'y être. Où m'emmènes-tu ? »

En attendant sa réponse, j'ouvris l'e-mail de ma chef
et commençai à exécuter le travail qu'elle me demandait.
Dans mon sac, je trouvai un paquet de gâteaux et me

résignai à le manger. Je me rattraperai avec le dîner de ce soir, en compagnie de Faïz.

Lorsque je partis déposer des dossiers dans la salle de réunion, mon portable, que je ne lâchais pas des mains, vibra.

« Tu le sauras bien assez tôt. Voudras-tu rentrer à Elora ou préfères-tu rester avec moi pour la fin de la soirée ? »

Nous y étions. Bien que Faïz soit autoritaire avec un caractère pas facile, je savais au fond de moi qu'il saurait faire preuve d'une tendresse infinie dans l'intimité. Je regardai l'heure, mes collègues allaient bientôt envahir cette pièce dans les prochaines minutes et j'avais encore quelques photocopies à faire. Je me décidai donc de faire court en lui envoyant un dernier message.

« Je resterai avec toi… à tout à l'heure. »

L'après-midi se finit comme il avait commencé, c'est-à-dire sous une pluie battante. Je me félicitai d'avoir opté pour la Mustang ce matin, plutôt que des transports en commun. Je devais surtout cette décision au fait que j'avais déposé Victoria à son lycée et que je m'apprêtais à partir la récupérer.

Je rassemblai mes affaires, après avoir quitté le bureau de ma chef. Notre entretien venait de se terminer, elle s'était montrée plus que satisfaite de mon travail d'investigation ainsi que de la rédaction de mon article. Cependant, celui-ci devrait passer sous l'œil d'Agustin avant qu'il passe à l'imprimerie. Ce dernier avait fini par réapparaître après le déjeuner. Il avait raconté ses mésaventures, dans la salle de réunion, avant que madame Bonny ne fasse son apparition.

Au moment où je pris place dans la voiture, un violent mal de tête s'empara de moi, je plaquai mes mains au-dessus de mes tempes afin d'essayer de calmer cette douleur soudaine.

— Non, ce n'est pas le moment, gémis-je.

Je réussis à sortir la voiture du parking et l'orage s'abattit sur moi faisant résonner l'habitacle dans un bruit en sourdine. La douleur devint petit à petit intolérable, qu'est ce qui m'arrivait ? Je pressentis au fond de moi, à cet instant, que quelque chose n'allait pas. Des chuchotements à peine perceptibles faisaient écho dans ma tête. Je m'arrêtai à un feu rouge en m'autorisant à fermer les yeux une seconde ou deux. C'est alors que l'image du Callis s'imposa à moi dans un flash. Quelque chose de grave se passait au manoir de la Septième Terre.

Dès que le feu passa au vert, j'appuyai sur l'accélérateur et me dirigeai à toute vitesse en direction de la villa afin de récupérer les clefs de la demeure de William et de Julio. Je pris la peine de prévenir Victoria de mon retard en ne lui expliquant pas les bonnes raisons afin de ne pas l'inquiéter. Je longeai la côte sans faire attention à ce qu'il y avait autour de moi. Les chuchotements, toujours présents dans mon crâne n'arrangeaient en rien ma conduite instable.

J'eus l'impression de devenir complètement dingue. Je pris beaucoup de risques à rouler au-dessus de la vitesse autorisée contrairement aux autres véhicules, qui avaient adapté leur conduite aux trombes d'eau qui déferlaient sur la route. Malgré mes essuie-glaces, la route était à peine visible et la douleur dans ma tête devenait insupportable.

—Allez, avance ! m'énervai-je derrière un camion qui

ne roulait pas assez vite à mon goût.

Je parvins finalement à le doubler avec une queue de poisson puis continuai à accélérer. J'arrivai enfin à Elora, le moteur de la corvette rugissait dans les allées de ce quartier calme. C'est en trombe que je pénétrai dans la cour de la villa. Je remarquai qu'aucune voiture n'était stationné. Ce fut avec peine que je me hissai hors de la voiture pour courir à l'intérieur de la maison. À l'entrée, je jetai mes escarpins contre le mur et appelai madame Arlette, mais personne ne me répondit, de même pour monsieur John.

C'est alors que la chaîne hi-fi se mit en route toute seule, la voix cristalline de Maria Callas retentit dans le séjour, envahissant complètement l'espace. Je reconnus " l'oiseau rare ", chanté par celle-ci. Paniquée, je me mis à fouiller les tiroirs du meuble de l'entrée, sans rien y trouver. Je décidai de passer aux meubles qui se trouvaient dans le salon. En passant à côté de la chaîne hi-fi, j'essayai en vitesse d'éteindre le poste, mais rien n'y fit, Maria Callas me narguait. Je pris une seconde pour réfléchir à l'endroit où Lily aurait pu les ranger.

Mon regard se posa sur une étagère, la plus haute du meuble qui se trouvait près de l'écran de télévision. Je partis chercher un tabouret et réussis à attraper cette petite boîte blanche avec une clef dessinée dessus. Bonne pioche, en l'ouvrant je découvris un amas de jeux de clefs. Je trouvai rapidement celle du manoir, plus atypique que les autres. Je ne pris pas le temps de refermer la boîte ni de remettre le tabouret à sa place. Je me rendis à l'étage, dans ma chambre, au pas de course afin d'enfiler des baskets. Une fois celles-ci aux pieds, je dévalai à toute allure les escaliers et courus derechef vers la porte d'entrée avec Maria Callas qui semblait me poursuivre dans ma course.

La Mustang démarra au premier coup d'accélération que je mis, mon cœur battait à tout rompre. Le volant d'une main, je cherchai avec l'autre mon téléphone dans mon sac. Dans la précipitation, je le fis tomber à terre, impossible pour moi de baisser la tête une seconde et de quitter la route des yeux pour le ramasser. À plusieurs reprises, la voiture sembla glisser sur l'eau, mais ça ne me fit pas ralentir.

C'est à la lisière du chemin de forêt que je pris la peine de modérer ma conduite. Le véhicule avança avec peine dans la terre transformée en boue. Le charme de cet endroit avait soudain disparu, il y suintait une atmosphère terrifiante, presque apocalyptique. Le tonnerre grondait avec cette impression que le ciel allait se déchirer. Je devais me dépêcher de mettre le Callis à l'abri. Garée au plus près de l'entrée, je sortis de la voiture sans pouvoir me protéger des flots. J'avais récupéré mon téléphone que je tenais fortement dans les mains. Trempée de la tête aux pieds, j'ouvris la trappe du manoir, l'eau dégoulinait sur mon visage. J'avais l'impression de peser une tonne avec mes vêtements qui me collaient à la peau à cause de la pluie. Je m'attaquai à ces escaliers de pierre, d'abord en descendant les marches par deux puis par quatre. Une fois à l'intérieur, j'appuyai sur l'interrupteur afin d'y voir plus clair, tous les étages s'allumèrent en même temps. Je constatai, effrayée, que Callas résonnait aussi partout dans ce lieu, à l'acoustique unique.

Je mis ma tête entre mes mains, tout ceci n'était pas un hasard, on se jouait de moi. Quel message voulait-on me faire passer ? Le Callis devait sûrement encore se trouver dans la chambre de William. Avant de monter à l'étage, je jetai un coup d'œil furtif à mon portable, un frisson glacial me traversa le corps, dix-huit appels en absence de Faïz. Mon pouls ne se calmait pas, un mauvais pressentiment me parcourait l'échine. Il n'y avait du réseau qu'au dernier étage, je courus de toutes mes forces dans les escaliers du manoir, sans m'arrêter ni ralentir. J'arrivai au bout de ma course sans plus aucun souffle dans les poumons. D'ici, je ne perçus que faiblement les chants de la Diva. Je me traînai, la tête contre le mur, jusqu'à la chambre de William, ne tenant presque plus debout, assommée de douleur. J'entrai avec peine dans la pièce. Mon regard se posa aussitôt sur le bureau, le Callis y trônait. Il scintillait faiblement, telle une flamme sur le point de s'éteindre. Les mains tremblantes, je commençai à composer le numéro de Faïz sur mon téléphone lorsqu'un chuchotis, d'une voix que je reconnus, me parvint depuis un coin sombre de la pièce.

— Qu'il est bon de te revoir Zoé !

Je me figeai, terrifiée.

— C'est… impossible. Vous ne pouvez pas… ce lieu est sacré. Les forces du mal ne peuvent franchir ces murs.

J'entendis ses pas, dans ses énormes bottes, qui avançaient vers moi. Un bruit de chaînes lourdes qui raclaient le sol. Il apparut dans un faible halo de lumière qui éclairait cette chambre. Le Maestro, dans sa toute-puissance, venait de violer ce sanctuaire. Sa carrure imposante et démoniaque le rendait chimérique. Il était difficile de soutenir le regard sur ce visage déformé, fait de bouts de chairs et de croûtes à certains endroits. Ses yeux nous plongèrent dans les ténèbres sans fin. Au bout des chaînes qu'il tenait, son chien noir d'une taille colossale

418

attendait impatiemment de se jeter sur moi. Un grognement épouvantable, émis par celui-ci, me fit sursauter. Cette bête, aux gencives saillantes et aux babines retroussées, laissait apparaître des crocs tranchants. Cette chose et son maître, motivés par la haine et la destruction, semblaient jouir d'une position de force. Le Maestro laissa alors échapper un ricanement diabolique.

— Mais Zoé, j'ai été invité.

Le ton de celui-ci, impossible à décrire, me donna froid dans le dos. Cette voix était tout, sauf humaine.

— Vous ne pouvez rien contre moi. Il n'y a que vous et moi ici et je sais pertinemment qu'il vous est impossible de me toucher. Vous n'êtes qu'une apparition dématérialisée.

Son immonde molosse se mit à aboyer tout en essayant de se dégager de ses chaînes, je reculai par réflexe. Le Maestro le retint en faisant claquer les chaînes au sol dans un bruit fracassant.

— Tu as une bonne répartie, pourtant je sens d'ici ta peur transpirer par chacun des pores de ta peau. La petite fête de samedi soir a été fort appréciée par un de mes petits soldats. Celui-ci m'a juste ouvert la porte.

— Je suis venue prendre le Callis. Je ne compte pas repartir sans lui, ni même le laisser entre vos mains. Votre tombeau, dans le désert du Nevada, est sur le point d'être trouvé. Vous quitterez bientôt ce monde à tout jamais. J'y veillerai.

Sa bête faisait des tours nerveux devant moi, attendant de se libérer. Mon pouls résonnait dans ma tête, prête à exploser.

— Nous nous ressemblons toi et moi, ajouta-t-il.

— Non ! affirmai-je avec aplomb.

— T'arrive-t-il de prier Zoé ? De croire en lui ? C'est bien ce que je pensais. Tu ne crois qu'au mal, vu que tu me vois. Pourquoi croire en celui, qui, a priori, t'as abandonnée ? Tu vois, nous sommes pareils. Les ténèbres sont toujours plus faciles à percevoir, mais tu as ton libre arbitre, comme tout le monde sur Terre. L'humain néanmoins me fascine, il est capable de détruire ses congénères pour si peu de raisons, d'engendrer des monstres si on prend l'exemple des Léviathans. La chasse ici-bas est délicieuse, c'est un terrain de jeux incroyable.

— La faiblesse ne fait pas partie de moi. Si je crois au mal alors je crois forcément au bien, et ça, au-delà de ma croyance mystique.

— Alors il te faudra beaucoup de volonté et de cœur pour pardonner à ton Dieu !

— Pour lui pardonner ? Mais de quoi ?

— Je vais te dire ce qui va se passer.

Le Maestro marqua une pause et s'avança vers moi, traînant ses bottes sur le sol.

— Dans un instant, reprit-il, tu vas recevoir un appel de celui qui me cherche depuis tant d'années. Alors, tu seras obligée de faire le choix de laisser le Callis à sa place, car une course contre la mort débutera. Tu te mettras à supplier l'éternel de toutes tes forces, car c'est toujours dans le plus grand désarroi que vous, vous implorez son aide, prêts à lui donner votre âme, s'il réalise votre souhait. Malheureusement, il est souvent trop tard.

J'essayai de comprendre où il voulait en venir tout en essayant d'atteindre le livre sacré.

— Si vous comptez me barrer le chemin, allez-y ! Mais je doute que vous en soyez capable.

Soudain, la sonnerie de mon téléphone me figea sur place. Sur l'écran s'afficha le dix-neuvième appel de Faïz. Un bourdonnement envahit mes oreilles, je sus que je n'avais pas d'autre choix que de répondre. Les larmes me montèrent aux yeux avant même que j'entende le son de sa voix. Je compris à cet instant que le Maestro avait gagné. Ce dernier avait tout planifié depuis le début. J'étais spectatrice de cette scène qui se mit à tourner au ralenti.

— Allô, murmurai-je comme paralysée.

— Zoé, où es-tu ? Fonce au lycée de Vicy ! C'était son compagnon de cellule ! hurla Faïz au bout du fil, Ogres et Graham étaient ensemble à la prison de Pélican Bay. Jarrod Graham prépare un carnage dans le lycée de Victoria. Nous avons trouvé ses plans dans sa chambre de motel. Le désert du Nevada était juste une diversion pour nous tenir éloignés de Los Angeles aujourd'hui.

— Dans combien de temps ? demandai-je la voix pleine de sanglots, redoutant sa réponse.

— Dans les prochaines minutes ! cria Faïz paniqué, mais la police a du mal à se rendre sur les lieux à cause de…

Je laissai tomber mon téléphone qui s'écrasa sur le sol, en plusieurs morceaux. Je connaissais déjà la fin de sa phrase. Dans un éclat de rire triomphal, le Maestro libéra sa bête de ses chaînes et le Callis prit feu.

— Vous allez devoir vous passer d'un de votre maître à jouer pour sauver celle, qui est sans nul doute, la partie la plus pure de votre existence, vociféra-t-il.

Je fis volte-face et me mis à courir de toutes mes forces, ne pensant qu'à Victoria. Le chien se jeta à mes trousses. Je descendis les escaliers en sautant les marches le plus loin possible, peu m'importait de me faire mal. Mes yeux étaient remplis de larmes, j'étouffai mes sanglots. Arrivée en bas, devant la porte d'entrée, je me retournai pour faire face à ce monstre malfaisant aux aboiements monstrueux. Dans un élan, il bondit sur moi et je tombai à terre en portant mes mains au-dessus de moi afin de me protéger de son attaque. Au moment où je crus ma dernière heure arrivée, il s'évapora dans un effluve noir à quelques centimètres de mon visage. Je me relevai sans perdre de temps et ouvris la porte en grand. Je regagnai, le souffle coupé, les bourrasques et la pluie à la surface.

<u>17h18</u> : Une voiture démarra à toute allure sous un gros orage, dans une clairière boisée non loin du centre-ville de Los Angeles. La conductrice, nommée Zoé Reyes, essayait tant bien que mal de conduire avec ce cataclysme.

<u>17h20</u> : À la bibliothèque de l'université de Baylor, Victoria Mattew referma un énième recueil qui traitait des différents parlements à travers le monde.

<u>17h21</u> : Ray Jonhson venait de raccrocher avec Faïz Mattew qui lui demandait de rejoindre le plus vite possible le lycée où il pensait que sa jeune sœur se trouvait.

<u>17h36</u> : Zoé dans sa Mustang, le pied au plancher, klaxonnait tous les véhicules présents sur son chemin, criant de tous ses poumons de la laisser passer.

<u>17h42</u> : Ray courrait au milieu des buildings des Downtown. Les embouteillages à cette heure-ci de la journée ne lui permettaient pas de prendre sa voiture et de refaire le trajet inverse. De plus, la circulation était en partie bloquée par les eaux qui envahissaient les rues de la ville. Il s'engouffra dans l'immeuble de Faïz pour y récupérer sa moto qu'il avait garée quelques jours plus tôt.

<u>17h45</u> : Le véhicule de Zoé brûlait tous les feux rouges de la ville, montant sur les trottoirs quand il était impossible d'avancer sur la voie avec ces ralentissements de plusieurs kilomètres. Elle tapait sur son volant de toutes ses forces si un obstacle se présentait à elle et surtout, elle suppliait,

elle *LE* suppliait de toute son âme, ce Dieu auquel elle n'avait jamais vraiment cru.

17h48 : Dans la bibliothèque, Victoria préparait ses affaires pour se rendre à la cafétéria du campus, l'endroit où elle devait retrouver Zoé. Seulement, la discussion d'un groupe de personnes qui venait de s'installer à une table à côté attira son attention. Elle crut comprendre qu'une alerte à la fusillade avait été déclenchée dans son lycée. Elle tendit l'oreille pour en savoir plus.

17h54 : Dans la montée qui conduisait Zoé à l'université, plusieurs dizaines de véhicules de police la dépassèrent, gyrophares allumés. Elle soupira, rassurée, pensant que les autorités devaient déjà être présentes sur les lieux. Malheureusement, son espoir s'effondra quand elle comprit qu'ils ne partaient pas en direction de l'université, mais de celui du lycée de Victoria. Ils avaient eu la mauvaise information que Faïz leur avait donnée. Zoé et Victoria avaient changé leur plan ce matin. Elle hurlait tout en pleurant de rage. Elle n'avait pas le temps de s'arrêter pour leur expliquer, consciente que chaque seconde comptait.

17h55 : Un homme vêtu de noir avec un pantalon en cuir, un tee-shirt et un long manteau en skaï, foula de ses bottes gothiques, le sol de l'université de Baylor. Le regard vide, dénué de toute humanité, il exécutait les ordres qui résonnaient dans sa tête. La pluie coulait sur son visage ainsi que sur la longue balafre qui lui couvrait une partie de sa joue. Jarrod Graham avait pris soin de bien dissimuler son fusil d'assaut sous son long manteau.

18h03 : Zoé abandonna son véhicule au milieu de la route, devant l'entrée de l'université. Elle se précipita à l'intérieur, en direction de la cafétéria du campus sans même prendre la peine de refermer la portière de la voiture. L'air lui manquait, ses poumons souffraient, mais elle ne ralentit pas dans sa course effrénée.

18h07 : Jarrod entra dans la bibliothèque, encouragé par les chuchotements démoniaques dans son crâne. Il décida dans un premier temps de longer toutes les allées de cet endroit, où l'odeur des livres flottait dans l'atmosphère, à la recherche de sa victime. Il dévisagea chaque visage qu'il croisa pour trouver celle qu'il cherchait. Au bout de quelques instants, il la vit enfin. Debout, écoutant attentivement les paroles de personnes qui se trouvaient près d'elle. Il allait enfin pouvoir accomplir son devoir.

18h10 : Zoé arriva devant les portes de la cafétéria, essoufflée et dans un état d'épuisement total. Elle jeta un coup d'œil à travers les portes vitrées, le lieu était quasi désert. Elle aperçut David, derrière le comptoir, qui la remarqua aussitôt. Celui-ci l'invita à rentrer avec un signe de main, constatant, inquiet, l'état dans lequel se trouvait son amie. Il comprit qu'elle cherchait Victoria, il secoua alors sa tête en soulevant les épaules pour lui indiquer qu'il ne l'avait pas vue. Zoé détala sans attendre en direction de la bibliothèque.

18h14 : Jarrod, lassé d'observer sa cible, décida de s'approcher plus près du groupe. À ce moment, il remarqua que la jeune fille jetait un coup d'œil rapide à sa montre, elle tourna ensuite les talons. Il devait être à environ deux mètres de distance d'elle, quand il décida de l'appeler par son prénom :

— Victoria ?

La jeune fille se retourna vers la voix qui l'interpellait :

— Vous êtes bien Victoria Mattew ? lui demanda ce dernier.

18h14 : Zoé courrait dans ces allées remplies d'étagères. C'est là qu'elle aperçut Victoria, à quelques mètres d'elle seulement. Celle-ci se tenait devant un jeune homme. Zoé l'entendit lui répondre :

— Oui, c'est moi.

La scène se déroula en quelques secondes. Le jeune homme saisit un fusil caché sous son manteau et tira une première fois, une balle en plein dans le cœur de Victoria puis une seconde balle vint se loger directement dans son crâne. Zoé s'arrêta net de courir, regardant impuissante, le corps de Victoria tomber par terre. Un cri effroyable sortit de sa bouche, un cri qui venait du plus profond de ses entrailles. Avant qu'elle n'eût le temps de se jeter sur Jarrod, le jeune homme retourna son arme contre lui et tira une troisième fois.

18h15 : Victoria Mattew était morte.

À l'intérieur de l'église Saint Patrick, seuls mes pas résonnaient dans ce silence pesant. Il n'y avait personne, juste moi, ma peine et ma colère. L'atmosphère qu'offrait ce lieu sacré m'était complètement inconnue. Les éclairs qui déchiraient le ciel à l'extérieur faisaient danser les ombres des statues sur le sol.

— Pourquoi ? criai-je de toutes mes forces. Pourquoi elle ?

Le tonnerre retentit au moment où je m'écroulai, les genoux au sol, trempée. J'entendis le bruit des gouttes d'eau tombant de mes cheveux, s'écraser sur le béton. Je me revis accompagner le corps de Victoria, sur le brancard, dissimulé sous un drap blanc. David me retenait dans ses bras pour m'aider à mettre un pied devant l'autre. Tout était fini. Je déversai mon chagrin, ici, les mains à terre.

— Rendez-la-moi, je vous en prie ! Prenez-moi à sa place, suppliai-je.

Je savais pertinemment qu'elle ne reviendrait plus. Si je l'avais su, lui aurais-je dit quand même au revoir ? Si…

Je levai mes yeux sur cette grande croix au fond de l'église, derrière l'autel, le Christ semblait souffrir avec moi.

— Ces dernières minutes que tu as vécues sur ce crucifix, je serais prête aussi à les vivre si ça pouvait lui permettre de revenir. Ce soir j'ai trop mal pour te pardonner, mais demain j'essaierai, car je ne veux pas donner raison à Athanase.

Je me relevai, chancelante, vidée de toutes mes forces, saignant de l'intérieur. Je tournai le dos à l'autel pour atteindre la sortie. Lorsque j'ouvris les portes lourdes de cet endroit, j'aperçus en bas des marches, David, Asarys et Lexy qui m'attendaient. Le chagrin avait aussi pris place

427

sur chacun de leur visage, leurs larmes se mélangeaient à l'eau de la pluie. Je sentis alors la solitude s'évanouir en moi, ça serait nous contre lui. Je descendis les marches une à une, d'un pas lent, pour rejoindre mes amis.

— Allons-y ! Nous avons une guerre à gagner, déclarai-je plus déterminée que jamais.

À suivre…

Remerciements

La trilogie « Dark Faïz » n'aurait sans doute jamais abouti sans les encouragements de mes premiers lecteurs sur Wattpad. Cette histoire a été portée par votre enthousiasme et votre passion à chacun des chapitres postés.

Grâce Elion, pour le soutien et la bienveillance que tu m'as apportés au début de cette aventure et jusqu'à aujourd'hui. Je t'en suis très reconnaissante.

À ma mère et à Marine (M'Corrections), mes deux correctrices hors pair qui ont soigné le sens du détail de cette histoire.

À mon mari et mes deux enfants : je vous aime plus que tout. Merci de votre patience. Toutes ces heures passées sur l'écriture de mon roman sont du temps que je ne vous ai pas donné. Ce roman est pour vous.

Printed in Great Britain
by Amazon